浙江文化研究工程成果文庫
浙江文獻集成

戴復古集

〔宋〕戴復古 著
吴茂雲 鄭偉榮 校點

浙江大學出版社
ZHEJIANG UNIVERSITY PRESS

南塘戴氏故里詩人引以爲傲之屏石

温嶺文沁公園中的戴復古像

南塘故里的石屏廟

南塘戴氏墓葬群，2010年7月底，温嶺市新河镇河頭梁湖灣山麓，發現戴復古堂兄戴忱夫妻及兒子的墓葬群，共出土六塊墓誌銘，爲戴氏家系研究提供了實物資料。

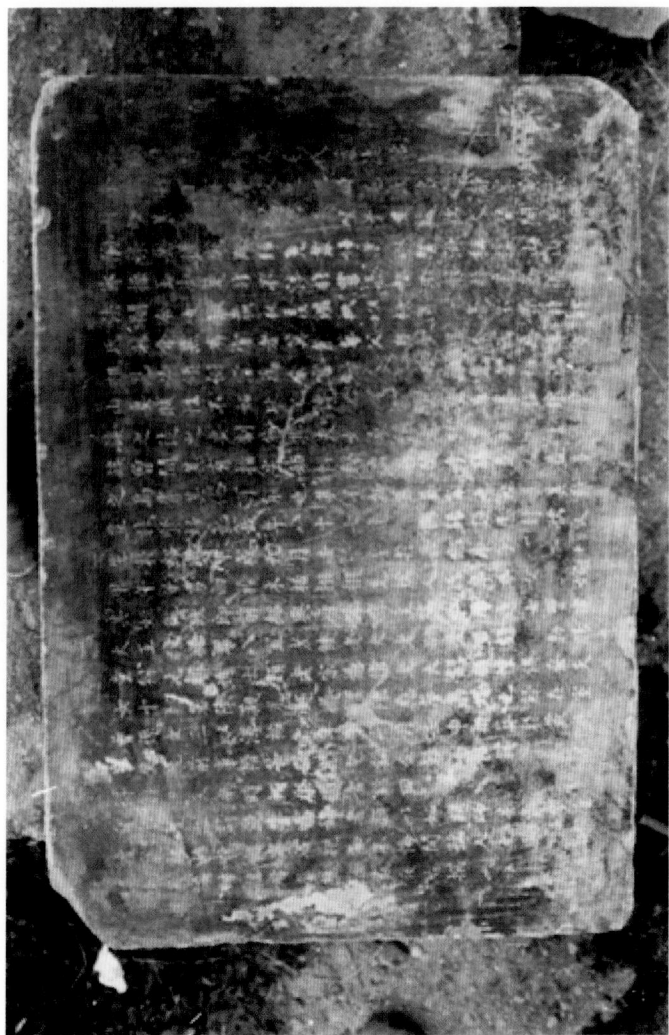

戴復古撰戴丁妻毛氏墓誌銘

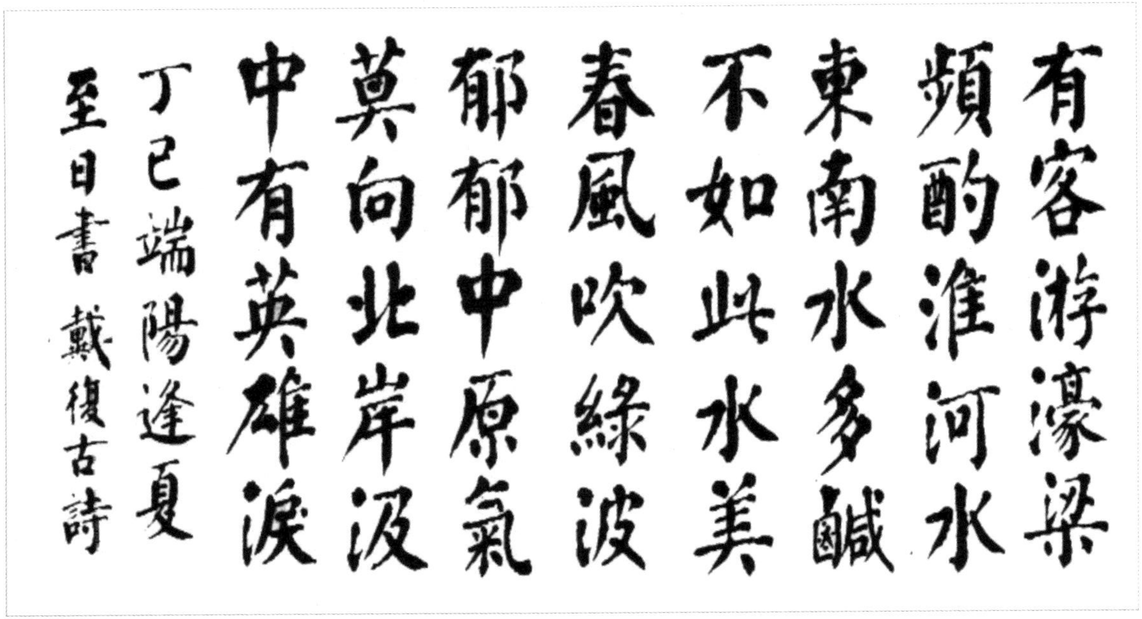
有客游濠梁
頻酌淮河水
東南水多鹹
不如此水美
春風吹綠波
郁郁中原氣
莫向北岸汲
中有英雄淚
丁巳端陽逢夏
至日書 戴復古詩

吳慎因手書戴復古詩

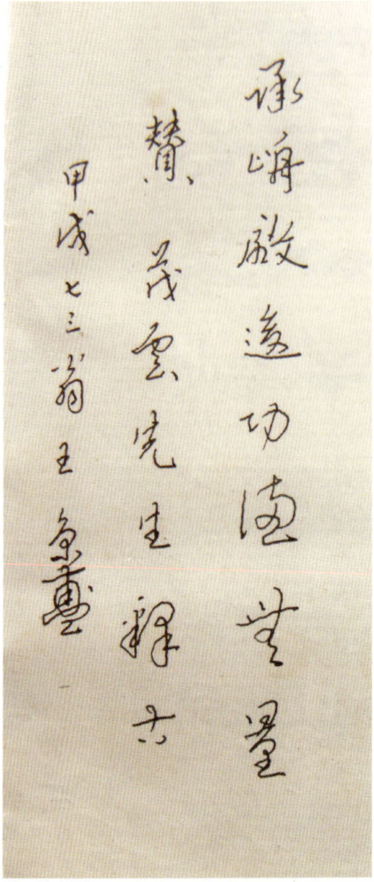

篆刻家、西泠印社社員王京盦題字

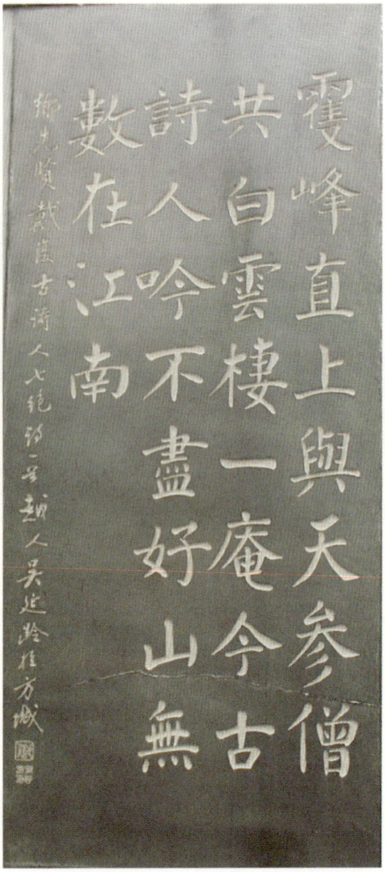

吴延齡手書戴復古詩

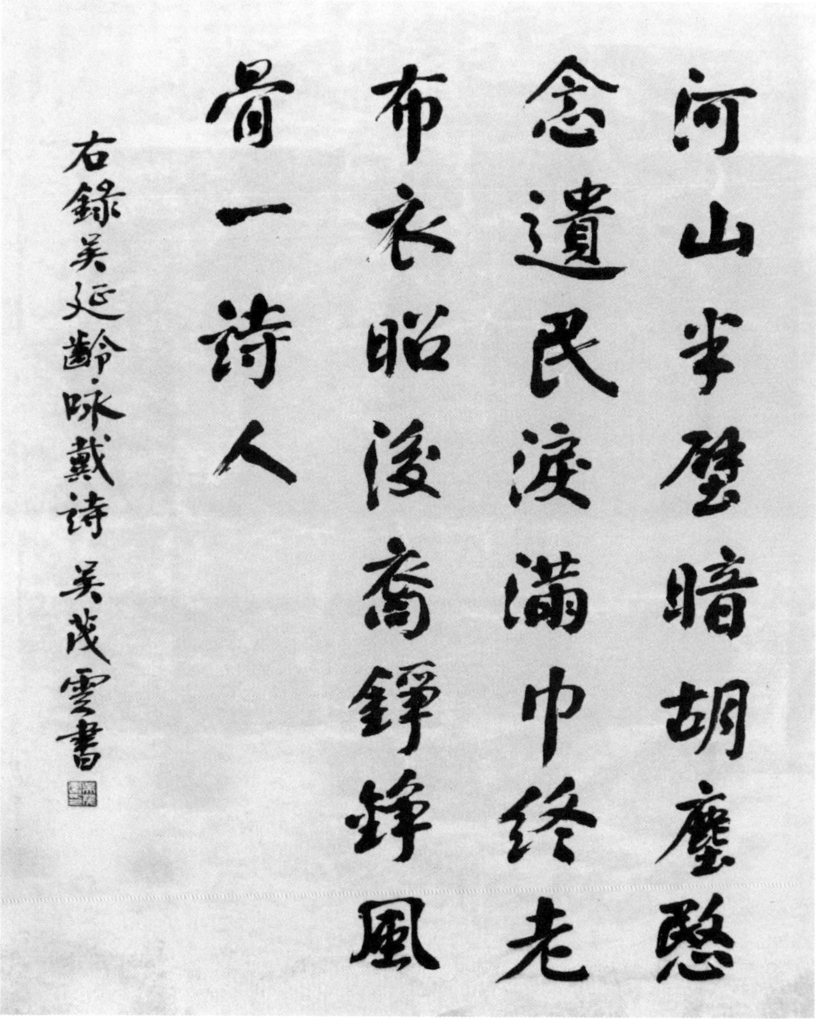

吴茂雲書長兄延齡詠戴詩

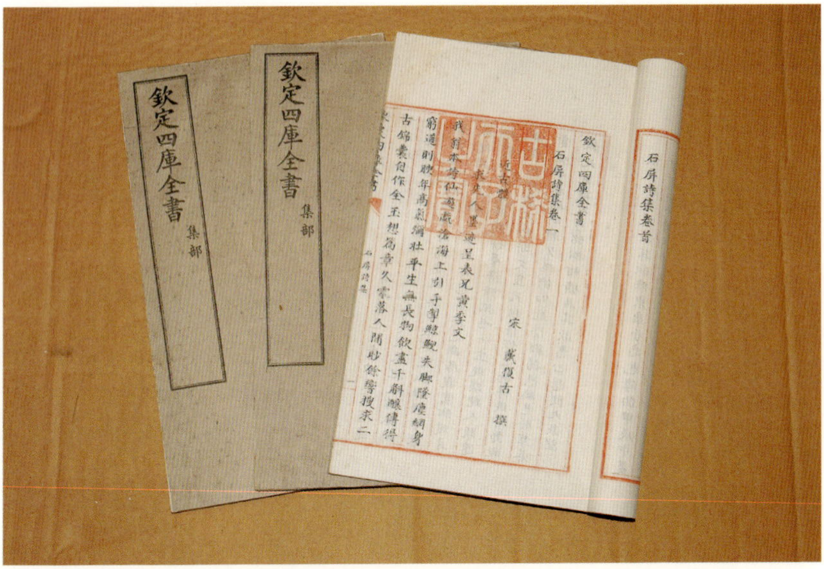

《四庫全書》本《石屏詩集》

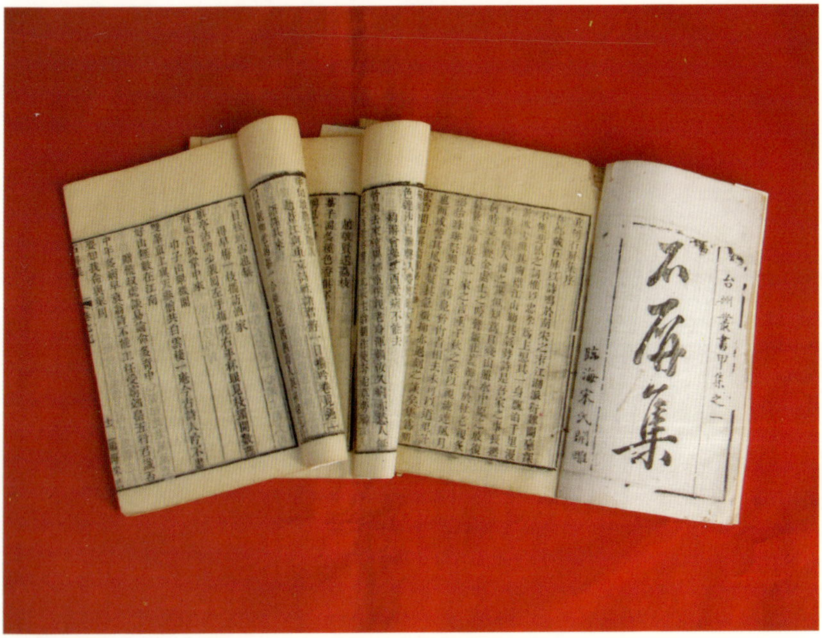

木刻本《石屏集》

浙江文獻集成編纂中心工作委員會

浙江省文化研究工程指導委員會

浙江文化研究工程成果文庫總序

習近平

有人將文化比作一條來自老祖宗而又流向未來的河，這是説文化的傳統，通過縱向傳承和橫向傳遞，生生不息地影響和引領着人們的生存與發展； 有人説文化是人類的思想、智慧、信仰、情感和生活的載體、方式和方法，這是將文化作爲人們代代相傳的生活方式的整體。我們説，文化爲群體生活提供規範、方式與環境，文化通過傳承爲社會進步發揮基礎作用，文化會促進或制約經濟乃至整個社會的發展。文化的力量，已經深深熔鑄在民族的生命力、創造力和凝聚力之中。

在人類文化演化的進程中，各種文化都在其内部生成衆多的元素、層次與類型，由此決定了文化的多樣性與複雜性。

中國文化的博大精深，來源於其内部生成的多姿多彩； 中國文化的歷久彌新，取決於其變遷過程中各種元素、層次、類型在内容和結構上通過碰撞、解構、融合而産生的革故鼎新的強大動力。

中國土地廣袤、疆域遼闊，不同區域間因自然環境、經濟環境、社會環境等諸多方面的差異，建構了不同的區域文化。區域文化如同百川歸海，共同匯聚成中國文化的大傳統，這種大傳統如同春風化雨，滲透於各種區域文化之中。在這個過程中，區域文化如同清溪山泉潺潺不息，在中國文化的共同價值取向下，以自己的獨特個性支撑着、引領着本地經濟社會的發展。

從區域文化入手，對一地文化的歷史與現狀展開全面、系統、扎實、有序的研究，一方面可以借此展。在研究力量上，通過課題組織、出版資助、重點研究基地建設、加強省内外大院名校合作、整合各地各部門力量等途徑，形成上下聯動、學界互動的整體合力。在成果運用上，注重研究成果的學術價值和應用價值，充分發揮其認識世界、傳承文明、創新理論、咨政育人、服務社會的重要作用。

我們希望通過實施浙江文化研究工程，努力用浙江歷史教育浙江人民、用浙江文化熏陶浙江人民、用浙江精神鼓舞浙江人民、用浙江經驗引領浙江人民，進一步激發浙江人民的無窮智慧和偉大創造能力，推動浙江實現又快又好發展。

今天，我們踏着來自歷史的河流，受着一方百姓的期許，理應負起使命，至誠奉獻，讓我們的文化綿延不絕，讓我們的創造生生不息。

二〇〇六年五月三十日於杭州

《浙江文化研究工程》序

趙洪祝

浙江是中國古代文明的發祥地之一，歷史悠久、人文薈萃，素稱「文物之邦」，從史前文化到古代文明，從近代變革到當代發展，都爲中華民族留下了衆多彌足珍貴的文化遺産。勤勞智慧的浙江人民歷經千百年的傳承與創新，在保留自身文化特質的基礎上，兼收並蓄外來文化的精華，形成了具有鮮明浙江特色、深厚歷史底藴、豐富思想内涵的地域文化，這是浙江人民共同創造的物質財富和精神財富的結晶，是中華文化中的一朵奇葩。如何更好地使這一文化瑰寶爲我們所用，爲時代服務，既是歷史傳承給我們的一項艱巨任務，也是時代賦予我們的一項神聖使命。深入挖掘、整理、探究，不斷豐富、發展、創新浙江地域文化，對於進一步充實浙江文化的内涵和拓展浙江文化的外延，進一步增强浙江文化的創新能力、整體實力、綜合競争力，進一步發揮文化在促進浙江經濟、政治和社會建設的作用，具有重要的現實意義和深遠的歷史意義。

改革開放以來，歷屆浙江省委始終高度重視社會主義文化建設。早在一九九九年，浙江省委就提出了建設文化大省的目標；二〇〇〇年，制定了《浙江省建設文化大省綱要》；二〇〇五年，作出了《關於加快建設文化大省的決定》，經過全省上下的共同努力，浙江文化大省建設取得了顯著成效。

浙江文化研究工程是浙江文化建設「八項工程」的重要内容之一，也是迄今爲止國内最大的地方文化研究項目之一。該工程旨在以浙江人文社會科學優勢學科爲基礎，以浙江改革開放與現代化建設中的重大理論、現實課題和浙江歷史文化爲研究重點，着重從「今、古、人、文」四個方面，梳理浙江文明的傳承脈絡，挖掘浙江文化的深厚底蘊，豐富與時俱進的浙江精神，推出一批在研究浙江和宣傳浙江方面具有重大學術影響和良好社會效益的學術成果，培養一支擁有高水平學科帶頭人的學術梯隊，建設一批具有浙江特色的「當代浙江學術」品牌，進一步繁榮和發展哲學社會科學，提升浙江的文化軟實力，爲浙江全面建設惠及全省人民的小康社會和實現社會主義現代化，提供強大的精神動力、正確的價值導向和有力的智力支持，爲提升浙江文化影響力、豐富中華文化寶庫作出貢獻。

浙江文化研究工程開展三年來，專家學者們潛心研究，善於思考，勇於創新，在浙江當代發展問題研究、浙江歷史文化專題研究、浙江名人研究、浙江歷史文獻整理等諸多研究領域都取得了重要成果，已設立十餘個系列四百餘項研究課題，完成二百三十項課題研究，出版二百餘部學術專著，發表大量的學術論文，産生了廣泛而深遠的社會影響。這些階段性成果，對於加快建設文化大省提供了新的支撑力和推動力。

黨的十七大突出强調了加强文化建設、提高國家文化軟實力的極端重要性，并對興起社會主義文化建設新高潮、推動社會主義文化大發展大繁榮作出了全面部署。爲深入貫徹落實黨的十七大精神，浙江省第十二次黨代會提出「創業富民、創新强省」總戰略，并堅持把建設先進文化作爲推進創業創新的重要支撑。二〇〇八年五月，省委召開工作會議，對興起文化大省建設新高潮、推動浙江社會主義文化大發展大繁榮進行專題部署，制定實施了《浙江省推動文化大發展大繁榮綱要（二〇〇八至二〇一二）》，明確提出：今後一個時期我省興起文化大省建設新高潮、推動文化大發展大繁榮的主要任務是，在加快建設教育强省、科技强省、衛生强省、體育强省的同時，繼續深入實施文明素質工程、文化精品工程、文化研究工程、文化保護工程、文化産業促進工程、文化陣地工程、文化傳播工程、文化人才工程等文化建設「八項工程」，着力建設社會主義核心價值體系、公共文化服務體系、文化産業發展體系等「三大體系」，努力使我省文化發展水平與經濟社會發展水平相適應，在文化建設方面繼續走在前列。

當前，浙江文化建設正站在一個新的歷史起點上，既面臨千載難逢的機遇，也面對十分嚴峻的挑戰。如何抓住機遇，迎接挑戰，始終保持浙江文化旺盛的生命力，更好地發揮文化軟實力的重要作用，是需要我們認真研究、不斷探索的重大新課題。我們要按照科學發展觀的要求，全面實施「創業富民、創新強省」總戰略，以更深刻的認識、更開闊的思路、更得力的措施，大力推進浙江文化研究工程，努力回答浙江經濟、政治、文化、社會建設和黨的建設遇到的各種新問題，努力回答干部群衆普遍關心的熱點問題，努力形成一批有較高學術價值和社會效益的研究成果。

繼續推進浙江文化研究工程，是一件功在當代、利在千秋的事業。我們熱切地期待有更多的優秀成果問世，以展示浙江文化的實力，增強浙江文化的競争力，擴大浙江文化的影響力。

二〇〇八年九月十日於杭州

序三

南宋江湖派詩人戴復古（一一六七—一二五二?），是我國古代詩歌史上一位成就卓特的作家。戴復古，字式之，號石屏，南宋台州黄巖縣南塘屏上村（其地今屬浙江温嶺市）人。此人終身布衣，長期浪跡江湖，閲歷很廣，除四川外，足跡幾乎遍及南中國各重要地區。晚年歸隱故鄉石屏山下，約卒於理宗淳祐末。戴復古畢生致力於詩歌創作，生前以詩負盛名達五十年。他早年作詩，受「永嘉四靈」的影響，學的是晚唐詩，氣局比較窄小，間亦摻雜江西詩派的風味。後登陸遊之門受教，詩格爲之一變，不但詩藝益進，而且繼承了陸遊詩的愛國主義精神和現實主義風格。同時在唐詩中他還推崇陳子昂和杜甫，常常以詩歌抒寫憂國傷時的情懷；他又主張「論詩先論格」（《題鄭寧夫玉軒詩卷》），不肯濫爲應酬詩，所以他能在南宋後期詩壇上獨樹一幟，藝術成就高出於「四靈」和江湖派諸人之上。他生性耿介正直，不逢迎權貴，雖行事謹慎，「廣座中口不談世事」（《方回《瀛奎律髓》卷二〇》，但在詩裏却經常熱烈地抒發愛國情感，並尖鋭地指斥國政時事，旗幟鮮明地反對南宋朝廷苟安東南，渴望收復中原、實現國家統一。他還在詩裏反映人民的痛苦生活，譴責官府的殘暴與虚僞。除反映現實之外，戴復古描寫自然風景和抒發個人生活感受的詩也有一定的成就。

戴復古以作詩的餘力作詞，雖然留下的作品不多，但也斐然可觀，在宋代可稱名家。他作詞有意模仿蘇軾，却更傾心於辛棄疾，曾稱「歌詞漸有稼軒風」。他的一些抒寫政治情懷的優秀詞作，憂國傷時，慷慨悲涼，逼近稼軒詞的格調。所以拙著《唐宋詞流派史》將戴復古歸入稼軒詞派，對寥寥四十多首的《石屏詞》給與了較高的評價。

由上面的簡略介紹可知，戴復古兼擅詩詞，創作成就較高，在當時和後世影響也較大，其人其作在詩歌史、文學史上確實是一個不可忽視的存在。但令人感到不滿足的是，迄今爲止我們的詩歌史、文學史研究者對戴復古的重視顯然還不夠，對他的研究還很不充分，很不全面。我曾痛切地感覺到，學界對戴復古的研究基礎十分薄弱：幾部著名的文學史對他都只作簡略介紹；專題的研究論文寥若晨星；文獻學的工作也還未認真展開，在我收到這部《戴復古集》之前，我們還没有看到哪怕只是一種經過精心收集、整理的戴復古作品全集問世。不過，我對戴復古研究歷史和現狀的這種看法近年來有了改變。兩年多以前的二〇〇五年元旦節，我應邀去到戴復古的家鄉，參加了由浙江温嶺市戴復古研究會主辦的「中國（温嶺）戴復古研究學術研討會」。在那裏我欣喜地得知，温嶺市戴復古研究會成立已經十年，不僅扎扎實實地展開了對戴復古的研究，而且已經取得了一批初步的成果。那時我就預料到，戴復古研究將會很快地繁榮興盛起來。於今《戴復古集》一稿已經殺青。這標誌着戴復古研究的薄弱環節正在得到加強，相關的工作已經全面鋪開。承吴君寄來全稿，囑我作序。作爲一個宋代文學研究工作者，我覺得有義務向文學史、詩歌史研究者和古典詩詞愛好者推介一下編校者本人和他這部書。

戴復古的老鄉吴茂雲君，原是温嶺市一位新聞工作者和地方行政領導幹部，業餘愛好古典文學，長期堅持古代文化與文學的研究，對於弘揚浙東南鄉邦文化貢獻良多。今年五十歲的他從事戴復古研究已有二十多年的歷史。他校勘的這部書，詩歌的部分，以戴氏著作祖傳木刻本《台州叢書》本的《石屏詩集》爲底本，參酌《四部叢刊》和《宋詩鈔》、《詩淵》、《四庫全書》、《全宋詩》等本子予以校定；並根據前人有關成果，收入輯佚詩六十七首。詞的部分，收作品四十六首。文的部分，則輯得新發現的戴復古所撰墓誌銘、詩跋等三篇。全書共收戴復古詩詞一〇二六首，文六篇，可以算是戴復古作品的一個足本了。編校者積自己二十年課題跟蹤研究的成果，對收入本書的全部戴復古詩、詞、文作考證和校勘。這樣，就不僅爲古典詩詞研究者提供了一個可信可用的作家别集，而且也爲一般古典文學愛好者貢獻了一本優秀的讀物。

這部書稿是二〇〇六年浙江文化研究工程「浙江文獻集成」首批招標項目立項課題，原計劃二〇〇七年完成。於今，此書按時完成並即將付梓，這表明浙江古典文獻整理出現了新成果，也標誌着戴復古研究邁上了新臺階。我爲温嶺戴復古研究會和吴茂雲君本人感到高興，所以寫了以上一篇推介文字，權當本書的序言。

劉揚忠

二〇〇七年五月一日於中國社會科學院文學研究所

序四

戴復古是南宋時期江湖派詩人，也是一位著名詞人。他的家世、生平和文學成就，一直受到文學史研究者的關注，其中研究成果較多者當推吴茂雲先生。如温嶺近年發現了戴復古家族的古墓群，戴氏家世問題又有了新的研究進展，我首先拜讀的文章就是吴茂雲先生的《新出土戴氏家族墓誌與戴復古家世新考》，該文不僅訂正了學術界沿襲已久的錯誤，也使作者二十餘年前發表的《戴復古家世考》得到了進一步補充和完善。

戴復古研究就其文獻本源而言，需要重視兩個方面：一是戴復古家世生平的研究；二是戴復古作品的整理和相關版本的研究。

就前者而言，吴茂雲先生早在二十世紀八十年代就着力於此，撰寫過《戴復古家世考》，刊載于《成都大學學報》，後來又發表過《戴復古的籍貫是江西修水嗎》，最近又發表了《新出土戴氏家族墓誌與戴復古家世新考》，進一步推進了戴復古研究。這次出版的全集本，除了附録其最新的家世研究成果外，還有《旅行家徐霞客與戴復古之比較》、《戴復古交遊人物索引》等文章，都是戴復古生平研究方面的重要成果。戴復古與徐霞客是旅遊文學史上的兩座豐碑，這樣的對比研究，開拓了學術境域，擴大了研究視野。《戴復古交遊人物索引》所得戴氏友朋三五一人，更是作者多年積累與探索的結晶，這對於知人論世，進一步全面展開戴復古研究，具有重要的參考價值。因而本書的出版，不僅從古籍整理層面提供了一部後出轉精的戴復古全集的重要文本，更從學術研究層面展示了戴復古研究的原典史料、研究前沿和作者的最新成果。此外，本書還匯録了《東皋子及族人詩詞》，提供了戴復古取得文學成就的家世背景資料；《傳記、序跋、題詠、酬唱、詩評》，爲研究戴復古提供了重要的文獻資料與評論資料，足資學術界參考。

就後者而言，吴茂雲先生對於戴復古文集的整理，具有數十年的歷史，堪稱「焚膏油以繼晷，恒兀兀以窮年」，其勤奮之精神與堅韌之毅力，着實可嘉。全集整理文稿殺青後被列入「浙江地方文化叢書」定名爲《戴復古全集校注》二〇〇八年由中國文史出版社出版。本書之價值，就其犖犖大者，有以下數端：其一，校勘精審完備。該書選用底本以戴氏祖傳木刻本《台州叢書》爲底本，參以《四部叢刊》、《宋詩鈔》等，搜羅版本頗爲完備，且本校與他校結合，專門寫出「校勘記」。與所搜羅版本的完備性比較，校勘記則非常簡煉精審。大多列出重要異文，不作主觀判斷，以體現異文價值，再由讀者去理解評判。對於個別異文，作者有把握確定其錯誤，或自己能提出見解者，亦加以説明。如《題曾無疑飛龍飲秣圖》校勘記：「『欲來』：四部本作『欲水』，四庫本作『飲水』。趨：四部本作『芻』，以草料餵牲口。四部本似乎更合題意。」其二，交遊人物索引細緻詳實。戴復古交遊既廣，詩中涉及的人名大多作了索引和簡介，而簡介的文字表述又簡明切要。可以見出作者多年沉潛于文史，功力深厚。尤其是對於當地地方志的利用，解決了不少前人没有解決的問題。如曾無疑：名三異，字無疑，號雲巢，臨江軍新塗人。三聘之弟。官至秘書省正字、太社令，奉祠歸，卒年九十。有《同話録》傳世。明隆慶《臨江府志》有傳。其三，對於戴復古的集外佚詩進行了全面的補録。在戴復古詩詞集之外，專門有《戴復古詩集鈔補》、《戴復古詞集鈔補》、《戴復古佚文鈔補》，所據文獻有《詩淵》、《宋詩鈔》、《南宋名賢小集》、《贛州府志》、《南康府志》、《後村千家詩》、《南宋六十家小集》、《中興群公吟稿戊集》、《永樂大典》、《歲時雜詠》、《全芳備祖》、《御定佩文齋詠物詩選》等，資料巨富，爲戴復古集整理出一部最爲完善的足本與定本，這方面確實難得可貴。

目前，作爲浙江文化工程《浙江文獻集成》的重點項目《戴復古集》，即由吳茂雲先生在《戴復古全集校注》的基礎上進行整理完成的，並將由浙江大學出版社出版。按照該叢書的體例，主要對戴復古的作品進行校刊整理，而不收入注釋的文字。吴茂雲先生利用了前書校勘的優勢，並在此基礎上重新進行整理，使得校勘更加精審。另一方面，則重在匯録戴復古的相關資料，以及對新出土戴復古家族墓誌而引發的戴復古研究的新進展，表現在本書的附録之中。這樣雖是古籍整理著作，但標誌着戴復古研究的一個新突破，對於吴茂雲先生而言，也是研究道路上一塊新的里程碑。隨着戴復古以及宋代文學研究的不斷深入，相信《戴復古集》會進一步得到學術研究者的重視，也期待着著者今後有更多的戴復古以及宋代文學研究論著問世，爲宋代文學研究和温嶺地方名人研究作出新的貢獻。

我與茂雲先生初識，是在二〇〇五年浙江大學中文系主辦的第四届中國宋代文學學會年會暨國際學術研討會上。其時茂雲先生以《戴復古全集校注》的部分打印稿相示，讀之即甚感欽慕，並就相關體例、内容等諸多方面進行過切磋交流。該書出版後，茂雲先生又遠端惠寄，讀之頗有感觸，尤其欽佩茂雲先生執著鄉邦文獻研究之精神，因而寫了一封長信表示感謝。近日茂雲先生修訂之新著即將出版，來函擬將拙信作爲尊著之序，卻之爲不恭，故以原信内容爲主，略增近日之思考，實不足爲序云。

胡可先

二〇〇七年七月二十二日寫於浙江大學中文系

前言

在我國歷代諸多詩派中，南宋時期的江湖詩派，歷史較長，影響亦大，涉及的人最多，僅《四庫全書》本《江湖小集》和《江湖後集》就收有一百多人的作品。江湖派詩人出現於高宗、孝宗時期，盛於光宗、寧宗、理宗時期，直至宋末，與整個南宋相始終。江湖詩體，反對過分追求形式的「西崑體」和江西派，以在野之身，寫江湖之情景，別具一格，成爲後世處江湖者標榜之旗幟。江湖派中的代表當首推戴復古，他布衣終身，而詩作繁富，在南宋詩壇上「負盛名五十年」。同時期的文人學士都稱讚他：「其詩清苦而不困於瘦，豐融而不豢於俗，豪健而不役於粗，閑放而不流於漫，古澹而不死於枯，工巧而不露於琢，聞而爭傳，讀而亟賞者，何啻數百千篇！」（吴子良《石屏詩後集序》）[一]「天然不費斧鑿處，大似高三十五輩……晚唐諸子，當讓一頭。」（姚鏞跋《石屏詩集》）[二]而他的詞被稱爲「豪情壯采，實不減於軾」。（《四庫全書提要》）[三]這些看來也並非過譽。

一、戴復古的生平

戴復古（一一六七——一二四六？）字式之，號石屏，出生在今浙江省温嶺市新河鎮塘下（宋時稱作南塘）。

戴復古的父親戴敏（？——一一六八？），號東皋子，不肯應試，但以作詩自娱，至死不悔。他曾寫過一首《小園》詩：「小園無事日徘徊，頻報家人送酒來。惜樹不磨修月斧，愛花須築避風臺。引些渠水添池滿，移個柴門傍竹開。多謝有情雙白鷺，暫時飛去又飛回。」時人稱其「一篇之中，歡適偉麗，清拔閒暇，四體俱備」。（倪祖義《東皋子詩跋》）[四] 戴敏不壽，詩篇零落，戴復古多方搜尋僅存十首，他將父親詩編在自己詩集的卷首得以流傳了下來。戴敏還善於書法，有鍾、王筆意，「書名入御定書譜中」。可惜也已散失無存了。戴敏「且死，一子方襁褓中，語親友曰：『吾之病革矣，而子甚幼，詩遂無傳乎！』爲之太息，語不及他。」（樓鑰《石屏詩集》序）[五]

戴復古家鄉南塘，背山面海，風景秀麗，山名屏山，山脚一村叫屏上，屏山南谷口有一塊屏石，拔地而起，高約五米，寬約二米，狀如屏風，石上長滿了藤蔓、苔蘚。復古因此自號石屏，這屏石至今還聳立着。

稍長，戴復古得知父親慘痛的遺言，就立志學詩，決意「傳父業，顯父名」。

戴復古幼年失學，常爲「胸中無千百字書，強課吟筆，如商賈之乏資本，終不能致奇貨也」（趙汝騰《石屏詩序》）[六] 而自謙，雖然這對於形成自己清新流麗不尚用典的詩風大有裨益，但他年青時爲了學詩，不囿於家學，還是遍訪了名師。「雪巢林監廟景思，竹隱徐直院淵子（温岭市温嶠鎮上珙人），皆丹邱名士，俱從之遊，講明句法，又登三山陸放翁之門，而詩益進。」（樓鑰《石屏集序》）通過向林景思、徐淵子和退休賦閑在家的陸遊學詩，繼承了他們的愛國主義精神，從而形成了以後的現實主義創作風格。

戴復古在三十歲左右出遊，但其遊歷過程，只散見於詩篇中，較難弄清其來龍去脈，同時代的吴子良在淳祐三年（一二四三）作的《石屏詩後集序》中，也只云：「所遊歷登覽，東吴、浙西、襄漢、北淮、南越，凡喬嶽巨浸，靈洞珍苑，空迥絶特之觀，荒怪古僻之蹤，可以拓詩之景，助詩之奇者，周遭何啻數千萬里。」吴子良只顧了對仗工整，却没有記下前後次序。稍後的貢師泰在《重刻石屏先生詩序》中也犯了這個毛病：「南遊甌閩，北窺吴越，上會稽，絶重江，浮彭蠡，泛洞庭，望匡廬五老九嶷諸峰，然後放於淮泗，以歸老於委羽之下。」只點出了地點，仍無補於考。

據戴復古的《鎮江别總領吴道夫侍郎，時愚子琦來迎侍，朝夕催歸甚切》：「落魄江湖四十年，白頭方辦買山錢。」則戴在江湖凡四十年，這四十年中共三次出遊，第一次是「京華作夢十年餘」，一無所獲而歸，回家後纔知道妻子已死。第二次遊歷二十年後歸家。最後一次由其子從鎮江接回，年已古稀。

（一）第一次出遊

戴復古在娶妻生子、學詩有成之後，於三十歲左右開始滿懷信心地仗劍出遊，出遊的目的地是都城臨安，即今之杭州。「不能鬱鬱窟中藏，大笑出門游四方。與世周旋持酒盞，觀人勝敗坐棋坊」。（《客游》）他興高采烈地來到京城，投親靠友，希望能一舉成名。然而現實生活是冷酷的。當時京城之中，詩人這類謁客者，已是「什百爲群」，他一個無名的青年，怎能出人頭地。他在《都中書懷呈滕仁伯秘監》中有：「一饑驅我來，騎驢吟灞橋。通名丞相府，數月不見招。欲登五侯門，非皓齒細腰。」他空等了幾年，大爲失望，只能是「真龍不用只畫圖，猛拍欄干寄三歎」（《畫龍》）。這是他初次離家，寫了不少懷家的詩：「湖海三年客，妻孥四壁居。饑寒應不免，疾病又何如。日夜思歸切，平生作計疏。愁來仍酒醒，不忍讀家書。」（《思家》）此時宋金邊釁已起，他再向北行，來到鄂州和淮河流域靠近前線的地方。「十年浪跡遊淮甸，一枕高眠到鄂州」（《到鄂渚》），想在從軍入幕一途找找出路，結果仍是「活計魚千里，空言水一杯」。（《淮上回九江》）

這次前線之行，他親身領受了「吾國日以小，邊疆風正寒」的局勢。開禧二年（一二〇六）十月，金分兵九路南下侵宋，破真州（今江蘇儀徵）、雲夢、滁州、淮河一帶又遭殘破。在此之後，他寫下了著名的愛國詩篇《頻酌淮河水》、《淮村兵後》、《盱眙北望》等，反映了人民飽受戰爭苦難，表達詩人熱愛祖國，懷念中原失地人民的深沉感情。

這十年外出活動破碎了他的衣錦還鄉之夢。「京華作夢十年餘，不道南山有敝廬。白髮生來美人笑，黄金散盡故交疏。」（《都下書懷》）於是想到「明知弄巧翻成拙，除却謀歸總是虚」。他只好失望而歸。

「十載身爲客，幾封書到家」（《湖上》）。由於音訊難通，他回來後纔發現家中出了變故，就在戴復古浪跡江湖時，結髮之妻已一病身亡，病中她還題二句詩於壁：「機番白苧和愁織，門掩黄花帶恨吟。」他見詩觸景傷情，續成一律：「伊昔天邊望藁砧，天邊魚雁幾浮沉。機番白苧和愁結，門掩黄花帶恨吟。自古詩人皆浪跡，誰知賢婦有關心。歸來却抱雙雛哭，碑刻雖深恨更深。」（《續祖妣題句》）戴復古與髮妻一往情深，如今失意而歸又逢喪妻之痛，真是禍不單行，他面對亡妻的肖像不禁唱出：「求名求利兩茫茫，千里歸來賦悼亡。夢井詩成增悵恨，鼓盆歌罷轉淒涼。情鐘我輩那容忍，乳臭諸兒最可傷。拂拭丹青呼不醒，世間誰有返魂香。」（《題亡室真像》）那時兩個兒子只有十多歲，面對亡妻稚子實在是催人淚下。

（二）第二次出遊

這次離家，大約是從温州（今浙江温州）、處州（今浙江麗水）一帶西上經江山（今浙江江山）、玉山（今江西玉山），至豫章（今江西南昌），一路有詩。以豫章爲落脚點，他在江西長住了一段時間，並在贛江、袁江、撫河、信江之間走動，後來還到過臨安、今福建、湖北、湖南、江蘇、安徽。約二十年後回家。這次出遊首先是因在家耐不住寂寞冷落和感傷，「到底閉門非我事，白鷗心性五湖傍」。（《家復有江湖之興》）當時又聞有不少京官調往江西，江西有了不少熟人，他知道京城米貴，居大不易，於是想得到地方官的幫助。他在江西住了一段時間，結果也很失望。失望之中他很矛盾，感到「山林與朝市，何處着吾身」。（《春日》）仕进之途是失敗了，於是轉向第二個目標——即廣交詩友，切磋詩藝。這個目標倒是實現了，詩歌創作也獲得了豐收。「蹭蹬歸來，閉門獨坐，贏得窮吟詩句清。」（《自述》）在他前十年中漸漸播開了詩名後，到這一階段，時賢、官吏、文人、遊士争着與他結交。嘉定七年（一二一四）京口（今江蘇鎮江）喜雨樓落成，知府史彌堅邀衆詩人慶賀，戴復古與會，作《京口喜雨樓落成，呈史固叔侍郎》，首句有「京口畫樓三百所，第一新樓名喜雨」。至今鎮江當地仍稱第一樓街。這時樓鑰、喬行簡、魏了翁等京官也與他時有唱和，還與趙汝騰、包恢、吴子良、鞏豐、趙蕃、曾景建、高翥、劉克莊、趙以夫、翁卷、孫季蕃等同期詩人，或結詩社，或互相品評詩稿，在文壇中逐步形成了江湖詩派。這期間，他作詩最多，詩集之中，大半作於這一時期。

浪跡江湖的生活充滿酸甜苦辣。作爲一個文人，低聲下氣地求人提攜，實出無奈。他在《都下書懷》中寫道：「讀書增意氣，攜刺減精神。道路誰推轂，江湖賦采蘋。」當時，落魄文人以遊食爲生涯的不少，「慶元以來詩人爲謁客者相率成風，干求一二要路之書，副以詩篇，動獲千萬緡；往往雌黄士大夫，口吻可畏」。（馬金《書石屏詩集後》）像宋謙父干謁了賈似道，得楮幣二十萬，造起了一棟華麗的房子。而戴復古則頗知自重，「廣座中不談世事，縉紳以是益多之」。然而流浪生活中常常遇到窘態。一次雪中生病，無米可炊，就像孔子厄於陳蔡之間而絶糧，他只好作詩向來訪者乞米。《譚俊明雪中見訪從而乞米》：「門外雪三尺，窗前梅數枝。野夫饑欲死，誰與辦晨炊。」梅不解饑，强顔乞米，可見他客居他鄉的困苦。當然這是比較極端的現象，平時總常有人送米送錢，如《謝王使君送旅費》：「黄堂解留客，時送賣詩錢。」他平生好施予，即人有所贈遺，亦緣手盡，所以有時饔餐不繼。寶慶三年（一二二七），上半年到江西，在《萬安江上》有「不能成佛不能仙，虚度人間六十年」、「無奈秋風動歸興，明朝問訊下江船」等句，動了歸興，於是請倪祖義和趙希邁作了序跋，後經玉山拜訪了趙蕃兄弟，然後回家。

（三）第三次出遊

大約在紹定二年（一二二九）春，他第三次出遊，「白髮出門來，三見梅花謝」，「昨夜夢中歸，及見老妻哭」。（《懷家三首》）從六十多歲到七十歲這一段遊歷，足跡較爲清楚。他先到福建，再轉江西，端平元年（一二三四）二次入福建，然後出梅嶺，遊廣州、桂林，再折回衡陽（今湖南衡陽），又經潭州（今湖南長沙），第三次到鄂州（今湖北武昌）。在端平三年（一二三六）往東遊吴門（今江蘇蘇州）、揚州，嘉熙元年（一二三七）被兒子從鎮江接回家。這近十年中，主要是訪友，並請人爲詩集作序，安排付梓。他二到福建，第一次是一二二九年春請陳昉作詩序；第二次是一二三四年，在邵武結識了嚴羽，並在邵武太守王子文的邀請下，做了一段時間的軍學教授，明《嘉靖邵武府志》卷四有記載。十月，王子文爲《石屏集》作了序。

端平元年（一二三四）冬，王子文邀嚴羽和戴復古同登邵武望江樓飲酒論詩，各執己見，争論不休。戴復古傾向於嚴羽，反對江西派，但又不同意把詩説得太空靈，太玄妙。後來戴作了《論詩十絶》系統地表達了作詩的見解，成爲詩壇佳話。（見《嚴羽學術研究論文選》）

嘉熙元年（一二三七），戴復古終於厭倦了四十年的江湖生涯，辭别故人，踏上歸程。「阻風中酒，流落江湖成白首；歷盡間關，赢得虚名滿世間。浩然歸去，憶着石屏茅屋趣；想見山村，樹有交柯犢有孫」。（《減字木蘭花》）這時他的詩名正盛，一路上趙葵、吴淵等故交、地方官饋贈較豐，最後有了一筆安家之費。「落魄江湖四十年，白頭方辦買山錢。老妻懸望占烏鵲，愚子催歸若杜鵑。濟世功名付豪傑，野人事業在林泉。難禁别後相思意，或有封書寄雁邊。」（《鎮江别總領吴道夫侍郎》）他終於回歸林下。

（四）最後十年

戴復古歸家後，年已七十，自此開始了他的老年生活。「焚香觀化，付斷簡於埃塵，隱几閉關，等一樓於宇宙，離群絶侶，對獨影爲賓朋。」（吴子良《石屏詩集序》）無求人之累，無奔走之勞，回到江南富庶之地，他的心情十分暢快，兒子新築了小樓以安老者，他過起了飲酒做詩安樂富足的隱士生活。所以有「豐年村落家家酒，秋日樓臺處處詩」（《久客還鄉》）的滿足心態。這一期間，他的侄孫輩已長大成人，每月與之結社唱和，分韻賦詩，留下了詩詞一四〇餘首。

戴復古晚年居家，每年的歲旦歲暮總要做幾首詩紀念，自七十五歲至八十歲，年年新歲有詩：「七十九歲叟，時吟感遇詩，年高胡不死，身健欲何爲。」（《新歲書懷四首》）「我已八十翁，此身寧久絆。諸君才傑出，玉石自有辨。」（《懶不作書，急口令寄朝士》）這裏可看出他已年高八秩。此後未見再有詩，也許這首就是絶筆詩了。看來，他的卒年大約是淳祐六年（一二四六）。死後葬於故鄉屏山，後人還建了戴公祠紀念他。

二、戴復古詩歌的思想内容

戴復古的一生，正處於民族矛盾十分尖鋭的時代，異族入侵中原，淮河以北大好江山淪入異族統治之下，使人生出「如此江山坐付人」之慨，而逃到南方的南宋小朝廷，偏安一隅，置民族危亡於不顧，一味追求享樂，廣大的人民備受淩辱，痛苦不堪。國恥民難，激起了多少愛國志士心中的巨瀾。他們都一致高呼，要用戰鬥來收復中原，實現國家統一。才華横溢的戴復古，堅定地站在主戰派一邊，高唱着「直把氣吞殘虜」，鼓動抗金。他一生未入仕途，奔波於江湖之上，南宋政治的腐敗、官場的虚僞和庸俗，鬱鬱不得志的坎坷經歷，給他的詩詞創作以深刻的影響和豐富的素材。在他的作品中，有傷時憂國的激憤，對中原陷落的慘痛，壯志難酬的概歎和對大好江山的歌詠。在他那色彩斑斕的詩作裏，始終貫串着一個愛國主義和關心人民疾苦的重大主題。戴復古詩詞的思想内容有五大特點：

（一）傷時憂國

戴復古一生布衣，半世江湖，但他未能忘情山水，却常爲國事擔憂。他在世時，宋朝與金、蒙發生的幾次戰事，在他的詩作中都有反映，使人感受到一顆滚燙的愛國之心。「昨日聞邊報，持杯不忍斟。壯懷看寶劍，孤憤裂寒衾。風雨愁人夜，草茅憂國心。因思古豪傑，韓信在淮陰。」（《聞邊事》）開禧二年（一二〇六）北伐失敗，金兵多路南侵，形勢岌岌可危，他想起了淮陰侯韓信，因爲國無良將，而統治者又不思臥薪嚐膽，「肉食者鄙，未能遠謀」，致使草茅之臣長夜難眠，有酒也不忍斟。嘉定十四年（一二二一），金破宋蘄州、黄州，形勢再度緊張，詩人作《遇淮人問蘄黄之變，哽噎淚下不能語，許俊不解圍，乃提兵過武昌》記載了此事，並譴責了許俊擁兵自重的行爲。寶慶三年（一二二七）楚州軍亂，姚翀平定了兵亂，詩人作《寄姚楚州》讚揚他「臨機一著妙，入境衆心安」。紹定六年（一二三三）金乞和於宋被拒，端平元年（一二三四）宋、蒙合圍滅金，他都有詩作。他以詩的形式記載了史實，可補歷史記録的不足，堪稱「詩史」。

戴復古一生希望收復中原，恢復故國，他年青時就期望兒子長大能「爲國取中原，辟地玄冥北」。（《阿奇晬日》）到老還希望老朋友豐有俊能「喚起東山丘壑夢，莫惜風霜老手，要整頓封疆如舊」。（《賀新郎・寄豐宅之》）可是現實十分令人失望，他在《盱眙北望》中寫道：「北望茫茫渺渺間，鳥飛不盡又飛還。難禁滿目中原淚，莫上都梁第一山。」面對着「乾坤限南北」的局面，有山而不敢登，詩人對朝廷以淮河自守，不圖恢復，感到無比痛心和憤慨。這首詩與劉過的《登多景樓》相比，有異曲同工之妙：「壯觀東南二百州，景於多處最多愁。江流千古英雄阻，山掩諸公富貴羞。北國懷人頻對酒，中原在望莫登樓。西風戰艦成何事，空送年年使客舟。」偏安一隅的恥辱，時時噬齧着作者痛苦的心，目擊大好河山變成膻腥之地，故國之思更加強烈。「小桃無主自開花，煙草茫茫帶曉鴉。幾處敗垣圍故井，嚮來一一是人家。」（《淮村兵後》）無主小桃、茫茫煙草、曉鴉繞樹、敗垣故井，真實地記録下了一片山河破碎的淒涼景象，構成了引起人們傷感的氛圍，使縷縷懷舊之意，昇華爲憂國憂時之情，把應該是充滿生氣的桃花、井欄、矮牆等意象與當今滿目蕭瑟的具象纏繞在一起，更深刻而含蓄地透露出故國山河淪落之恨。此中高超的手法，可與杜甫媲美，所以姚鏞指出：「至於傷時憂國，耿耿寸心甚矣，其似少陵也。」

（二）諷喻朝政

戴復古以在野之身，對時政往往看得更爲明白透徹，對局勢的剖析也更大膽、犀利，所以王子文在《石屏集序》中評價是：「長篇短章，隱然有江湖廊廟之憂，雖詆時忌，忤達官弗顧也。」

嘉定七年（一二一四）五月，金遷都南京（今河南開封），真德秀上書奏邊事，不顧忌諱一疏萬言，略言：「今當乘敵之將亡，亟圖自立之策，當事變方興之日，示人以可侮，是堂上召兵，户内延敵。請罷金歲幣。」事後，戴復古獲見此疏，伏讀再三，引起了強烈的共鳴。他一氣呵成三百餘言的長篇古風《見真舍人奏疏有感》，坦率地寫出了對時政的見解：「百年河海行胡朔，恨滿東南天一角，夷甫諸人責未酬，志士愁眠劍鋒落。……請朝廷，厲精兵，擇良將，辦多多，策上上，更選人材，老練通達，分守要衝，講明方略，一賢可作萬里城，一人可當百萬兵，當令國勢九鼎重，所賴君心一點明。」可惜統治集團苟安偷樂，不圖恢復，君心未明。於是作者把筆鋒直指朝廷：「朝廷爲計保萬全，往往忘却前朝恥。」身爲堂堂大宋皇帝，却向金國小朝廷納幣稱臣稱侄，真令天下英雄扼腕，所以詩人一針見血地指出是統治者貪生怕死，忘記了國恥家仇。作者如此大膽直言，實是可敬可佩。

端平元年（一二三四），南宋派孟珙聯合蒙古兵滅金後，南宋小朝廷上下興高采烈，大事宣揚，邊臣論功，朝臣頌德，陶醉在虛浮的勝利之中。詩人頭腦清醒而有遠見，他在《聞時事》中寫道：「昨報西師奏凱還，近聞北顧一時寬。淮西勳業歸裴度，江左聲名屬謝安。夜雨忽晴看月好，春風漸老惜花殘。事關氣數君知否？麥到秋時天又寒。」詩人敏鋭地看出今後局勢將更危急，蒙古人將更難對付，蒙古取金後又將南侵滅宋，「麥到秋時天又寒」一句，既明顯又含蓄地指出了在這種虛假的勝利之後，接着將像秋時轉寒一樣，國家更大的危機就在後頭。後來事實的變化，果然證實了他的預言，作者的遠見卓識於此可見一斑。

還有像「邦計傷虛耗，邊民苦亂離。諸公事緘默，三學論安危。災異天垂戒，修爲國可醫。傳聞上元夜，絶似太平時」（《讀三學上書論事二首》），以邊民之苦與上元夜對比，以諸公的緘默與三學士越職論事對比，嘲諷了統治者的醉生夢死。「黄屋見聞遠，朱門富貴忙。屠沽思報國，樵牧解談王」，生動地表現了下層人民心系國家的愛國情愫，也表達了詩人關心時局，哀其不争的心情。

（三）同情人民疾苦

詩人自幼來自鄉村，遊歷江湖，也長久地生活在社會中下層人們中間，對百姓的疾苦有深切的瞭解，所以他寫百姓生活，寫人民的疾苦也就特別真切感人。如《大熱》：「田水沸如湯，背汗濕如潑，農夫方夏耘，安坐吾敢食！」詩中寫天氣之熱和大熱中農夫耕作之苦，自己不敢安坐而食，表達了作者對農夫的樸素的感情。南宋戰禍不斷，苛捐雜税繁多，負擔沉重，農夫受耕作之苦，却享受不到豐收之樂，作者在《織婦歎》中運用對比手法，揭示得尤爲深刻：「春蠶成絲復成絹，養得夏蠶重剥繭。絹未脱軸擬輸官，絲未落車圖贖典。一春一夏爲蠶忙，織婦布衣仍布裳。有布得著猶自可，今年無麻愁殺我。」詩以織婦自歎的形式，訴説她們的愁苦，一年辛苦，爲人作嫁，到頭來連籌辦麻布衣服禦寒都成問題。同朝張俞有《蠶婦》詩：「昨日入城市，歸來淚滿襟。遍身羅綺者，不是養蠶人。」（《古代詩歌選》第三册）試與上詩相比，戴詩更具體，更真切。石屏詩中憫農之作較多，而《嘉熙己亥大旱荒六首》和《庚子薦饑六首》真實地記録了詩人在家鄉親身經歷的一二三九年和一二四〇年大旱災，堪稱爲這類詩的代表作。作者從「四野蕭條甚，百年無此荒」的景象寫起，寫出了數萬饑民嗷嗷待哺，餓殍遍野，而富户却乘時閉糴，官府賑恤，也只是一紙空文，逼得饑民以草木爲食，相聚爲盜，揭示了官逼民反的過程。同時發出「與人同一飽，安得米千艘」之歎，反映出詩人與人民休戚與共的精神。這二組詩歌，最具有人民性，試舉其一：「餓走抛家舍，縱横死路歧。有天不雨粟，無地可埋屍。劫數慘如此，吾曹忍見之。官司行賑恤，不過是文移。」其他還有《江漲見移居者》、《刈麥行》等詩也都充滿了對勞動人民的同情。

（四）歌詠山河

詩人好遊歷登覽，「凡喬嶽巨浸，靈洞珍苑，空迥絶特之觀，荒怪古僻之蹤，可以拓詩之景，助詩之奇者，周遭何啻數千萬里」。（吴子良《石屏詩後集序》）南半個中國，他遊歷幾遍，面對祖國壯麗河山，他總是熱情謳歌。但純乎寫景的又不多見，唯《江村晚眺二首》早已膾炙人口：「數點歸鴉過別村，隔灘漁笛遠相聞。菰蒲斷岸潮痕濕，日落空江生白雲。」「江頭落日照平沙，潮退漁船閣岸斜。白鳥一雙臨水立，見人驚起入蘆花。」江村二首寫詩人家鄉近海江邊的風光，用白描手法，突出歸鴉、漁笛、落日、漁船、白鳥等傍晚景象，有聲有色，既寧謐又安閒，最後白鳥飛入白蘆花，又静中有動，别有妙趣。

戴復古的歌詠景物詩詞，大多寄寓着家國之思，更見深沉，如《南嶽》：「五嶽今惟見南嶽，北望乾坤雙淚落。」再如《題李季允侍郎鄂州吞雲樓》：「輪奂半天上，勝概壓南樓。籌邊獨坐，豈欲登覽快雙眸。浪説胸吞雲夢，直把氣吞殘虜，西北望神州。百載一機會，人事恨悠悠。」由吞雲樓觸發，直要氣吞殘虜。登覽不僅是爲了一飽眼福，更是爲了西北望神州，但壯志未酬，令人感慨不已。

（五）吟唱友情

詩人浪跡江湖，交了不少朋友，有姓名可考的就有三百多人，這些人都有詩唱和，所以這部分詩特多。多了就難精，但於中也有不少詩寫出了真摯的感情，至今讀來令人動情。如《别邵武諸故人》：「白髮亂紛紛，鄉心逐海雲。此行堪一哭，無復見諸君。老馬尋歸路，孤鴻戀舊群。酒闌何處笛，今夜不堪聞。」此詩寫離别之際難捨難分之情，詩人以孤鴻、老馬自況，更顯孤單，正在「醉不成歡慘將别」之時，忽有笛聲傳來，倍感悽愴，真能催人淚下。這裏需要指出來的是戴復古不但敦於友誼，特别對落難、貶官的朋友，他更見親切，倍加垂青。他自已不是達官貴人，不能助人一臂之力，但他能相濡以沫，落難之中見真情，從這些小事中可見一個人的品質、情操。所以在當時江湖之上很有名聲。有一年戴復古遠在福建，得知青年詩人姚鏞因觸犯權貴陳子華，被遠貶嶺南，他不但不避忌，還不遠千里特地「度梅嶺、涉西江」和姚鏞相會於「衡嶽之陽」，表示安慰，並作一詩：「寒入疏篷夜雪深，是非難辯口如瘖。一官不幸有奇禍，萬事但求無愧心。」（《懷雪篷姚希聲使君》）姚鏞十分感激，回贈一詩：「萬里尋遷客，三年見此人。」並對他的「其於朋友故舊之情每惓惓不忘」給予很高評價。觀詩集中，像《有議袁蒙齋者》、《曾景建得罪道州聽讀》等詩頗不少，確是難得。

戴復古詩詞的内容十分豐富，還有一些感歎身世之詩，思鄉懷家之作，也都很有特色，這裏不一一列舉。然而戴復古又生活在宋儒理學的時期，他與真德秀交往頗深，總或多或少地受了影響，打上了時代的烙印，所以在他的詩裏，有時也發一點極迂腐的言論，如《侄孫景文多女賀其得雄》：「陰極一陽轉，君家氣數回。」《飲中達觀》：「人生安分即逍遥，莫向明時歎不遭。赫赫幾時還寂寂，閑閑到底勝勞勞。一心似水唯平好，萬事如棋不着高。王謝功名有遺恨，爭如劉阮醉陶陶！」還有「萬事盡從忙裏錯，一心須向静中安」(《處世》)等等。這些都表現出了詩人思想上消極守舊的一面。

三、戴復古詩詞的創作風格

宋詩是在唐詩高度成熟的基礎上發展起來的，而又具有着十分鮮明的特色，歷來被認爲是我國古典詩歌發展中的重要階段。宋初西崑體繼承了晚唐五代浮靡詩風，片面追求聲律諧協和詞采的華美。至北宋中期，被歐陽修等宣導的詩文革新運動所取代。後來宋文長於議論的特點也傳染到了詩歌之中，黄庭堅、陳師道等變本加厲，形成了「以文字爲詩，以才學爲詩，以議論爲詩」的江西詩派，風靡一代，成爲時尚。於是「四靈」詩派、江湖詩人就群起而攻之，他們選擇了晚唐賈島、姚合的道路，要求以清新刻露之詞寫野逸清瘦之趣，别開生面。戴復古就生活在這樣一種氛圍之中。

戴復古年輕時學詩於林景思、徐淵子，真德秀、陸放翁，後又遊歷江湖，廣結詩友，「所酬倡諗訂，或道義之師，或文詞之宗，或勳庸之傑，或表著郡邑之英，或山林井巷之秀，或耕釣酒俠之遺，凡以爲師友者何啻數十百人」。(吴子良《石屏詩後集序》)廣搜博取，於是詩藝大進，成爲大家。真像清人宋世犖所評：「瓣香於杜老，親炙於放翁。用能成一家之言，垂千秋之業。」

戴復古的詩作，受「四靈」和晚唐詩風的影響較多，他反對蹈襲古人，反對好奇尚硬，主張自出機杼和音韻天成，具有鮮明的特點。端平元年(一二三四)，他在邵武，與王子文、嚴羽諸家論詩，專門寫了《論詩十絶》闡明自己的觀點。

在《十絶》中，他主張首先意義貴雅正，要文以載道，反對遊戲文章。其次是氣象貴雄渾，反對雕鎪太過，提倡樸實，避免粗俗。其三是提倡直抒胸臆，反對循習陳言。其四是言之有物，關心國事。

其五音節婉暢。其六要善於煉字煉句。這些詩歌主張切中當時詩壇流弊，很有針對性。宗廷輔《古今論詩絶句》：「宋人論詩都見詩話。唯以詩論詩，止此《十絶》。石屏一生得力，略屬此《十絶》，即有宋一代詩學，亦略包此《十絶》中，其語直截痛快，度盡初學金針。」以詩論詩的不多見，雖非戴氏一家，而如此系統的論詩，確實是空前的，評價很有見地，戴復古還在詞中論詩，如《望江南・石屏老》，也十分難得。

《十絶》是他的詩歌主張，他在創作實踐中也是身體力行的。綜觀他的詩詞，有三個特點比較明顯，那就是：意境開闊，風格豪放；不用典或少用典；藝術語言多彩多姿。

詩人學陸遊，筆觸奔放，氣度恢宏，在古體中表現得特別突出。古體格律稍弛，能容納其橫放傑出的詩思，所以他喜作、多作。如《毗陵天慶觀畫龍呈王使君》：「一龍翻身出雲表，口吞八極滄溟小。手弄寶珠珠欲飛，握入掌中拳五爪。一龍排山山爲開，頭角與石争崔嵬。波濤怒起接雲氣，不向九霄行雨來。」再如《題豈潛平遠圖》：「海天龍上下，秋日鶴翺翔。」不但句有氣勢，並畫出海天空闊，煙雲變幻景象，非身至其境，不知詩之妙也。還有像《南嶽》先寫出其氣勢：「南雲飄渺連蒼穹，七十二峰朝祝融。淩空棟宇赤帝宅，修廊翼翼生寒風。」詩人展開想像的翅膀，以浪漫主義手法，渲染了南嶽的高大偉岸，再筆鋒一轉：「朝家遣使嚴祀典，御香當殿開宸封。願四海，扶九重，干戈永息年屢豐。五嶽今惟見南嶽，北望乾坤雙淚落。」山河破碎，五嶽只留南嶽，氣象轉爲沉鬱，意象與主題結合緊密，讀來很有感染力。

宋時詞作盛行，原來詩中一些柔麗的東西就都撤退到了詞裏，成爲「詩餘」，於是宋詩顯得枯燥，而宋詞越加輕柔，被人視作「小道」。但到了蘇軾、辛棄疾、陸遊手裏，拓寬了詞境，創建了豪放一派，戴與辛、陸前後，他的四十多首詞作裏，有一半以上是慷慨激昂的，應該説他在合力開拓詞的疆域方面是功不可没的，也可算是豪放派中的一位旗手。試看他的「想當時，周郎年少，氣吞區宇。萬騎臨江貔虎噪，千艘列炬魚龍怒。卷長波，一鼓困曹瞞，今如許」，這一首《赤壁懷古》雄渾天成，其中只三十多字寫盡了赤壁鏖兵中波瀾壯闊的場面，具體而生動。據説此詞寫成後，當即受到時人的讚賞。陳復齋每飲中，自按拍歌之。並作大字，刻於廬山之羅漢寺中，可見當時之影響。《四庫全書總目提要》大加讚賞，確是非同一般。

再如《賀新郎·寄豐真州》，這首詞在藝術風格上沉鬱與豪放，幽怨與雄渾結合，上片沉鬱哀傷，下片豪健輕快，氣勢旺盛雄渾，全詞由抑鬱轉昂揚，由低沉趨奔放，當情感發展至頂點時，戛然而止。這固然與作者的「負奇尚氣，慷慨不羈」的個性有關，而更多的則是導源於蘇辛詞風。作者曾説宋壺山「歌詞漸有稼軒風」，其實以此評他自己倒最恰當不過了。

石屏詩詞多用白描手法，很少使事用典，通讀全集，拗口和難懂的幾乎没有。他還常用口語、農諺入詩，清新有趣。像《田園吟》：「自古田園活計長，醉敲牛角取宫商。催耕啼後新秧緑，鍛磨鳴時大麥黄。桐樹著花茶户富，梅林無實秫田荒。狂夫本是農家子，抛却一犁遊四方。」題下自注云：「俗諺：茶樹發花，茶户大家。又云：樹無梅，手無杯。」果是田園上氣十足，不像有些市井之人強説田園，終隔一層。還有像《洞仙歌》：「賣花擔上，菊蕊金初破。説着重陽怎虚過。看畫城簇簇，酒肆歌樓，奈没個巧處安排着我。家鄉煞遠哩，抵死思量，枉把眉頭萬千鎖。一笑且開懷，小閣團欒，旋簇着幾般蔬果。把三杯兩盞記時光，問有甚曲兒，好唱一個？」這首詞用了不少通俗而清新的口頭語，讀來親切感人，寫出了客裏重陽的景況，生活氣息特濃，又富有表現力，這在石屏詞裏，乃至在整個宋詞裏都是比較新鮮的，所以常被選家挑入選本中，同時也是被後人傳誦的全詞不用典故的名作。

戴復古詩中也偶有用典的，却用得很自然妥帖，使人不覺其用典。像《寄韓仲止》：「杯舉即時酒，詩留後世名。」詩句明白如話，却是從《晉書·張翰傳》「使我有身後名，不如即時一杯酒」中化出，很貼切自然。又陳簡齋有：「客子光陰詩卷裏，杏花消息雨聲中。」陸放翁有：「小樓一夜聽風雨，深巷明朝賣杏花。」異曲同工，皆佳麗句也。石屏有：「一冬天氣如春暖，昨日街頭賣杏花。」(《都中冬日》)別有情趣，不覺蹈復，其意致之佳，也直逼前人。

戴復古用字精審，常爲同輩人所稱道。他自己就説：「作詩不可計遲速，每一得句或經年而成篇。」最有名的例子就是《世事》：戴復古嘗見夕陽映山得句：「夕陽山外山」，自以爲奇，久未對上，於是提出與朋友探討，劉叔安以「塵世夢中夢」對，還不愜意；後至都中與李好謙、王深道、范鳴道談詩，鳴道以「春水渡傍渡」相對，當時未覺爲奇，後來行村中，春雨方霽，行潦縱横而無路，逐步打渡而行，見此實景，方悟此對之妙。一句五言，與衆朋友切磋，見了實景方纔放心，其苦心搜索的態度可見一斑，所以他的詩中語言就特别多彩多姿。「雨行山崦黄泥阪，夜扣田家白板扉。」(《夜宿田家》)黄與白相對，特别醒目，全句白描。黄泥阪寫雨中行路之困頓，白板扉寫所寄宿田家的簡樸，看似不經意，却正是精心描寫之處。作者提出要「玉經雕琢方成器，句要豐腴字要安」(《論詩十絶》)，要想掌握其中的真諦，他的作品就是很好的範例。

四、關於本書的點校工作

戴復古一生作詩近二千首，作詞五十篇左右，文章未見記載。他的詩詞版本較多，宋人選編的有：一、嘉定间(一二一三左右)，趙汝讜任湖南轉運使時，爲戴復古選出一三〇首詩，編成《石屏小集》出版。二、紹定五年(一二三二)，戴復古收拾散稿，又有了四百多篇，袁甫就中摘取百首，附於《小集》之後，戴作了自序，這是《石屏續集》。三、後來蕭泰來又選了《石屏三稿》。四、端平元年(一二三四)左右，李賈選其近作成《石屏四稿》上卷；端平三年(一二三六)，姚鏞另選得六〇首，成《石屏四稿》下卷。李賈將上下卷一併入梓。五、淳祐三年(一二四三)，吴子良爲新編的《石屏後集》作序，此集有詩千首，這是第五稿。六、書商陳起等收江湖詩人之詩，隨收隨刻，總稱《江湖集》，内有石屏之詩，惜後散佚。僅有宋抄本《南宋六十家小集》（當是《江湖集》中之一），六十家中有《石屏續集》四卷，收詩一一一首。觀其内容，當是袁甫所編的《石屏續集》。陳思所編《两宋名賢小集》也有此《石屏續集》四卷，内容基本相同。又陳起編的《南宋群賢小集》中有《中興群公吟稿》戊集卷一至三，收戴詩一〇三題。篇目及編排次序與《六十家集》中的四卷不同，詩篇略有重復。以上宋本均为單行的選本，至今大都亡佚了，只有在《南宋六十家小集》和《两宋名賢小集》中的保留了下來。

元代其七世孫戴子英，彙集家藏舊本重刻，請貢師泰在至正十八年（一三五八）作序，稱《石屏先生詩》。這個元刊本今已亡佚，大約收詩較全。明《詩淵》據此本録入大量戴詩，有些爲諸本未見。

明弘治十七年（一五〇四），廬州通判馬金以其家所得抄本，與石屏十世孫六安學正戴鏞家藏版本校對異同，以選家眼光，選出詩九百篇，計近古體一卷九八首，五言律四卷四五二首，七言律一卷二二〇首，絶句一卷一三〇首。重加編次，按體裁分爲七卷，詞二五篇，另立一卷，戴敏詩一〇首仍録集首，又取鏞所藏戴東野詩一三三首爲一卷，其他戴氏諸孫詩九七首，計二七人，另立一卷，附載於後，合爲一〇卷，定名爲《石屏詩集》，成爲定本，通稱明弘治本，是以後明清刻本的祖本。

此本至今流傳較廣的有四个版本：一、清代乾隆《四庫全書》本《石屏詩集》，六卷，已將戴氏裔孫之作另立單行，石屏之詞也另立一部，删除了明代的序跋，並將七卷併爲六卷，其中詩篇也略漏一二。二、清吴之振編的《宋詩鈔・石屏詩鈔》，計五〇六首，編次與弘治本同，而詩已少了許多。後《宋詩鈔補》中《石屏集補録》又補了一六首並六聯。三、嘉慶二十二年（一八一七）臨海宋世犖刊的《台州叢書甲集》本《石屏集》一〇卷。四、一九三四年商務印書館出版發行的《四部叢刊》本《石屏詩集》一〇卷。其中《四部叢刊》本和《台州叢書甲集》本較完整地保留了弘治本的原貌。

一九九二年浙江古籍出版社印行金芝山先生校勘的《戴復古詩集》，和最近出版北京大學編的

《全宋詩・戴復古詩》據的就是《四部叢刊》本。具體的版本源流詳見附録三中的《石屏詩詞版本略述》。

比較《四部叢刊》本和《台州叢書甲集》本《石屏集》之優劣，可謂各有千秋。金芝山先生以四部本作底本校出以上兩本之異文七六條，其中據台本得以改正或補正的七條。筆者此次以台本作底本重校，得異文一二五條，其中據四部本得以改正或補正的一二條，而台本正確四部本錯誤也有一〇條。

本次校勘即以《台州叢書甲集》本爲底本，其理由有三：一是《台州叢書甲集》系清代嘉慶間（一八一七年）台州出版家臨海宋世犖雕板印刷的木刻本原本，出版較早，流傳有序，刻印較精。二是現有流通的幾乎都是四部本，以台本爲底本的還没有出版過，應該讓其出版與讀者見面。三是正好筆者有祖傳家藏的木刻版《台州叢書甲集》本《石屏集》。因此本書校勘即以此木刻本《石屏集》爲底本，參校《四部叢刊》本《石屏詩集》（簡稱四部本）、《文瀾閣四庫全書》本（簡稱四庫本）、《宋詩鈔》本（簡稱宋詩鈔本）、《南宋群賢小集》本（簡稱群賢集本）、《南宋六十家小集》本（簡稱六十家集本）、《永樂大典》、《詩淵》、《全芳備祖》、《全宋詞》等，並對浙江古籍出版社出版的《戴復古詩集》和近出的《全宋詩》本有所借鑒。對底本中未收的少量詩詞，參考前人成果（特别是浙江師範大學張繼定先生和北京大學王嵐先生的研究成果）予以鈔補； 并收入近年發現的佚文三篇，對其中《宋故淑婦太孺人毛氏墓誌銘》，經與原石刻校對後亦予以補上。底本計詩詞九四二首，文三篇。現新增詩鈔補六七首，詞鈔補二一首，佚文鈔補三篇，除去詩詞互見四首，全集詩詞共一〇二六首，文六篇。

其中詩作有歸屬問題的，已作如下處理：一、底本卷一末有《漁父詞四首》，底本以詩入編兩首，缺其三其四兩首。《全宋詩》亦以詩録入，而《全宋詞》作爲詞作收録。因原作者及其編者均作爲古體詩編入，今即以原底本爲准以詩入編，將其三其四録入卷八詩補鈔中，又於卷八詞集鈔補中録入全四首，作爲互見。二、卷七絶句中有《初夏游張園》一詩，此詩《千家詩》題爲戴復古之父戴敏作，《千家詩》流布甚廣，爲廣大讀者所熟習。其實《千家詩》非宋人所編，爲後人托僞，不足爲據。戴復古曾對父詩多方搜訪，僅得十篇，後將十篇編入《石屏詩集》卷首，而此詩不在其列，可見此詩非戴父所作。此詩已被其明代後人編入《石屏詩集・卷七》，當爲戴復古所作無疑。三、《千家詩》中還有《月中泛舟》七律一首，題爲戴復古所作，因其意境甚好，歷來膾炙人口。但底本無此詩，如此好詩其後裔當不會漏收。檢索《全宋詩》，却在《白玉蟾集》中有一首《黄巖舟中》：「滿船明月浸虚空，緑水無痕夜氣濃。詩思浮沉檣影裏，夢魂摇曳櫓聲中。星辰冷落碧潭水，鴻雁悲鳴白蓼風。一點漁燈依古岸，斷橋垂露滴梧桐。」兩詩僅個别字不同，可知此詩實爲白玉蟾所作，應是編《千家詩》者張冠李戴所致，今不予收入。

本書編排體例基本按照《台州叢書甲集》本《石屏集》排列，原編者已對目録中過長的題目作了删改，今恢復其全貌。卷一之近古體，底本將五言古體和七言古體混編，不盡適當，但考慮到其中有些詩是同期所作排在一起的，爲有利於後人研究分析，故不作調整。原編於序跋中之戴復古自己的題跋三篇，爲原集中僅有之文章，已加題另立一類，與新增的詩、詞、文鈔補同列於卷八之後。對底本中置於卷首的《東臯子詩》，列入附録一。輯於縣志的戴復古妻所作詞一首，及其餘戴氏後人的詩作亦列入附録一。後人之傳記、序跋、酬唱、評價詩文，列爲附録二，由於底本之次序太亂，不利於後人的研究，今按其所作日期次序重新排列，未署日期的按内容酌定，再參酌各版本適當增加了歷代一些文人的序跋和評價文章。附録三收入點校者幾年來發於各書刊的戴學論文，供參閲。

在校勘中，對戴復古注於題下、詩中的文字，标作「原注」，底本編者所加的校注标作「底本校注」，一律照録放入校勘記中。底本與各校本有差異的，如俱可通，則於校記中注明，底本有殘缺或錯誤，則據各本補正。明顯誤字則徑改並作注。

受父兄之影響，吴茂雲從小喜讀戴復古之詩詞，一九八五年大學作畢業論文，就以戴詩爲研究方向，寫成《戴復古家世考》一文，發表於《成都大學學報》一九八七年第四期，這是當今期刊中能檢索到的最早之戴學論文。二十多年來，一直跟蹤此課題，積累了不少資料，後陸續寫了幾篇文章見諸書刊。二〇〇四年開始決心爲戴復古詩詞作校點，欲爲同好者提供一個比較完整的全集版本。二〇〇六年浙江省哲學社會科學發展規劃領導小組辦公室將「浙江文獻集成」課題向全社會招標，其中有《石屏詩集》整理一項，遂由吴茂雲、鄭偉榮、夏建國、吴良顥組成課題組，共同積極申報，在台州市社聯的幫助下一舉中標，作爲省社科課題立項。後經年共同努力而成稿。因條件所限，好多資料難以查找，資料蒐集無止境，學問更無止境。因此不揣固陋，先行付梓，公諸同好，先抛引玉之磚。由於點校者學識水準有限，書中錯漏之處在所難免，唯願各方專家和學者不吝賜教。

吴茂雲之先父吴慎因、長兄吴延齡均喜愛戴詩，常以戴詩寫成書法作品。一九九三年，篆刻家王京畫先生至温嶺，得知吴茂雲有志於研釋戴詩，遂題字以嘉勉，今均影印置之卷首。

中國社會科學院文學研究所劉揚忠教授和浙江大學胡可先教授百忙之中爲本書作序，家兄吴小維爲本書審改了全稿，均使本書增色不少。市圖書館的同志和毛旭館長爲蒐集資料提供了方便，謹表謝忱。

〔二〕宋·戴復古著《石屏集》，木刻版《台州叢書甲集》本。
〔三〕同上。
〔三〕清·紀昀等著《影印文淵閣四庫全書》一四八八册六一三頁。
〔四〕宋·戴復古著《石屏集》，木刻版《台州叢書甲集》本。
〔五〕同上。
〔六〕同上。

目録

戴復古集卷第一

近古體

戴復古集卷第二

五言律

戴復古集卷第三

五言律

戴復古集卷第四

五言律

戴復古集卷第五

五言律

戴復古集卷第六

七言律

戴復古集卷第七

絶　句

戴復古集卷第八

詞

文

詩集鈔補

近古體

五言律

七言律

五　絶

七　絶

附録一　東臯子及族人詩詞

東臯子詩

戴復古妻詞

戴東野詩

序跋補輯

詩評

詩評補輯

附録三　校點者戴復古論文選録

附録四　索　引

戴復古集卷第一

近古體

求先人墨蹟呈表兄黄季文

我翁本詩仙，遊戲滄海上。引手掣鯨鯢，失脚墮塵網。身窮道則腴，年高氣彌壯。平生無長物，飲盡千斛釀。傳家古錦囊，自作金玉想。篇章久零落，人間眇餘響。蒐求二十年，痛淚濕黄壤。君家圖書府，墨色照青嶂。我翁有遺蹟，數紙古田樣。髣髴鍾王體，吟句更豪放。把玩竹林間，寒風凛悽愴。昂昂野鶴姿，愧無中散狀。兒孤襁褓中，家風隨掃蕩。於兹見筆法，可想翁無恙。幽居寂寞鄉，風月共來往。衆醜成獨妍，群瘖怪孤唱。一生既蹉跎，人琴遂俱喪。託君名不朽，斯文豈天相。舊作忽新傳，識者動慨賞。嗟予忝厥嗣，朝夕愧俯仰。敢墜顯揚思，幽光發草莽。假此見諸公，丐銘松柏壙。君其啟惠心，慰彼九泉望。

夢中亦役役

半夜群動息，五更有夢殘[一]。天雞啼一聲，萬枕不遑安。一日一百刻，能得幾刻閒。當其閒睡時，作夢更多端。窮者夢富貴，達者夢神仙。夢中亦役役，人生良鮮歡。

校勘記

〔一〕有：四部本作「百」。

飲馬長城窟

朔風凜高秋，黑霧翳白日。漢兵來伐胡，飲馬長城窟〔一〕。古來長城窟，中有戰士骨。骨久化爲泉，馬來吃不得。聞説華山陽，水甘春草長。

校勘記

〔一〕來伐胡：四庫本爲避諱改作「方開邊」。

白苧歌〔一〕

雪爲緯，玉爲經。一織三滌手，織成一片冰。清如夷齊，可以爲衣〔二〕。陟彼西山，於以采薇。

校勘記

〔一〕底本校注：黄玉林云：趙懶庵爲戴石屏選詩百篇，南塘稱其識精到，其間《白苧歌》最古雅，語簡意深，今世難得，所謂一不爲少。

〔二〕底本校注：夷齊，一作齊夷。

羅敷詞

妾本秦氏女，今春嫁王郎。夫家重蠶事，出采陌上桑。低枝采易殘，高枝手難攀。踏踏竹梯登樹杪，心思蠶多苦葉少。舉頭桑枝掛鬢唇，轉身桑枝勾破裙。辛苦事蠶桑，實爲良家人。使君奚所見，爲妾駐車輪[二]。使君口有言，羅敷耳無聞。蠶饑蠶饑，采葉急歸。

校勘記

[二] 奚：宋詩鈔本作「何」。見：四部本作「爲」。爲：四部本作「見」。

題陳毅甫家壁[一]

朱門金叵羅，九醞葡萄春。酌貴不酌賤，酌富不酌貧。君家破茅屋，飄摇河水濱。中有一樽渌，醉盡天下人。

校勘記

[一] 原注：了翁之後也。

答婦詞[二]

江山阻且長，矯首鄉關隔。空閨泣幼婦，憔悴失顔色。隱閔鸛鳴篇，寄彼西飛翼。剥封覽情素，既喜復淒惻。别時梅始花，傷今食梅實。覽古帝王州，結交遊俠窟。千金沽美酒，一飲連十日。春風吹酒醒，始知身是客。杜宇啼一聲，行人淚横臆。衣破誰與紉，髮垢孰與櫛。勿謂遊子心，而不念家室。新交握臂行，肝膽猶楚越。醜婦隔江山，千里情弗絶。殷勤揮報章，歸計何時決。今夕知何夕，睹此纖纖月。此月再圓時，門前候歸轍[三]。

校勘記

[二] 原注：舊嘗和《顧彦先婦答夫》二首，故復賦此篇。

[三] 底本校注：歸，一作車。

都中書懷呈滕仁伯秘監

北風朝暮寒，園林日蕭條。自非松柏姿，何葉不飄摇。儒衣歷多難，陋巷困簞瓢。無地可躬耕，無才仕王朝。一饑驅我來，騎驢吟灞橋。通名丞相府，數月不見招。欲登五侯門，非皓齒細腰。索米長安街，滿口讀詩騷。時人試静聽，霜枝囀寒蜩。倘可悦人耳，安望如簫韶。

桐廬舟中

吴山青未了，桐江緑相迎。扁舟問何之，往訪嚴子陵。高風凛千古，臥蹴萬乘主。富貴直浮雲，羊裘釣煙雨。

湖北上吴勝之運使，有感而言，非詩也

蒼生積釁久，天欲盡殺之。干戈殺不盡，繼以大旱饑。田野委餓莩，道路紛流離。衆人識天意，不敢加扶持。公懷佛子性，逆天救民命。擅移太倉粟，衆拂生塵甑。全活十萬家，九州詠仁政。逆天天弗怒，鬼神胡不恕。白玉尚指瑕，青蠅工點素。秋風動蓴鱸，公亦思歸去。問公歸去兮，蒼生誰怙恃[一]。

校勘記

[一] 底本校注：兮，一作來。怙恃，一作恃怙。

所館小樓見山可喜

兹樓非我有，久居如主人[二]。雖無往來客，青山當佳賓。君看樓下路，三尺軟紅塵。失脚踏此塵，汩没多終身[三]。

校勘記

[二] 居：四庫本作「住」。

[三] 汩：底本誤作「汨」，據四部本改。

客行河水東

客行河水東，客行河水西。客行河水南，客行河水北。行行無已時，朱顔變老色[一]。至人棲一方，庭户羅八極。保心如止水，不受萬物役。有道肥其軀，故能適所息。

校勘記

[一] 已：六十家集本作「幾」。

和山谷上東坡古風二首，見一朝士，今取一篇

自鬻非奇貨，強鳴非好聲。法當老山林，松根斷茯苓[一]。劫來長安道，霜鬢迫衰齡。窮吟無知音，只覺太瘦生。公詩妙一世，風雅見根蒂。比興千萬篇，已作不朽計[二]。窮達雖不同，嗜好乃相似。

校勘記

[一] 底本校注：斷，一作斫。

[二] 底本校注：篇，一作端。

題古源棠和尚送青軒

南山色射窗，北山光照户。道人處其中，冰玉爲肺腑。玆山自開闢，荒翳幾年所。一朝得主人，

荊榛化庭宇。手披風月藏，目極煙霞趣。居然獲奇觀，人境賀相遇。道人詩更高，不作蔬筍語。朝對北山吟，暮對南山賦。聞説玉堂仙，擊節賞佳句。

大熱五首

天地一大窯，陽炭烹六月。萬物此陶鎔，人何怨炎熱。君看百穀秋，亦自暑中結。田水沸如湯，背汗濕如潑。農夫方夏耘，安坐吾敢食。

左手遮赤日，右手招清風。揮汗不能已，扇笠競要功。南山龍吐雲，騰騰滿虚空。一雨變清涼，萬物隨疏通。向人無德色，大哉造化工。

大渴遇甘井，汲多井欲竭。入喉化爲汗，不救胸中熱。吾聞三危露，迥與衆水别。其色瑩琉璃，其冷勝冰雪。安得一杯來，爲我解此渴。

吾家老茅屋，破漏尚可住。門前五巨樟，枝葉龍蛇舞。半空隔天日，六月不知暑。西照坐東偏，南薰開北户。胡爲舍是居，受此烙炎苦[二]。

天嗔吾面白，曬作鐵色深。天能黑我面，豈能黑我心。我心有冰雪，不受暑氣侵。推去北窗枕，思鼓《南風》琴。千古叫虞舜，遺我以好音[三]。

久寓泉南待一故人消息，桂影諸葛如晦謂客舍不可住，借一園亭安下，即事凡有十首[一]

寄跡小園中，自笑客異鄉。東家送檳榔，西家送檳榔。咀嚼唇齒赤，亦能醉我腸。南人敬愛客，以此當茶湯。殷勤謝其來，此意不可忘。

寄跡小園中，豈不勝旅舍。俗事無交加，客身自閒暇。鄰家有酒沽，杯盤亦可借。吟侶適相遇，新詩堪膾炙[二]。足以慰我懷，留連日至夜。

寄跡小園中，數椽亦瀟灑。主人既相知，此地可久假。縣官送月糧，鄰翁供菜把。咫尺是屠門，亦有賣鮮者。里巷通往來，欲結雞豚社[三]。

寄跡小園中，餘春接初夏。問木木成陰，問花花已謝。黃鸝出幽谷，杜鵑叫長夜。把酒酌園婆，遠客此税駕。有時吟聲高，鬼神莫驚怕。

寄跡小園中，一心安淡薄。每坐竹間亭，不知近城郭。昨日看花開，今日見花落。静中觀物化，妙處在一覺。委身以順命，無憂亦無樂。

校勘記

[二] 烙炎：四部本作「炮炙」。
[三] 底本校注：以，一作有。

寄跡小園中，第一薪水便。逐一炊黄粱，兼得魚蝦賤[四]。飽飯日無營，遮眼有書卷。時逢好客來，應接不知倦。最苦風雨時，有人招夜宴。

寄跡小園中，新晴風日麗。好鳥竹間鳴，野鶴空中唳。悠然動詩興，行吟撫松桂。久客若忘歸，此身笑匏系。五月倘未行，尚及食丹荔。

寄跡小園中，頗欲閟形影[五]。誰爲饒舌者，太守忽相請。開心論時務，細語及詩境。坐中有蠻客，狂言事馳騁。明日酒醒來，熟思令人癭。

寄跡小園中，忽有烏衣至。手中執圓封，州府特遣饋。羅列滿吾前，禮數頗周致。四隣來聚觀，若有流涎意。呼童急開樽，四隣同一醉。

寄跡小園中，倒指五十日。既得故人書，南游吾事畢。再拜謝主翁，奉還此一室。雲萍聚復散，欲住住不得。折柳當馬鞭，明朝有行色。

校勘記

[一] 桂影：四部本作「桂隱」。
[二] 相遇：四部本作「相過」。
[三] 往來：宋詩鈔本作「來往」。
[四] 底本校注：逐一，疑作逐日。

［五］底本校注：闕，一作關。

題鄭寧夫玉軒詩卷

良玉假雕琢，好詩費吟哦。詩句果如玉，沈謝不足多。玉聲貴清越，玉色愛純粹。作詩亦如之，要在工夫至。辨玉先辨石，論詩先論格。詩家體固多，文章有正脈。細觀玉軒吟，一生良苦心。雕琢復雕琢，片玉萬黄金。

滸以秋蘭一盆爲供

吾兒來侍側，供我以秋蘭[一]。蕭條出塵姿，能禁風露寒[二]。移根自巖壑，歸我几案間。養之以水石，副之以小山。儼如對益友，朝夕共盤桓。清香可呼吸，薰我老肺肝。不過十數根，當作九畹看。

校勘記

［一］以：四部本作「一」。
［二］蕭條：四部本作「蕭然」。

和高常簿《暮春》

世變日以薄，無從見雍熙。閉門讀古書，聊以道自怡。桃李春盎盎，風雨秋淒淒。於春何足喜，於秋何用悲。人生一世間，所忌立志卑。終身有不遇，千載皆明時。我生無所解，肥遯滄海沂。一朝遇名勝，朽腐生光輝。斂衽贊明德，非公誰與歸。

和鄭潤甫提舉見寄

出門欲求仁，取友必勝己。寥寥雲海鄉，所幸有君爾。胸蟠三萬卷，智先三十里。相與定詩盟，誰能執牛耳。

長身如病鶴，吟苦如蟋蟀[一]。顧此憔悴姿，癡生年八秩。舉世皆好竽，老夫方鼓瑟。梅花莫笑人，茅簷多朝日[二]。

校勘記

[一] 吟苦：四庫本作「苦吟」。

[二] 多：四部本作「炙」。

送吴伯成歸建昌二首[一]

老夫脚病瘡，閉門作僧夏。麥麵不療饑，冬衣猶未卸。喜讀吴融詩，窮愁退三舍。無因暗投璧，有味倒餐蔗。冥搜琢肺肝，苦吟忘晝夜。工夫到深處，非王亦非霸。

吾友嚴華谷，實爲君里人。多年入詩社，錦囊貯清新。昨者袁蒙齋，招爲入幕賓。千里有遇合，隔牆不見親。吾歸訪其家，說我老病身。别有千萬意，付之六六鱗。

校勘記

〔一〕原注：此是包宏齋倅台時作，癸卯夏。

謝東倅包宏父三首，癸卯夏

詩文雖兩途，理義歸乎一。風騷凡幾變，晚唐諸子出。本朝師古學，六經爲世用。諸公相羽翼，文章還正統。晦翁講道餘，高吟復超絶。巽巖許其詩，鳳凰飛處別。

君家名父子，爲晦翁嫡傳。嘗見黄勉齋，極口稱其賢。師友相琢磨，南軒惜無年。翁之爲汝翁，文字相周旋〔二〕。溟渤深見底，泰華高及天。宏齋有鳳髓，可續欲斷弦。

平生不識字，把筆學吟詩。舊説韋蘇州，於余今見之。每遭饑寒厄，出吐辛酸辭。候蟲鳴屋壁，鳳蟬囀枯枝。但有可憐聲，入耳終無奇。宏齋誤題品，恐貽識者譏。

校勘記

〔二〕爲：四部本作「與」。

題姚雪篷使君所藏蘇野塘畫〔一〕

高者爲山，坳者爲壑。爲煙爲雲，渺渺漠漠。水鳥樹林，人家聚落。騎者何之，舟者未泊。三尺紙上，萬象交錯。天機自然，神驚鬼愕。嗚呼，此吾故人野塘蘇元龍之墨蹟，中有石屏老淚痕，又與野塘添一筆。

校勘記

〔一〕篷：四部本作「蓬」，誤。

烏鹽角行

鳳簫鼉鼓龍鬚笛，夜宴華堂醉春色。豔歌妙舞蕩人心，但有歡娱別無益。何如村落卷桐吹，能使時人知稼穡。村南村北聲相續，青郊雨後耕黄犢。一聲催得大麥黄，一聲唤得新秧緑。人言此角只兒戲，孰識古人吹角意。田家作勞多怨咨，故假聲音召和氣。吹此角，起東作。吹此角，田家樂。此角上與鄒子之律同宫商，合鐘吕。形甚朴，聲甚古，一吹寒谷生禾黍。

靈璧石歌爲方巖王侍郎作〔二〕

靈璧一峰天下奇，體勢雄偉身巍巍。巨靈怒拗天柱擲，平地蒼龍驤首尾，兩片黑雲腰夾之。聲如青銅色碧玉，秀潤四時嵐翠濕。乾坤所寶落世間，鬼神上訴天公泣。謂有非常人，致此非常物。可磨斫賊劍，可倚擊奸笏。可祝不老年，可比至剛德。自從突兀在眼前，溪山日夜生顏色。君不見杭州風流白使君，雅愛天竺雙雲根。又不見奇章公家太湖碧，高下品題分甲乙。二公名與石不磨，今到方巖有靈璧。我來欲作靈璧歌，擊石一唱三摩挲。秋風蕭蕭淮水波，中分南北横干戈。胡塵埋没漢山河，泗濱靈璧今如何？安得此石來巖阿！鬱然盤礴中原氣，對此令人感慨多。

校勘記

〔一〕靈璧：底本作「靈壁」，宋詩鈔本作「靈璧」，安徽有靈璧縣，以「靈璧」爲是，今依宋詩鈔本改作「靈璧」。

章泉二老歌

在昔商山傳四皓，又聞香山圖九老。異鄉異姓適同時，爭如章泉一家兄弟登耆頤〔一〕。章泉之上兩山下，有地可宫田可稼。伯也早休官，季也相約歸林泉。名動京口耕谷口，山中有詩天下傳〔二〕。一生得閒兼得壽，皓首龐眉世稀有。竹隱先生八十三，定庵居士七十九。客從遠方來，亦是六十叟。手把一枝梅，奉勸兩翁酒。問公何以致遐齡，請翁細説吾細聽。不燒丹，不學仙。五行有常數，天所稟賦焉。人生一氣統四體，衆人斫喪吾能全。要知養生無他術，日多吃飯夜獨眠。承翁見教謝翁去，兩翁殷勤留我住，是夜醉眠苔竹軒。夢見山靈向我言，翁之所説皆不然。兩翁盛德合乎天，天與遐齡五百年〔三〕。

校勘記

〔一〕耆：六十家集本作「期」。

〔二〕京口：六十家集本作「京師」。

〔三〕與：浙江古籍本作「已」，誤。

京口喜雨樓落成，呈史固叔侍郎

京口畫樓三百所，第一新樓名喜雨。大鵬展翼到中天，化作簷楹不飛去。一日登臨天下奇，華燈照夜萬琉璃。上與星辰共羅列，下映十里蓮花池。泰山爲曲海爲釀，手挈五湖爲甕盎。銀糟香沸碧瑶春，歌舞當壚多麗人。使君歌了人皆飲，更賞谷中花似錦。五兵不用用酒兵，折沖樽俎邊塵寢。茲樓屹作東南美，孰識黄堂命名意。特將此酒噀爲霖，四海九州同一醉。

觀陸士龍作《顧彦先婦答夫》二首有感，次韻[一]

北風吹歲暮，空閨獨棲止。夙興淚盈掬，夕息夢千里。妾生胡不辰，失身從浪子[二]。嚼檗苦我心，餐冰噤我齒。離異何足愁，險澀可勝紀。寄書西飛雁，反覆話終始。

鼠璞竊美名，冠玉假外觀。良人誇意氣，下妾愁歲晏。念君始行邁，雪嶺梅初粲。春風桃已紅，光陰等飛彈。相思果如何，金環寬玉腕。昔爲連理枝，今作搏沙散。惜哉牛與女，脈脈阻河漢。特棲良獨難，守堅只自贊。雙劍幾時合，寄聲問華焕。勿聽五羊歌，富貴忘貧賤。

校勘記

[一] 次韻：底本無「次」字，據四庫本補。

[二] 辰：宋詩鈔本作「仁」。

粟齋鞏仲至以《元結文集》爲贈[一]

尋常被酒時，歸到急投枕[二]。爲愛次山文，今夜醉忘寢[三]。偉哉浯溪碑，千載氣凜凜。春陵賊退篇，少陵猶斂衽。文章自一家，其意則古甚。大羹遺五味，純素薄文錦。聱牙不同俗，斯人異所稟。

君君望堯舜，人人欲倉廩。古道不可行，時對窳樽飲。

校勘記

〔一〕贈：四部本作「韻」。
〔二〕到：群賢集本作「則」。
〔三〕次：四部本作「坎」，誤。

杜甫祠

嗚呼杜少陵，醉臥春江漲。文章萬丈光，不隨枯骨葬。平生稷契心，致君堯舜上。時兮弗我與，屹然抱微尚。干戈奔走蹤，道路饑寒狀。草中辨君臣，筆端誅將相〔一〕。高吟比興體，力救風雅喪。如史數十篇，才氣一何壯〔二〕。到今五百年，知公尚無恙〔三〕。麒麟守高阡，貂蟬入畫像。一死不幾時，聲迹兩塵莽。何如耒陽江頭三尺荒草墳，名如日月光天壤！

校勘記

〔一〕誅：六十家集作「咏」。
〔二〕十：六十家集作「千」。
〔三〕知：群賢集本作「如」。

阿奇晬日

窮居少生涯，養子如種穀。寸苗方在手，想像秋禾熟〔一〕。吾兒天所惠，骨相頗豐碩。娟娟懷抱中，一歲至週日。願汝無災害，長大庶可必。十歲聰明開，二十蚤奮發。胸蟠三萬卷，手握五色筆。策勳文字場，致君以儒術。不然學孫吳，縱横萬人敵。爲國取中原，辟地元冥北[二]。他年汝成就，料我頭已白。光華照老眼，甘旨不可缺。爲子必純孝，爲人必正直[三]。以我期望心，一日必一祝。勿爲癡小兒，茫然無所識[四]。胎教尚有聞，斯言豈無益[五]。

校勘記

[一] 寸苗：底本作「十苗」，今從四部本改。
[二] 元冥：四部本作「玄冥」。
[三] 人：群賢集本作「臣」。
[四] 茫然：四庫本作「泛然」。所：群賢集本作「知」。
[五] 底本校注：斯，一作期。

琵琶行[一]

潯陽江頭秋月明，黄蘆葉底秋風聲。銀籠行酒送歸客，丈夫不爲兒女情。隔船琵琶自愁思，何預江州司馬事。爲渠感激作歌行，一寫六百十六字[二]。白樂天，白樂天，平生多爲達者語，到此胡爲不釋然。弗堪謫宦便歸去，廬山政接柴桑路[三]。不尋黄菊伴淵明，忍泣青衫對商婦。

校勘記

[一] 行：群賢集本作「亭」。
[二] 六百十六：底本作「六百六十」，六十家集本作「六百一十」。白居易《琵琶行》實則六百十六字。據此改。
[三] 底本校注：宦，一作官。

毗陵太平寺畫水呈王君保使君[一]

何人筆端有許力，卷來一片瀟湘碧。摩挲老眼看不真，怪見層波湧虛壁。天慶觀中雙黑龍，物色雖殊妙處同。能將此水畜彼龍，方知畫手有神通。龍兮水兮終會遇，天下蒼生待霖雨。

校勘記

［一］底本校注：畫龍篇在後。

南嶽

南雲縹渺連蒼穹，七十二峰朝祝融。淩空棟宇赤帝宅，修廊翼翼生寒風。朝家遣使嚴祀典，御香當殿開宸封。願福四海扶九重，干戈永息年屢豐[一]。五嶽惟今見南嶽，北望乾坤雙淚落[二]。

校勘記

［一］願福：底本、四部本均缺「福」字，據群賢集本補。四庫本作「伏願」。

［二］惟今：六十家集本作「今惟」。

送來賓宰[一]

君作來賓宰，聽我説來賓。蠻俗無王化，當爲行化人。有民無租賦，租賦出商旅。逐利遭重徵，商旅亦良苦。能放一分寬，可減十分怨。不愛資囊橐，但愛了支遣。民窮賴撫摩，官貧俸不多。但得百姓安，俸薄其奈何。勿謂朝廷遠，官職易遷轉。律己貴廉勤，御事要明斷[三]。自縣辟爲州，指日爲太守。須知早歸來，瘴鄉不可久。

校勘記

[二] 群賢集本、六十家集本作「送李來賓」。

[三] 己：六十家集本作「身」。

題四祖山榮老月窟[二]

一室虛生白，中作滿月形。山中三萬户，玉斧新修成。時人指爲月，雲臥亦强名。似月有圓相，不西沉東升。浮雲不能蔽，又無虧與盈。是爲大圓鏡，由師心地明。一圓走無礙，光芒照八紘。可以破諸暗，可以續祖燈。明秀雙峰頂，輝映慧雲亭。此鏡實無臺，請師問老能。

校勘記

[二] 原注：道號雲臥。

出閩

千山萬山閩中路，六尺枯藤兩芒屨。去歲梅花迎我來，今歲梅花送我去。梅花豈解管送迎，白髮胡爲又南征。天荒地老終無情，歸去歸兮老石屏。

劉折父爲吴子才索賦雲山燕居[一]

燕居適所息，非懷傲世心。白雲自舒卷，青山無古今。中有動静機，杳眇諧素襟。以時爲出處，懷人撫瑶琴。平生披短褐，時來或華簪。世論倘不合，矢口不如喑。避影長松下，洗耳清溪潯。慎勿出雲外，黄塵三尺深。

校勘記

[一] 折：群賢集本作「圻」。

玉華洞

憶昨遊桂林，巖洞甲天下。奇奇怪怪生，妙不可模寫。玉華東西巖，具體而微者。神功巧穿鑿，石壁生孔罅。玲瓏透風月，宜冬復宜夏。中有補陀仙，坐斷此瀟灑。空中茅葦區，無地可税駕[一]。舉目忽此逢，心駭見希詫。題詩愧不能，行人亦無暇。

校勘記

[一] 中：四部本作「山」。

祝二嚴

僕本山野人，漁樵共居處。少年學父詩，用心亦良苦。搜索空虚腹，綴緝艱辛語。糊口走四方，白頭無伴侶。前年得嚴粲，今年得嚴羽。我自得二嚴，牛鐸諧鐘呂。粲也苦吟身，束之以簪組。遍參百家體，終乃師杜甫。羽也天姿高，不肯事科舉。風雅與騷些，歷歷在肺腑。持論傷太高，與世或齟齬[二]。長歌激古風，自立一門户。二嚴我所敬，二嚴亦我與。我老歸故山，殘年能幾許。平生五百篇，無人爲之主。零落天地間，未必是塵土[三]。再拜祝二嚴，爲我收拾取。

校勘記

[二] 或：群賢集本作「成」。

[三] 是：群賢集本作「似」。

市舶提舉管仲登飲於萬貢堂有詩

七十老翁頭雪白，落在江湖賣詩册。平生知己管夷吾，得爲萬貢堂前客。嘲吟有罪遭天厄，謀歸未辨資身策。雞林莫有買詩人，明日煩公問蕃舶。

懶不作書，急口令寄朝士

老病懶作書，行藏詩上見。一心不相忘，千里如對面。我已八十翁，此身寧久絆。諸君才傑出，玉石自有辨。隨才供任使，小大皆衆選[一]。明君用良弼，治道方一變。與之致太平，朝廷還舊觀。老夫眼尚明，細把諸君看。試將草草書，用寫區區願。一願善調燮，二願強加飯。三願保太平，官職日九轉。

校勘記

〔二〕皆：宋詩鈔本作「備」。

鳳鳴有吉凶

鵲噪令人喜，鴉噪令人憎。人心自分别，吉凶屬禽聲。舜時有鳳鳴，文王時亦鳴。漢時鳳亦鳴，六朝時亦鳴。鳳鳴有吉凶，人不仔細聽。

婕妤詞〔一〕

紈扇六月時，似妾君恩重。避暑南薰殿，清風隨扇動。妾時侍君王，常得沾餘涼。秋風颯庭樹，團團無用處。妾亦寵顧衰，棲棲度朝暮。扇爲無情物，用舍不知恤。妾有深宫怨，無情不如扇。

校勘記

〔一〕原注：丹霞張誠子作此詞，出以示僕，僕疑其太文，因作此。

江南新體〔一〕

郎船江下泊，妾家樓上住。朝朝暮暮間，上下兩相顧。相顧不相親，風波愁殺人。

校勘記

[一] 原注：王建有此體，别張誠子。

感寓四首

采薇人固高，飲露蟬遂清。謀兹一粒粟，舉世共營營。營營亦多塗，中有虧與盈。陋巷一簞食，朱門九鼎烹。窮達各有命，緊誰主權衡。吾生未可必，秋風白髮生。

蛛網羃虚簷，一飽羅群飛。寒蠶齧枯桑，一身終繭絲。物物巧生理，我生拙奚爲。貂裘日以弊，石田歲長饑。一貧已到骨，一氣儻未衰。舉目送飛鴻，悠悠知我誰。

夜雨挾西風，槭槭撼庭樹。浮生堪幾秋，青鬢忽已素。鉛刀刲九牛，策蹇望長路。所操莽無奇，自好徒自誤[一]。改弦調新聲，履道易故步。收功在桑榆，其敢怨遲莫。

紅紫委路塵，緑樹有嘉色。刳心晚聞道，玩物若有得。青春坐銷歇，方兹見真實。人生到中年，胡不保明德。秋風墮庭梧，棲鳳去無跡。矯首碧雲端，一語三歎息。

校勘記

[一] 好：群賢集本作「媒」。

寄章泉先生趙昌父

靈鳳鳴朝陽，神龍不泥蟠。時兮不可爲，昌父乃在山。思君二十年，見君良獨難。時於邸報上，屢見得祠官。祠官禄不多，一貧其柰何。采芝亦可食，當作采芝歌。近者李侍郎，直言遭逐去。人皆笑其疏，君獨有詩句。君爲山中人，世事安得聞。入山恐未深，更入幾重雲[一]。

校勘記

[一] 原注：時悦齋李侍郎去國，章泉詩送其行。

頻酌淮河水

有客游濠梁，頻酌淮河水。東南水多鹹，不如此水美。春風吹緑波，鬱鬱中原氣。莫向北岸汲，中有英雄淚。

元宵雨

窮人不謀歡，元夜如常時。晴雨均寂寞，蚤與一睡期。朱門粲燈火，歌舞臨酒池。酒闌歡不足，九街恣遊嬉。前呵驚市人，簫鼓逐後隨。片雲頭上黑，翻得失意歸。

小孤山阻風，因成小詩。適舟中有浦城人，寫寄真西山

群山勢如奔，欲渡長江去。孤峰拔地起，毅然能遏住。屹立大江干，仍能障狂瀾。人不知此山，有功天地間。

松江舟中四首，荷葉浦時有不測，末句故及之

夜聽楓橋鐘，曉汲松江水。客行信匆匆，少住亦可喜[一]。且食鱖魚肥，莫問鱸魚美。

垂虹五百步，太湖三萬頃。除却岳陽樓，天下無此景。范蠡挾西施，功名付煙艇。

秋風吹客衣，歸興浩難寫。寒林噪晚鴉，紅日墮平野。篙師解人意，艤棹酒旗下。

扁舟乃官差，舟子吾語汝。汝爲我作勞，吾亦不汝負。好向上塘行，莫過荷葉浦。

校勘記

[一] 底本校注：行，一作有。

趙遵道郎中出示唐畫《四老飲圖》，滕賢良有詩，亦使野人著句[二]

采芝商山秦四皓，象戲橘中爲四老。我疑此畫即其人，有時以酒陶天真。丹青不知誰好手，作此

飲態妙入神。摩挲半世江湖眼，古錦軸中舒復卷。細將物色辨人物，乃是晉時劉畢與陶阮。一琴無弦横膝上，一琴團團明月樣。一人持杓坐甕邊，一人手攜詩一編，是中必寫酒德篇〔三〕。諸君傷時强自遣，麴生風味況不淺。五胡妖氣蔽神州，誓江不救中原亂。新亭舉目愁山河，萬事何如一樽滿。一杯一杯醉復醉，天地陶陶盡和氣。道術相忘禮法疏，形骸懶散無機事。此畫流傳知幾載，生綃剥落精神在。何人爲我更作杜陵飲中八仙歌，將與冰壺主人爲此對。

校勘記

〔一〕遵：四部本作「尊」。

〔三〕詩：四部本作「文」。

伏龍山民宋正甫湖山清隱，乃唐詩人陳陶故園，曾景建作記，俾僕賦詩〔一〕

故人昔住金華峰，面帶雙溪秋水容。故人今住伏龍山，陳陶故圃茅三間。千載清風徐孺子，門前共此一湖水。百花洲上萬垂楊，白鷗群裏歌滄浪。故人心事孺子高，故人詩句今陳陶。短衣飯牛不逢堯，何如繡鞍上著錦宫袍。瓦盆對客酌松醪，何如紫霞觴泛碧葡萄。豆萁然火度寒宵，何如玉堂夜照金蓮膏。吟成秃筆寫芭蕉，何如沉香亭北醉揮毫。再三問君君不對，目送飛鴻楚天外。細讀山中招隱篇，超然意與煙霞會。照影湖邊雙鬢皓，此計知之悔不早。三椽可辦願卜隣，荷鍤相隨種瑶草。

校勘記

〔一〕園：四部本作「圃」。

會稽山中

曉風吹斷花稍雨，青山白雲無唾處。嵐光滴翠濕人衣，踏碎瓊瑶溪上步。人家遠近屋參差，半成圖畫半成詩。若使山中無杜宇，登山臨水定忘歸。

高九萬見示落星長句，賦此答之

天星墮地化爲石，老佛占作青蓮宫。東來海若獻秋水，環以碧波千萬重。雲根直下數百丈，時吐光焰驚魚龍[二]。鳳凰群飛擁其後，對面廬阜之諸峰。陰晴風雨多態度，日日舉目看不同。高髯能詩復能畫，自説此景難形容。且好收拾藏胸中，養成筆力可扛鼎，然後一發妙奪造化功[三]。高髯高髯須貌取，萬物升沉元有數。吾聞此石三千年，復化爲星上天去。

校勘記

[二] 底本校注：丈，一作尺。

[三] 底本校注：功，一作工。

題申季山所藏李伯時畫《村田樂圖》

春秧夏苗秋遂獲，官賦私逋都了却。雞豚社酒賽豐年，醉唱村歌舞村樂。鼓笛有聲無曲譜，布衫顛倒傞傞舞。欲識太平真氣象，試看此畫有佳趣。管弦聲按宫商發，細轉柳腰花十八。羅幃繡幕拂香風，九醖葡萄金盞滑[二]。王孫公子巧歡娛，勿將富貴笑田夫。非渠耕稼飽君腹，問有黄金可樂無。

嘉定甲戌孟秋二十有七日，起居舍人兼直學士院真德秀上殿直前奏邊事，不顧忌諱，一疏萬言，援引古今，鋪陳方略，忠誼感激，辭章浩瀚，誠有補於國家。天台戴復古獲見此疏，伏讀再三，竊有所感，敬效白樂天體以紀其事，録於野史

禁城雞唱金門開，起居舍人攜疏來。榻前一奏一萬字，歷歷寫出忠義懷[二]。頓首惶恐臣昧死，越録敢言天下事。百年河洛行胡朔，恨滿東南天一角。夷甫諸人責未酬，志士愁眠劍鋒落。天意未回事難舉，嚮來一試成千誤。犬羊頻歲自相屠，盛衰大抵由天數。昨臣銜命出疆時，自期有去必無歸。屈膝穹廬當憤死，天相孤忠半道回。金山之下長江水，擊楫中流舒壯志[三]。東風吹上妙高臺，略望江淮見形勢。形勢從來只如此，幾年待得天時至。朝廷爲計保萬全，往往忘却前朝恥。臣今未暇論規恢，胡虜已亡何懼哉[三]。中原曠地無人管，政恐英雄生草萊。北方苦饑民骨立，萬一東來竊吾粟。邊頭諸州無鐵壁，借問誰能備倉卒。請朝廷，厲精兵，擇良將。辦多多，策上上。更選人材，老練通達。分守要衝，講明方略。一賢可作萬里城，一人可當百萬兵。坐令國勢九鼎重，所賴君心一點明。長箋奏徹龍顔悦，繼言臣愚進此説。言雖甚鄙用甚切，宸斷必行天下福，勿謂儒生論迂闊。臣之肝膽與人别，讀書豈爲文章設。王師若出定中原，玉堂敢草平羌策。

校勘記

[二] 底本校注：香，一作春。

校勘記

〔一〕歷歷：底本脱誤三句，自歷歷寫出至天下事止。據四部本補。
〔二〕舒：四部本作「書」。
〔三〕胡虜：四庫本爲避諱改作「勍敵」。懼：四部本作「慮」。

盧申之正字得《春郊牧養圖》二本，有樓攻媿先生題詩，且徵予作

竹弓鳴，雁鴨驚。飛來别浦無人境，春風不摇楊柳影。長頸紛紛占作家，半遊波面半眠沙。或行或立或如舞，或只或雙或群聚。飲啄浮沉多態度，物情閒暇世忘機。分明一片太古時，巧僞不作民熙熙〔一〕。我之居，元在野，平生慣識牛羊者。今見蒲江出此圖，半日不知渠是畫。一犍當前轉頭立，一犍度渚毛猶濕〔二〕。中有一蒼騎以牧，羖羠相隨數十足。殿后兩枚黄觳觫，分明如活下前坡。路轉南山春草多，耳根只欠牧兒歌。

校勘記

〔一〕底本校注：古，一作平。
〔二〕渚：四部本作「浦」。

鄂州南樓

鄂州州前山頂頭，上有縹緲百尺樓。大開窗户納宇宙，高插欄干侵斗牛。我疑脚踏蒼龍背，下瞰八方無内外〔一〕。江渚鱗差十萬家，淮楚荊湖一都會。西風吹盡庾公塵，秋影滿空動碧雲〔二〕。欲識古今

興廢事，細看文簡李公文。

校勘記

〔一〕底本校注：方，一作荒。

〔二〕滿：四部本作「涵」。

題曾無疑《飛龍飲秣圖》

雲巢示我良馬圖，一騎欲來一騎趨〔一〕。竹批雙耳目摇電，毛色純一骨相殊。何人貌此真權奇，筆端疑有渥洼池。駑駘當用驊騮老，贏得畫圖人看好。盆中飲，槽中秣，無用霜蹄空立鐵。何如渴飲長城濠上波，饑則飽吃天山禾。振首長鳴載猛士，龍荒踏碎犬羊窠〔二〕。

校勘記

〔一〕欲來：四部本作「欲水」，四庫本作「飲水」。趨：四部本作「芻」，以草料餵牲口。四部本似乎更合題意。

〔二〕踏：底本作「路」，據四部本改。

儒衣陳其姓，工於畫牛馬魚，一日持六幅爲贈以换詩〔一〕

生絹六幅淡墨圖，伊人筆端有造化。驊騮汗血挺電光，牯牸倦耕眠草下〔二〕。陂塘漠漠煙雨中，出水群魚戲瀟灑〔三〕。細看物物有生意，不比尋常能畫者。請君就此三景中，揮毫添我作漁翁。岸頭孤石持竿坐，白鷺同居蒲葦叢。有時尋詩出遊衍，款段徐行山路遠。奚奴逐後背錦囊，木杪斜陽鴉噪晚。

有時簑笠過田間，農婦農夫相往還。手放鋤犂吹短笛，日暮青郊黄犢閒。王孫貴人不識此，此是吾儂佳絶處。掛君圖畫讀吾詩，令人懶踏長安路。

校勘記

〔一〕幅：四部本作「簇」。
〔二〕挺：四部本作「捉」。
〔三〕中：四部本作「後」。

黄州棲霞樓即景呈謝深道國正

朝來欄檻倚晴空，暮來煙雨迷飛鴻。白衣蒼狗易改變，淡妝濃抹難形容。蘆洲渺渺去無極，數點斷山横遠碧。樊山諸峰立一壁，非煙非霧籠秋色。須臾黑雲如潑墨，欲雨不雨不可得。須臾雲開見落日，忽展一機雲錦出。一態未了一態生，愈變愈奇人莫測。使君把酒索我詩，索詩不得呼畫師。要知作詩如作畫，人力豈能窮造化。

題上虞縣信芳堂

河陽種桃彭澤柳，歲歲春風誇不朽。何如君種一池蓮，開向五月六月天。紅妝當暑清無汗，緑葉染風香不斷。坐令百里盡清涼，天乃贈君雲錦段。此花不可無此堂，主人姓字同芬芳。更看堂後參差竹，醉倚炎空舞寒緑。

衡山何道士有詩聲，楊伯子監丞盛稱之，以楊所取之詩，求跋其後

道人幽吟巖壑底，伴曉猿啼秋鶴唳。自陶情性樂天真，一心不作求名計。一朝邂逅楊東山，詩聲揚揚滿世間。東山才與誠齋敵，手腕中有萬斛力。爲君翻九淵，探君驪龍珠。爲君擘滄海，鉤上珊瑚枝。豐城地下掘起龍泉太阿雙寶劍[一]，南山霧裏窺見隱豹文章皮。是寶欲藏藏不得，總被東山手拈出。道人從此詩價高，石廩祝融争崒嵂。君不見彌明石鼎聯句詩，千載託名韓退之。

校勘記

[一] 底本校注：起，一作出。

徐京伯通判晚歲得二子

竹隱種竹知幾年，千竿萬竿長拂天。群飛不敢下棲止，常有清風凜凜然。丹穴飛來兩雛鳳，鳳來此竹爲之重。牙籤玉軸帶芸香，家藏萬卷爲渠用。人間豚犬不足多，我來爲作徐卿二子歌。手傳竹隱文章印，看取他日官職高嵯峨。

寄報恩長老恭率翁

報恩千楹歸一炬，佛也不能逃劫數。寶坊化作瓦礫場，堪笑月庭來又去。率翁修造鳳樓手，第一能將無作有。神工作舍鬼築牆，鞭笞木石能飛走。風斤月斧日紛然，行看華屋突兀在眼前。好留一

室館狂客，早晚來參文字禪。

織婦歎

春蠶成絲復成絹，養得夏蠶重剥繭。絹未脱軸擬輸官，絲未落車圖贖典。一春一夏爲蠶忙，織婦布衣仍布裳。有布得著猶自可，今年無麻愁殺我。

刈麥行

腰鎌上壟刈黄雲，東家西家麥滿門。前村寡婦拾滯穟，饘粥有餘炊餅餌。我聞淮南麥最多，麥田今歲屯干戈。飽飯不知征戰苦，生長此方真樂土。

鄂渚張唐卿、周嘉仲送别

武昌江頭人送别，楊柳秋來不堪折。漢陽門外望南樓，昨日不知今日愁。英雄握手新相識，人情正好成南北。酒闌人散最關情，一雁西飛楚天碧。

詰燕

去年汝來巢我屋，梁間污泥高一尺。啄腥拋穢不汝厭，生長群雛我護惜。家貧惠愛不及人，自謂於汝獨有力。不望汝如靈蛇銜寶珠，雀獻金環來報德。春風期汝一相顧，對語茅簷慰岑寂。如何今年來，於我絶蹤跡。一貪簾幕晝堂間，便視吾廬爲棄物。

寄趙鼎臣

學如劉子政，不使校書天禄閣。文如李太白，不使待詔金鑾殿。倚樓終日看廬山，贏得虚名聞九縣。才忌太高，心忌太清。平平穩穩，爲公爲卿。騏驥可羈，乃歸帝閒。麟鳳莫馴，爲瑞人間。人間爲瑞徒能好，騏驥可羈終遠到。歲寒心事幾人知，手把梅花共一笑[一]。

校勘記

[一] 共：四部本作「供」。

毗陵天慶觀畫龍，自題姑蘇羽士李懷仁醉筆，詩呈王君保寺丞使君

姑蘇道士天酒星，醉筆寫出雙龍形。墨蹟縱横奪造化，蜿蜒滿壁令人驚。一龍翻身出雲表，口吞八極滄溟小。手弄寶珠珠欲飛，握入掌中拳五爪。一龍排山山爲開，頭角與石争崔嵬。波濤怒起接雲去，不向九霄行雨來[一]。萬物焦枯天作旱，兩雄壁隱寧非懶。真龍不用只畫圖，猛拍欄干寄三歎。

校勘記

[一] 去：四部本作「氣」。

漁父詞四首。袁蒙齋元取前二首，黄魯庵俾録之，以見其全[一]

漁父飲，不須錢。柳枝斜貫錦鱗鮮，换酒却歸船。

漁父醉，釣竿閒。柳下呼兒牢系船。高眠風月天[二]。

校勘記

[一] 各本均缺其三其四。《全宋詞》將其四首列爲詞作，詩作者及其原編者均作古風，因此仍因其舊，而於卷八詩補鈔處録其三、四，並於詞補鈔處重録互見。

[二] 卷末底本原注：臨海宋興洲校字。

戴復古集卷第二

五言律

秋　懷

紅葉無人掃，黄花獨自妍。聽談天下事，愁到酒樽前[一]。水闊終非海，樓高不到天。昔人已懷古，況復後千年。

校勘記

[一] 底本校注：到，一作對。

晚春次韻

酒醒愁難醒，春歸客未歸。鶯啼花雨歇，燕立柳風微。世路多殊轍，人生貴識機。低頭飽一粟，仰首愧雲飛。

元日二首呈永豐劉叔治知縣

焚香拜元日，受歲客他州。白髮難遮老，新年諱説愁。無人能訪戴，有地足依劉。桃李争春事，梅花笑未休。

市近人聲雜，窗明雨色開。異鄉輕度節，同邸重傳杯。不礙狂夫醉，知無賀客來。故園歸未得，茅屋想蒼苔。

宿農家

門巷規模古，田園氣味長。小桃紅破萼，大麥緑銜芒。稚犬迎來客，歸牛帶夕陽。儒衣愧飄泊，相就説農桑。

湘中

荊楚一都會，瀟湘八景圖。試呼沙鳥問，曾識古人無。痛哭賈太傅，行吟屈大夫。汀洲芳草歇，轉使客情孤。

水陸寺

長沙沙上寺，突兀古樓臺。四面水光合，一邊山影來[一]。靜分僧榻坐，晚趁釣船回。明日重相約，前村訪早梅。

校勘記

[一] 邊：詩淵本作「櫓」。

題分宜縣呈石子和知縣

古鎮更爲縣，封疆半是山[一]。賦繁官吏窘，土瘠稻粱慳。流水心何急，高山意自閒。春風細吹拂，桃李滿民間。

校勘記

[一] 古鎮更爲縣：詩淵本作「分宜古爲縣」。

清明感傷

一笠戴春雨，愁來不可遮。清明思上冢，昨夜夢還家。歸興隨流水，傷心對落花。晉原松下淚，沾灑楚天涯。

都中書懷二首

醉卧長安市，思歸東海涯。瓶餘殘臘酒，梅老隔年花[一]。日與愁爲地，時憑夢到家。鄉書三兩紙，一讀一咨嗟。

雪化晴簷雨，爐烘凍壁春。窮猶戀詩酒，懶不正衣巾。寂寞安吾分，奔馳失我真。枯桐就煨燼，容有賞音人。

校勘記

[一] 底本校注：隔，一作兩。

歲暮呈真翰林

歲事朝朝迫，家書字字愁。頻沽深巷酒，獨倚異鄉樓。詩骨梅花瘦，歸心江水流。狂謀渺無際，忍看大刀頭。

遊天竺

好山看不了，遂借上方眠。酒渴傾花露，詩清瀉澗泉。生無適俗韻，老欲結僧緣。睡覺鐘聲曉，窗騰柏子煙。

盧申之正字小酌

清境無塵雜，羈懷向此開[一]。主人有風度，知我不塵埃[二]。倚竹評詩句，拈花泛酒杯。出門見明月，客去又招回。

校勘記

[一] 底本校注：清境無塵雜，一作夢館何瀟灑。

[二] 知：四部本作「和」，不通。

鳳凰臺

登臨舒老眼，吊古得淒涼[一]。故國自龍虎，高臺無鳳凰。浮雲多改變，喬木見興亡。往事渾休問，鍾山又夕陽。

校勘記

[一] 底本校注：老，一作望。

山中即目二首[一]

巖路穿黄落，人家隱翠微。籠雞爲鴨抱，網犬逐鶉飛。竹好堪延客，溪清欲浣衣。禪扉在何許，僧笠戴雲歸。

茅屋七五聚，沙汀八九磐。梯山畦麥秀，囊石障溪湍[二]。父老雞豚社，兒童梨栗盤[三]。幽居有餘樂，奔走愧儒冠。

校勘記

[二] 底本校注：目，一作事。

[二] 底本校注：湍，一作端。

[三] 梨栗：宋詩鈔本作「梨棗」。

題徐京伯通判北征詩卷

一襟忠誼氣，數首北征詩。不許公卿見，徒爲篋笥奇。銜枚沖雪夜，擊楫誓江時。此志無人共，愁吟兩鬢絲。

江上

山東江流急，雲兼霧氣深。輕鷗閒態度，孤雁苦聲音。客路行無極，風光古又今。梅花出籬落，幽事頗關心。

賢女祠[一]

士有敗風節，慚愧埋九京[二]。幽閨持大誼，千載著嘉名[三]。父不重然諾，女能輕死生。寒潭墮秋月，心迹兩清明。

校勘記

[一] 原注：南康縣外二十里有賢女祠。昔有劉氏女，少而慧，父母初以許蔡，無故絶蔡而以許吴，吴亡，又以許蔡。女曰：「女子身初許蔡，奪以許吴，二年矣。今吴亡，復以許蔡，一女二許人，尚何顔面登人之門！」投身於潭而死。

[二] 愧：底本作「魂」，不通，據四部本改。

[三] 底本校注：著，一作树。

春盡日

撚指過三月，又當春夏交。花殘蜂課蜜，林茂鳥安巢。芳草生青靄，新篁展緑梢。風騷將斷絶，誰有續弦膠。

寄栗齋鞏仲至

幾度觀朝報，差除不到君。山林自臺閣，文字即功勳。吟苦孟東野，潛深揚子雲。一官雖偃蹇，千載有知聞。

次韻史景望雪夜

雪中寒力壯，病骨瘦難勝。温酒撥爐火，題詩敲硯冰。驚心雙白鬢，知我一青燈。欲悟浮生事，思參大小乘[一]。

校勘記

[一] 悟：四部本作「誤」，不通。大小乘：四部本作「小大乘」。

春日懷家

細數平生事，何堪掛齒牙。客遊兒廢學，身拙婦持家。開甕嘗春酒，租山摘早茶。關心此時節，歸興滿天涯。

寄沈莊可

無山可種菊，強號菊山人。結得諸公好，吟成五字新。紅塵時在路，白髮未離貧。吾輩渾如此，天公似不仁。

山行

度嶺休騎馬，臨淵看網魚。木根高可坐，巖石細堪書。谷鳥鳴相答，山雲卷復舒。儒衣人賣酒，疑是馬相如。

次韻謝敬之題南康縣劉清老園

劉子隱居地，真如李愿盤。萬松春不老，多竹夏生寒。卜築世情遠，登臨客慮寬。題詩狝君壁，聊以記遊觀。

淮上春日

邊寒客衣薄，漸喜暖風回。社後未聞燕，春深方見梅。壯懷頻撫劍，孤憤強銜杯。北望山河語，天時不再來[一]。

校勘記

[一] 底本校注：語，一作路。

麻城道中

三杯成小醉，行處總堪詩。臨水知魚樂，觀山愛馬遲。林塘飛翡翠，籬落帶酴醿。問訊邊頭事，溪翁總不知[二]。

校勘記

〔一〕底本校注：訊，一作信。

望花山張老家

元從邊上住，來此避兵興。麥麨朝充食，松明夜當燈。蔽門麻蓁蓁，護壁石層層。老媼逢人哭，吾兒在謝陵〔一〕。

校勘記

〔一〕原注：一老媼逢人必大哭云：我兒在謝陵不歸也。光州有謝陵橋，其子與虜戰死於此。

春日

淫滯江湖久，蹉跎歲月新。客愁茅店雨，詩思柳橋春。秣馬尋歸路，騎鯨問故人。山林與朝市，何處著吾身。

聞李將軍至建康〔一〕

匹馬徑趨府，將軍意氣多。來依漢日月，思復晉山河。邊將慚尸素，朝臣奏凱歌。分明御狙詐，得失竟如何〔二〕。

校勘記

〔一〕底本校注：將軍，一作全。

〔三〕狙：四部本作「徂」，不通。

江漲見移居者

夏潦連秋漲，人家水半門。都拋破茅屋，移住小山村。聒聒籠雞犬，累累帶子孫。安居華屋者，應覺此身尊。

上喬右司

端笏立朝日，肺肝傾上前。把麾持節處，桃李滿淮壖。藥石箴時病，蓍龜燭事先。焦頭與曲突，爲計孰爲賢。

贈郭道人〔一〕

滅性能安樂，深居絶是非。英雄行險道，富貴隱危機。紙被如綿軟，藜羹勝肉肥。蒼苔滿山徑，最喜客來稀。

校勘記

〔一〕原注：詩句皆述其所言。

送湘漕趙蹈中寺丞移憲江東

持節復持節，因循霜鬢侵。盛衰關大數，豪傑負初心。宇宙虚長算，江湖寄短吟。番陽秋水闊，湘浦未爲深。

立春後二首[二]

久望春風至，還經閏月遲。梅花丈人行，柳色少年時。愛酒常無伴，吟詩近得師。離騷變風雅，當效楚臣爲。

東風吹竹屋，無數落梅花。凍雀棲簷角，饑烏啄草芽。家鄉勞夜夢，客路又春華。莫訝狂夫醉，西樓酒可賒。

校勘記

[二] 群賢集本題作「立春後呈趙懶庵」。

寄韓仲止

何以澗泉號，取其清又清。天遊一丘壑，孩視幾公卿。杯舉即時酒，詩留後世名。黄花秋意足，東望憶淵明。

題張簽判園林

園圃屋東西，從君一杖藜。雨寒花蕊瘦，春重柳絲低。亭館常留客，軒窗總傍溪。摩挲雪色壁，安得好詩題。

哭趙紫芝

嗚呼趙紫芝，其命止於斯。東晉時人物，晚唐家數詩[一]。瘦因吟思苦，窮爲宦情癡。憶在藏春圃，花邊細話時[二]。

校勘記

[一] 底本校注：時，一作朝。
[二] 原注：嘗在平江孟侍郎藏春園終日論詩。

江村何宏甫載酒過清江

玉笥千峰雨，金風十日秋。誰能多載酒，來此共登樓。山立閲萬變，溪深納衆流。故人歸未得，我亦爲詩留。

臨江軍新歲呈王幼學監簿

夢説去年事，詩從昨夜吟。三杯新歲酒，千里故鄉心。人共梅花老，愁連江水深。家書忽在眼，一紙直千金。

訪楊伯子監丞，自白沙問路而去

欲訪揚雄宅，扁舟過白沙。自從山以後，直到水之涯。風節古人物，文章老作家。相尋有忙事，第一問梅花。

朝市風波地，乾坤漁獵場。生民日憔悴，吾道亦淒涼。龍不爲霖出，鳳於何處藏。群鴉争晚噪，一意送斜陽。

劉興伯、黄希宋、蘇希亮慧力寺避暑

何處避炎熱，相期過寶坊。萬松深處坐，六月午時涼。鐘磬出深屋，江山界短牆。醉來歸興懶，留宿贊公房。

秋夜旅中

旅食思鄉味，砧聲起客愁。夜涼風動竹，人静月當樓。浮世百年夢，他鄉幾度秋。店翁新酒熟，一醉更何求。

舟行往弔故人

喬木風聲壯，大江天影圓。悲秋時把酒，愛月夜行船。未及到河上，先愁過竹邊。倚篷思往事，聞笛爲淒然。

擬峴臺杜子野主簿寓居

高臺延望眼，風物滿前村。細讀南豐記，頻開北海樽。遠山如看畫，近市不聞喧。詩是君家事，長城在五言。

無　策

老覺登樓懶，心知涉世疏。夢蕉還得鹿，緣木可求魚。晚歲未聞道，平生欠讀書。行藏兩無策，究竟果何如。

題萍鄉何叔萬雲山[一]

拄杖穿雲去，一坡仍一坡。地高山不峻，花少竹還多。家近登臨便，人賢氣味和。能詩老姚合，朝夕共吟哦。

校勘記

[一] 原注：詩人姚仲同乃胡仲方詩友。

常寧縣訪許介之途中即景

竹徑入茅屋，松坡連菜畦。深瀦漚麻水，斜豎采桑梯。區別隣家鴨，群分各線雞。行人來少憩，假道過東溪[一]。

校勘記

[一] 原注：閹雞一線作一群，各線則别作一群。

建昌道上[一]

凜凜北風勁，行行西路賒。人情甘淡薄，世事苦參差。酒易逢知己，詩難遇作家。林間數點雪，錯認是梅花。

校勘記

〔一〕底本校注：此篇誤寫在高九萬集中。

訪嚴坦叔

麻姑山下泊，城郭帶煙霞。攜刺投詩社，移船傍酒家〔二〕。沙禽時弄水，欅柳夏飛花。小酌未能了，西樓日又斜。

校勘記

〔二〕底本校注：移船，一作賫錢。

杜仲高自鄂渚下儀真

鄂渚三千里，南樓看月回。東園花政好，去歲客重來。兄弟皆名士，文章動上臺。傾城傾國色，也用覓良媒。

見趙知道運使

飽食武昌魚，不如歸故廬。盟鷗還海道，問雁覓家書。又把鄉人刺，來投使者車。東園桃與李，莫使著花疏。

趙叔亶山堂安下，其家適有喪事

一徑沿溪入，數椽松竹間。豈知人事變，自覺客身閒。采菊出尋酒，移牀臥看山。蒼頭無可作，把釣過西灣[一]。

校勘記

[一] 底本校注：西，一作溪。

黄道士出爻

林屋何瀟灑，權爲羽士家。客來多載酒，僧至自煎茶。試墨題新竹，攜筇數落花。飲中忙過日，無暇問丹砂。

陳伯可山亭

梯險登霞外，乘流過竹西。寒溪隨雨漲，高閣與雲齊。雙鶴有時舞，孤猿何處啼。清吟無盡興，白石可留題。

玉山章泉本章氏所居，趙昌甫遷居於此，章泉之名遂顯

兹山自開闢，有此一泓泉。姓自章而立，名因趙以傳。源從番水出，地與瑞峰連。寄語山中友，

臨流著數椽[一]。

校勘記

[一] 原注：欲使結一亭於泉上。

題永州思范堂

太守能延客，兹堂爲我開。清池照窗户，列嶂帶樓臺。剔蘚觀題字，披榛欲訪梅。城根數株石，曾識范公來[一]。

校勘記

[一] 底本校注：數，一作幾。

舟中病起登覽

艤棹病三日，登樓舉一觥。江山從古在，花草逐時生。南浦佳人别，西風送客行。錦鱗能自躍，獻我一杯羹。

邵陽趙節齋史君同黄季玉以「合江亭」三字分韻[一]

萬里清秋景，都歸乎此亭。光陰幾今古，天地一宫廷。濱水東西白，梅山表裏青[二]。登臨生酒興，欲醉又還醒。

校勘記

〔一〕浙江古籍本以「史君同」为人名加顿号，误。如此则加作者为四人，与三人三字分韵不合，史君即使君也。

〔二〕底本校注：濆，一作澌。山，一作花。

見湖南繡使陳益甫大著

手攬澄清轡，聲名漢范滂。一臺振風采，列郡正權綱。衡岳勢增重，文星日有光。金門雖藐藐，玉節自堂堂。

麾節羅群彥，朝廷只數公。近民多惠澤，望闕負孤忠。星殞京城震，沙移海水通。欲知休咎證，無路問蒼穹。

敢寫散人號，來登君子堂。論文才力短，憂世話頭長。老不堪行路，心思歸故鄉。數行詩後語，夜夜吐光芒〔一〕。

校勘記

〔一〕原注：爲作詩跋甚佳。

南臺寺長老乃福州士人，陳其姓，語及光拙庵遭際，寺乃石頭和尚道場

元龍湖海士，參得石頭禪。卓筆翻千偈，住山今十年。安心一丘壑，過眼幾雲煙。莫笑拙庵拙，聲名動九天。

真西山帥長沙禱雨

太守持齋戒，精誠動九天[一]。驕陽變霖雨，凶歲轉豐年。信是經綸手，行司造化權。唐時相房杜，斗米直三錢。

出郭問農事，家家笑語聲。有田皆足水，既雨亦宜晴。山下溪流急，街頭米價平。明朝聞領客，相見賀秋成[二]。

校勘記

[一] 底本校注：九，一作上。

[二] 底本校注：聞，一作開。

蘇希亮約客遊劉興伯大自在亭

偶爾來江上，從君到酒邊。雨晴花弄日，風定柳凝煙。適意共一笑，浮生無百年。明朝大自在，

誰辨載花船。

客中寄家書並簡季道侄

東隱三年别，西風一紙書。逢人相問訊，念我獨勤劬[一]。遊子思吾土，先人有敝廬[二]。欲歸歸未得，妻子定何如？

校勘記

[一] 劬：四部本作「渠」。
[二] 思：四部本作「司」。

舟中夜坐

獨坐觀星斗，一襟秋思長。天河司米價，太乙照時康[一]。月浦孤帆過，風荷一路香。持杯問舟子，今夜宿誰鄉。

校勘記

[一] 原注：俗儀以天河顯晦卜米價之貴賤。

淮東趙漕領客東園[一]，趙世卿賸談近日諸公，僕謂今日東園之會，想像歐蘇風流不可見

今日東園會，能爲野客期。乾坤一南北，花木幾興衰。亭館經行地，歐蘇無恙時。風流不可見，煙雨謾題詩。

校勘記

[一] 底本校注：領，一作晏。

沈莊可號菊花山人，即其所言

老貌非前日，清吟似舊時。已無藏酒婦，幸有讀書兒。連歲修茅屋，三秋繞菊籬。寒儒有奇遇，太守爲刊詩。

別章泉定庵二老人

臘裏春風轉，塤篪一氣和。勸翁新歲酒，唱我老人歌。一世聲名重，四方書問多。章泉一泓水，思與海同波。

太湖縣雪中簡段子克知縣

臘雪隨風下，蹇驢行路難。匆匆投邸舍，草草共杯盤[一]。喜見豐年瑞，渾忘昨夜寒。兒童不解事，却作柳花看。

校勘記

[一] 底本校注：草共，一作晏具。

有烹犢延客者，食之有感

田家藺栗犢，小小可憐生。未試一犁力，俄遭五鼎烹。朝來占食指，妙絶此杯羹。口腹爲人累，終懷不忍情。

萍鄉縣圃[一]

亭榭八九所，一筇隨往還。四橋朱檻外，三徑緑陰間。鑿淺通流水，憑高見遠山。琴堂判風月，一笑得雙鬟。

校勘記

[一] 原注：趙南夫作縣，是日縣佐生日，諸妓筵會，撥《借雙鬟》。

書　事

兩揆新當國，三邊未解兵。吾君極勤儉，天下望升平。春雨隨時下，福星連夜明。寒儒卜天意，對酒百憂輕。

同趙鼎臣遊皇甫真人清虚庵

昨聞曹兩府，河上遇遊仙[一]。駐蹕錢塘後，結庵廬阜邊[二]。焚香觀御帖，洗盞酌神泉。雁足傳書日，傷心已百年。

校勘記

[一] 昨：永樂大典本作「嘗」。河上遇遊仙：永樂大典本作「南渡遇真仙」。
[二] 後：永樂大典本作：「上」。

同曾景建金陵登覽

興廢從誰問，雲煙過眼空。籲嗟六朝事，想像半山翁。百景饒君詠，三杯許我同[一]。登臨無限意，多在夕陽中。

校勘記

〔二〕原注：曾有《金陵百詠》。

遇淮人問蘄黄之變，哽噎淚下不能語。許俊不解圍，乃提兵過武昌

偶逢淮上客，急急問蘄黄。未語心先噎，低頭淚已滂。五關人失守，殘虜勢非強。聞説許都統，提兵過武昌。

寄姚楚州

人材當世用，緩急敢辭難。身挾天威重，名驚賊膽寒。臨機一着妙，入境衆心安。聞已誅元惡，仍須問禍端。

庸將幾誤國，流民亦弄兵。康時仗豪傑，了事是功名。車馬長淮路，貔貅細柳營。山陽還舊觀，並使虜塵清。

許介之約過清溪道上有成

行盡白雲際，乘槎過水西。稻田秋後雀，茅舍午時雞。野飯自不惡，村醪亦可攜。聞鐘欲投宿，何處是招提。

送張子孟

君爲郴桂客，聽説道途難。不過神愁嶺，須經鬼哭山[一]。心平無險路，酒賤有歡顔。早作還鄉計，高堂鶴髮斑。

校勘記

[一] 原注：郴陽有鬼哭山，桂陽有神愁嶺。

南豐縣南臺包敏道、趙伯成同遊

笑傲南臺上，東風吹鬢絲。眼明花在處，春好雨晴時。樓閣多臨水，溪山可賦詩。留連無盡意，故遣酒行遲。

長沙道上

詩情滿天地，客夢繞瀟湘。何處桂花發，秋風昨夜香。登山猶矍鑠，照水見昂藏。未了一生事，難禁兩鬢霜。

萍鄉客舍

草罷惜春賦，持杯亦鮮歡。簷楹雙燕語，風雨百花殘。小閣無聊坐，征衣不耐寒。地爐燒石炭，強把故書看。

無爲軍界上遇太湖趙尉制府稟議

解后風塵底，周旋鞍馬間。三杯送行色，一笑强開顔。夜宿暖湯市，晨炊冷水關。軍前獻籌策，第一守光山。

譚俊明雪中見訪從而乞米

今日病方起，君來喜可知。地爐燒榾柮，瓦釜煮犁祈。門外雪三尺，窗前梅數枝。野夫饑欲死，誰與辦晨炊。

新喻縣蘇晉叔相會

偶作榆溪客，還逢橘井仙。多才出人上，笑我老吟邊。買錦囊詩卷，典衣供酒錢。竹林青眼叔，常説仲容賢。

訪陳與機縣尉於湘潭下攝市

清淡守風節，當官若隱居。自稱爲漫尉，人道是迂儒。俸外無炊米，公餘但讀書。王門多貴戚，道眼視如無。

買得南坡景，創成西尉司。宅幽連寺觀，地廣帶亭池[一]。能事事易了，役民民不知。題詩記顛末，政不假人碑。

吾里不識面，他鄉喜見君。數朝相款曲，杯酒接殷勤。清挹湘江水，笑開衡嶽雲。歸心逐回雁，轉首歎離群。

校勘記

[一] 底本校注：連，一作聯。

訪曾魯叔，有少嫌，先從金仙假榻，長老作笋供

俗物敗佳興，余非後汝期。既來遲一見，政恐錯相疑。同訪金仙老，因參玉板師。樽前有餘暇，細讀放翁詩。

觀静江山水呈陳魯叟漕使

桂林佳絶處，人道勝匡廬。山好石骨露，洞多巖腹虚。峥嶸勢相敵，温厚氣無餘。可惜登臨地，春風草木疏。

昨者登梅嶺，兹來入桂林。相從萬里外，不負一生心。湖上千峰立，樽前十客吟。譏評到泉石，

吾敢望知音。

昭武劉圻甫以《嘌篁隱居圖》求詩

相對兩山碧，春風摇緑篁。一巢雲建造，三澗水宫商。谷口躬耕稼，盤中歌壽昌。桃花認行路，他日訪劉郎。

過三衢尋鄉僧，適遇愛山徐叔高，同訪鄭監丞。其家梅園甚佳，選百家詩

暫作三衢客，尋僧出郭遲。適逢徐孺子，同訪鄭當時。詩集百家富，梅花幾樹奇。匆匆又行役，不見爛柯棋。

題趙庶可山臺

層臺高幾許，此即會稽圖。一目空秦望，千峰壓鏡湖。雲煙分境界，城郭限廉隅。他日傳佳話，蘭亭與此俱。

天造此一景，超然闤闠間[二]。坐分臺上石，看盡越中山。松月照今古，樵風送往還。只愁軒冕出，閒却白雲關。

校勘記

［二］超：四部本作「趨」，不通。

董叔宏、黄伯厚載酒黄塘送別

愁酌開懷酒，涼生破暑風。論交談灑灑，告別恨匆匆。十里黄塘路，扁舟白髮翁。多情今夜月，爲我照吟篷。

贈張季冶

秋扇交情薄，儒衣行路難。縱懷千里志，也要一枝安。夢繞梅花帳，愁生苜蓿盤。從來食肉相，千萬強加餐。

侄淑遠遊不得書

客夢江湖遠，窮居骨肉離。尺書無寄處，中夜不眠時。念爾衣裘薄，滿懷風露悲。狂遊斷消息，深負竹林期。

寄梅屋趙季防縣尉

疇昔交遊密，暌違歲月多。石屏今老矣，梅屋病如何。世路生荊棘，家山足薜蘿。共尋深處隱，此計莫蹉跎。

雨後有感

逐日愁聞雨，今朝喜遇晴。雲開山獻狀，月出海生明。天地有常理，古今無限情。静中觀世變，安得見河清。

歸來二首，兒子創小樓以安老者

老去知無用，歸來得自如。幾年眠客舍，今日愛吾廬。處世無長策，閒時讀故書。但能營一飽，渾莫問其餘。

破屋不可住，如何著老身。喜於喬木下，見此小樓新。山好如佳客，吾歸作主人。摩挲雙脚底，無復踏紅塵。

歸後遺書問訊李敷文[一]

繡斧離章貢，旋聞帥壽沙[二]。先生方易節，客子已還家。别後仙凡隔，歸來道路賒。秋風兩行字，也勝寄梅花。

身退謀家易，時危致主難。才能今管樂，人物舊張韓。吾國日以小，邊疆風正寒。平生倚天劍，終待斬樓蘭。

聞説營新第，無從賀落成。門庭山水色，樓閣管弦聲。海内二三傑，胸中十萬兵[三]。寧爲一區計，不使九州平？

憶作南州客，歸來東海濱。尚懷憂世志，忍説在家貧。老作山林計，夢隨車馬塵。鬱孤臺上月，無復照詩人[四]。

校勘記

[二] 原注：華，字實夫。
[三] 底本校注：旋聞，一作轅門。
[三] 底本校注：十，一作百。
[四] 原注：後夜鬱孤臺上月，更從何處照詩人。敷文送行詩也。

醉眠夢中得「夏閏得秋早，雨多宜歲豐」一聯，起來，西風悲人，且聞邊事

夏閏得秋早，雨多宜歲豐。今朝上東閣，昨夜已西風。田野一飽外，乾坤萬感中。傳聞招戰士，人尚説和戎。

侄孫仲晦、亦龍和前詩甚佳。其家有林塘之勝，兄弟和睦，日以奉親爲樂，用此韻以美之

有母身長健，無營家自豐。林塘孝子宅，詩禮古人風。壟畝秋成後，弟兄和氣中。時聞有佳話，常欲訪王戎。

一笑

海曲荒涼地，吟邊蹭蹬身。時危法當隱，年老慣居貧。俗客苦戀坐，小孫癡弄人。等閒成一笑，不覺把杯頻。

寄趙茂實大著二首

久坐圖書府，方登著作庭。人知才可敬，公以德爲馨。議論參諸老，文章本六經。省中相別後，夜夜望奎星。

詞臣工筆墨，亦足致功勳。細草平戎策，兼爲諭蜀文。一言關治亂，千載有知聞。應笑垂綸叟，愁吟對海雲。

送彭司户之官三山

祭酒家風重，民曹官職卑。公勤爲己任，清白取人知。臘月三山雪，梅花一路詩。舊時來往處，今有夢相隨。

送侄孫汝白往東嘉，問訊陳叔方諸丈

子去尋名勝，何慚著布衣。出門知所鄉，在旅亦如歸。道誼無窮達，文章有是非。寄聲陳與趙，相賞莫相違。

寄南昌故人黄存之、宋謙甫二首

謙甫多才思，存之重誼襟。一書愁話别，千里夢相尋。南浦扁舟上，東湖萬柳陰。舊時行樂處，何事不關心。

久客歸來後，家如舊日貧。青山何處隱，白髮也愁人。畎畝一生事，乾坤百病身。時無嵇吕駕，相憶莫相親。

送趙安仁之官上虞二首

表表魁梧相，面如田字方。早宜朝玉陛，猶自綰銅章。上挹葉丞相，近瞻商侍郎。風流接前輩，偃室有輝光。

遠庵家學在，持此去爲官。冰雪吾身白，風霜吏膽寒。一心毋妄用，百姓自相安。賢者妙爲政，誰言宰劇難。

秋　日

秋風梧葉雨，衮衮送秋涼。一氣四時轉，幾人雙鬢蒼。舊遊如說夢，久客乍還鄉。欲作安居計，生涯尚渺茫。

君玉同訪豈潛，飲間，君度、曼卿不約而至。鶴方換翎羽，出舞於桂花之下，不可無語[一]

秋來常日雨，雨霽忽秋深。鶴换一身雪，花開滿樹金。三杯動情性，一笑付園林。莫怪先歸去，衰翁薄疾侵[二]。

校勘記

〔一〕语：四庫本作「詩」。
〔二〕底本校注：薄，一作被。

倚樓

賢愚不同道，用舍要知機。涉世有臧否，倚樓無是非。鴉分枯樹立，雁逐斷雲飛。朝暮尋常事，何須歎落暉。

戊戌冬

造化人難測，寒時暖似春。蛟龍冬不蟄，雷電夜驚人。四海瘡痍甚，三邊戰伐頻。静中觀氣數，愁殺草茅臣。

題侄孫豈潛《家山平遠圖》〔一〕

好山横遠碧，平野帶林塘。四望耕桑地，幾年雲水鄉。海天龍上下，秋日鶴翱翔。睹物忽有感，無心住草堂。

校勘記

〔一〕家山：四部本無「山」字。

夏日續題

海近朝曦赫，山明宿霧消。紫雲縈碧落，白鷺點青苗。避暑軒亭爽，憑虚眼界遥。時來一登眺，初不待招邀。

因風再寄南昌故人，兼簡王帥子文

寄聲黄與宋，書去望書還。别後交情在，年來世路艱。吾思蹈東海，君合隱西山。詩卷勤收拾，留名天地間。

江湖歸亦好，朋友恨相疏。倏作三年别，纔通一紙書。詩盟誰是主，世道正愁予。若見王都督，煩君問起居。

舟中

艤棹河梁畔，推篷得句新。雲爲山態度，水借月精神。密樹藏飛翮，平波見躍鱗。幾年村落底，也有醉歸人。

送曉山夏肯甫入京

歲月頻看鏡，功名一據鞍。勿言行路惡，有志戀家難。芳草客程遠，落花春夜寒。江湖舊時夢，相逐到長安。

辛丑歲暮[一]

日月易流轉，一年仍一年。身從憂患老，事逐歲時遷。白首未聞道，清貧不愧天。寒林松柏瘦，花柳又春妍。

臘盡無多日，吾生有幾年。老於人事懶，貧覺世情偏。獨枕江湖夢，閉門風雪天。三杯動詩興，得句落梅邊。

意氣久凋落，形模老可憎。能扶雙病脚，賴有一枯藤。世味淡如水，吾心達似僧。明朝今日事，一任運騰騰。

校勘記

[一] 歲暮：暮字下四部本有「三首」二字。

小畦

小畦尋丈許，鑿壁置柴扉。雨後菜蟲死，秋來花蝶稀。插籬新種菊，抱甕已忘機。俗客忽相訪，妨人洗布衣。

有感

浩浩海風勁，滔滔河水渾。古人皆去世，喬木自當門。族党諸孫盛，吾宗一線存。興衰知有數，心事與誰論。

次韻陳叔強見寄

識面者無數，論交要有緣。未聞蒼玉佩，先枉碧雲篇。彩鳳騰詩筆，持螯泛酒船。山陰或乘興，何待菊花天。

窮通元有命，富貴柰無緣。對此黄梅雨，歌君白雪篇。風生三尺劍，夢逐五湖船。白首成何事，歸來敢問天。

一冬無雨雪而有雷

萬物久如渴，三冬一向晴。時無臘雪下，夜有瑞雷鳴。休咎占天意，悲歡見物情。山禽何所感，爛熳作春聲[二]。

校勘記

[二] 卷末底本校注：臨海盧籥南校字。

戴復古集卷第三

五言律

歲旦族黨會拜

衣冠拜元日，樽俎對芳辰。上下二百位，尊卑五世人。排門喬木古，照水早梅春。寒春將消歇，風光又一新。

寄節齋陳叔方寺丞

今時古君子，玉立衆人間。再世黄叔度，三生元魯山。把麾渾細事，憂國欲愁顔。恨不頻相見，空書謾往還。

侄孫子淵新居落成二首

結屋鄰蒼海，開門面翠屏[二]。堂前萱草緑，壽母鬢絲青。禮樂陳樽俎，詩書立户庭。一時勤卜築，百世享康寧。

一區揚子宅，中有讀書堂。早覺儒風好，兼看野趣長。籓籬帶花竹，里巷接農桑。安得茅三架，爲鄰住汝傍。

校勘記

〔一〕底本校注：蒼，一作滄。

子淵送牡丹

有酒何孤我，因花賦惱公。可憐秋鬢白，羞見牡丹紅。海上盟鷗客，人間失馬翁。不知衰病後，禁得幾春風。

寄山臺趙庶可二首

天族文章士，會稽山水州。地靈鍾秀異，人物信風流。要自用卿法，如何與婦謀。功名須早計，莫爲海雲留。

頃上山臺謁，臨行辱贈詩。相思寸心在，莫訝尺書遲。好月登樓夜，清秋落木時。見君《花萼集》，夢到謝公池。

晚春

春來涉幾日，又到落花時[一]。老面羞看鏡，愁懷強作詩。雨牆蝸篆古，風樹鳥巢危。有客適相過，樽前一局棋。

校勘記

[一] 底本校注：涉，一作能。

侄孫景文多女，賀其得雄

陰極一陽轉，君家氣數回。試看庭竹上，新有鳳雛來[一]。端的傳書種，分明是福胎。三朝食牛氣，端不類嬰孩。

校勘記

[一] 底本校注：新，一作已。

屏上懷黄伯高兄弟

扁舟到溪上，移杖即行吟。問麥雨多少，探梅春淺深。古屏今日景，修竹舊時陰。疇昔同遊者，遺蹤何處尋。

嘉熙己亥大旱荒，庚子夏麥熟

四野蕭條甚，百年無此荒。早禾遭夏旱，晚稻被蟲傷。富室無儲粟，農家已絶糧。逢人相告語，生理尚茫茫。

旱潦並爲虐，三農哭歲饑。當秋穀價貴，出廣米船稀。救死知吾拙，謀生恐計非。固窮君子事，辦采北山薇。

餓喙偏生事，空言不療饑。誰知歲豐歉，實系國安危。世變到極處，人心無藉時。客來談盜賊，相對各愁眉。

瑣瑣饑年事，騣騣穀價高。人將委溝壑，誰肯發倉廒。涸沼魚枯死，荒村犬餓號。與人同一飽，安得米千艘。

瀕海數十里，饑民及萬家[二]。雨多憂壞麥，春好忍看花。鑿淺疏田水，占晴視晚霞。老農如鬼瘦，不住作生涯。

積雨喜新霽，山禽亦好音。白雲開曠野，紅日照高林。歉歲地惜寶，惠民天用心。君看大麥熟，顆顆是黄金。

校勘記

〔一〕底本校注：十，一作千。及，一作幾。

人不聊生，梅柳早有春意〔一〕

歲歉家家窘，時危事事難。出門如有礙，對酒亦無歡。楊柳含春思，梅花耐歲寒。少須天意轉，穀熟萬民安。

校勘記

〔一〕底本校注：人，一作歲。

庚子薦饑

正月彗星出，連年旱魃興。自應多變故，何可望豐登。孰有回天力，誰懷濟世能。嫠居不卹緯，憂國瘦崚嶒。

連歲遭饑饉，民間氣索然。十家九不爨，升米百餘錢〔一〕。凛凛饑寒地，蕭蕭風雪天。人無告急處，閉户抱愁眠。

餓走抛家舍，縱橫死路歧。有天不雨粟，無地可埋屍。劫數慘如此，吾曹忍見之。官司行賑卹，不過是文移。

乘時皆閉糴，有穀貴如金。寒士糟糠腹，豪民鐵石心。可憐饑欲死，那更病相侵。到處聞愁歎，傷時淚滿襟。

杵臼成虚設，蛛絲網釜鬵。啼饑食草木，嘯聚斫山林。人語無生意，鳥啼空好音。休言穀價貴，菜亦貴如金。

去歲未爲歉，今年始是凶。穀高三倍價，人到十分窮。險淅矛頭菜，愁聞飯後鐘[二]。新來慰心處，隴麥早芃芃。

校勘記

[一] 底本校注：饕，一作飽。

[二] 底本校注：菜，一作米。

壬寅歲旦景明、子淵、君玉攜酒與詩爲壽，次韻

舍我白瓷碗，把君金屈卮。判爲元日醉，共賦早春詩。冰泮魚龍起，花開蜂蝶知。爲子扶病脚，賴有古藤枝。

花朝侄孫子固家小集，見其後園一池甚廣。因思唐戴簡隱居長沙東池，柳子厚有記。吾子固雖富而不驕有禮，文足以飾身，鄉里稱其善，馬少遊之流也。余以東池隱居稱之，不爲過。況此乃吾家故事，特欠柳柳州作記爾

今朝當社日，明日是花朝。佳節唯宜飲，東池適見招。緑深楊柳重，紅透海棠嬌。自笑鬢邊雪，多年不肯消。

次韻君玉《春日》

風雨不相貸，繁華能幾時。纔歌喜晴賦，又作惜春詩。壓架酴醿老，翻階芍藥遲。無花何足算，有酒且相期。

代書寄韓履善右司、趙庶可寺簿

懶不修書札，將詩問起居。升沉元自異，故舊忍相疏。學術有餘用，班行不次除。功名付公等，世道莫愁予。

涉世幾三折，行年近八旬。江湖倦遊客，天地苦吟身。白髮可憐老，青雲多故人。東風雖有力，

朽木不逢春。

閉户生涯薄，憂時念慮長。老猶思汗漫，貧已在膏肓[一]。弱柳饒春色，幽蘭抱國香。窮通安我命，一笑且持觴。

校勘記

[一] 底本校注：在，一作坐。

月夜懷董叔宏，聞其入京，未得信[一]

酒醒興未已，詩成吟不休。一涼風滿座，半夜月明樓。老驥思千里，飛鴻閲九州。故人何處在，誰作置書郵。

校勘記

[一] 信：四部本作「振」，宋詩鈔本作「報」。

夢中題林逢吉軒壁，覺來全篇可讀，天明忘了落句

囂塵不到眼，瀟灑似僧家。風月三千首，圖書四十車。緑垂當户柳，紅映隔牆花[一]。好讀天台賦，登樓詠落霞[二]。

校勘記

〔一〕底本校注：映，一作透。

〔三〕底本校注：落，一作綺。

侄孫子直家有西閣，吾有東樓相望，秋來景物甚佳

逼仄人間世，思從造物遊。君方倚西閣，吾亦上東樓〔一〕。挹彼千峰秀，森然萬象秋。相看成二老，更有幾年留。

校勘記

〔一〕底本校注：吾，一作我。

諸侄孫登白峰觀海上一景

自有此山在，無人作此遊。氣吞雲海浪，笑撼玉峰秋。開闢幾百載，登臨第一籌。諸郎莫高興，刻石記風流。

雁山羅漢寺省王總幹之墓，待和甫主簿之來

山鳥怪儒衣，遊山我亦癡。叫雲雲不應，問水水相知。俗物刺人眼，春風發我詩。噪簷鵶鵲喜，主簿有來期〔一〕。

校勘記

〔一〕底本校注：期，一作時。

解后樂清主簿姜昌齡，一見如平生歡，同宿能仁

雁去蕩猶在，龍居山亦靈。高峰穿碧落，虛谷吸滄溟。愁見僧頭白，喜逢君眼青。燈前聞妙語，字字摘天星。

雁山總題，此山本朝方顯

此地古無聞，誰封萬石君。山林纔整整，來往早紛紛。兩派龍湫水，千峰雁蕩雲。東西十八寺，紀載欠碑文。

幾山兼幾水，更有幾煙霞。不立仙人宅，都爲釋氏家。賓秋多少雁，報曉一雙鴉。有此山林勝，如何在海涯。

會　心

我本江湖客，來觀雁蕩奇。脚穿靈運屐，口誦貫休詩〔二〕。景物與心會，山靈莫我知。白雲迷去路，臨水坐多時。

校勘記

〔一〕底本校注：履，一作屐。

大龍湫

百丈雲巖上，神龍噀水飛。四時作風雨，萬斛瀉珠璣。不可形容處，無窮造化機。非他瀑布比，對此欲忘歸。

靈峰、靈巖有天柱、石屏之勝，自昔號二靈

駭見二靈景，山林體勢豪。插空天柱壯，障日石屏高。覽勝苦不足，登危不憚勞〔一〕。白雲飛動處，絶壁走猿猱。

校勘記

〔一〕底本校注：不憚勞，一作可憚勞。

净明

林巒相掩映，巖谷獨玲瓏。下置維摩室，上通龍伯宫。靈珠四時雨，秋水一簾風。甚欲觀新月，山高脚力窮〔一〕。

校勘記

〔一〕原注：新月谷在上，高不可登。

題胡立方思齋

每事再思過，參之以古今。唯求合天理，毋妄用吾心。和氣生琴室，清風動竹林。所居雖近市，不許市塵侵。

張子明索賦永齋詩，諾之久矣，杜撰四十字以還冷債

爲學日不足，毋勞課近功。聲名垂不朽，文字用無窮。草色朝朝碧，桃花歲歲紅。一機長運轉，造物與人同。

謝項子宜帥幹遺饋

聞説沙溪上，分明似渭川。重山照華屋，萬竹繞清泉〔一〕。遺饋知相憶，登山未有緣。一樓先月景，想像在吟邊。

校勘記

〔一〕底本校注：照，一作蓋。

侄孫昺以《東野農歌》一編來，細讀足以起予。七言有「汲水灌花私雨露，臨池疊石幻溪山」；「草欺蘭瘦能香否，杏笑梅殘奈俗何」似此兩聯皆自出新意，自可傳世。然言語之工，又未足多，其格純正，氣和平爲可喜。余非諛言，自有識者，因題其卷末以歸之

吾宗有東野，詩律頗留心。不學晚唐體，曾聞大雅音。霜空孤鶴唳，雲洞老龍吟。群噪無才思，昏鴉自滿林。

風雨無憀中覽鏡有感，作小詩未有斷句，適兩侄孫攜詩卷來

覽鏡忽有感，誰能寫我真。崚嶒忍饑面，蹭蹬苦吟身。風葉飄零夜，雨花狼籍春。相過慰牢落，吾族有詩人〔一〕。

校勘記

〔一〕原注：侄孫槃字子淵，服字豈潛，各攜詩卷來，相與在酒邊細細讀之，足以起予。「醉石眠花影，吟廊步蘚紋」；「春水緑平野，夕陽紅半山」；「一樽溪上別，孤棹雨中行」。此槃之作也。「一燈深夜雨，幾處不眠人」；「一草亦關春造化，衆星能表月精神」。此服之作也。如此等語，不可枚數，摘其一二以識之，當自有識者爲其賞音。

歲暮書懷寄林玉溪〔一〕

吾年幾八十，暮景不勝斜。老鶴猶能語，枯梅強作花。一心爲死計，無意問生涯。有酒時相過，

東鄰八九家。

笑共梅花語，窮難與命争。人皆居燠館，我獨墮寒坑。假合非吾道，幽棲了此生[二]。門牆元自静，群小莫從横。

衮衮日不暇，看看歲又徂。一生賦茅屋，幾度换桃符。天肯容吾老，人皆笑我迂。玉溪何所見，時復問詩癯。

校勘記

[一] 底本校注：暮，一作旦。

[二] 道：四庫本作「意」。

壬寅除夜

今夕知何夕，滿堂燈燭光。杜陵分歲了，賈島祭詩忙。横笛梅花老，傳杯柏葉香。明朝賀元日，政恐雨相妨。

癸卯歲旦

淳祐第三載，正朝把一杯。老夫真是病，賀客不須來。擇日修茅屋，當春覓柳栽。新年莫多事，且放好懷開。

新年多雨，一日晴色可喜

一晴良可喜，始覺好新年。綠漲春前水，青開雨後天。看花吾老矣，把酒興悠然。病脚妨行樂，三杯歸醉眠。

讀三學士人論事三書

邦計傷虚耗，邊民苦亂離。諸公事緘默，三學論安危。災異天垂戒，修爲國可醫。傳聞上元夜，絶似太平時。

黄屋見聞遠，朱門富貴忙。屠沽思報國，樵牧解談王。能轉禍爲福，毋令聖作狂。草茅垂白叟，尚擬見時康。

六月三日聞王鑒除殿前都虞侯[一]，孟樞除夔路策應大使，時制司籍定漁船，守江甚急

聞説北風凜，其然其不然。新除策應使，急點守江船。設險渾無地，扶危賴有天。吾皇自神武，北伐美周宣。

校勘記

[一] 底本無「三」字，虞侯下底本有「益」字，無「孟樞除」三字，今據四庫本改。

送王仲彝制機宰瀏陽

一身供世用，六月赴官忙。當此炎天熱，知君心地涼。吏能師卓魯，縣界接瀟湘。試飲瀏陽水，清清滋味長。

瀏陽誰謂小，桑柘萬家春。遠宦逢知己，推心在惠民。速宜還縣債，聞早綴朝紳。說與諸公道，方巖後有人。

送黎明府

黃巖萬家縣，山海界民居。百里蜀中秀，一廉天下無。財多能辨否，官滿賦歸歟。已作青雲料，猶驚急急符。

縣債三年了，鄉心萬里飛。一身如許瘦，百姓不妨肥。買宅憑誰辦，抱琴何處歸。諸公競推轂，穩去著朝衣。

訪西澗王深道[一]

諸王居處僻，古屋滿山坡。傳到宋淳祐，來從晉永和。詩書歷年久，名勝結交多。一澗流芳潤，滔滔秋水波。

諸老傷凋謝，淒涼屬此時[二]。相從一夜語，忍讀《四哀詩》[三]。世事生愁緒，秋風吹鬢絲。黄花香晚節，説與季巖知。

校勘記

[一] 底本校注：凋，一作山。

[二] 老：四庫本作「友」。

[三] 底本校注：語，一作話。原注：吴荊溪《四哀詩》。

東谷王子文死，讀其詩文有感

東谷今何在，騎鯨去渺茫。荊花半零落，巖桂自芬芳。議論波瀾闊，文章氣脈長[一]。遺編猶可考，何必計存亡。

校勘記

[一] 底本校注：脈，一作味。

挽温嶺丁竹坡

瀟灑復瀟灑，是爲丁竹坡。生涯渾草草，詩句自多多。恨不識是叟，悲哉作此歌。數編遺稿在，不共葬煙蘿。

廣東漕李實夫四首

乾坤雖廣大，人物不能多。議論還諸老，文章自一科。從横負才略，緩急任干戈。不有濟時傑，其如世事何。

志士規模遠，非時展布難。莫言南地暖，須念北風寒。楮賤傷財力，兵驕稔禍端。盛衰關氣數，天下幾時安。

千里長城手，如何在廣州。共談天下事，莫上斗南樓。瘦露封侯骨，忠懷報國愁[一]。丁寧北來雁，邊信怕沉浮[二]。

忘家甘旅食，憂國屬愁顏。有客佩金印，何人守玉關。風霜晚秋後，天地夕陽間。痛灑傷時淚，别公歸故山。

校勘記

[一] 底本校注：瘦，一作鯁。愁：四部本作「秋」。

[二] 雁：詩淵本作「使」。

求安

愁來須強遣，老去只求安。酒熟思招客，詩成勝得官。梅花天下白，雪片夜深寒。衲被蒙頭睡，悠然百慮寬。

秋日早行

雁叫秋容老，烏飛曙色分。晨炊何草草，宿酒尚醺醺。野曠連滄海，山長帶白雲。馬行沙上路，驚起白鷗群。

何季皋司理，故人也，作詩見相勉意二首

梅花庾嶺外，别是一山川。那使民無訟，須知獄有冤。心常存正直，法不尚平反。于氏緣何事，陰功到子孫。

南州通外國，濁海溷清波。人以廉稱少，官從辟奏多。持身宜潔白，事上莫依阿。話别無他語，留心政事科。

石洲遇陳季中話舊

緑樹掛烏帽，清波照白頭。合隨秋燕去，那作賈胡留。紅吐檳榔唾，香薰茉莉球。樽前話疇昔，一笑不能休。

廣州所見

風波行險道，萬里絶人煙。幾個下番客，經年渡海船。人皆貪舶貨，我獨惜青錢。□□□□□，留心禁漏川。

書　事

喜作羊城客，忘爲鶴髮翁。問天求酒量，翻海洗詩窮。已過西南道，適遭東北風。扁舟載明月，枉作賣油公[一]。

校勘記

[一] 原注：西南道乃廣州一稅場。原注：前李約作漕時，請遊藥湖，出新寵佐尊，一意顧盼，無暇與賓客語。僕有詩云：「手拍錦囊空得句，眼看檀板遇知音」，漕大怒，謂舟中有麻油不投稅，拘留其船。

别李司直蕭小山

老作五羊客，時從二妙遊。文星照南斗，吾道欲東周。合作金閨彦，那爲玉帳留。嚴徐聞有召，吾亦辦歸舟。

峽山二首

山近江如束，林深路欲迷。平沙印虎跡，絶壁聽猿啼。緑水人誰釣，黄茅地可畬[一]。幽居堪避世，何必武陵溪。

欲訪飛來殿，維舟上峽山。有溪流屋下，無路入雲間。犀解捐金索，猿能記玉環。無從徵往事，有地足躋攀[二]。

校勘記

[一] 底本校注：誰，一作難。畬：四部本作「畦」。

[二] 徵：四部本作「旌」。

舟行英德江上和許季如詩

趺坐篷窗底，客身無事時[一]。閒觀曲江帖，因和許渾詩。舟楫聊乘興，溪山若獻奇。數峰英石美，天巧豈人爲。

校勘記

〔一〕趺：四部本作「跌」。

重陽舟中

扁舟何寂寞，絶不見人家。無處沽村酒，何從問菊花。溪山澹相對，節序謾云嘉。牢裹烏紗帽，西風日又斜〔一〕。

校勘記

〔一〕日又：詩淵本作「又日」。

故人陳秘書家有感

晚春風雨後，花絮落無聲。緑泛新荷出，青鋪細草生。私蛙爲誰噪，老犬伴人行。舊日狂賓客，樽前笑不成。

林塘劫火後，更作兩家分。筍拆頭搶地，松高氣拂雲〔一〕。老夫來訪舊，稚子解談文。自是麒麟種，那隨雁鶩群。

校勘記

〔一〕拆：四部本作「拆」，四庫本作「折」。

聞時事

雁豈關兵氣，魚常被火災。御軍先擇將，立國可無財。濟世須人物，忠言是福媒。西山今已往，更待鶴山來。

口號送椰心簟劉使君[一]

適有椰心席，殷勤持贈君。來從三嶼國，織作五花文[二]。涼暖宜冬夏，清光隔垢氛。桃笙與蘄簟，優劣迥然分[三]。

校勘記

〔一〕詩淵本作「送人椰心簟」。

〔二〕三：詩淵本作「二」。文：詩淵本作「紋」。

〔三〕簟：詩淵本作「竹」。

懷江村何宏甫自贛上寄林檎

人好物亦好，交深誼轉深。他鄉如對面，異體實同心。未得平安報，相思長短吟。無從回去馬，有便寄來禽。

投江西曾憲二首

樞星居紫極，摇映使星明。天下推名德，君家好弟兄。一臺振綱紀，列郡想風聲。不試褰帷手，官曹未易清。

諸賢皆在位，治效尚遲遲。污吏未能去，明君若可欺。外臺天耳目，正士國根基。既攬澄清轡，那無按察時。

臨江小泊

艤舟楊柳下，一笑上茶樓。適與胡僧遇，非因越女留。雲行山自在，沙合水分流。獨酌臨清泚，知心是白鷗。

寄鄭潤甫提幹

吾鄉有佳士，官小患才多[一]。文可登詞苑，直宜居諫坡。春風能活物，砥柱不隨波。客裏喜相遇，飄零柰我何[二]。

校勘記

[一] 此句詩淵本作「故人鄭潤甫，才調果如何」。

〔三〕此句詩淵本作「我豈私鄉曲，如公實可多。」

趙丞話舊

憶作齊安別，相逢直到今。寒温片時話，故舊百年心。折柳送行客，栽松遇賞音。尊前强歌笑，兩鬢雪霜深。

謝蕭和伯見訪

定交雖日淺，老眼見君深。急誼真如渴，能詩不肯吟。江湖尊白髮，土苴視黃金。野客無邊幅，相看話此心〔一〕。

校勘記

〔一〕此句詩淵本作「兄弟皆佳士，令人起敬心」。

廬陵城外

郭外人煙好，行行過北阡。迎船分社肉，汲井種春田。緑樹前村路，黄梅細雨天。客遊鄉土別，景物只同然〔一〕。

校勘記

〔一〕底本校注：然，一作前。

董侍郎蒙泉書院

一室可忘老，四窗宜讀書。但教樽有酒，莫問食無魚。客子家何在，明朝歲又除。思歸徒自苦，安處即吾廬。

董叔震書堂

數椽深巷底，朝夕自委蛇。勳業時看劍，詩書日下帷。古碑遮素壁，破硯浴清池。燈火伊吾夜，猶如未第時。

別董叔宏兄弟

年老思家切，交深話別難。扁舟行且止，尊酒強相寬。客路歸來晚，人情去後看。西風吹過雁，千萬寄平安。

聞邊事

昨日聞邊報，持杯不忍斟。壯懷看寶劍，孤憤裂寒衾。風雨愁人夜，草茅憂國心。因思古豪傑，韓信在淮陰。

宜春東湖呈趙使君

東園有佳趣，五馬共登臨。介石見古意，月臺延賞心。雖然近城郭，元不遠山林。能使一州潤，秀江秋水深。

次韻董叔宏《山中有感》

山中行樂處，百感上心來。宿霧掃不去，好風吹自開。巖花新得句，野水莫添杯。不盡登臨興，扁舟棹月回。

訪蒼山曾子實

故人子曾子，居處近金精。福地佳山水，詩家老弟兄。十年重會面，一笑最關情。萬象亭前月，今宵爲我明。

事　機

天下事機別，朝廷局面新。臺官遷不定，年號改何頻。黜陟由明主，安危仗老臣。祖宗成憲在，即此是經綸。

所聞二首[一]

屢遣和戎使，三邊未解兵。武夫權漸重，宰相望何輕[二]。天下思豪傑，君王用老成。時無渭濱叟，白首致功名。

右席須賢久，丹書幾度催。賊驚中使轉，人望相公來。問政曲江宅，調羹庾嶺梅。莫因多病後，虛出應三臺。

校勘記

[一] 原注：中使入廣，詔宣崔右相，賊起梗道。

[二] 宰相：底本缺二字，據宋詩鈔本補。

歸舟已具，李憲樓倉有約，盜賊梗道，見避亂者可憐

歲律又云暮，臨風賦式微[一]。雨臺方有約，一棹未成歸。夜宿三家市，天寒百衲衣。豺狼當道路，鷗鷺亦驚飛。

倉猝抛家舍，遑遑走道塗。依山結茅厂，摘草當園蔬[二]。老稚朝朝哭，生涯物物無。避軍兼避寇，何日得安居。

校勘記

[二] 賦：四部本作「詠」。

[三] 底本校注：广，一作屋。

張端義應詔上書，謫曲江，正月一日贛州相遇

憂世心何切，謀身計甚疏。樽前話不盡，天下事何如。漢武求言詔，賈生流涕書。龍顔那可犯，謫向曲江居。

正朝送遷客，好去看梅花。此嶺幾人過，念君雙鬢華。直言知爲國，遠地莫思家。韶石叫虞舜，傷哉古道賒。

聞杜儀甫出臺[一]

臺官關係重，用舍一何輕。諸老多慚德，斯人有直聲。儻來視軒冕，歸去即功名。莫拜寬堂墓，傷心隔死生。

校勘記

[一] 原注：與知宗趙山甫甚厚善。

揚州道宫安下，制幹朱行甫、撫幹方巨山連騎相訪

道院群仙集，高軒二妙來。文章清氣足，談笑老懷開。落木三秋晚，黄花九日催。何當陪勝踐，共把蟹螯杯[一]。

校勘記

[一] 底本校注：踐，一作餞。

朱行甫和前韻送别，烹鹿薦酒

此别真成别，從今去不來。佳人難再得，惡抱向誰開。客路一歸晚，家書幾度催。殷勤見君意，烹鹿薦離杯。

題宋安撫月中香

移根廣寒殿，栽近讀書堂。良夜月中影，秋風天上香。此花真異種，萬木莫同芳。他日五枝秀，何慚竇十郎。

訪方子萬使君，宅有園林之勝

使君居處好，在郭却如村。屋帶園林勝，門無市井喧。蟄龍將變化，雛鳳亦騰騫[二]。客裏苦無暇，

相從聽雅言。

校勘記

〔一〕鶱：四部本作「騫」

諸詩人會於吳門翁際可通判席上，高菊磵有詩。僕有「客星聚吳會，詩派落松江」之句，方子萬使君喜之，遂足成篇

客星聚吳會，詩派落松江。老眼洞千古，曠懷開八窗。風流談奪席，歌笑酒盈缸。楊陸不再作，何人可受降。

別邵武諸故人

白髮亂紛紛，鄉心逐海雲。此行堪一哭，無復見諸君。老馬尋歸路，孤鴻戀舊群。酒闌何處笛，今夜不堪聞。

一老儒爲貴人燒丹，丹垂成而走，因此失所

道途多險阻，此老欲何之。命薄丹砂走，天寒白髮悲。從教達官罵，忍受小兒欺。月夜雙烏鵲，飛鳴繞樹枝。

江上夜坐懷嚴儀卿、李友山

江清天影動，樓近角聲雄。楊柳枝枝月，芭蕉葉葉風。佳人難再得，良夜與誰同。別後知何處，吟詩句句工[一]。

校勘記

[一] 知何處：六十家集本作「從何晤」。吟：六十家集本作「新」。

江上

扁舟泊江渚，喜近酒家門。出網魚蝦活，投林鳥雀喧。無橋通竹處，有路到桃源。一見南塘字，淒然憶故園[一]。

校勘記

[一] 原注：僕所居之地名。

簡曾才叔

虛庭貯明月，酒醒獨登樓。偶逐一笑樂，遂成三夕留。烏鴉工報曉，蟋蟀早吟秋。欲赴東溪約，煩君具小舟[一]。

校勘記

〔一〕底本校注：約，一作鈞。

舟　中

扁舟何處泊，沙渚夕陽邊。遠浦橫魚網，高山起曉煙。客行今老矣，秋思益淒然〔二〕。且復開懷抱，囊中有酒錢。

校勘記

〔二〕益：四部本作「日」。

史賢良入蜀，有錦江詩卷，陳誼甚高

學道世情薄，論交誼氣深。謾懷三獻玉，肯愛四知金。萬里銅梁道，千篇錦水吟。一芹供匕筯，聊寓野人心。

賢良一和五篇，不可及

世路從他險，輸君酒盞深。立談雙白璧，一諾百黃金。志大不少屈，詩工非苦吟。相隨萬里去，老鶴豈無心。

永新彭時甫館僕於玉峰樓，龍子崇來話舊

暫艤溪頭棹，來敲月下門。江湖十年別，故舊幾人存。聽雨夜同榻，論心酒一樽。不須談世事，萬慮滿乾坤[一]。

校勘記

[一] 談：群賢集本作「言」。

所聞

北風如許急，亦使客心寒。近得襄陽報，仍聞蜀道難。三杯中夜酒，一枕幾時安。江上兩都督，何人上將壇。

訪徐益夫

仲蔚蓬蒿宅，終朝只閉關。無心與時競，未老得身閒。緑繞巡除水，青橫隔岸山。客來新酒熟，相對一酡顏。

渝江緑陰亭九日宴集

佳節重有感，人間行道難。登高苦無地，把酒一憑欄。山迴暮煙合，江空秋水寒。沙頭有瀏鵜，

莫作鴛鴦看。

九日江亭上，誰憐老孟嘉。要人看白髮，不用整烏紗。寄興題桐葉，長歌醉菊花。歸心徒自苦，猶在楚天涯。

題渝江蕭氏園亭[一]

相識雖云晚，相知蓋有年。同門好兄弟，華屋帶林泉。笑傲一樽酒，登臨九月天。客懷秋思豁，萬象在吟邊[二]。

三徑逐高低，旁通桃李蹊[三]。涼臺無六月，釣石俯雙溪。醉欲眠花下，吟來過竹西。風流黄太史，古壁有留題。

近市囂塵遠，山居古意存。詩人常下榻，俗子莫登門。日坐圖書府，時開風月樽。野夫因到此，忘却海雲村。

校勘記

〔一〕原注：體仁、體信伯仲，佳士也，一區同居，不出户庭而得溪山之勝。自昔有秀江亭，山谷先生嘗留題云：「澄波古木，使人得意於塵垢之外，蓋人閒景幽，兩奇絶耳。」所題之壁猶存。底本校注：一作「體仁、體信佳公子也。一區同居，鄉里稱善，石屏見而喜之，爲題三詩」。

〔二〕怀：詩淵本作「愁」。

〔三〕底本校注：一作「陟彼芙蓉徑，通他桃李蹊」。

新朝士多故人，愁吟寄之

野鹿自由性，孤鴻不就群。飄零生白髮，故舊半青雲〔二〕。憂國家何有，愁吟天不聞。北風吹漢水，胡騎政紛紛〔三〕。

校勘記

〔二〕生：詩淵本作「多」。

〔三〕胡騎：四庫本爲避諱改作「戎馬」。

題新淦何宏甫江村

近郭畏囂塵，移居在水濱。江山千古意，松竹四時春。賓客門無禁，詩書筆有神。何郎好心事，鷗鷺亦相親〔一〕。

校勘記

〔一〕卷末底本校注：臨海宋鋭校字。

戴復古集卷第四

五言律

夜吟呈趙東巖

汲井漱殘酒，行吟到夜分。一軒清似洗，萬籟寂無聞。風送迎秋雨，天收翳月雲。雞鳴庭户白，人事又紛紛。

吾鄉陳萬卿儒者能醫，見宜春趙守，盛稱其醫藥之妙，著《本草折衷》，可傳[一]

本草有折衷，儒醫功用深。何須九折臂，費盡一生心。藥物辨真僞，方書通古今。有時能起號，一劑直千金[二]。

校勘記

〔二〕《本草折衷》可傳：浙江古籍本作《本草折可傳衷》，誤。

〔三〕底本校注：號，一作死。

九月七日江上阻風

艤棹依喬木，扶筇涉淺沙。雲山多態度，水月兩光華。白首吟詩客，青簾賣酒家。明朝風不定，來此醉黄花。

自和前詩，鄰舟皆鹽商

總被利名役，機心欲算沙。舟行阻風色，客夢負年華。洲渚四五曲，漁樵八九家。江村無限好，滿眼是蘆花。

有感

皺眉觀世事，把酒讀離騷。天下無公論，胸中有古刀。徒然成耿耿，何以制滔滔。不逐群飛轉，孤鴻畢竟高。

春陵山中作，寫寄孔海翁

昨日分攜後，回頭望竹關。相親唯白水，所見但青山。雲近人家遠，苔生石徑斑。聞鐘知有寺，又在渺茫間。

夏日雨後登樓

夏日不苦熱，病軀能少康。數峰樓上景，六月雨餘涼。今古兩虚器，乾坤百戲場。人生如寄爾，聊以醉爲鄉。

偶見飛蝶，追思舊遊，録之

早被春情誤，渾身著粉衣。最宜花上見，解向夢中飛。蜂膆爲遊伴，蛛絲設禍機。滕王小圖畫，一一造精微[一]。

校勘記

[一] 原注：嘗見滕王蛺蝶圖，百十爲群，真有飛動意。

寄永嘉太守趙茂實

龔黄古賢牧，政事見於今。疾惡風霜手，活人天地心。躬行循吏傳，時作謝池吟。我欲依劉表，常憂老病侵。

身爲吟詩瘦，家因好誼貧。如何賢太守，不念可憐人。橘井誰知處，桃源莫問津。秋風吹白髮，

滄海老垂綸。[一]

校勘記

[一] 底本缺末六字，據四部本補。

王應求出示蜀中山水障，氣勢甚雄偉，李巽巖題其後，論其畫筆之源流二百餘字

妙甚丹青手，能移造化功。三川山水國，半幅畫圖中。玉局人何在，銅梁路可通。巽巖扛鼎筆，文與畫争雄。

萬杉長老秀癡翁見示五言，次韻

了得宗門事，何憂常住貧。聽師林下話，是我眼中人。星渚三秋月，廬山萬古春。昭陵御書在，歲久莫生塵。

借韻書懷

虚氣撑枯腹，長身到老貧。高吟常駭俗，爛醉若驕人。京洛繁華夢，江湖浩蕩春。布衣如雪白，不受庾公塵。

飲蕭和伯家，醉登快閣，和楊伯子《題分明觀》韻

醉歸蕭史宅，快閣倚西東。山斂過雲雨，江無起浪風。月行銀漢上，人在玉壺中。天眼照塵世，應憐鶴髮翁。

客中歲晚呈何宏甫

歲事費料理，三杯意適然。與其愁度日，曷若醉忘年。桑落冬前酒，梅花雪後天。不知身是客，多謝主人賢。

先人東皋子《小園》七言，人多喜之，浼秋房樓大卿作大字刻石

父殁名隨泯，詩存世莫傳。敢求大手筆，爲寫小園篇。詞翰成雙美，光華照九泉。托公垂不朽，鐫刻到千年。

淮岸阻風

艤棹楓林外，平沙走晚晴。秋深紅鶴至，波動白鷗驚。荻浦留三日，江州計幾程[二]。夜來風色好，行不待天明。

校勘記

〔一〕荻浦：浙江古籍本作「荻浦」，誤。

蘄春李丈，解后遊江上園，勸遊人不可折花木，禁漁弋者不捕禽魚，酒邊談論可聽。乃中洲先生之後，葉水心嘗與往來

坐斷此江干，池亭百畝寬。禽魚全性命，花竹報平安。有道行其志，非時做甚官。豐神更閒雅，野服竹皮冠。

南康縣劉隱居

秋風送紈扇，終日御瑶琴。只可自爲樂，不求人賞音。無心問軒冕，此地即山林。堪笑紅塵客，飄零雪滿簪。

江　皋

江皋有閒客，獨立對秋風。白鳥來無數，青林望不窮。斜陽方照晚，新月早騰空。得句從誰語，傾心酒碗中。

都下書懷

半月不把鏡，羞看兩鬢塵。讀書增意氣，攟刺減精神。道路誰推轂，江湖賦采蘋。從來麋鹿性，

那作帝鄉人。

艤舟登滕王閣

散步登城郭，維舟古樹傍。澄江浮野色，虛閣貯秋光。却酒淋衣濕，搓橙滿袖香。西風吹白髮，猶逐少年狂。

湖口

水落山增峻，江空石出奇。倚篷看不足，解纜放教遲。沙上雁初到，樽前蟹可持。中秋能幾日，又是菊花時。

夏日從子淵侄借茉莉一盆[一]

舉眼驚如許，衰懷強自安。愛涼臨水坐，遣病借花看。物物同天地，人人各肺肝。從來涇與渭，混作一流難。

校勘記

[一] 子淵侄：卷三有《侄孫子淵新居落成二首》，又《覽鏡有感》中自注：「侄孫槩字子淵」，因此子淵當爲侄孫。

吴門訪舊[一]

去此十三秋，重來雪滿頭。鏡顔加老醜，詩骨帶窮愁。鳥語新晴樹，人尋舊倚樓。藏春門下客，一半落山丘。

校勘記

[一] 原注：孟艮夫侍郎有藏春園。

哭澗泉韓仲止二首[二]

雅志不同俗，休官二十年。隱居溪上宅，清酌澗中泉。慷慨傷時事，淒涼絶筆篇。三篇遺稿在，當並史書傳[三]。

忍貧長傲世，風節似君稀。死後女方嫁，峽中兒未歸。門人集詩稿，故卒服麻衣。澗上梅花發，吟魂何處飛。

校勘記

[二] 原注：只選後篇，欲記其臨終一節，故並録之。

[三] 原注：聞時事驚心，得疾而死。作《所以桃源人》、《所以商山人》、《所以鹿門人》三詩，此絶筆之詩也。

瑯琊山中廢寺

欲訪山中寺，沿堤石甃長。寶坊兵後廢，御帖窨中藏。故址生秋草，寒窗帶夕陽。孤僧出迎客，滿口話淒涼。

鄂州戎治静憩亭

幽亭何處尋，巖樹碧森森。獨坐生雲石，少安經世心。伴人雙鶴立，多事一蟬吟。提劍翻然起，中原秋草深。

江　上

江上維舟穩，人間行路難。數朝花雨細，一夜社風寒。燕語能留客，蛙鳴豈爲官。苦吟成底事，贏得瘦團欒。

趙端行、杜子野遊虎丘有詩，僕因思舊與趙子野同宿唱和留題

出城十里許，有此一山門。丘在虎無跡，池清劍有痕。孤松冠巖頂，萬竹繞雲根。借問東軒壁，舊題存不存。

海陵光孝長老驥無稱，山谷後也，共談時事，且説黄巖柑橘之美

俗子避形影，僧家共往還。高談犯時忌，妙語發天慳。霜後思新橘，夢中歸故山。何時免奔走，終老白雲關。

杜仲高、高九萬相會

杜癖詩無敵，高髯畫絶倫。笑談能不朽，富貴或成塵。今古多奇事，乾坤幾怪民。相逢不容易，一醉楚江濱。

衡陽寫懷簡王景大、趙俊卿

夢覺他鄉枕，寒生半夜衾。客程湖外遠，秋意雨中深。老馬尋歸路，羈鴉憶故林。家書連數紙，難寫此時心。

懷趙德行[一]

所學源流遠，濇交滋味長。看來渾易與，別去自難忘。獨客夢千里，佳人天一方。細觀《賓退録》，亦足慰凄涼。

校勘記

〔二〕原注：學慈湖，從趙元道遊。

上封

樓臺逼霄漢，窗户納雲霓。回顧千巖路，如登萬仞梯。泉從山頂出，雪壓樹頭低。高絶無人境，非僧不可棲。

九日

今日知何日，他鄉憶故鄉。黄花一杯酒，白髮幾重陽。日晚鴉争宿，天寒雁叫霜。客中無此醉，何以敵凄凉。

春陵道上

雲際尋行路，時逢一兩家。山川閒世界，耕釣小生涯。病竹長新笋，寒芒摇落花。溪翁解延客，連煮數杯茶。

化成巖

城郭囂塵外，江山勝概中。鏗然一灘水，和以萬松風。夾徑森奇石，危亭納太空。蒼巖不能語，曾識贊皇公。

喜聞平峒寇

峒寇都平了，官軍奏凱歌。千山通道路，一雨洗干戈。天地和風轉，江湖春水多。蜀中無近報，西賊定如何。

郭伯秀約聯騎春遊，不去有詩

心老尋春懶，年衰跨馬難。便能相強去，未必有真歡。獨酌三杯妙，高眠一枕安。好花如可折，覓取數枝看。

訪陳復齋寺丞於私第

以時爲出處，真有古人風。奉母易爲孝，事君難盡忠。閒居非傲世，直氣尚摩空。語及朝廷事，乾坤萬感中。

泉　南

南地無冰雪，常疑暖作災。晝昏山霧合，寒變海風來。䵚麥銜芒早，梅花帶葉開。客中歸未得，歲事漸相催。

代人送别

南浦春波碧，東風送客船。别君楊柳外，揮淚杏花前。粉壁題詩句，金釵當酒錢。一聲離岸櫓，心碎楚江邊。

度淮

一雨足秋意，孤吟寫客懷。人情容易變，身事苦難諧[一]。每日思歸浙，今朝却度淮。此生煩造物，略略爲安排。

校勘記

[一] 身：四庫本作「世」。

蘄州厲使君七夕祈雨

樽俎忘佳節，衣冠肅廣庭。爲民祈一雨，何暇賞雙星。五馬無慚德，三龍合效靈。前山好雲氣，早已動雷霆。

廬州界上寄豐都帥[一]

身健心先老，時危事愈乖。無成攜短劍，有恨滿長淮。村酒時時醉，山肴日日齋。功名非我有，何處問生涯。

校勘記

〔一〕豐都帥：四部本作「豐帥」，底本缺一字。

贈孤峰長老

孤峰何處住，惠遠舊林泉。日用無非道，心安即是禪。幽棲雲壑底，夢寐雪篷邊。何日山陰道，同尋訪戴船。

吴子似

載酒櫻桃熟，隈亭柳樹陰〔一〕。青山去人遠，黄鳥話春深。薄俗非吾道，虚名愧此心。休言今不古，又恐不如今。

校勘記

〔一〕底本缺「載」、「隈亭」，現據四庫本補。

世事〔一〕

世事真如夢，人生不肯閒。利名雙轉轂，今古一凴欄。春水渡傍渡，夕陽山外山。吟邊思小范，共把此詩看。

校勘記

〔二〕本題群賢集本作：「三山宗院趙用父問近詩，因舉『今古一憑欄』、『夕陽山外山』兩句，未得對。用父以『利名雙轉轂』對上句，劉叔安以『浮世夢中夢』對下句，遂足以成篇，和者頗多，僕終未愜意。都下會李好謙、王深道、范鳴道，相與談詩，僕舉此語，鳴道以『春水渡旁渡』爲對，當時未覺此語爲奇。江東夏潦無行路，逐處打渡而行，溧水界上一渡復一渡，時夕陽在山，分明寫出此一聯詩景，恨不得與鳴道共賞之。」

冬日移舟入峽避風

棹入黄蘆浦，驚飛白鷺群。霜華濃似雪，水氣盛於雲。市遠炭增價，天寒酒策勳。同舟有佳士，擁被共論文。

湖　上

久住人情熟，湖邊酒可賒。來時飛柳絮，今日見梅花。十載身爲客，幾封書到家。斜陽照林屋，獨立數棲鴉。

讀改元詔口號

伏讀改元詔，仍觀拜相麻。競傳新政事，方見好官家。雪作豐年瑞，梅開近臘花。路逢江上客，立馬問京華。喜見新除目，焚香洗眼看。老儒居翰苑，正士作臺官。有道爲時用，非才處位難。寄聲崔與李，催促到長安[一]。國以人爲重，人惟德可招。九重方厲政，諸老盡歸朝。盛事追三代，清風動百僚。切聞天上語，歡喜到漁樵。

校勘記

[一] 底本校注：崔，一作「惟」。

罪　言

盜賊干戈後，安知有太平。衆人皆競利，百姓不聊生。國用何能足，官曹未易清。漢家政虛耗，第一莫言兵。

李深道得蘇養直所寫「深」字韻詩[一]

表出塵埃外，濃薰蘭蕙香[三]。風流晉人物，高古漢文章。老眼不多見，前程豈易量。三杯話胸臆，一笑對雲驤。

校勘記

〔一〕底本校注：一作「翁景山出示故人作序送行」。

〔二〕底本校注：蘭蕙，一作班馬。

秋興有感

客遊江海上，幾度見秋風。遠浦蘆花白，疏林秋實紅。人情朝暮變，景物古今同。老眼猶明在，從教兩耳聾。

謝王使君送旅費

風撼梅花雨，霧籠楊柳煙。如何殘臘月，已似半春天。歲裏無多日，閩中過一年。黄堂解留客，時送賣詩錢〔一〕。

校勘記

〔一〕賣：詩淵本作「買」。

舟中小酌〔一〕

獨立秋風裏，悵然思故鄉〔二〕。岸頭沽美酒，船上作重陽〔三〕。籬菊一枝秀，溪魚三寸長〔四〕。客中聊爾耳，亦可慰淒涼〔五〕。

校勘記

[一] 小酌：六十家集本作「九日」。
[二] 此聯六十家集本作「水澀勞牽纜，天寒早雨霜」。
[三] 岸頭：四部本作「渚頭」，六十家集本作「沙頭」。美酒：六十家集本作「濁酒」。
[四] 秀：四部本作「瘦」。
[五] 聊爾耳：六十家集本作「成小醉」。

塗中見人家賣酒

連歲遭饑饉，人無糴米錢。今秋好行路，到處説豐年。村酒新篘濁，溪魚出網鮮。黄花留客醉，況近竹林邊。

長汀寄李使君[一]

在處晚禾熟，經今瘴霧消。山林無盜賊，道路有歌謠。人喜逢豐歲，誰知感聖朝。溪橋閒寓目，魚鳥亦逍遥。

校勘記

[一] 長汀：底本作「長江」，誤，據四部本改。

光澤溪上

艤棹西巖下，舟人語夜闌。風林無鳥宿，石竇有龍蟠。月色連沙白，灘聲入夢寒。曉來新得句，寄與故人看。

約遊曾參政西墅，病不能去

骨肉去家遠，異鄉童僕親。老身渾賴汝，久病亦愁人。無暇遊西墅，尋醫訪北辰。主翁翻作使，奔走莫勞神。

趙敬賢送荔枝[一]

荔子固多種，色香俱不同。新來嘗小緑，又勝擘輕紅。大嚼思千樹，分甘僅一籠。嘗觀蔡公譜，夢想到莆中。

校勘記

[一] 趙敬賢：宋詩鈔本作「趙景賢」。

自漳州回泉南主僕俱病[一]

雅興難忘酒，羈懷不耐秋。坐窮思賣劍，扶病強登樓。適有坐中客，來從邊上州。所談驚老耳，身世並成憂。

寄趙漳州話病

聽雨無聊賴，高眠獨掩扉。塞鴻書不到，海燕約同歸。吾道關通塞，人情有是非。荊州相別後，王粲更誰依？

客自邵武來，言王埜使君平寇

聞說賊來日，君能判死生。扁舟載母去，倚劍到天明。百姓各逃命，四旁無援兵。王尊豈非勇，獨自守孤城。

太守自監軍，片膽大如身。立馬斬數賊，犒軍捐萬緡。威行千里外，手活一城民。孰謂書生怯，書生中有人。

新年自唱自和

聖朝開寶曆，淳祐四年春。生自前丁亥，今逢兩甲辰[一]。黃粱一夢覺，青鏡二毛新。七十八歲叟，乾坤有幾人。

校勘記

[一] 六十家集本下有「遣懷」二字。

死灰無復暖，槁木不逢春。近日愁多病，今年歲在辰。處喧如處寂，求舊不求新。笑問長河水，誰爲不老人。

江山一夜雨，花柳九州春。過節喜無事，謀懽要及辰。年年仍歲歲，故故復新新。把酒有餘恨，無從見古人。

校勘記

〔一〕兩甲辰下底本脱誤八句四十字，今據四部本補。

聞嚴坦叔入朝再用前韻

淒涼風雨日，強把甕頭春。獨守空虚室，那逢耗磨辰〔一〕。詩家青眼舊，世路白頭新。每誦梅花句，一心思故人〔二〕。

我本江湖客，歸來二月春。居多閉門日，未卜賞花辰。繞樹鵲聲喜，隔簾鶯語新。可憐垂白叟，却羨踏青人。

校勘記

〔一〕原注：見《荊楚歲時記》正月十三日爲耗磨辰。
〔二〕原注：嚴公有詩云：「過却海棠渾未醒，夢中猶自詠梅花。」膾炙人口。

吾族兩派而下，吾之一派衰落殆盡，諸孫一兩人而已，其勢不絕綫，彼之一派富盛。一日出門有感

門外長河水，有時鳴不平。河邊古樟樹，亦各有枯榮。人事關時數，春風莫世情。賢哉滄海月，夜夜一般明。

王深道奏名而歸

忠言犯時忌，決不中高科。一日成名了，諸公屬望多。還家寧久住，經世欲如何。西澗一泓水，行通滄海波。

朱仲寔少府到官無幾日即入僉幕，官滿送行二首

才智人難及，上官能用賢。梅仙無一事，蓮幕坐三年。政譽傾千里，歸途仰二天。辟書聞早上，松菊莫留連。

孝友平生事，守廉天下難。居官一日俸，闔室幾人餐。病骨何妨瘦，吟肩不肯寒。功名未須問，且奉版輿安。

次韻盱江李君昉見寄二首，時李在包守郡齋

久作丹丘客，疑君去復來。高吟闖風雅，妙句斫瓊瑰。道誼心千古，文章水一杯。荷花時話別，別後又梅開。

共醉荊溪酒，不論杯淺深。定交從此日，識面早知心。久缺寒温問，忽聞長短吟。玉霄亭下路，幾夜夢相尋。

感寓三首

古今通一理，趨向自多門。賢士玉成美，貪夫金注昏。誰知身是患，人以道爲尊。前輩□□死，姓名千載存。

誼利不同道，盛衰何用疑。布衣甘寂寞，紈袴自矜持。勿謂人爲巧，待觀天定時。銅山或餓死，富貴五羊皮[二]。

自覺心無愧，何須座右銘。人將金作塢，吾以石爲屏。年老醫難療，天寒酒易醒。菊花香到死，不肯就飄零。

校勘記

〔一〕底本校注：或，一作幾。

新歲書懷四首

衰年百病身，淳祐五年春。塵世自多事，風光又一新。鄉人方拜相，野客自垂綸。説與煙波侶，海濱非渭濱。

七十九歲叟，時吟感寓詩。年高胡不死，身健欲何爲。細柳緑垂地，小桃紅滿枝。春風不到處，枯蔓掛疏籬。

老病從人笑，兒童識我誰。窮愁無地著，心事有天知。鵲噪緣何喜，蛙鳴豈爲私。如何得懷抱，長似醉眠時。

正月復二月，百年如一年。世間人易老，天下事難全。生計麥十斛，傳家詩幾篇。眼前雖不足，心地自超然〔二〕。

校勘記

〔二〕底本校注：一作「村翁不識字，白屋貯青錢」。

小園

小園春欲半，老子作兒嬉。政喜花開蚤，還愁客到遲。詩當得意處，酒到半酣時。蜂蝶來無數，無知却有知。

爲石雲悼鶴

瘞鶴有故事，花邊結小塋。不登千歲壽，無復九皋鳴。問汝緣何死，主翁無限情。最令人憶處，側耳聽松聲。

挽立齋杜丞相

邪正不兩立，國家當再興。有時須有命，稱德不稱能。方喜千年遇，如何一旦薨。世間無哭處，吾欲哭昭陵。

蕭飛卿將使赴湖北戎幕，詩送其行，兼簡秋壑賈總侍二首

文章蕭穎士，一劍去從軍。遠望西關路，愁看南浦雲。九霄騰意氣，萬里取功勳。馬上一杯酒，須斟滿十分。

鄂渚三千里，遥遥望使星。江湖今寂寞，桃李半凋零。世有一秋壑，時無兩石屏。平生不相遇，老眼向誰青。

晚望懷長沙故人

却扇清風起，樓頭坐晚凉。青山連遠水，緑樹帶斜陽。客路傷離别，人情果在亡。定應今夜夢，隨月到瀟湘。

寄虚齋趙侍郎

老眼開還闔，愁懷醉不醒。乾坤多變故，人物曉天星。藥石匡時切，蓍龜見事靈。得公十數輩，亦足壯朝廷。

災異天垂戒，安危事可知。試將黄雨證，請問白雲司。對客論孤憤，傷時賦五噫。醉中忘萬慮，安得酒如池。

斗山子王深父作《石屏記》，爲老夫書，其文甚佳，采《記》中語，作五詩致謝

細讀石屏記，臨風覺厚顔。如何一片石，欲比衆名山。浪跡江湖上，歸身巖壑間。漁樵争半席，人笑老癡頑。

細讀石屏記，誠然愧我心。蘭蓀借芳馥，金石假聲音。俗子方騰謗，朋儔合獻箴。分爲無用物，白髮委山林。

細讀石屏記，尋幽到水涯。老人相問答，屬意在巖花。江海浮天闊，山林去國賒。草茅最深處，認作野人家。

細讀石屏記，堪嗟老病身。誰知饑欲死，曷取壽長貧。雪片豐年瑞，梅花臘月春。今朝一杯酒，誰道是生辰。

細讀石屏記，多君才思清。南山數峰碧，北斗七星明。風土鍾奇秀，文章到老成。待看黄鵠舉，唾手取功名。

寄建康留守制使趙用父都丞侍郎

蠻貊聞名姓，當今有此人。片心天共廣，一笑物爲春。花滿金陵路，風清玉塞塵。九重方簡注，四海望經綸。

燕許文章筆，片言輕萬金。先人十詩序，孝子一生心。入手方爲寶，三年等到今。九泉應有望，取璧照山林。

侄孫亦龍作亭於小山之上，余以「野亭」名之，得詩五首

平地變丘壑，安排若自然。爲山移白石，鑿沼貯清泉。栗里有松竹，蘭亭無管弦。軒裳非我事，在野不妨賢。

蔡外有餘地，登臨作此亭[一]。心如喬木古，眼共遠山清[二]。社酒誰同醉，村歌自可聽。有時來夜坐，收拾讀書螢。

詩禮家聲重，田園活計饒。自甘爲野客，不願仕王朝。時爲花開眼，誰因米折腰。此心安出處，何日不逍遥。

勿謂此亭小，巋然氣不群。静中觀變化，閒處立功勳。水細通巖竇，亭高壓海雲。隱居行素志，不負聖明君。

田間四五月，此景看來稀。翼翼青苗上，雙雙白鳥飛。茅茨林下住，簑笠雨中歸。拍岸瓜藤水，不須憂歲饑。

校勘記

[一] 蔡：四庫本作「花」，宋詩鈔本作「舍」。
[二] 清：四庫本作「青」。

寄鎮江王子文總卿

一代文章手，官如水樣清。三軍皆飽德，諸將共談兵。鐵甕横天立，金山壓浪平。北人向南望，江浄月分明[一]。

校勘記

[一] 江浄：底本原缺，今據明潘是仁刻本補。

又送行二首

荏苒歲雲暮，雪霜天正寒。取程毋太急，御下放教寬。朝夕去家遠，關山行路難。邊頭辦功業，恐不在儒冠。

荊門在何許，鄂渚小躊躇。宿處好看劍，客中宜讀書。交遊天作合，江漢景何如。窗户半天上，南樓好寓居。

送包使君入朝除左曹郎二首

宏齋儒者政，賞罰自宜民。世欲無公論，天知有正人。側身觀宇宙，平步履星辰。試把安危事，從頭問化鈞。

金門行入奏，何以告君王。請下求賢詔，兼陳活國方。解紛□□□，救弊細思量。若見高常簿，言予病在床。

送季明府赴太平倅

黄巖號難治，能者治何難。桃李民心悦，風霜吏膽寒。公行無不可，私請莫相干。三尺兒童輩，皆知好長官。

人説陳胡蔡，合君爲四賢。一廉官似水，三載吏無權。政自詩書出，民從教化遷。神明判事筆，一出萬人傳。

庭闈定省外，都是坐廳時。盡日身無倦，對天心不欺。縣花潘岳賦，池草惠連詩。磨取九峰石，刊成德政碑。

通守太平州，金陵在上頭。風寒當一面，江□□千艘。此日要人物，九天寬顧憂。詩書用處别，澼絖换封侯。

得古梅兩枝[一]

老干百年久，從教花事遲[二]。似枯元不死，因病反成奇。玉破稀疏蕊，苔封古怪枝[三]。誰能知我意，相對歲寒時[四]。

校勘記

[一] 底本校注：一作雪川劉家古梅。
[二] 底本校注：一作有些老梅樹，君從何處移。
[三] 底本校注：玉破，一作雪點。
[四] 底本校注：一作連朝看不足，政要看花遲。

貧作負恩人爲何宏甫作

九陌塵中事，三生石上身。狂爲好詩客，貧作負恩人。十載江村别，扁舟淦水濱。音書久不至，得夢往來頻。

題徐子英小園

奉親營小圃，僻在水之湄。霜露蔡公賦，假山慈竹詩。人皆稱壽母，我獨喜佳兒。八行家風在，三遷憶舊時。

登祝融

秋風吹拄杖，直到祝融顛。目擊三千界，肩摩尺五天。扶桑暘谷畔，青草洞庭邊。雲氣無遮障，分明在眼前。

長沙有感

自飲長沙酒，春風幾醉醒。江波隨意緑，山色爲誰青。鳥好因人好，龜靈不己靈。江蘺與杜若，何幸入騷經。

山中少憩

地僻人稀到，山寒水欲冰。聞鐘知有寺，見犬不逢僧。斷壟森喬木，頹簷掛古藤[一]。斜陽照孤影，詩骨瘦崚嶒。

校勘記

[一] 底本校注：森，一作生。

真州上官漕勸農

小隊出行春，旌旗帶野雲。草成平寇檄，翻作勸農人[二]。幕府多奇事，詩書策異勳[三]。請將邊上事，一一奏明君。

校勘記

〔二〕人：四部本作「文」。

〔三〕事：四部本作「士」。

豫章東湖避暑

行坐自徜徉，吟聲繞屋樑。曉煙滋柳色，晨露發荷香。以我一心静，參他六月涼。淵明知此意，高臥到羲皇。

遍訪諸亭館，蒼苔掩舊蹤。十年如昨日，萬象又秋容。閱世存喬木，沿堤倚瘦筇。何人殺風景，斫盡木芙蓉。

見江東繡衣袁廣微

宇宙歸微數，安危委大臣。金門一回首，玉節久臨民。雅志思行古，清風不受塵。絜齋家學舊，用處日如新。

洪子中大卿同登遠碧樓歸來有詩

角巾華屋下，丘壑在其旁。寄興青山遠，憂時白髮長。無心當世用，袖手看人忙。善自爲身計，須傳活國方。

濠州春日呈趙教授[一]

柳似眠初起，梅雖老可觀。冰開春水活，風暖雪泥乾。得酒忘爲客，談詩不論官。無人知此意，一笑對黃冠。

校勘記

[一] 原注：體國。

訪古田劉無競[二]

前説建陽宰，古田今似之。難兄與難弟，能政更能詩。文字定交久，江湖識面遲。人傳《花萼集》，俱在水心知[三]。

校勘記

[二] 原注：潛夫宰建陽有聲，人言自有建陽無此宰。

[三] 底本缺「在」字，據四庫本補，六十家集本作「受」字。

淮上回九江

江水接淮水，扁舟去復回。客程官路柳，心事故園梅。活計魚千里，空言水一杯。石屏有茅屋，朝夕望歸來。

送陳幼度運幹

臺幕三年最，雲霄萬里程。西山餞行色，南浦棹新晴。骨秀荊山璞，胸涵元氣英。更攜扛鼎筆，只合上蓬瀛。

君是青雲料，吾當白髮年。駑駘傍騏驥，魚鳥各天淵。他日難忘處，寒宵不忍眠。挑燈雪窗下，共讀雁奴篇。

燕

聞説烏衣國，低連海上村。春來避霜雪，秋去長兒孫。華屋語如訴，故巢多不存。雙飛惱幽獨，紅袖有啼痕。

蘄口阻風務官點稅[一]

江漲行無路，西風又打頭。頗聞商婦怨，自作賈胡愁[二]。

校勘記

[一] 原注：舊有一相識爲務官。

[二] 下各本皆缺四句二十字。卷末底本校注：臨海周翼乾校字。

戴復古集卷第五

五言律

郭外翁

郭外生涯少，城中糴米歸。種花無處賣，挑菜入籃稀。風撼傾欹屋，寒生藍縷衣。此翁何所樂，談笑傲輕肥。

鄭南夫雲林隱居

一來陪勝踐，再到惜蹉跎[一]。記得山中景，行尋竹外坡。天寒梅信早，海近雁聲多。煙渚蒲洲外，時聞欸乃歌。

校勘記

[一] 底本校注：踐，一作餞。

夢與趙用父、王子文、陳叔方相會甚款[一]

鼎足當州縣，別來音問稀。故人俱顯達，吾道亦光輝。三鳳夢中見，孤鴻天外飛。應憐江海客，白首未成歸。

校勘記

[一] 此題六十家集本作：一夕夢與邵武趙用父、邵武宰王子文、浦城宰陳叔方相會甚款，詩以記之。

戲呈趙明府[一]

堂堂附郭縣，深遠半如村。能共斯民樂，渾忘太守尊。梅花高可折，橫浦撓無渾。欠與詩狂者，清談共一樽。

校勘記

[一] 永樂大典本題作：戲呈大庾趙明府。

訪曾雲巢

一老今無恙，諸公昔與儔。隨時難茍合，懷道早歸休。苦似陶元亮，全如秦少遊。筆端鋒鋭別，有待續春秋[一]。

校勘記

〔一〕底本缺「别」字，據四部本補。

冬暖

天不雨霜雪，朝曦與暮霞。江梅遲臘蕊，巖桂更冬花。地暖宜爲客，時難重憶家。楚山當晚眺，歸興逐棲鴉。

許提幹湖上下築〔一〕

才氣有如許，功名不可無。樂從閒歲月，養就大規模。雅志難諧俗，幽居喜並湖。君看蓮下藕，不與葉同枯。

校勘記

〔一〕下：詩淵本作「卜」。

見名園荒廢有感

喬木無留影，殘花尚假妍。荒池蛙叫噪，破屋燕周旋。富貴偏多事，風流得幾年。牆東有寒舍，書種世相傳〔二〕。

校勘記

〔一〕四部本缺「舍」字，四庫本作「士」字。

題黄仲文雙清亭

亭下新池好，亭中古意存。欲通溪上路，遂辟竹邊門。自昔好賓客，相傳到子孫。會看司命鶴，時到種瓜園。

静寄孟運管招客，皆藏春侍郎故人，因與花翁孫季蕃話舊有感

來訪藏春宅，因登静寄堂。異香薰寳鼎，清樂送瑶觴。穿行過花所，尋梅見海棠。白頭思往事，無語立斜陽。

莆中遇方□□，邀出城買蠣而飲，一僧同行

出郭斷虹雨，倚樓新雁天。三杯古榕下，一笑菊花前。入市子魚貴，堆盤牡蠣鮮。山僧慣蔬食，清坐莫流涎。

天竺訪明上座

顧影良堪笑，胡爲八尺長。蒼顔抗塵土，餓喙説興亡〔一〕。竹雨先秋爽，松風生夜涼。愛尋湖上寺，

留宿贊公房。

校勘記

〔一〕底本校注：興亡，一作文章。

隆興度夏借東湖驛安下

面對一池荷，四旁楊柳坡。樹陰遮日少，屋敞受風多。疑是清涼國，暫爲安樂窩。人人争避暑，老子自婆娑。

挽趙縣尉〔一〕

十竹相依住，一官真漫爲。狂來裂軒冕，窮不顧妻兒。疾世吟孤憤，傷時賦五噫。高名應不朽，自作墓中碑。

校勘記

〔一〕原注：自號十竹，極貧不肯爲官。

張統制之子爲父求詩，蘄州城破，匹馬打圍而出，能知數，謂時不可爲

夜半金城破，身隨鐵馬飛。横揮三尺劍，突出萬人圍。勇鋭資神力，功名與願違。自能占氣數，

終老著農衣。

挽趙縣丞[一]

雅志思行古，幽居不受官。傾家爲義舉，竭力奉親歡。閱世開天鏡，藏身作瓦棺。聞知捐館日，有夢跨金鞍。

校勘記

[一] 原注：好古好怪，人以緩急告，雖千金不吝，家爲之窮。

挽沙溪項公苕湖居士

讀書不成事，何恨老山林。處世有容德，與人無諍心[一]。友於兄弟樂，惠彼里閭深。細把豐碑讀，懷賢淚滿襟。

一曲苕湖上，深居萬竹間。自尋三徑樂，早得一身閒。瀌瀌循除水，林林夾屋山。傷心白雲際，遺跡尚班班。

校勘記

[一] 諍：四庫本作「争」。

挽大溪姚祥叔即南

慶門今獨盛，舊族有光華。日坐不欺室，天興積善家。山林娱晚境，書史是生涯。手種堂前桂，君看身後花。

挽唐吉林詠道

博雅林夫子，隱居城市中。家貧書甚富，學苦字尤工。四海交名勝，諸文辨異同。阿戎談更好，端不負家風。

黎明府見示令叔顯謨開國墓誌，求詩，爲賦三首

巴蜀何多事，賢能見一時。纔爲花縣宰，早受菊坡知。關外科民急，興元易帥遲。預曾陳利病，人不信蓍龜。

虜横干戈密，官清財賦強[二]。饑年無餓莩，亂後有金湯。五郡樹佳政，諸公交薦章。忠言動天聽，惜去把麾忙。

寄家苕霅上，萬里故鄉愁。未入金門奏，還爲玉局遊。孤忠徒耿耿，一病竟休休。爲國惜人物，淒然老淚流。

校勘記

〔一〕虜横：四庫本爲避諱改作「邊釁」。

族侄孫子榮之子神童顔老，不幸短命而死，哭之不足，三詩以悼之

亙古英靈在，顔回有後身。年纔十三歲，才過萬千人〔一〕。學到由天悟，文高見理真。再生仍再夭，無路問鴻鈞。

昨應童科日，群兒立下風。丰姿傾衆目，文采動諸公。兩耳能兼聽，六經皆暗通。相期到楊晏，有始柰無終。

汝祖積陰德，汝翁多讀書。汝生天報施，汝死又何如。修短有定數，賢愚莫問渠。冥官聞慟哭，還許再來無。

神童諱顔老，生而秀骨奇姿，非凡子比。及晬，父漁村徇俗修試兒故事，羅書籍、玩具、果肴於席，顧盼無所取，獨挐《禮記》一帙，披卷若讀誦然。稍長，口授以書，兩耳兼聽，日記數千百言。七歲能暗誦五經，舉止應對儼若成人。十歲，善屬文，思如湧泉。王帥幹懋卿試以數題，捉筆輒就，懋卿稱賞不容口。嘉熙元年丁酉，參政范公嘉其俊異，舉應神童科第一，後省中敕賜免解進士，朝廷以其能，行文永免。年十三卒。

跋戴神童文稿

余昔訪戴君，見顔老容顔豐秀，步趨詳雅，甚以遠器期之。因語戴君曰：「昔楊公億、晏公殊皆

嘗以童科顯，世之過二公之神者亦多矣，而或夭而殤者，病於揠苗而弗獲實也。子宜經史華潤薰浸而茂悦之，以需其成，慎勿以世俗干禄之文揉其心，扼其膽也。」去之幾何年，今乃徒見其揉心扼膽之文，而其人，則已矣！嗚呼！九齡與玄，昔賢所痛，玄可與也，齡不可與也，雖痛奚益！淳祐三年乙卯春仲[三]，同邑杜範儀夫識。

校勘記

[二] 底本校注：三，一作二。

[三] 底本及四部本均作「寶祐三年」，有誤。寶祐三年戴復古及杜範均已去世，以淳祐三年爲是。據此改。

孫季蕃死，諸朝士葬之於西湖之上

卜宅西湖上，花翁死亦榮。詼諧老方朔，曠達醉淵明。風月生前夢，歌詩身後名。風流不可見，腸斷玉簫聲。

櫻桃

緑樹帶朱實，驅禽費彈丸。獨先諸果熟，堪奉五侯餐。猩肉和瓊液，蠙珠走玉盤[一]。同時得同賞，芍藥滿雕欄。

校勘記

[一] 肉：詩淵本作「血」。

題清江臺[一]

秋色無邊際，酬之以醉顔。亭高俯城郭，木闕見江山。勝踐園林古，好詩天地慳。范碑生羽翼，飛上畫屏間。

校勘記

[一] 原注：是日新打范石湖碑表於亭上。

江西壬辰秋大旱饑，臨江守王幼學監簿極力救民。癸巳夏不雨，幾成餓莩，監簿禱之甚切，終有感於天[二]

懇切金章奏，精誠玉帝知。稻粱民性命，豐歉國安危。苗秀方成實，雨來還及時。人能合天意，天亦順人爲。

天續饑民命，神知太守心。驕暘化霖雨，六月借春陰[三]。早稻先秋熟，晚田儲水深。去年饑欲死，不料到於今。

校勘記

[二] 餓莩：四部本作「薦饑」。

[三] 暘：四庫本作「陽」。

附：監簿和篇

赤地我民苦，寸心天我知。元元争救死，凛凛強扶危。備具先三日，憂端彼一時。倐然返生意，人力豈能爲。

叫得神明力，挽回天地心。連朝被甘澤，既雨積重陰。水滿田高下，涼生秋淺深。老癃幸無死，一飽慶垂今。

懷何宏甫

何郎好兄弟，愛我往來頻。人作交遊看，情如骨肉親。茅庵思共隱，蕙帳暖生春。别後長相憶，寄書無便人。

題董侍郎山園[一]

行盡芙蓉徑，尋秋扣竹關。樓高納萬象，木落見群山。平野水雲際，畫橋煙雨間。紅塵城下路，只隔一湖灣[二]。

校勘記

[一] 群賢集本題作「題臨川董侍郎山園」。

〔三〕下：群賢集本作「市」。

蕭仲有遺經堂

一經傳世寶，説與子孫知。欲作久長計，毋忘禮義爲。黄金生悔吝，白璧有瑕疵。兼取龐公語，圖安不遺危。

讀嚴粲詩「風撼瀟湘覆，江空雪月明」，喜其一聯隱栝爲對〔一〕

筆端有神助，句法自天成。風撼瀟湘覆，江空雪月明。苦吟非草草，妙趣若平平〔二〕。李杜詩壇上，爲君題姓名。

校勘記

〔一〕風撼瀟湘覆：永樂大典本下注「非深於杜詩者不能作此語」。

〔二〕非：詩淵本作「聊」。

春陵山中

地僻民風古，雨晴天氣新。空山豎奇石，喬木墮枯薪。深入千崖路，多逢百歲人〔一〕。繁華凋性命，寂寞可全真。

校勘記

〔一〕崖：詩淵本作「巖」。

淮上寄趙茂實〔一〕

渺渺長淮路，秋風落木悲。乾坤限南北，胡虜迭興衰〔二〕。志士言機會，中原入夢思。江湖好山色，都在夕陽時。

校勘記

〔一〕寄：底本作「寄題」，目録上和四部本均作「寄」，从目録。

〔二〕胡虜：四庫本爲避諱改作「今古」。

金　山

水湧孤峰出，波深日夜聞〔一〕。重巖成鐵屋，雙塔礙行雲〔二〕。天地八窗迥，江淮兩岸分。登臨多感慨，北雁又成群。

校勘記

〔一〕深：群賢集本作「声」。

〔二〕成鐵屋：四部本作「戍鐵屋」，群賢集本作「載華屋」。

焦山

江接海冥冥，山連島樹青。似非人境界，宜有佛宫庭。藏壓蟠龍宅，潮涔瘞鶴銘。西巖更清絶，心與酒俱醒。

梅花

細把南枝看，百花無此奇。夜深鍾月魄，溪面印水姿〔一〕。古樹龍其似，寒香蝶不知。幽蘭開亦早，二妙喜同時。

校勘記

〔一〕溪面印水姿：底本缺五字，據《詩淵》補。

赤壁

千載周公瑾，如其在目前〔一〕。英風揮羽扇，烈火破樓船。白馬滄波上，黄州赤壁邊〔二〕。長江酹明月，更憶老坡仙。

校勘記

〔一〕底本校注：目，一作眼。

〔三〕 馬：四部本作「鳥」。

曾雲巢年八十，聰明不衰，小楷寫六經，家有小樓，日登覽不倦，諸監司嘗薦遺逸

八十雲巢老，諸公舊典刑。心情古井水，輩行曉天星〔一〕。身健登高閣，眼明書六經。嘗聞薦遺逸，何以報朝廷。

校勘記

〔一〕 輩行：四庫本作「行輩」。

醉吟

一狂兼一懶，窮到白頭年。客路偏耽酒，詩囊不貯錢。吟邊忘世故，醉裏樂壺天〔一〕。不答諸公問，何如孟浩然。

校勘記

〔一〕 壺：四部本作「吾」。

次韻胡公權

日用無非道，人心實在平。果能行實學，何必問虛名。草木隨時態，江山無世情。晚來溪雨歇，

一段夕陽明。

同安子順訪茅庵道人，「鳳凰麒麟不可見」，道人語也

道者日高臥，清風隔世塵。鳳麟不可見，猿鳥自相親。山木輪囷古，茶花冷淡春。草荒門外路，常怕有人來。

法曹羅立之酒邊舉數首，皆僕故人爲我寄聲

佳士欣相識，吟邊問姓名。官爲三語掾，詩到五言城。野客可憐我，故人煩寄聲。白頭歸故隱，秋後會群英。

爲　客

琴劍長爲客，詩書欠策勳。老來臨鏡懶，愁裏把杯勤。北雁寒離塞，秋鷹健拂雲。物情能奮發，人不解超群。

彭繡使平叛卒後除經略，小詩陳利害

廣東經略使，今古幾人賢。陛下用一士，民間有二天。清風排瘴雨，廉德照貪泉。龍節生光彩，鸞車奏凱旋。

斬蛟移鰐後，近水有驚鱗。閫外尚多事，幕中無一人。佩韋防狷急，強飯養精神。羅致賢能士，仍須藻鑒真。

乳虎戀巢穴，窮猿失木悲。早須思一著，先要釋群疑。豪傑通心腹，人心無怨咨。御軍明紀律，威愛貴兼施。

會李擇之，其父名丙字南仲，著《丁未録》、《丙申録》

吟邊逢李白，談笑亦風流。相對各青眼，安知有白頭。兩家窮活計，四海老交遊。不負雲山約，同登百尺樓。

道傍館[一]

道傍誰氏館，爾我坐開樽[二]。翁嫗出迎客，兒童爲掃門。好花生竹所，流水浸雲根[三]。儻遂卜隣約，爲農老此村。

校勘記

[一] 永樂大典本作：題道傍館。
[二] 底本缺「爾」字，據四庫本補。永樂大典本此句作：借我駐高軒。
[三] 生竹所：永樂大典本作「羅石洞」。流水浸：永樂大典本作「遠水没」。

山中夜歸

落盡一林月，山中夜半歸。驚行群犬吠，破暗一螢飛。舉我赤藤杖，敲君白板扉。興來眠不得，吟到曉星稀。

題春山李基道小園

瀟湘數椽屋，旋營花竹坡[一]。心寬忘地窄，亭小得山多。共賞春晴好，其如客醉何。棲鸞將遠舉，寧久盼庭柯。

校勘記

[一] 瀟湘：四部本作「瀟灑」。

東　軒[一]

東軒亦瀟灑，春晚雨晴時。喜鵲立門限，飛花落硯池。青山解留客，緑竹遍題詩。一點歸心動，夜來聞子規。

校勘記

[一] 原注：喜鵲飛花即景。

宿農家

宿此屋頭閣，瓦窗通月明。夜深鸜鴿噪，人静桔槔聲。村落有古意，田園關客情。儒衣成底事，所得是虚名。

寄耒陽令嚴坦叔

士元堂上坐，千載仰清規。百里宜民政，數篇懷古詩。江連杜甫墓，水落蔡倫池。公暇登臨處，寧無憶我時。

所聞

今虜既亡後，中間消息稀[一]。山河誰是主，豪傑故乘機。喜報三京復，旋聞二趙歸。此行關大義，天意忍相違！

校勘記

[一] 今虜既亡後：四庫本爲避諱改作「一自金源滅」。

胡倅送羊烹以會客

烹膻會賓客，花酒一時來。愁逐歌聲散，心隨笑口開。飲疑金盞漏，醉到玉山頽。借問歡娱地，相逢能幾回？

寄清流王令君

樸直存吾道，一心唯向公。知非巧宦者，直有古人風。行志非爲矯，潔身能固窮。如何有廉吏，不入薦書中。

生朝對雪，張子善有詞爲壽

焚香拜天貺，滿眼是瑰琦。臘月雪三尺，春風梅數枝。登樓忘老態，對酒展愁眉。争唱陽春曲，山翁醉不知[二]。

校勘記

[二] 卷末底本校注：臨海周翼乾校字。

戴復古集卷第六

七言律

江濱曉步

津頭曉步落潮痕，行盡蒲根到柳根。雁影參差半江月，雞聲喔喔數家村。求魚看下連筒釣，乞火聽敲隣舍門。料得錦城無此景，欲將圖畫寄王孫。

鄂渚煙波亭

倚遍南樓更鶴樓，小亭瀟灑最宜秋。接天煙浪來三峽，隔岸樓臺又一州。豪傑不生機事息，古今無盡大江流。憑欄日暮懷鄉國，崔顥詩中舊日愁[一]。

校勘記

[一] 底本校注：懷，一作「思」。

寄尋梅

寄聲説與尋梅者，不在山邊即水涯。又恐好枝爲雪壓，或生幽處被雲遮。蜂黄塗額半含蕊，鶴膝翹空疏帶花。此是尋梅端的處，折來須付與詩家[一]。

校勘記

[一] 尋：詩淵本作「看」。

辛未元日上樓參政攻媿齋先生

東風入仗慶雲翔，百辟朝元奉玉皇。一代安危寄黄髮，群生枯瘁轉青陽。梅花結果調勳鼎，柏葉宜年上壽觴。宰相黑頭天子聖，賴公同與措時康。

春日二首呈黄子邁大卿

野人何得以詩鳴，落魄騎驢走帝京。白髮半頭驚歲月，虚名一日動公卿。頗思湖上春風約，不柰樓頭夜雨聲。柳外斷雲篩日影，試聽幽鳥話新晴。

帝里風光二月新，西湖幾隊踏青人[二]。杏花時節偏饒雨，楊柳門牆易得春。或是或非塵裹事，無窮無達醉中身。五陵年少誇豪舉，寂寞詩家戴叔倫。

校勘記

〔一〕底本校注：隊，一作對。

釣臺

赤符新領舊乾坤，多謝君王問故人。暫作客星侵帝座，終爲漁父老江濱。層臺不啻幾千仞，直釣何曾掛一鱗〔一〕。莫道羊裘欠圖畫，丹青難寫子陵真。

校勘記

〔一〕底本校注：幾，一作峨。

寄湖州楊伯子監丞

宛如公幹臥漳江，枕上窮吟過一春〔一〕。遣病每懷詩眷屬，訪醫因問藥君臣。鑽龜小卜占災數，覽鏡羸形類别人。寄語霅川賢太守，新詩莫厭話愁頻。

校勘記

〔一〕江：四部本作「濱」。

飲中達觀

人生安分即逍遥，莫向明時歎不遭。赫赫幾時還寂寂，閒閒到底勝勞勞。一心似水惟平好，萬事如棋不著高。王謝功名有遺恨，争如劉阮醉陶陶。

校勘記

〔一〕底本校注：三首取其一。

梅

孤標粲粲壓群葩，獨佔春風管歲華。幾樹參差江上路，數枝裝點野人家。冰池照影何須月，雪岸聞香不見花。絶似林間隱君子，自從幽處作生涯。

清涼寺有懷真翰林運使之來

不特來觀德慶碑，江山勝概六朝遺。興亡了不關吾事，登覽胡爲作許悲。梅爲有香奇似雪，酒能無悶妙於詩。蕭蕭緑竹無人愛，留取雲梢待鳳來〔一〕。

校勘記

〔一〕來：四庫本作「儀」。

覺慈寺

踏破白雲登上方，自嫌塵土涴禪床。千山月色令人醉，半夜梅花入夢香。深谷不妨春到早，老僧殊爲客來忙。山童懶慣勞呼喚，自拗枯松煮朮湯。

寄復齋陳寺丞二首

豈説從來用處難，出乘五馬看廬山[一]。鳳凰覽德下千仞，虎豹憎人上九關。持論太高天動色，憂時未老鬢先斑。平生風節誰其似，汲黯朱雲伯仲間。

長憶西灣系小舟，野人曾伴使君遊。夜浮星子邀明月，雨對廬君説好秋。坐擁紅妝磨寶硯，醉歌赤壁寫銀鉤。當時一段風流事，翻作相思一段愁[二]。

校勘記

[一] 底本校注：豈説，一作直道。

[二] 原注：飲中歌僕赤壁詞，爲作大字書之，今刻石於廬山羅漢寺。

黄州偶成

雁叫淮南欲雪天，倚樓無味抱愁眠。算從滄海白雲際，行到黄州赤壁邊。萬事忌於懷壯志，一生窮爲聳吟肩。鬢間白者休教鑷，要使天知老可憐。

題泉州王梅溪先生祠堂，徐竹隱直院謂：梅溪古之遺直，渡江以來一人而已

堂堂大節在朝廷，名重當時泰華輕。乾道君臣千載遇，先生議論九重驚。人歌黄霸思遺愛，我頌朱雲有直聲。一瓣清香拜圖像，英風凜凜尚如生。

無爲山中鄭老家

高談可聽用心幽，灼見此翁非俗流。鞍馬破家還避世，田園得地肯封侯。開窗修竹無由俗，繞屋青山總是秋。門外短籬看亦好，黄金菊間碧牽牛。

南康縣用東坡留題韻

鏡中雙鬢已非鴉，身在江湖心在家。道路飄零如柳絮，山川迤邐近梅花。客行有債頻沽酒，老怕無眠戒飲茶。昨夜夢歸滄海上，釣竿横插雁邊沙。

李季允侍郎舟中

憶昨楓橋既語離，何期千里又相隨。太湖不見鴟夷子，秋浦同尋杜牧之。燈火船窗深夜話，江山

客路早冬詩。人間草木空無數，除却梅花莫我知。

湖南見真帥

致身雖自文章選，經世尤高政事科。以若所爲即伊吕，使其不遇亦丘軻。長沙地窄儒衣闊，明月池干春水多。天以一賢恩一路，其如四海九州何[一]。

校勘記

[一] 恩：四部本作「私」。

永新宰潘仁叔再約觀梅

去年憶訪潘懷縣，樽酒風流主意饒[一]。爆竹聲中度殘歲，華燈影裏醉元宵。春風又起觀梅興，野客仍煩折簡招。預想張園尋故事，插花秉燭過溪橋。

校勘記

[一] 樽酒：四部本作「樽俎」。

廬山十首取其四

山靈未許到天池，又作西林一宿期。寺是晉時陶侃宅，記傳隋代率更碑。山椒雲氣易爲雨，客子情懷多費詩。暫借蒲團學禪寂，茶煙飛繞鬢邊絲。

道人問我看廬山，地上争如閣上看。呈露千峰秋落木，雕鎪萬象客憑欄。静中見得天機妙，閒裏回觀世路難。管領風光有微憾，桂花香裏酒瓶乾[二]。

擁鼻行吟上下廊，今宵又宿贊公房。松摇半夜風聲壯，桂染中秋月色香。白石清泉聞笑語，名山大澤出文章。老夫甘作無名者，不逐紛紛舉子忙。

乘鸞不見李騰空，試與尋真訪故宫。黄葉堆邊覓行路，紫煙深處望仙蹤。眼高天近千山上，身共雲棲一壑中。九疊屏風三疊水，更無詩句可形容。

校勘記

[二] 裏：詩淵本作「處」。原注：太平宫朱陵閣觀山。

豫章東湖感舊

憶見堤邊種柳初，重來高樹滿東湖。交遊太半入鬼録，歌醉一時逢酒徒。夜雨總成流水去，春風能免落花無。經行孺子亭邊路，猶有沙鷗識老夫。

僮　約

汝在何鄉何姓名，路途凡百愛惺惺[二]。衣裳脱著勤收管，飲食烹炰貴潔馨。每遇歇時尋竹所，須教宿處近旗亭。吾家僮約無多事，辨取小心供使令。

校勘記

〔一〕底本校注：在，一作住。

同鄭子野訪王隱居

聯騎來尋失馬翁，相期投宿此山中。一庭花影三更月，萬壑松聲半夜風。共把酒杯眠不得，劇談世事恨無窮。明朝莫使兒童見，倘有江船吾欲東〔一〕。

校勘記

〔一〕莫，底本作「又」，據四部本改。底本校注：見，一作覺。

夜宿田家

簦笠相隨走路歧，一春不换舊征衣。雨行山崦黄泥阪，夜扣田家白板扉。身在亂蛙聲裏睡，心從化蝶夢中歸。鄉書十寄九不達，天北天南雁自飛。

送蒙齋兄長遊天台二首

方丈蓬萊去渺茫，天台只在白雲傍〔一〕。羽衣金策群仙過，珠閣瓊樓八桂香。采藥有時逢道侶，挑包遇夜宿僧房。寒山拾得如相見，指點人間笑幾場。

山林勝處説天台，仙佛多從此地棲。司馬八篇通道妙，豐干一語指人迷。時逢好酒從容飲，莫把新詩取次題。白日看雲思我否，惠連無分共攀躋。

校勘記

〔一〕底本校注：去，一作自。

豫章巨浸呈陳幼度提幹

乞得新晴賦晚霞，出門無路欲乘槎。憂風憂雨動經月，足食足衣能幾家。一飯共君烹瓠葉，三杯無處看荷花。自成鼓吹喧朝夕，輸與東湖兩部蛙。

訪趙東野〔一〕

竭來問訊病維摩，花滿溪堂竹滿家〔二〕。髮禿齒危俱老矣，人高詩古柰窮何〔三〕。四山便是清涼國，一室可爲安樂窩。猶有憂時兩行淚，臨風揮灑濕藤蘿。

校勘記

〔一〕原注：名時習，休官隱居。

〔二〕家：四部本作「坡」。

〔三〕古：四部本作「苦」。

方孚若真人宅堂前池上作淮南小山，題詠者甚多，見其詩軸次韻〔一〕

妙手能移造化功，壺中幻出九華峰。山雖云小能棲鳳，水不求深貴有龍。事紀淮南千古勝，記成嘉泰八年冬〔二〕。先生不用賦招隱，辦了功名話赤松〔三〕。

校勘記

〔一〕底本缺「人」字，據四庫本補。

〔二〕嘉泰八年：嘉泰只有四年，疑爲嘉定八年。

〔三〕話：四部本作「訪」。

江州德化縣漪嵐堂盡得廬山之勝，醉中作此呈趙明府

不羡君爲花縣宰，羡君日坐漪嵐堂。有時酒興兼詩興，無限山光與水光。百姓熙熙知教化，群胥凜凜對風霜。公餘置酒看桃李，醉倒花前客自狂。

廬州帥李仲詩春風亭會客，有「塵」字韻詩，和者甚多，韻拘無好語

玉關人老鬢絲新，千里長城在一身。氣使黄金結豪傑。手揮白羽静風塵〔一〕。山河四望亭中景，桃李一開天下春。向日滿城騎戰馬，而今四野盡耕民。

校勘記

〔二〕底本校注：羽，一作扇。

送滕審言歸長沙别無聊

折柳亭前送故人，平沙留得馬蹄痕。雲生渡北迷行路，煙起江南認别村〔三〕。恨不與君同上道，歸來無伴自開樽。西樓獨倚黄昏月，欲倩飛鴻寄斷魂。

校勘記

〔三〕底本校注：北，一作口。

張仁仲提幹衡陽冰壺亭宴客

大抵吾曹臭味同，留歡卜夜莫匆匆。一亭景物冰壺上，萬里乾坤玉鏡中。疏柳無心掛明月，敗荷有恨倚西風。吟家舊日張公子，千首詩成句句工。

别後舟中用前韻

出郭風光便不同，轉頭猶恨去匆匆。維舟别岸鴉啼後，倚柁澄江雁影中。向老客懷驚歲月，乍寒天氣轉霜風。冰壺亭上人如玉，謾寄篇詩不暇工。

海月星天之觀[一]

巍然華屋似淩歊，下際滄溟上九霄。萬頃波濤浴蟾兔，一天星斗轉魁杓。征鴻有感人飄泊，宿鶴無聲夜寂寥。誰似風流羊叔子，登臨□□□□□。

校勘記

[一] 原注：京口普照寺，舊有橫陳軒，嶽總侍改作此觀。唐張祜《普照上方》詩云：「人行中路月上海，鶴語上方星滿天。」就中摘此四字爲名。

杜子野主簿約客賦一詩爲贈，與僕一聯云：生就石橋羅漢面，吟成雪屋閬仙詩

杜陵之後有孫未，自守詩家法度嚴。秀骨可仙官況薄，高情追古俗人嫌。起看星斗夜推枕，爲愛江山寒捲簾。飽吃梅花吟更好，錦囊雖富不傷廉。

楊伯子監丞霅川久雨得晴爲喜

村南村北曬簑衣，好是雲開日出時。太守少寬憂世志，野人爲賦喜晴詩。兩歧瑞麥黃金實，八繭吳蠶白雪絲。政事端知合天意，雨暘還亦順人爲[二]。

校勘記

〔一〕底本校注：知，一作能。

提刑彭仲節平叛卒

千兵喝賞黄金盡，六月臨戎白刃寒。慷慨丈夫爲事别，太平人物濟時難。誰言江左無王謝，今喜軍中有范韓。漢節梅花留不住，借君一劍斬樓蘭。

中秋李漕冰壺宴集〔一〕

諸亭環立一湖灣，區界無多眼界寬〔二〕。蒼石傳爲僞劉物，緑波曾浴葛仙丹。兩邊堤樹四時碧，一片冰壺六月寒。咫尺雲煙接滄海，須知此地有龍蟠。

校勘記

〔一〕永樂大典本作：李漕石洲冰壺宴賞。

〔二〕底本校注：立，一作玉。

李計使領客遊白雲景泰〔一〕

天近罡風吹面寒，繡衣玉立白雲間。滄波萬頃海南海，翠碧幾重山外山。自覺登臨無限意，誰思富貴不如閒〔二〕。前峰若個神仙宅，指點煙霞見一斑。

校勘記

[一] 底本校注：一作「李漕實夫攜僕遊觀海上諸山，回途至蒲澗，乃鄭安期得仙之地」。

[二] 誰：群賢集本作「翻」。

菊坡崔參政説平叛卒，不得已拜經略之命，豈敢言功

角巾私第自逍遥，諸老之中此老高。無可奈何懷印綬，甚非得已用弓刀。風生玉帳千兵肅，天落金牌一札褒。緩急驚心護鄉井，生憎兒輩紀功勞[一]。

校勘記

[一] 驚心：四部本作「經心」。鄉井：底本作「江井」，四部本作「鄉井」，以「鄉井」爲是。紀：四部本作「説」。

題處士黄公山居

行盡松坡與竹坡，沿溪窈窕上巖阿。山深每恨客來少，寺近莫教僧到多。但覺洞中人不老，不知雲外事如何。邊頭又報真消息，軺使來朝乞講和[一]。

校勘記

[一] 軺使：四庫本爲避諱改作「信使」。

題何季湧江亭

勝概何妨近市廛，紅塵疏處著三椽。數重青嶂横天末，一道澄江在眼前。海浪浴紅朝出日，樹林堆碧晚生煙。請君分付堤邊石，莫使漁翁來系船。

别鍾子洪

識得潮陽鍾子洪，今人可想古人風。文章有氣吞餘子，天地無情負此翁。問舍求田非細事，參禪學佛見新功。欲知别後真消息，莫惜頻書寄海鴻。

再賦惜别呈李實夫運使

一生飄泊老江湖，今日别公歸故廬。此去怕無相見日，因風或有寄來書。雲煙過眼時時變，草樹驚秋夜夜疏。人物似公能幾輩，不知天下竟何如。

蕭學易、何季皋和作别詩佳甚，再用前韻

少年行脚白頭歸，不負平生汗漫期。望斷海山雲漠漠，愁生江路草離離。一篇王粲登樓賦，幾首巴陵送别詩。獨倚篷窗無意緒，瓦盆傾酒憶金卮。

靈洲

一臺中立鬱蒼蒼，四面山光接水光。潮信往來知氣候，黿精出没兆災祥。煙生茶灶僧留款，風展蒲帆客去忙。白髮東坡在何許，兩行遺墨照琳琅。

和韶州許使君令子送別之韻

詩瘦吾非沈隱侯，五窮相值結爲仇。方愁度嶺無相識，却喜聞韶到此州。世道從來三不合，客行何止七宜休。故人知我平生事，肯笑蘇秦著弊裘。

南安王使君領客湛泉，流觴曲水

横浦堂前舉一卮，古榕陰下坐多時。連朝好雨千山潤，昨夜新秋一葉知[一]。梅嶺嚮來逢行者，蘭亭今日又羲之[二]。家聲不墜風流在，如見初寮説好詩[三]。

校勘記

[一] 底本校注：新，一作清。
[二] 底本校注：行，一作驛。
[三] 底本校注：家聲不墜，一作傳家尚有。

題鄒震甫江山偉觀

八境横陳淦水濱，異鄉誰識倚樓人。江山不越乾坤大，煙雨翻成風月新[一]。十載經營梅屋趣，三間突兀草堂隣。題詩未得驚人句，從此登臨莫厭頻。

校勘記

[一] 底本校注：越，一作礙。

去年訪曾幼卿通判，攜歌舞者同遊鳳山，僕有「歌舞不容人不醉，樽前方見董嬌嬈」之句。今歲到鳳山，又辟西隅築堤種柳，新作數亭，且欲建藏書閣，後堂佳麗皆屏去之矣。僕嘉其志，又有數語並録之

一丘一壑自逍遥，莫怪山人索價高。是處園林可行樂，同來賓客不須招。臨風桃李花狼藉，照水樓臺影動揺[二]。歌舞不容人不醉，樽前方見董嬌嬈。

別駕常懷物外心，黄金屢費買山林。後堂不肯著歌舞，高閣唯思貯古今。幾處亭臺新結束，一春風雨阻登臨。野夫昨日閒乘興，著屐尋詩到柳陰。

校勘記

〔一〕樓：群賢集本作「亭」。

撫州謝樓宗丞見訪

客裏門庭可設羅，使君千騎肯相過。心忘貴賤交遊重，論及興衰感慨多。諸老逢時起巖壑，二邊何日罷干戈〔二〕。老夫何預人間事，歸去滄江事釣蓑〔三〕。

校勘記

〔二〕底本缺「二」字，據四部本補。四庫本作「三」字。
〔三〕底本校注：歸去，一作只合。江，一作淵。事：四部本作「理」。

平江呈毅夫侍郎

龍墀射策三千字，未抵胸中十萬兵。遠大無過爲將相，文章争似立功名。當今天下幾豪傑，獨數君家兩弟兄。世事縱横人事左，未知何以措升平。

見淮東制帥趙南仲侍郎，相待厚甚，特送買山錢，又欲刊石屏詩置於揚州郡齋，話别敘謝

如公當向古人求，識面何須萬户侯。浪説釣鼇遊瀚海，真成騎鶴上揚州。受恩多處難爲别，宿酒

醒時始覺愁[一]。回首平山堂下路，不堪風雨送歸舟。

校勘記

[一] 底本校注：多，一作深。

鎮江别總領吴道夫侍郎，時愚子琦來迎侍，朝夕催歸甚切

落魄江湖四十年，白頭方辦買山錢。老妻懸望占烏鵲，愚子催歸若杜鵑。濟世功名付豪傑，野人事業在林泉。難禁别後相思意，或有封書寄雁邊。

董侍郎山園宴樓宗丞

旌旗千騎擁春華，傾動臨川十萬家。皂蓋出郊因問柳，紫荷領客共看花。樽前人唱鶯隨唱，堂下吏衙蜂亦衙。寄語風流賢太守，好留醉墨伴煙霞。

聶侍郎領客觀園林之勝，飲中出示名賢書畫

烈士家風從槖尊，時容野客上朱門。如登東觀圖書府，又似西巖水竹村。自以一閒銷日月，誰知萬慮滿乾坤。諸公衮衮成何事，不若花前對酒樽。

思歸二首

吟詩不换校書郎，但欲封侯管醉鄉。疏懶無成嵇叔夜，清狂自遣賀知章[一]。安貧不怕黄金盡，既老從教白髮長。百計不如歸去好，子孫相對説農桑。

老矣歸歟東海村，長裾不復上王門。肉糜豈勝魚羹飯，紈袴何如犢鼻褌。是處江山如送客，故園桐竹已生孫。分無功業書青史，或有詩名身後存。

校勘記

[一] 自遣：四部本作「似達」。

趙用甫提舉夢中得「片雲不隔梅花月」之句，時被命入朝，雪中送别，用其一句補以成章

一時議論動諸公，有詔西來玉節東。又見清朝更大化，好趨丹陛奏孤忠。片雲不隔梅花月，一雪翻成柳絮風。把酒莫辭今夕醉，明朝車馬去匆匆[一]。

校勘記

[一] 夕：四庫本作「日」字。

長沙呈趙東巖運使，並簡幕中楊唯叔通判諸丈

日暮遠途行未休，白頭又作長沙遊。湘江一點不容俗，嶽麓四時皆是秋。香草汀洲付騷客，紅蓮幕府聚名流。吟邊萬象寫不得，上有風流趙倚樓。

山中見梅寄曾無疑[一]

香動寒山寂寞濱，直從空谷見佳人。樹頭樹底參差雪，枝北枝南次第春。有此瑰琦在巖壑，其他草樹亦精神。移根上苑誰能浼，桃李依然在後陳[二]。

校勘記

[一] 原注：自號雲巢，名三異，臨江軍人。

[二] 能浼：四部本作「云晚」。

余惠叔訪舊

扁舟訪舊入横塘，新柳今如舊柳長。室邇人遥春寂寂，風流雲散事茫茫。縱題紅葉隨流水，誰弄青梅出短牆。政是沈郎愁絕處，杜鵑不斷叫斜陽。

兩山趙仁甫宰臨安，有武學生張丈相訪，酒邊弄刀舞劍，甚可觀，因成七言。縣乃錢王故宫，九龍、十錦皆其地

風流晉宋時人物，花縣鳴琴調甚新。不厭開樽留劍客，仍能下榻待詩人。九龍池館空陳跡，十錦山川自好春。但見清吟度白日，不知佳政最宜民。

友人朱淵出示廷對策，不顧忌諱，讀之使人凜凜，受淮東制置辟

龍墀射策對明君，憂國忠言駭見聞。皎皎一心如白日，寥寥千古再朱雲。時危諸老皆求去，兵滿三邊未解紛。要使文臣知武事，不妨王粲且從軍。

裘司直見訪留款

清風爲我拂塵襟，坐聽先生説古今。道誼欲灰傷世變，利名如海溺人深。一言可重輕雙璧，片善相資直萬金。聞道門牆不多遠，明朝修敬到山陰[一]。

校勘記

[一] 原注：僕時寓興隆東湖，裘居西山下。按：興隆，系隆興之誤，隆興即江西南昌，時詩人在江西南昌。

訪張元德[一]

今宵何幸宿書林，議論縱横感慨深。黄卷具傳千古意，青燈照破幾人心。狂夫嗜飲夜偷酒，汙吏營私晝攫金[二]。堯舜君民舊風俗，凡經幾變到如今[三]。

校勘記

[一] 原注：號主一，道學中人。
[二] 營私：四部本作「容私」。
[三] 如今：四部本作「於今」。

滕審言相遇話舊

憶昨同君訪月林，幾年相别到於今。江山花草生詩夢，風雨憂愁長道心。久矣無波觀古井，悠然得趣聽鳴琴。一生奔走成何事，塵滿征衫雪滿簪。

陳孟參、陳明子同遊麻姑山

麻姑堂上共登臨，野客悠然起道心[一]。丹井汲泉深百尺，星杉聳壑到千尋。青蓮花白仙蹤遠，烏桕葉紅秋意深。何用金槃擘麟脯，山肴濁酒可同斟。

校勘記

[一] 堂上：四部本作「壇上」。

興國軍晚春簡吴提幹

幾夜林間哭杜鵑，東風又作落花天。青春不覺過三月，白髮誰能滿百年。日射江波光閃閃，天連煙草碧芊芊。異鄉欲作登樓賦，心逐歸鴻到海邊。

朱子昂司户登滕王閣[一]

嘯傲不禁秋興長，登臨誰復問滕王[二]。江湖周折地襟帶，雲霞燦爛天文章。人如野鶴何飄逸，目送飛鴻去渺茫。安得雪醅三百斗，發君豪氣對吾狂。

校勘記

[一] 原注：帶鄂州雪醅來飲。

[二] 嘯：四部本作「笑」。

汪給事守鄂渚，元宵代江夏宰吴熙仲獻燈

鄂州新得主人翁，今歲元宵便不同。燈火夜深回晝日，管弦聲動起春風。遼天月借三秋白，陸地蓮開十丈紅。妙手信能移造化，速宜歸去補蒼穹。

一晴收盡四山雲，天與黄堂作好春。西楚东吴獻風月，南樓北榭擁星辰。扶持入郭觀燈叟，歌舞攔街醉酒人。此是太平真氣象，今年第一個良辰。

袁州化成巖李衛公謫居之地

一巖端坐挹千峰，三兩亭臺勝概中。江水驟生連夜雨，松聲吹卜半天風。因思世故吾頭白，獨步林皋夕照紅。欲吐草茅憂國志，誰能喚起贊皇公。

友松亭代松語

從來巖壑守孤蹤，豈料移歸寶籞中。幸在交遊一人數，願勤培植百年功。朱門縱有三千客，青眼毋忘十八公。根本既深枝葉茂，相期直上碧霄中。

京口别石龜翁際可

把劍樽前砍地歌，有何留戀此蹉跎[二]。心期難與俗子道，世事不如人意多。蓮葉已空還有藕，菊花雖老不成莎[三]。扁舟四海五湖上，何處不堪披釣蓑。

校勘記

[二] 砍：四庫本作「斫」。

[三] 還：四部本作「猶」。

讀放翁先生劍南詩草

茶山衣鉢放翁詩，南渡百年無此奇。入妙文章本平澹，等閒言語變瑰琦。三春花柳天裁剪，歷代興衰世轉移。李杜陳黄題不盡，先生摹寫一無遺。

古田縣行覽呈劉無競

客遊花縣自逍遥，百里風光在兩橋。語出桑陰鳩婦喜，身穿麥秀雉雛驕[一]。青山一任雲來去，緑水多爲風動摇。上下相安長官好，野亭閒坐聽民謡。

校勘記

[一] 驕：四部本作「嬌」。

諸葛仁叟縣丞極貧，能保風節，有權貴招之，不屑其行

時人誰識老聾丞，滿口常談杜少陵[一]。俗輩衆多吾輩少，素交零落利交興。權門炙手炎如火，詩社投身冷似冰。堪笑皇天無老眼，相知賴有竹林僧。

校勘記

[一] 常：四庫本作「長」。

萬安江上

不能成佛不能仙，虚度人間六十年[一]。鏡裏姿容雖老矣，酒邊意氣尚飄然。安排玉白花紅句，趁辨橙黄橘緑天。無奈秋風動歸興，明朝問訊下江船。

校勘記

[一] 底本校注：能仙，一作成仙。

過昭武訪李友山詩社諸人

吟過長亭復短亭，喜於溪上訪詩朋。雕鎪已被天公怒，狂狷仍遭俗子憎。故故愁人長夜雨，明明照我短檠燈。休思京口相逢日，喜雨樓中賦大鵬。

李友山諸丈甚喜得朋，留連日久，月洲乃友山道號

此身到處自悠悠，一笑非爲越女留。風雨不妨雞戒曉，江湖又見雁横秋。途中有客居巖谷，天下何人似月洲。頗欲相從溪上住，諸君許我卜隣否[一]。

校勘記

[一] 原注：「洲」字韻，一作「酒徒日日通來往，詩社時時肯倡酬」。

飲　中

布衣不换錦宫袍，刺骨清寒氣自豪。腹有别腸能貯酒，天生左手慣持螯。蠅隨驥尾宜千里，鶴在雞群亦九皋。賢似屈平因獨醒，不禁憔悴賦離騷。

陪徐淵子使君登白雪樓，約各賦一詩，必以「宋玉石」對「莫愁村」

樓名白雪因詞勝，千古江山春雨餘。宋玉遺蹤兩蒼石，莫愁居處一荒墟。風横煙艇客呼渡，水落沙洲人網魚。借問風流賢太守，孟亭添得野夫無[一]？

校勘記

[一] 原注：唐時崔郢州館孟浩然於樓上，遂有浩然亭。後人尊浩然，改爲孟亭。徐使君詩並録於此：「水落方成放牧坡，水生還作浴鷗波。春風自共桃花笑，秀色偏於麥壟多。村號莫愁勞想像，石名宋玉謾摩娑。試將有褲無襦曲，翻作陽春白雪歌。」

静齋張敏則舍人贈詩，因用其韻爲酬

胸次詩書一派清，學如耕稼到秋成。十年閉户存吾道，萬事無心逐世情。葉落花開關氣數，山長水遠是功名。摩挲老眼看新貴，九鼎鴻毛孰重輕[二]。

校勘記

［一］看新貴：底本作「新看桂」，不合平仄，疑有誤，現據四部本改。

客遊

不能鬱鬱窟中藏，大笑出門遊四方。與世周旋持酒盞，觀人勝敗坐棋坊。倒餐甘蔗入佳境，晝著錦衣歸故鄉。此志十年猶未遂，倚樓心事楚天長。

都下書懷

京華作夢十年餘，不道南山有弊廬。白髮生來美人笑，黄金散盡故交疏。明知弄巧方成拙，除却謀歸總是虚［一］。出處古人都説盡，功名未必勝鱸魚。

校勘記

［一］方：四部本作「翻」。

新安寒食

不擬今年到歙州，要知行止豈人謀。一百五日客懷惡，三十六峰春雨愁。老矣此身猶道路，淒其歸夢繞松楸。花瓢仙子無由見，千里江山負遠遊。

烏聊山登覽

抖擻囂塵上翠微，傍溪路上坐題詩[一]。忽聞啼鳥不知處，細看好山無厭時。風掃雲煙開遠景，人擕香火謁叢祠[二]。客來千里登臨意，説與時人未必知。

校勘記

[一] 路：四部本作「寺」。
[二] 叢：《名賢集》作「荒」。

癖　習

平生癖習未全除，虚事經心實事疏。爲惜落花慵掃地，每看修竹欲移居。逢人共作亡何飲，撥冗時觀未見書。争奈一貧隨我在，思量不若把犁鋤。

田　園　吟[一]

自古田園活計長，醉敲牛角取宫商。催耕啼後新秧緑，鍛磨鳴時大麥黄。桐樹著花茶户富，梅林無實秫田荒。狂夫本是農家子，抛却一犁遊四方。

校勘記

〔二〕原注：俗諺：茶樹發花，茶户大家。又云：樹無梅，手無杯。按：茶樹，四部本作「桐樹」，從詩中分析，以桐樹爲是。

九日登裴公亭，得「無災可避自登山」之句，何季皋、滕審言爲之擊節，足以成篇

良辰樂事兩相關，不可不求今日閒。有酒能賒堪薦菊，無災可避自登山。心懷屈賈千年上，身在瀟湘八景間。好向樽前開笑口，人生枉自作愁顔。

趙升卿有官不肯爲，里居有賢聲，訪之於深巷中

深居陋巷不妨幽，翠竹當門水滿溝。每遇事來先覺懶，欲爲官去又還休。田園自樂陶元亮，鄉里多稱馬少遊。除却讀書無所好，有時閒作北巖遊〔一〕。

校勘記

〔一〕原注：即化成巖也。

括蒼石門瀑布

少泊石門觀瀑布，明知是水却疑非。亂拋雪玉從天下，散作雲煙到地飛。夜聽蕭蕭洗塵夢，風吹細細濕人衣。謝公蠟屐經行處，聞有留題在翠微。

杜門自遣

世事茫茫心是灰，衆人争處我驚回[一]。閉門不管花開落，避俗唯通燕往來。富貴在天求不得，光陰轉地老相催。平生任達陶元亮，千載神交共一杯。

校勘記

[一] 是：四部本作「事」。

登快閣，黄明府強使和山谷先生留題之韻

未登快閣心先快，紅日半簷秋雨晴。宇宙無邊萬山立，雲煙不動八窗明[一]。飛來一鶴天相近，過盡千帆江自横[二]。借問金華老仙伯，幾人無忝入詩盟。

校勘記

[一] 底本校注：宇宙無邊萬山立，一作今古如斯一水在。

[二] 底本校注：飛來一鶴天相近，一作旁羅萬象山如立。如立：詩淵本作「如畫」。

滕王閣次韻劉允叔

消遣客懷尋勝事，酒杯詩卷得同攜。當年傑閣棲龍子，今日空梁落燕泥。斜照浴紅秋水上，好山

横碧畫欄西。幾人登覽皆磨滅，唯有前峰壓不低。

竹洲諸侄孫小集，永嘉蔣子高有詩，次韻

美景能兼樂事難，愁來唯仗酒遮攔。昂藏病骨兼詩瘦，料峭春風帶臘寒。喬木尚疑前輩在，好花應笑老人看。忽抛明月先歸去，輸與諸郎徹夜歡[一]。

校勘記

[一] 忽：四部本作「忍」。當以「忍」爲好。

遊雲溪，與郡宴，用太守韻即事二首

溪堂久矣無人到，千騎傳呼五馬來。流水奔騰砥柱立，好山呈露晚雲開。指揮將士馳驍騎，管領衰翁吊古梅[一]。笑問風流羊叔子，幾人登覽不塵埃。

官府太平無一事，凝香座上著衰翁。飄摇短棹遊方沼，縹緲高樓倚半空。把酒夜深霜落後，吹簫人在月明中。使君笑指梅花説，去歲今年事不同[二]。

校勘記

[一] 將士：四部本作「壯士」。

[二] 底本校注：指，一作立。説，一作下。原注：去歲臘月十一夜寇至。

和高與權

相逢休説昧平生，高適能詩久擅名。欲課荒蕪來入社，羞將老醜對傾城。近來客裏仍多病，強向花前舉一觥。樂極自傷頭白早，樽前知我孟雲卿[一]。

校勘記

[一] 底本校注：白早，一作早白。

懷雪篷姚希聲使君[一]

寒入疏篷夜雪深，是非難辯口如喑。一官不幸有奇禍，萬事但求無愧心。想像騎牛開畫卷，丁寧回雁寄來音。傳家一首冰壺賦，未信橫舟竟陸沉。

百感中來不自禁，短長亭下短長吟[二]。梅花差可強人意，竹葉安能醉我心。世事無憑多改變，仕途相識半升沉[三]。摩挲老眼從頭看，只有青山無古今。

校勘記

[一] 原注：唐姚梁公作冰壺賦，雪篷有碑。

[二] 百感：四部本作「有感」。

[三] 底本校注：一作龍隱湘江春水闊，猿啼嶽頂暮雲深。

豫章東湖宋謙甫、黄存之酌别

湖邊長訪昔年遊，生怕清波照白頭。楊柳蕭疏多困雨，芰荷憔悴早驚秋。無功及物談何益，有酒開懷醉即休。江上買舟猶未定，明朝尚可爲君留。

都中懷竹隱徐淵子直院

手攜漫刺訪朝官，争似滄洲把釣竿。萬事看從今日别，九原叫起古人難。菊花到死猶堪惜，秋葉雖紅不耐觀。多謝天公憐客意，霜風未忍放深寒。

人日

自换端平新曆日，眼看日月倍光輝。南州有雪古來少，人日不陰今見稀。鼓舞萬方觀德化，轉移一世屬天機。朝廷有道吾君聖，辦作升平老布衣。

送劉鎮叔安入京[一]

二十餘年謫宦身，此行便可上青雲。西山一手爲推轂，南浦幾人争送君。横水流傳《無垢集》，海神驚見老坡文。回頭莫有關情處，别酒須教滿十分。

校勘記

[一] 原注：謫居三山二十餘年，真西山奏令自便，趙用父使君爲倡餞其行，坐客二十八人，分韻賦詩，得「君」字。

三山林唐傑、潘庭堅、張農師會於丁巖仲新樓

又攜詩卷到南州，塵滿征衫雪滿頭。桃李春風故園夢，江山落日異鄉愁。樽前一笑真奇事，坐上諸君盡勝流。政倚清談洗胸臆，莫教王粲賦登樓。

次韻杜運使見贈

飄零敢説是詩人，故舊多居要路津。窮賤交遊誰復記，江湖蹤跡早成陳。無心涉世當歸隱，有口逢人肯説貧。家在翠屏山下住，茅廬雖小可容身。

訪漳州趙用父使君

幸遇故人爲太守，客來不憚路程遥。九龍山水連滄海，五馬聲名動紫霄。一意奉行寬大詔，多君不負聖明朝。欲知惠愛及人處，聽取街頭賣炭謡。

見曾提刑兼安撫[一]

傳家學術用如新，風采英英照七閩。巡按並開都督府，平反專奉太夫人[二]。關河未定心憂國，麾

節相仍澤在民。聞説青雲多故舊，不應久作外臺臣。

校勘記

〔一〕原注：端甫侍郎子也。四部本作「鴻甫侍郎子也」。

〔二〕巡按：底本作「澄按」，難解，今據四庫本改作「巡按」。

思歸

地上皇皇蟣虱臣，著衣吃飯亦君恩。不能待詔金鑾殿，嘗欲獻詩光範門。身在草茅憂社稷，恨無毫髮補乾坤。才疏命薄成何事，白首歸耕東海村。

躬耕海上奈無田，乍可經營買釣船。未有人供令狐米，欲從鬼借尉遲錢。回頭歸路三千里，藉手還鄉五百篇。幸遇太平時節好，白雲深處了殘年。

趙克勤、曾槖卿、景壽同登黄南恩南樓〔一〕

欲從高處賞新秋，上盡層坡更上樓。天地無窮吾輩老，江山有恨古人休〔二〕。寧隨狡兔營三窟，且跨飛鴻閲九州。憶著當年杜陵老，一生飄泊也風流。

鄂州南樓不可到，到此南樓眼亦青。乾坤日月與高致，城郭江山無遁形。把酒縱談心耿耿，倚欄遐眺鬢星星。世間萬事關愁思，莫使秋風吹酒醒。

校勘記

〔一〕景壽：群賢集本作「鄭景壽」。

〔二〕窮：群賢集本作「情」。

山行遇秀癡翁

新冬行樂賞新晴，幾個江湖舊友朋〔一〕。霜蟹得橙同臭味，梅花與菊作交承〔二〕。樽前儘是論文客，林下那逢好事僧〔三〕。機解到時言語别，李翺詩句入傳燈。

校勘記

〔一〕底本校注：幾個江湖舊友朋，一作是水可臨山可登。

〔二〕底本校注：霜蟹得橙同臭味，一作竹所有松相映帶。

〔三〕底本校注：逢，一作聞。

石亭野老家

野老將余到石亭，先呼小豹出相迎。依憑林谷住家穩，奔走兒童見客驚。牛豕與人争徑路，桑麻繞屋蔽柴荊。溪邊不合栽桃李，猶恐春風惹世情。

讀王幼學上殿劄子

才到朝廷被論歸，孤忠幸有九重知。神醫能識未蘇病，國手難翻已敗棋。四海争傳治安策，諸公如在太平時。老夫懷抱緣何事，未到秋來早自悲。

謝史石窗送酒並茶

遣來二物應時須，客子行廚用有餘。午困政須茶料理，春愁全仗酒消除。不勝歡喜拜嘉惠，無限殷勤作謝書。君既有來何以報，一床新簟兩淮魚[一]。

校勘記

[一] 新簟：四部本作「蘄簟」。

閲舊稿見喬丞相詩跋，因成此詩

三十年前舊詩册，兩行鈞翰儼如新。自甘白屋爲寒士，敢説黄扉有故人。五雨十風勤燮理，九州四海費經綸。年逾八十貂蟬貴，不負明君恐負身。

衡陽度歲

爲懷賈誼到長沙，又過衡雲湘水涯。詩酒放懷真是癖，江湖久客若無家。茫茫萬事生春夢，草草三杯度歲華。把定東風笑相問，忍將桃李换梅花。

遇張韓伯説邊事

每上高樓欲斷魂，沿江市井幾家存。飛鴻歷歷傳邊信，芳草青青補燒痕。北望苦無多世界，南來別是一乾坤。相逢莫説傷心事，且把霜螯薦酒樽。

有議袁蒙齋者

世上苦無公是非，譏評人物信猶疑。鏡中妍醜無私照，棋上高低有誤時。懷古尚餘喬木在，傷春唯許落花知。黄金可辦將何用，鑄出當年鍾子期。

醉　吟

草茅無路謁君王，白首終爲田舍郎。近讀南華資曠達，欲師西洛愧荒唐。乾坤萬象供詩料，風月一樓爲醉鄉。日晚棲禽歸自樂，飛鳴不是怨斜陽。

慈雲避暑

相邀避暑到慈雲，細聽諸君講見聞。六月周宣歌北伐，五弦思舜奏《南薰》。不憂冷澹無歡伯，自致清涼有此君。想像當時河朔飲，樽前不用著紅裙。

久客還鄉

短簷紗帽舊麻衣，鐵杖扶衰步履遲。老去分爲無用物，客遊誰道有歸時。豐年村落家家酒，秋日樓臺處處詩。生長此方真樂土，江淮百姓政流離。

聞時事

昨報西師奏凱還，近聞北顧一時寬。淮西勳業歸裴度，江左聲名屬謝安[一]。夜雨忽晴看月好，春風漸老惜花殘。事關氣數君知否，麥到秋時天又寒。

校勘記

[一] 江左：四部本作「江右」，誤。

寄趙德行[一]

平生幸甚識諸公，未免歸爲田舍翁。詩稿敢求經御覽，客身自笑坐天窮。肯將釣手遮西日，獨聳吟肩訴北風。枉使西山有遺恨，不能置我玉堂中。

校勘記

[一] 原注：嘗有浼諸公進詩之説。

到鄂渚

連宵歌舞醉東樓，不信樽前有别愁。半夜月明何處笛，長江風送故人舟。十年浪跡遊淮甸，一枕高眠到鄂州。明日擬蘇堤上看，當春楊柳政風流。

艤棹清江

艤棹江濱訪舊遊，十年重到戲漁洲。不知芳樹在何許，但見落花從此流。我醉欲眠因假榻，客行未定且登樓。有錢賸買張家酒，準備明朝話别愁。

萬安縣芙蓉峰

淩空傑閣爲誰開，隔岸芙蓉不用栽。今古相傳彩雲現，江山曾識大蘇來。酒邊歌舞共一笑，客裏登臨能幾回。翠浪玉虹從此去，明朝人在鬱孤臺。

汪見可約遊青原

來訪青原古釣磯，溪流滚滚濯龍奇。一茶可款從僧話，數局争先對客棋。雲雨那能敗吾事，山林政喜得君詩。石頭路滑籃輿小，换得扁舟在水湄。

除夜

掃除茅舍滌塵囂，一炷清香拜九霄。萬物迎春送殘臘，一年結局在今宵。生盆火烈轟鳴竹，守歲筵開聽頌椒。野客預知農事好，三冬瑞雪未全消。

黎明府約尋梅[一]

霽雪園林粲陸離，九峰山下探梅時。三川風月醉中見，百里襟懷琴上知。老樹著花春到早，長街籠燭夜歸遲。奚囊一路生光采，中有琴堂唱和詩。

校勘記

[一] 府：底本作「赴」，黎明府即當時黃巖縣令黎自昭，九峰山乃黃巖县城之山。目録及四部本均作「府」，此当以府为是。

葉宗裔爲令叔求竹山詩

愛竹舊稱王子猷，今君異世等風流。山中便是清涼國，門下合封瀟灑侯。有此一堂真可隱，不妨諸侄與同遊。吟邊想像參差緑，許我攜琴一到不。

一景分明似渭川，竹山堂好以人賢。蘭亭價爲羲之重，峴首名因叔子傳。紫翠數峰長在眼，琅玕萬個欲參天。老夫身墮塵埃底，遥挹清風亦灑然。

春日風雨中

瀟瀟風雨閉柴門，年紀衰頽病著身。大似梁鴻居海曲，略如公幹臥漳濱。三春晴暖無多日，一世安閒有幾人。聞道明朝新醞熟，不妨祭灶請比隣。

寄吴明輔秘丞

吾鄉幸有吴夫子，星斗綱羅文字胸。百鳥收聲聽鳴鳳，千山落木秀孤松。旁通滄海江山水，高壓雲城峆嶒峰。每見一斑三歎息，白頭未得奉從容。

七十七翁猶眼明，三臺星畔見奎星。文章有氣吞餘子，議論無差本六經。愧我不能攀逸駕，得君自足振頽齡。玉溪常與荊溪接，分得餘波到石屏。

靈洲梅花

穿林傍水幾平章，合有春風到草堂。自入冬來多是暖，無尋花處却聞香。枝南枝北一輪月，山後山前兩履霜。直看過年開未了，醉吟且放老夫狂。

寄廣西漕陳魯叟詰院

四海元龍百尺樓，一時詩酒記同遊[一]。好山歷歷在人眼，流水滔滔任客舟[二]。歸雁欲從何處去，落花恨不爲春留。錦囊佳句無人問，自别君來白盡頭。

校勘記

[一] 四海：四部本作「回首」。

[二] 任：群賢集本作「送」。

隨軍轉運司王宣子上巳日會客

邊頭相遇若相期，又見隨軍轉運司。憶昨醉君京口酒，傷今讀我石壕詩。蘭亭飲客酬佳節，淝水收功定幾時。准擬看花花較少，春風全在緑楊枝。

湖廣李漕革夫大卿飲客西湖[一]

管領風光此會稀，坐中賓客總能詩。神仙有洞尋難見，山水當軒看轉奇。春不再生陶侃柏，人來多打李邕碑。因思屈賈傷今古，國有忠臣無用時。

校勘記

〔一〕底本校注：湖，一作湘。

曾雲巢同相勉李玉澗不赴召〔一〕

詔書催赴紫宸班，九奏君王乞掛冠〔二〕。日暮倒行非我事，急流勇退有何難〔三〕。地靈不隱金砂勝，秋水長流玉澗寒。好把山林寄圖畫，試教天下故人看。

校勘記

〔一〕相：群賢集本作「賦」。

〔二〕九：群賢集本作「力」。

〔三〕底本校注：事，一作意。

寄撫州樓使君

夢上江西江上船，行隨五馬五峰前。臨川太守賢無敵，攻媿先生學有傳。佳政可書循吏傳，斯民共樂太平年。不知擬峴臺前景，公暇清吟得幾篇。

江　山〔一〕

借得茅樓一倚欄，見成詩句滿江天。歸鴉啼處客投宿，野鶴飛邊人上船〔二〕。老眼尚嫌隨物轉，閒心可惜被貧牽。平生錯做功名夢，金印何如二頃賢[三]。

校勘記

[二] 底本校注：一作江上。

[三] 野鶴：四部本作「野鴨」。

[三] 底本校注：如，一作須。賢，一作田。

京口遇薛野鶴

天下江山第一州，可能無地著風流[一]。黄金不愛買官職，白髮猶堪上酒樓。懊恨牡丹遭雨厄，叮嚀芍藥爲春留。狂吟有禁風騷歇，語燕啼鶯代唱酬。

校勘記

[一] 風流：四部本作「詩流」。

題邵武熙春臺呈王子文使君

步到風煙上上頭，恍如造物與同遊。千山表裏重圍過，一水中間自在流。近郭樓臺隔雲見，鄰峰鐘磬出林幽。風流太守詩無敵，有暇登臨共唱酬。

秋日病餘

桂子吹香風露深，老夫吟了聽蟬吟。秋來賸有行山興，病後全無涉世心。詩苦積成雙白鬢，酒豪輕用萬黄金[一]。平生意氣今如許，獨抱傳家一破琴。

校勘記

[一] 白鬢：四部本作「白髮」。

次韻郡倅王子文《小園詠春》

州縣徒勞喜近民，民間何事不關心[一]。誰知風月臺中客，自是絲綸閣上人。萬縷緑垂楊柳雨，一梢紅破海棠春。小園暫作風光主，朝馬行隨輦路塵。

校勘記

[一] 心：四部本作「身」。

安豐倅李華被旨監軍，入閩討賊。華身督諸將先破賊巢穴，所向輒勝。招捕使之成功，監軍之力居多。守汀州四年，民賴以安，有應變壓難之才。僕遊汀邵間，實知其詳，爲賦二首[一]

三年壯士起淮濆，賈勇從公定七閩。在昔鼪鼯中夜嘯，而今桃李萬山春[三]。臨危性命輕如葉，破敵機鋒妙若神。自此南人不復反，使君還亦是天人[三]。

英雄疏略書生腐，才調如公天下無[四]。眼底紛紛付談笑，胸中事事有規模。從他要路争馳轂，獨坐偏州再剖符。平寇功成在誰手，亂山深處問樵夫。

校勘記

[二] 四部本有：一作「爲作二詩」。

[三] 齗齶：四部本作「猩齶」。

[三] 復：四部本作「知」。底本校注：一作：壯士三年駐七閩，監軍談笑静風塵。滿懷韜略高群智，破敵機鋒妙獨神。在昔齗齶長夜嘯，而今桃李萬山春。南人自此不復反，北望關河事業新。

[四] 才：四部本作「守」。

海上魚西寺

北風三日弭行舟，登陸因爲島寺遊。自笑賓士如野馬，本無拘束似沙鷗。人誰與語自緘口，山有可觀頻舉頭。小雨疏煙晚來景，老僧相對倚鐘樓。

甘　窮

自甘寂寞坐詩窮，何取多牛積穀翁。痛飲不孤連夜月，浮生禁得幾秋風。芙蓉媚日紅相對，螃蟹著霜黄在中。白盡須毛無可老，此身未死抑愁儂。

詠梅投所知[一]

潔白無瑕美不嬌，炯如珠玉粲林皋[二]。獨開殘臘與時背，奄勝衆芳其格高。欲啟月宫休種桂，如何仙苑却栽桃。不將品質分優劣，痛飲花前讀楚騷。

校勘記

[一] 群賢集本注：留積之水林中作。

[二] 底本校注：炯，一作爛。

黄州竹樓呈謝國正

每日黄堂事了時，一心惟恐上樓遲。發揮天地讀周易，管領江山歌杜詩。切戒吏來呈簿曆，常邀客至共琴棋。風流太守誰其似，半似元之半牧之。

漢陽登覽呈王中甫使君

西州城郭雖然小，江漢規模壯矣哉。大别山頭觀禹跡，楚波亭上望吴臺。蕭蕭修竹鳳不至，漠漠平沙雁又來。五馬相邀共登覽，欲酬秋興費詩材。

簡陳叔方問病

聞君臥病知何病，醫者難從脈上尋。自是讀書多損氣，或緣憂國動君心[一]。飽參妙理床頭易，細寫幽懷膝上琴。蛇影無疑自無恙，此方何止直千金。

校勘記

[一] 動君心：四部本作「重驚心」。

鍾春伯園林

西風吹起蓴鱸興，八座歸來有此山。林麓兩峰亭榭外，瀟湘一片水雲間。天生景物四時好，人滿乾坤幾個閒。語喚石屏非浪語，常思蠟屐共躋攀。

清明前夢得花字

白頭那辦老生涯，幸有癡兒可主家。百歲光陰一場夢，三春消息幾番花。掃松預造清明酒，入峽先祖谷雨茶。隨分支吾度時節，那求不死煉丹砂。

題王制機池上千巖奇觀

華堂掩映一池清，著此崔巍若化成。胸次玲瓏具丘壑，世間仿佛見蓬瀛。碧雲堆上千峰立，綠水光中萬象生。欲去河陽種桃李，回頭又覺宦情輕。

訪慧林寺僧因有詩

故人有約訪鄉僧，少坐西林待晚晴。雙燕護雛更出入，群鴉攫肉鬥飛鳴。長溪積水流無盡，古木號風訴不平。一段現成公案在，請君判斷要分明。

陳漕領客西園賞海棠

追隨玉節賞仙葩，滿座風流客更嘉。錦繡有光摇竹影，珍珠無價買春華。猩紅滴滴嬌含蕊，雪白紛紛老半花。肯對騷壇輕著語，後山詩句已名家。

王和甫主簿卜地改葬雙親，一夕夢到一處，風水佳甚。及到雁蕩羅漢寺後山，宛如夢中所見。及造壙，衆石之中獨有一穴，僅可容雙棺，孝感如此

仇香竭力奉雙親，孝感於天得此墳。衆石中藏一抔土，來山面對五峰雲。龜鸞遠近參差見，龍虎低昂左右分。早見淩雲牡丹現，他年朱紫定紛紛[一]。

校勘記

[一] 原注：旁有龜峰、鸞峰，前有淩雲巖，時有牡丹花現也。

喜梅雨既晴

屋角鳴禽弄好音，樓頭夏木緑陰陰。鑷空白髮愁根在，熟盡黄梅雨意深。苔榻有泥妨客坐，稻田足水慰農心。老夫已作豐年想，鼓腹思爲擊壤吟。

李司直會客，吴運幹有詩，次韻

使君高會集群仙，也使狂夫坐細氈。白璧一雙酬議論，青春十載棹觥船。客愁遇酒退三舍，梅信與春開一先。已辦扁舟明日去，幾時重得到花前。

一相識無辜獲罪

一宿津亭睡不成，愁來物物是離情。月輪高掛山河影，江浪巧爲風雨聲。志士失塗爲鬼笑，佳人泣血送君行。塞翁得馬非爲福，公論如天久自明。

送黄教授日巖之官章貢

久矣聞名不相識，江湖還有見君時。出人意表發高論，入我眼中多好詩。欲對春風開笑口，不堪世事上愁眉。憑誰寄語謝安石，莫爲蒼生起太遲[二]。

校勘記

[一] 底本校注：語，一作與。原注：時召崔丞相不出。

家居復有江湖之興

寒儒家舍只尋常，破紙窗邊折竹床。接物罕逢人可語，尋春多被雨相妨[一]。庭垂竹葉因思酒，室有蘭花不炷香。到底閉門非我事，白鷗心性五湖傍。

校勘記

[一] 底本校注：可，一作好。

題亡室真像

求名求利兩茫茫，千里歸來賦悼亡[一]。夢井詩成增悵恨，鼓盆歌罷轉淒涼。情鍾我輩那容忍，乳臭諸兒最可傷[二]。拂拭丹青呼不醒，世間誰有返魂香。

校勘記

[一] 歸來：底本缺二字，據四庫本補。

[二] 醒：四庫本作「應」。

題趙忠定公雪錦樓詩[一]

九鼎重安國勢牢，功名易辨謗難逃。手扶日月掃雲霧，身向江湖直羽毛。雪錦詩成先讖兆，金縢書啟見勤勞。紛紛論定知忠定，不負朝廷兩字褒。

校勘記

[一] 原注：斷句云：「早晚扁舟會東下，莫占衡嶽問歸程。」人以爲後來謫居之讖云。

陪厲寺丞賞芍藥

黄堂開宴領佳賓，白鷺青鸞景一新[二]。寄興江山見名勝，折沖樽俎静風塵[三]。酴醾壓架垂垂老，芍藥翻階楚楚春。從此廬陵作佳話，平分風月兩詩人。

校勘記

[二] 青鸞：四部本作「青原」。

[三] 見：四部本作「擅」。

次王應求韻

逐日輪蹄走四方，來來去去爲何忙。無人肯問山林樂，舉世争趨名利場。以道自修身是實，無求何用智爲囊。愛梅栽竹平生語，吐出清風六月涼。

郡圃寒食

與民同樂一開園，佳節何曾禁得煙。拍岸緑波浮舴艋，翻空紅袖打秋千。眼看花柳心如醉，身在蓬瀛我亦仙。明日徐翁墳上約，欲求竹帚恐無緣。

杜仲高相遇約李尉

胸中無地著塵埃，有我唯堪把酒杯[一]。苦恨好山移不得，生憎俗客去還來。秋風吹老東籬菊，春信攙開北嶺梅[二]。管領風光須我輩，急吹短笛棹船回[三]。

校勘記

[一] 我：群賢集本作「手」。

[二] 籬：群賢集本作「園」。

[三] 此句四部本作：急呼短李棹船回。

題蕭宰十二詠堂三山兩水之亭

百載園林復故廬，收功全在五車書。一翁二季蘇家樣，三水兩山喻曲居。十二詠成傳不朽，三千篇出又何如。年來事事如人意，敢請先生賦遂初。

陪虞使君登岳陽樓

片帆飛過洞庭來，百尺巍巍水面開。疑泛靈槎上河漢，如從弱水到蓬萊。鈞天廣樂無聞矣，袖劍仙人安在哉。物物盡隨波浪去，君山一點獨崔嵬。

贈洞霄道士

高枕清流臥白雲，靈龜骨相鶴精神。凡爲九煉山中客，定是群仙數内人。馴虎巖前攀逸翠，斬蛟亭下濯征塵。煉師莫笑狂夫老，乞我金丹養病身。

閱世

一懶一愚兼一癡，從教智士巧能爲。坦途失脚溪山險，暗室萌心天地知。江水長流無盡意，夕陽雖好不多時。老夫閱遍人間事，欲和寒山拾得詩。

積鏹多金生怨尤，一温飽外更何求。自甘韜遁陶元亮，不愛嬴餘馬少遊。何取累累兼若若，終成莫莫與休休。花前適意三杯酒，萬事忘機對白鷗。

少　算

吾生落落果何爲，世事紛紛無了期。少算人皆嘲我拙，多求我却笑人癡。庭花密密疏疏蕊，溪柳長長短短枝。萬事欲齊齊不得，天機政在不齊時。

南康六老堂[一]

廬山脚下開亭館，奈此千峰百嶂何。逸少大書池上墨，少陵狂作醉時歌。碧荷秋老香猶在，好月夜深明更多。五老揖君天上笑，把杯相對酌金波。

校勘記

[一] 永樂大典本有原注：陳寺丞爲僕寫赤壁詞，有客長歌。

韓張亭[一]

此地曾棲雙鳳凰，登高懷古北風涼。忠規萬乘龍顏粲，謫過千山鳥道荒[二]。百里隣居天作合，兩賢名與日争光。幾人緘口貪官職，身在朝廷志已忘[三]。

校勘記

[一] 原注：昌黎謫宰臨武，張御史宰連山，二公相會於此亭。

[二] 粲：群賢集本作「怒」。過：四部本作「遇」。
[三] 忘：群賢集本作「亡」。

處世

風波境界立身難，處世規模要放寬。萬事盡從忙裏錯，一心須向静中安。路當平處經行穩，人有常情耐久看。直到始終無悔吝，旁生枝葉便多端[一]。

校勘記

[一] 底本校注：到，一作道。

送別朱兼僉

恰喜相逢又語離，愁於江上送君時。清談未了風吹斷，白髮可憐天不知。樗木自肥傷竹瘦，海棠偷放笑梅遲。黄堂若問癡頑老，老有登樓二十詩。

題王制機新樓

緑雲圖上新樓奂，彈壓江山氣勢豪[一]。手拍危欄拂星斗，目窮滄海見波濤[二]。人間何處望不到，天下有樓無此高。俯視河陽桃李巷，清風吹斷市塵囂。

校勘記

〔一〕新樓奐：四部本作「新輪奐」。

〔二〕拂：底本缺字，據四庫本補。

呈姚顯叔奉親送死極孝

雁去多年缺寄音，扁舟無復到山陰。臥牛崗上經過少，下馬陵前感慨深。細讀文公千字誄，足知孝子一生心。無才爲作招魂些，自有悲風宰樹吟〔一〕。

校勘記

〔一〕宰：四庫本作「在」。

題姚顯叔南嶼書院

朝夕置身書卷間，紛華滿眼幾曾看。山林不受塵埃涴，屋宇無多氣象寬。立脚怕隨流俗轉，留心學到古人難。漫山桃李争春色，輸與寒梅一點酸。

寄朱仲是兼僉〔一〕

光陰日夜催吾老，已作雞皮鶴髮翁。萬事裝成百年夢，五行注定一生窮。殘花但有凋零分，枯木難沾造化功。若見黄堂煩寄語，何如停我雪樓中。

校勘記

〔二〕是：四庫本作「寔」。

寄項宜甫兼簡韓右司

匆匆不暇去相違，草草吟成送别詩。千里江山客行遠，三秋風雨桂開遲。安居但欲無公事，舉枉終須有直時。若見右司煩寄語，世間公道要扶持。

閲四家詩卷〔一〕

閲盡四家詩卷子，自然優劣在其中。石龜野鶴心相合，菊磵花翁道不同。鳴鳳翱翔上霄漢，亂蟬蕭瑟度秋風。一篇論盡諸家體，憶著當年聾睡翁。

校勘記

〔一〕原注：翁際可、薛沂叔、孫季蕃、高九萬。

謝吴秘丞作《石屏後集序》〔一〕

説破當年舊石屏，自慚無德又無能。嚮來江海疏狂客，今作山林老病僧。高卧一樓成宇宙，冷看獨影當賓朋。惡詩有誤公題品，不是夔州杜少陵。

校勘記

〔一〕四部本題作：謝吴秘丞作《石屏集後序》。

有感

老子生來世法疏，白頭思欲把犁鋤。摩挲此腹空無物，僥倖虚名愧有餘。憔悴不堪漁父笑，寒温無益貴人書。詩家幸有嚴華谷，襟誼猶能眷眷予。

湘中

一棹無情度碧湘，行行不脱水雲鄉。旗亭少飲春醪酒，田舍新炊晚稻香〔一〕。簫鼓遠來朝岳去，包籠争出趁虚忙。塗人有愧黄居士，十載看經不下堂。

校勘記

〔一〕春：四部本作「村」。酒：四部本作「薄」。以「薄」爲佳。

九日櫧洲舟中

幾年重九客他州，小泊櫧田古渡頭〔二〕。人向歆中言我樂，誰知笑裏是吾愁。黄花可忍抛三徑，白髮猶堪耐幾秋〔三〕。今日登高無處所，一樽攜上枕江樓〔三〕。

校勘記

[一] 小：四部本作「少」。

[二] 耐：四部本作「奈」。

[三] 江：底本作「红」，据四部本改。

曾景建得罪道州聽讀

聞説烏臺欲勘詩，此身幸不墮危機。少陵酒後輕嚴武，太白花前忤貴妃。遷客芬芳窮也達，故人評論是耶非。飽參一勺濂溪水，帶取光風霽月歸。

校勘記

[一] 永樂大典本題作：曾景建以詩得罪，道州聽讀。

朱行父留度歲[一]

衡山之下湘江上，風月留連去較遲。四海弟兄多不遇，一門父子兩相知。梅邊竹外三杯酒，歲尾年頭幾局棋。羈旅宦遊俱是客，細論心事共題詩。

校勘記

[一] 群賢集本題作：衡山主簿朱行父留度歲。

梅花

瀟灑春葩縞壽陽，百花惟有此花強[一]。月中分外精神出，雪裏幾多風味長。折向書窗疑是玉，吟來齒頰亦生香。年年茅舍江村畔，勾引詩人費品量。

校勘記

[一] 縞：四庫本作「綴」。

金陵遊覽用劉子明韻

英雄割據已焉哉，逝水滔滔去不回。里巷難尋王謝宅，江山空對鳳凰臺。登臨無伴詩爲侶，興廢不知梅自開。同是遊人不同樂，青樓歌舞待君來。

呈趙園令

翠雲屏嶂碧瑶池，萬象前陳屬指揮。彷佛神仙居處好，尋常賓客到來稀。荷花香裏渾無暑，棋子聲中却有機。別院笙歌促君去，野夫自步月明歸。

吉州堆勝樓，謝景周司理居其上

半天輪奐獨巍峨，遥望青原瞰碧螺。納納乾坤森萬象，重重洲渚繞層波。詩情雅與江山合，酒興偏於故舊多。靴笏縛君難放浪，樽前狂客自高歌[一]。

校勘記

[一] 自：四庫本作「且」。

吴子似提幹九高亭小景

前日作詩題大概，亭前小景亦堪題。緑楊樹下茅三架，白水田頭菜兩畦。似酒新鵝初泛浦，如孩黄犢試牽犁。十分野趣關心事，到此令人憶剡溪。

泉州紫極宫壽星殿古檜，諸葛機宜同賦

浪説陳朝八檜碑，何如此檜古而奇。靈根據地高千尺，黛色浮空閲四時。人欲棟樑勞想像，樹存陵谷有遷移。壽星賜汝長生訣，化作蒼龍守殿墀。

都中次韻申季山[一]

車馬喧臨十二門，樂從閒處度朝昏。詩書豈爲功名重，軒冕何如道誼尊。志士不能行所學，明君亦或諱忠言。世間事事如人意，未必商山有綺園。

校勘記

〔二〕喧臨：群賢集本作「喧喧」。

蘄州上官節推同到浮光

馬蹄相逐到浮光，客裏相寬對舉觴。夜暖試鋪新枕簟，曉寒仍索舊衣裳。櫻桃着雨便成腐，柳絮隨風如許狂。連歲經行淮上路，憂時羸得鬢毛蒼。

贛州呈雪篷姚使君

白旗走報山前事，昨日官軍破緑林。千里人煙皆按堵，一春農事最關心。不知郊外雨多少，試探田間水淺深。翠玉樓中無限好，可無閒暇一登臨。

撫州節推蕭學易衙宇一新

攝取高科如拾芥，愛君才調望君深。莫誇書判居蓮幕，要把文章入禁林。華屋修成官滿去，好詩改定客來吟。西窗共對蕭蕭竹，不負三杯話此心。

汪見可教授約諸丈鳳山酌别

鳳凰洲上鳳凰山，草草登臨見一斑。不立樊牆天廣大，賸栽花竹地寬閒。白雲四面峰千疊，緑柳前頭水一灣。行色催人詩未就，寄情庭院落花間。

吉州李伯高會判送鹽蠘、子魚，比海味之珍者，未免爲鱸魚動歸興

每思鄉味必流涎，一物何能到我前。怒奮兩螯眸炯炯，飽吞三印腹便便。形模突出鹽池底，風味横生海嶠邊[一]。合爲蓴鱸動歸興，久抛東浦釣魚船。

校勘記

[一] 嶠：原缺，據四庫本補。詩淵本作「酒海」。

癸巳端午呈李伯高

客裏幾逢端午節，看成雪鬢與霜髯。救人采得三年艾，背世翻成六日蟾。老境可憐歸未得，羈懷常是病相兼[一]。猛思一醉酬風月，笑撚菖花揭酒簾。

校勘記

[一] 常：四部本作「長」。

李深道得蘇養直所爲「深」字韻一首，不知題何處景，俾跋其後[一]

都來五十有六字，寫出山林無限奇。當日所題何處景，只今但見後湖詩。一言一語堪傳世，某水某丘仍屬誰[二]。試向愁煙推白鳥，無情白鳥又何知[三]。

校勘記

〔一〕原注：唐人詩云：「欲向愁煙問故宫，又恐愁煙推白鳥。」

〔二〕仍：詩淵本作「今」。

〔三〕向：詩淵本作「問」。末句詩淵本作「問風問月定須知」。

與侄南隱等賡和

夢回啼鳥聒幽櫺，古篆香煙結畫屏。談塵一揮塵事少，離騷纔讀醉魂醒。閒居便是人間樂，克己何須座右銘。但了耕桑□門户，我生安分合寧馨。

石屏久遊湖海，祖妣遂題二句於壁云：「機番白苧和愁織，門掩黄花帶恨吟。」後石屏歸，祖妣已亡矣。續成一律〔一〕

伊昔天邊望槁砧，天邊魚雁幾浮沉。機番白苧和愁織，門掩黄花帶恨吟。自古詩人皆浪跡，誰知賢婦有關心。歸來却抱雙雛哭，碑刻雖深恨更深〔二〕。

校勘記

〔一〕底本校注：世犖按：此詩系明人搜刻時補入。按：詩題並非原題，系戴氏明代後人戴鏞編詩時所加，世犖所注屬實。該詩歷來被誤認爲是詩人悼念其祖母所作，並誤傳其祖母能作詩，其實是被其長題所誤導。其中一聯應是其妻所作，所以會作詩的應是戴復古之妻。此詩之考證詳見附録三：拙作《戴復古家世考》。宋世犖爲清藏書家、出版家，也是本書底本《台州叢書》的刻印者。

〔二〕卷末底本校注：太平謝式南校字。

戴復古集卷第七

絶　句

臘梅二首

天寒好風日，清香透窗紗。誰知蜜脾底，有此返魂花[一]。

籬菊抱香死，化入歲寒枝。依然色尚黄，雪中開更奇。

校勘記

[一] 底本缺「蜜」字，據四庫本補。四部本作「早」。

汀州道上

宇内何寥落，客行雙鬢華[二]。千山萬山底，老眼付梅花。

校勘記

〔一〕寥：四部本作「牢」。

題周仁甫占香堂二首〔一〕

一登君子堂，滿目是秋光。桂是月中桂，花非今日香〔二〕。

秋風動窗户，兼聞書傳香。種花兼種德，當有折桂郎。

校勘記

〔一〕占：四部本作「古」。

〔二〕桂是：四庫本作「树是」。

寄　興〔一〕

長願如人意，一生無别離。妾當年少日，花似半開時。

黄金無足色，白璧有微瑕。求人不求備，妾願老君家。

校勘記

〔一〕原注：代作。

贈萬杉老秀癡翁二首

識得慶雲和尚，不癡自號癡翁。此老端如五老，高出廬阜諸峰。

讀儒書五千卷，通禪門八萬條。宴坐萬杉林下，四旁風雨蕭蕭。

江村晚眺二首

數點歸鴉過别村，隔灘漁笛遠相聞[一]。菰蒲斷岸潮痕濕，日落空江生白雲。

江頭落日照平沙，潮退漁舠閣岸斜[二]。白鳥一雙臨水立，見人驚起入蘆花。

校勘記

[一] 灘：群賢集本作「溪」。

[二] 舠：群賢集本作「船」。

見山居可喜

一溪盤曲到階除，四面青山畫不如。修竹罩門梅夾路，詩人居處野人居。

初夏

紅紫光陰不久長，一聲啼鴃静年芳。陰陰緑樹黄鸝語，將與人間作夏涼。

桂

金谷園林知幾家，競栽桃李作春華。無人得似天公巧，明月中間種桂花[一]。

校勘記

[一] 公：詩淵本作「工」。

江陰浮遠堂

横岡下瞰大江流，浮遠堂前萬里愁。最苦無山遮望眼，淮南極目盡神州。

淮村兵後

小桃無主自開花，煙草茫茫帶曉鴉。幾處敗垣圍故井，嚮來一一是人家。

盱眙北望

北望茫茫渺渺間，鳥飛不盡又飛還。難禁滿目中原淚，莫上都梁第一山。

訪友人家即事

爛茅遮屋竹爲床，口誦時文鬢已霜。妻病無錢供藥物，自尋野草試單方。

晚　春

池塘渴雨蛙聲少，庭院無人燕語長。午枕不成春草夢，落花風静煮茶香。

揚州端午呈趙帥

榴花角黍門時新，今日誰家不酒樽。堪笑江湖阻風客，却隨蒿艾上朱門。

次韻郭子秀曉行

脱葉園林帶曉鴉，馬蹄步步踏霜華。山邊水際頻凝顧，怕有寒梅昨夜花。

山村

山崦誰家緑樹中，短牆半露石榴紅。蕭然門巷無人到，兩個孫隨白髮翁[二]。

萬竹稍頭雲氣生，西風吹雨又吹晴。題詩未了下山去，一路吟聲雜水聲。

校勘記

[二] 兩個：四部本作「三兩」。

題吴熙仲《雲萍録》

家在蓬萊海上居，出身履歷一時無。姓名羞上《雲萍録》，本是煙波一釣徒。

湘中遇翁靈舒

天台山與雁山鄰，只隔中間一片雲。一片雲邊不相識，三千里外却逢君。

客中秋晚

榴花纔放客辭家，客裏因循見菊花。獨坐西樓對風雨，天寒猶自著輕紗。

都中冬日

脱却鷫裘付酒家，忍寒圖得醉京華[一]。一冬天氣如春暖，昨日街頭賣杏花。

校勘記

[一] 寒：一作貧。

湖上

湖上團團三十里，若非楊柳即樓臺。城門未鎖黄昏月，更往旗亭把一杯。

冬至

時光流轉尋常事，世故驚心感慨多。一歲休祥在雲氣，今朝雲氣果如何。

釣臺

萬事無心一釣竿，三公不换此江山。平生誤識劉文叔，惹起虚名滿世間。

端午豐宅之提舉送酒

海榴花上雨蕭蕭，自切菖蒲泛濁醪。今日獨醒無用處，爲公痛飲讀《離騷》。

同蘄州上官節推登光州增勝樓

增勝樓中共倚欄，平原渺渺接青山[一]。夕陽明處人煙少，胡馬曾來闖五關[二]。

校勘記

[一] 平原：詩淵本作「一江」。

[二] 胡馬：四庫本爲避諱改作「鐵騎」。闖五關：詩淵本作「問玉關」。

次韻梅花

百花看遍莫如梅，更向群芳缺際開。寒冷怕行門外路，爲渠踏雪過山來。

酴醾

東風滿架索春饒，三月梁園雪未消。膩馥何人炷蘭麝，柔枝無力帶瓊瑤。

次韻盧申之正字《野興》

芋圃蔬畦接井湄，茅簷四面槿籬圍。門前盡日無人過，牛渡横塘野鴨飛。

題黄州謝深道國正山庵

就荒山竹重抽笋，新種池荷晚著花。意象全然似村落，又添茅屋兩三家。

題郭子奇野趣[一]

菜花園圃槿花籬，麥滿前坡水滿池。野老横竿攔鴨過，牧兒攜笛倚牛吹。

校勘記

[一] 郭子奇：四部本作「鄭子壽」。

山中見梅

踏破溪邊一徑苔，好山好竹少人來。有梅花處惜無酒，三嗅清香當一杯。

湘西寺觀瀾軒

東岸樓臺西岸山，瀟湘一片在中間。紅塵不到滄波上，僧與白雲相共閒。

道鄉臺

萬里南遷直諫臣，世間無地可容身。夜沖風雨過湘水，賴有青山作主人。

定王臺

長沙米換長安土，築此崔嵬寄遠觀。客子登臺千載後，倚欄亦欲望長安。

陶侃柏

四絶堂前枯柏樹，晉人栽植宋人吟。無枝無葉無吟處，聊寓一時懷古心。

東　池[二]

來尋吾祖隱居處，嫋嫋春風吹酒旗。手把梅花寄愁絶，東池只是舊東池。

校勘記

〔一〕原注：戴叔倫隱居之地。

寧鄉道上遇張伯聲

山禽調舌待春呼，江雨收聲開曉晴。偶遇故人同杖履，梅花樹下一詩成。

初夏遊張園

乳鴨池塘水淺深，熟梅天氣半陰晴。東園載酒西園醉，摘盡枇杷一樹金。

鄂渚解纜

日日言歸不得歸，今朝真個是歸期。西樓煙水南樓月，别後何人更有詩。

别許季如

久不相逢喜合簪，相從未久又分襟。扁舟自逐便風去，却恨無情江水深。

船過桐江懷郭聖與

只言君在桐江住，及到桐江不見君。日暮空山獨惆悵，不知又隔幾重雲。

買歸舟，篙子請占牌，戲成口號

詐稱官職不如休，白板無題又可羞。只寫江湖散人號，不然書作醉鄉侯。

書　事

打鼓行船未有期，恰如江上阻風時。詩中一段閒公事，幸不妨人吃荔枝。

緑陰亭自唐時有之，到今五百年。盧肇二三公題詩之後，吟聲寂寂久矣。亭前古木不存，緑陰之名，殆成虛設。今詩人李賈友山作尉於此，實居此亭。公事之暇，與江山風景應接。境因人勝，見於吟筆多矣。友人石屏戴復古訪之，相與周旋於亭上，題四絶句以記曾來。

五百年前作此亭，亭前古木緑陰清。而今古木無存者，賴有新亭系舊名。

慘慘秋風吹客襟，唐人遺跡宋人吟。浮雲世事多遷變，不獨此亭無緑陰。

遠山横碧一溪清，白鳥飛邊落照明[二]。吏散庭階無一事，緑陰亭上又詩成。

政是國家多事秋，渝川縣尉亦風流。吟詩不廢公家事，坐使孟郊輸一籌。

校勘記

〔一〕底本校注：遠，一作千。

次韻谷口鄭柬子見寄

閉門覓句飯牛翁，囊有新詩不怕窮。十里梅花生眼底，九峰山色滿胸中。
不管家居四壁空，琢成佳句有神工。謫仙會有金鑾召，莫道詩人命不通。
相看俱作白頭翁，出處規模自不同。我走江湖作狂夢，君能面壁課成功。
一生飄泊客途中，挾技從人類百工。白首歸來入詩社，猶思渭北與江東。
吾鄉自昔詩人少，委羽先生後有翁。坐客無氈君莫笑，雲臺有集繼家風〔一〕。
自笑詩人多好酒，君能不飲任樽空。勸君莫倚醒醒眼，却笑傍人醉面紅。

校勘記

〔一〕原注：鄭谷有《雲臺集》。

寄後村劉潛夫

朝廷不召李功甫,翰苑不著劉潛夫。天下文章無用處,奎星夜夜照江湖。

擁節持麾澤在民,仰看臺閣笑無人。劉蕡一策傳千古,何假君王賜出身。

客遊仙里見君時,擁絮庵中共説詩。別後故人知我否,年幾八十病支離。

中秋李漕石洲冰壺燕集

把酒冰壺接勝遊,今年喜不負中秋。故人心似中秋月,肯爲狂夫照白頭。

《登樓》絶句和者甚多,又從而用韻,擇其可録者録之

勞生百計不如閒,合把人間比夢間。天與老夫供享用,一樓風月兩屏山[一]。

心地清涼日日秋,怕沾塵土莫低頭。置身不在衆人下,處處皆成百尺樓。

小樓題了又還題,一段風流在水西。白鳥飛來知向背,青山元自有高低。

富貴於人造物慳，出門又覺世途艱。樓頭適意三杯酒，木末清風雨後山[三]。

校勘記

[二] 原注：有前屏後屏。

[三] 木：四部本作「禾」。

寄上趙南仲樞密

貴爲公相不如歸，一夕飄然去不知。樂在五湖風月底，扁舟載酒對西施。

能爲明哲保身謀，富貴功名總罷休。早向急流中勇退，歸來閒伴赤松遊。

初　夏

等閒過了一年春，雨後風光夏景新。試把櫻桃薦杯酒，欲將芍藥贈何人。

覓芍藥代簡豈潛

照映亭池芍藥春，紅紅白白鬥精神。與其雨打風吹去，爭似殷勤折贈人。

趙葦江與東嘉詩社諸君遊，一日攜吟卷見過，一語謝其來

白首無聊老病軀，一心唯覓死頭顱。時人誤作梅花看，今日枝頭雪也無。

得早梅一枝攜訪酒家

旗亭沽酒少裴回，左手梅花右手杯。眼見枝頭開數蕊，春風自我掌中來。

巾子山翠微閣

雙峰直上與天參，僧共白雲棲一庵。今古詩人吟不盡，好山無數在江南[一]。

校勘記

[一] 在：詩淵本作「満」。

贈饒叔虎談《易》論命多奇中

中年多病早衰翁，詩不能工枉受窮。郊島五行君識否，要知我命與渠同。

招山乃詩人劉叔擬故居，朱清之得其地。清之赴南宫，中道而返，就招山卜築，不久亦去世

半路袖回攀桂手，一生纔遂買山心。要知此老風流處，來向劉郎吟處吟。

有錢可買滄浪景，無術能還夢幻身。一段江山寄愁絶，百年不見兩詩人。

湖南漕李革夫被召，乃丐歸

浪説歸朝歸豫章，新居萬柳百花傍。何如表奏明光殿，乞取東湖作醉鄉。

軒冕難遮兩鬢華，官居雖好不如家。一心懶上朝天馬，要趁春風歸種花。

清明感傷

客中今日最傷心，憶著家山松樹林。白石岡頭聞杜宇，對他人墓亦沾巾[一]。

校勘記

[一] 巾：群賢集本作「襟」。

次韻李伯高

蓮幕高吟冰雪篇，天纔秀發思華年。千金買得驚人句，落在雞林渡海船。

嶽市勝業寺悦亭

尋幽攬勝老猶勤，但覺吟身瘦幾分。浄洗一生塵土眼，細看七十二峰雲[一]。

校勘記

[一] 土：四部本作「上」。峰：四部本作「風」。

訪舊

欲尋西舍問東隣，兩巷都非舊住人。唯有桑邊石池在，依然春水碧粼粼。

代簡答夏肯甫

六七十里不爲遠，百書不如一會面。之子相期十日間，要與梅花並相見。

寄劉潛夫[一]

八斗文章用有餘，數車聲譽滿江湖。今年好獻《南郊賦》，幕府文章有暇無[二]。

校勘記

[一] 原注：時在建康作制幹。唐人詩：芳譽香名滿數車。

[二] 章：六十家集本作「書」。

周子益年八十赴殿[一]

七尺漁竿八十翁，釣絲輕娲荻花風。功名未遂英雄老，人道磻溪即個中。

抛却漁村老釣竿，手遮西日上長安。青衫著了尋歸路，莫過羊裘七里灘。

校勘記

[一] 原注：所居牓曰漁村。

觀捕黄雀

披綿争啄晚禾秋，決起森然網扼喉。一飽等閒輸性命，知機萬不及沙鷗。

九日

醉來風帽半攲斜，幾度他鄉對菊花。最苦酒徒星散後，見人兒女倍思家。

雪中觀梅，鄭子壽畏寒不到[一]

孤負溪橋雪與梅，怕寒不肯出門來。欲邀鄭老同清賞，争得梅花六月開。

校勘記

[一] 到：詩淵本作「至」。

鄭子壽野趣燒燭醉梅花

古瓶斜插數枝春，此即君家勸酒人。移取堂前雙蠟燭，花邊照出玉精神。

東湖看花呈宋原父[二]

團團堤路行無極，一株一步楊柳碧。佳人反覆看荷花，自恨鬢邊簪不得。

校勘記

〔一〕宋原父：疑即下面一首《呈西昌宋愿父伯仲》之宋愿父。

贛州上清道院呈姚雪篷〔一〕

短牆不礙遠山青，無事燒香讀道經。時把一杯非好飲，客懷宜醉不宜醒。

校勘記

〔一〕姚雪篷：底本及四部本作赵雪篷，誤。卷六有《贛州呈姚雪篷使君》一詩，六十家集本、群贤本、名贤本均作姚雪篷，據此改。

無　題

憶聞春燕語雕梁，又聽秋鴻叫斷腸。一縷沉煙飛不過，兩樓相對立斜陽。

到西昌呈宋愿父伯仲、黄子魯諸丈〔一〕

一秋無便寄平安，新雁聲聲報早寒。昨夜檢衣開故篋，去年家信把來看。

扁舟幾度到南昌，東望家山道路長。醉裏不知身是客，故人多處亦吾鄉。

校勘記

〔一〕西昌：群賢集本作「南昌」。

入閩道中

山中寂寞去程賒，莫惜頻頻到酒家。行李蕭然還不俗，擔頭顛倒插梅花〔一〕。

校勘記

〔一〕俗：四部本作「倍」，誤。

嚴儀卿約李友山、高與權酌别

江天慘澹日淒涼，木未經霜葉未黄。今日樓頭一杯酒，明朝行客在誰鄉。

李敷文酌别席上口占

客子明朝早問程，樽前今夜苦爲情〔一〕。使君亦恐傷離别，不使佳人唱渭城。

校勘記

〔一〕底本校注：苦一作若。

李友山索詩卷，汀州急遞到昭武

清時無事更年豐，兩地風光詩詠中。可是山前無警報，旗鈴千里遞詩筒。

題牛圖

牡丹花下連宵醉，今日閒看黑牡丹。得此躬耕東海曲，一貧無慮百憂寬。

既别諸故舊，獨黄希聲往曲江稾議未回，不及語離

别盡諸君不見君，客愁多似海南雲。一聲何處離群雁，那向江村静處聞。

老年懷抱晚秋天，欲去思君重黯然。聞道歸來有消息，江頭錯認幾人船。

林伯仁話别二絶

别酒三杯醉不知，梅花嶺外故人稀。片心暗逐白雲去，日日向君行處飛。

茉莉花邊把酒卮，桄榔樹下共談詩。醉來一枕西窗下，酒醒方知有别離。

題陳景明梅廬

手栽梅核待成林，慈母當年屬望深。梅未成林人已往，空酸孝子一生心。

思親如海渺無涯，觀物驚心感歲華。誰見詩人心苦處，年年揮淚看梅花。

題蔡中卿青在堂二絶[一]

瀟瀟灑灑屋三間，日日開門見好山。但使青青長在眼，一毫塵俗莫相干。

幾人富貴不能閒，夜運牙籌日跨鞍。役役一生忙裏過，不知屋上有青山。

校勘記

[一] 中：宋詩鈔本作「仲」。絶：四部本作「首」。

劉子及贈瑞桂

秋光點點明人眼，不比尋常巖桂花。天與劉郎作嘉瑞，枝枝金粟間丹砂。

寄玉溪林逢吉六首[一]

經年不見玉溪翁，百里江山萬里同。無計相從話心曲，時揮一紙寄西風。

問君那向城中住，賴有清風濯市塵。門外數根楊柳樹，細看别作一家春。

心腹相知會面稀，一春未有盍簪期。西窗風雨愁眠夜，夢到君家賦小詩。

陋巷深深屋數椽，以文爲業硯爲田。一觴一飯常留客，知是君家内子賢。

老夫時作白頭吟，爨下焦桐孰賞音。敢望荊溪作詩跋，自慚敝帚享千金。

王建不能憐賈島，吟邊懷抱向誰開。扶病欲迎新太守，不知千騎幾時來。

校勘記

[一] 原注：癸卯春。

重　陽

茱萸半紫菊花黄，時節催人日夜忙。便使老夫年滿百，無過二十二重陽。

題梅嶺雲封四絶

東海邊來南海邊，長亭三百路三千。飄零到此成何事，結得梅花一笑緣。

淮南得道嶺南行，嶺上回頭作麽生。傳得祖師心印了，鉢盂何必與人争。

鑿破青山兩壁開，石頭路上踏成埃。梅花自與白雲笑，幾見夷齊出嶺來。

南遷過嶺面無慚，前有東坡後澹庵。兒輩欲知當日事，青山解語水能談。

戲題詩稿

泠澹篇章遇賞難，杜陵清瘦孟郊寒。黄金作紙珠排字，未必時人不喜看。

昭武太守王子文，日與李賈、嚴羽共觀前輩一兩家詩及晚唐詩，因有論詩十絶，子文見之，謂無甚高論，亦可作詩家《小學須知》

文章隨世作低昂，變盡風騷到晚唐。舉世紛紛吟李杜，時人不識有陳黄[一]。

古今胸次浩江河，才比諸公十倍過。時把文章供戲謔，不知此體誤人多。

曾向吟邊問古人，詩家氣象貴雄渾。雕鎪太過傷於巧，朴拙惟宜怕近村。
意匠如神變化生，筆端有力任縱橫。須教自我胸中出，切忌隨人脚後行。
陶寫性情爲我事，留連光景等兒嬉。錦囊言語雖奇絶，不是人間有用詩。
飄零憂國杜陵老，感寓傷時陳子昂。近日不聞秋鶴唳，亂蟬無數噪斜陽。
欲參詩律似參禪，妙趣不由文字傳。個裏稍關心有誤，發爲言句自超然。
詩本無形在窈冥，網羅天地運吟情。有時忽得驚人句，費盡心機做不成。
作詩不與作文比，以韻成章怕韻虚。押得韻來如砥柱，動移不得見工夫。
草就篇章只等閒，作詩容易改詩難。玉經雕琢方成器，句要豐腴字要安。

校勘記

[一] 紛紛吟：四部本作：「吟哦推」。

戴復古集卷第八

詞

錦帳春

淮東陳提舉清明奉母夫人遊徐仙翁庵

處處逢花，家家插柳，政寒食清明時候。奉板輿行樂，使星隨後，人間稀有。　出郭尋仙，繡衣春晝，馬上列兩行紅袖。對韶華一笑，勸國夫人酒，百千長壽。

醉落魄

九日吴勝之運使黄鶴山登高

龍山行樂，何如今日登黄鶴！風光政要人酬酢。欲賦歸來，莫是淵明錯。　江山登覽長如昨，飛鴻影裏秋光薄。此懷衹有黄花覺[一]。牢裹烏紗，一任西風作。

校勘記

[一] 此懷：底本無此二字，據六十家集本補。

柳梢青

岳陽樓

袖劍飛吟，洞庭青草，秋水深深。萬頃波光，岳陽樓上，一快披襟。不須攜酒登臨，問有酒何人共斟？變盡人間，君山一點，自古如今。

行香子

永州爲魏深甫壽

萬石崔嵬，二水漣漪，此江山天下之奇。太平氣象，百姓熙熙。有文章公、經綸手、把州麾。滿斟壽酒，笑撚梅枝，管年年長見花時。佳人休唱，淺近歌詞。讀浯溪頌、愚谷記、澹巖詩。

木蘭花慢

流鶯啼[二]，啼不盡；任燕語、語難通。這一點閒愁，十年不斷，惱亂春風。重來故人不見，但依然楊柳小樓東。記得同題粉壁[二]，而今壁破無蹤。蘭皋新漲緑溶溶，流恨落花紅。念著破春衫，當時送別，燈下裁縫。相思謾然自苦，算雲煙過眼總成空。落日楚天無際[三]，憑欄目送飛鴻。

校勘記

〔一〕流：原缺，據四庫本補。
〔二〕題：原缺，據四庫本補。
〔三〕天：原缺，據四庫本補。

鷓鴣天

題趙次山魚樂堂

圉圉洋洋各自由，或行或舞或沉浮。觀魚未必知魚樂，政恐清波照白頭。休結網，莫垂鉤。機心一露使魚愁。終知不是池中物，掉尾江湖汗漫遊。

浣溪沙

病起無聊倚繡床，玉容清瘦懶梳妝。水沉煙冷橘花香。說個話兒方有味，吃些酒子又何妨。一聲啼鴂斷人腸[一]。

校勘記

［一］啼：石屏詞本作「鶗」。

臨江仙

代　作

誤入風塵門户，驅來花月樓臺。樽前幾度得徘徊。可憐容易别，不見牡丹開。　莫恨銀瓶酒盡，但將妾淚添杯。江頭恰恨北風回。再三相祝去，千萬寄書來。

祝英臺近

别李擇之諸丈［一］

泛杭州，臨塵水，幾日共遊戲。歌笑開懷，酒醒又還醉。奈何一旦分攜，連宵風雨，剪不斷、客愁千里。　水雲際，遥望一片飛鴻，苦是失群地。滿眼春風，管甚閒桃李。此行歸老家山，相逢難又，但一味、相思而已。

校勘記

［一］諸丈：六十家集本在「諸丈」之下，有「後途中寄此」。

鵲橋仙

周子俊過南昌，問訊宋吉甫、黃存之兄弟[一]

西山巖壑，東湖亭館，儘是經行舊路。別時相見有荷花[二]，還又見、梅花歲暮。　宋家兄弟，黃家兄弟，一一煩君傳語。相忘不寄一行書，元自有、不相忘處。

校勘記

[一] 兄弟：六十家集本作「昆仲」，義同。

[二] 相：六十家集本作「方」。

又

新荷池沼，緑槐庭院，簷前雨聲初斷[一]。喧喧兩部亂蛙鳴，怎得似、啼鶯睍睆。　風光流轉，客遊汗漫，莫問鬢絲長短。醒時杯酒醉時歌[二]，算省得、閒愁一半。

校勘記

[一] 前：全宋詞本作「外」。

[二] 醒：全宋詞作「即」。

大江西上曲

寄李實夫提刑，時郊後兩相皆乞歸

大江西上，鬱孤臺八境，人間圖畫。地湧千峰摇翠浪，兩派玉虹如瀉。彈壓江山，品題風月，四海今王謝。風流人物，如公一世雄也。　一片憂國丹心，彈絲吹笛，未必能陶寫。西北風塵方澒洞，宰相閒歸緑野。月斧争鳴，風斤運巧，不用修亭榭。紫樞黄閣，要公整頓天下。

減字木蘭花

寄廉州劉叔治使君[一]

羊城舊路，檀板一聲驚客去。不擬重來，白髮飄飄上越臺。　故人居處，曲巷深深通竹所。問訊桃花，欲訪劉郎不在家。

校勘記

[一] 廉州：四庫本作「欽州」。

又

寄五羊鍾子洪

天台狂客，醉裹不知秋髮白[一]。應接風光，憶在江亭醉幾場。　吴姬勸酒，唱得廉頗能飯否。西雨東晴，人道無情又有情。

校勘記

[一] 髮：六十家詞本作「鬢」。

又

阻風中酒，流落江湖成白首。歷盡艱關，贏得虚名滿世間[一]。　浩然歸去，憶著石屏茅屋趣。想見山村，樹有交柯犢有孫。

校勘記

[一] 艱：石屏詞本作「間」。滿：六十家詞本作「在」。

清平樂

興國呈司直[一]

今朝欲去，忽有留人處。説與江頭楊柳樹。系我扁舟且住。　十分酒興詩腸，難禁冷落秋光。借取春風一笑，狂夫到老猶狂[二]。

校勘記

[一] 興國：四庫本作「興國軍」。司直：四庫本作「李司直」。

[二] 老：底本作「酒」，據六十家集本改。猶：四庫本作「尤」。

又

嘲人

醉狂癡作，誤信青樓約。酒醒梅花吹畫角，翻得一場寂寞。　相如謾賦《淩雲》，琴臺不遇文君。江上琵琶舊曲，只堪分付商人。

醉太平

長亭短亭，春風酒醒，無端惹起離情。有黄鸝數聲。　芙蓉繡茵，江山畫屏，夢中昨夜分明。

悔先行一程。

望江南

壺山宋謙父寄新刊雅詞，内有《壺山好》三十闋，自説平生，僕謂猶有説未盡處，爲續四曲

壺山好，博古又通今。結屋三間藏萬卷，揮毫一字直千金。四海有知音。　門外路，咫尺是湖陰。萬柳堤邊行處樂，百花洲上醉時吟。不負一生心。

壺山好，膽氣不妨粗。手奮空拳成活計，眼穿故紙下功夫。處世未全疏。　生涯事，近日果何如。背錦奚奴能檢典，畫眉老婦出交租。且喜有贏餘。

壺山好，文字滿胸中。詩律變成長慶體，歌詞綽有稼軒風[一]。最會説窮通。　中年後，雖老未成翁。兒大相傳書種在，客來不放酒尊空。相對醉顔紅。

壺山好，也解憶狂夫。轉首便成千里别，經年不寄一行書。渾似不相疏。　催歸曲，一唱一愁予。有劍賣來沽酒吃，無錢歸去買山居。一向作狂徒[二]。

校勘記

[一] 綽：全宋詞本作「漸」。

[二] 一向作狂徒：六十家集本作「安處即吾廬」。原注：壺山有《催歸曲》贈僕，甚妙。

又

僕既爲宋壺山説其自説未盡處，壺山必有答語，僕自嘲三解

石屏老，家住海東雲。本是尋常田舍子，如何呼唤作詩人。無益費精神。　千首富，不救一生貧。賈島形模元自瘦，杜陵言語不妨村。誰解學西崑。

石屏老，長憶少年遊。自謂虎頭須食肉，誰知猿臂不封侯。身世一虚舟。　平生事，説著也堪羞。四海九州雙脚底，千愁萬恨兩眉頭。白髮早歸休。

石屏老，悔不住山林。注定一生知有命，老來萬事付無心。巧語不如喑。　貧亦樂，莫負好光陰。但願有頭生白髮，何愁無地覓黄金[一]。遇酒且須斟[二]。

校勘記

[一] 愁：六十家集本作「憂」。

[二] 卷末底本校注：臨海陳備三校字。

文

石屏詩集自序一[一]

懶庵趙蹈中寺丞作湘漕時，爲僕選此詩凡一百三十首，觀者疑焉。謂懶庵古詩得曹、謝、韋、陶之

體,律則步驟杜工部,其議論高絶一世,極靳於許可,今所取此編,何其泛也!復古議論斯語,使有五字可傳,如崔信明「楓落吴江冷」一句;十字可存,如杜荀鶴「風暖鳥聲碎,日高花影重」一聯足矣,果何以多爲! 嘉定癸未二月朔日,復古書。

校勘記

〔一〕本文是爲《石屏小集》所作之序,底本無題,此題爲點校者所加。

石屏詩集自序二〔一〕

復古以朋友從臾,收拾散稿,得四百餘篇,三山趙茂實、金華王元敬爲删去其半,各以入其意者,分爲兩帙,江東繡衣袁蒙齋又就其中摘取百首,俾附於《石屏小集》之後。明珠純玉,萬口稱好,無可揀擇,是爲至寶。凡物之可上可下,隨人好惡而爲之去取者,斷非奇貨。紹定壬辰仲夏,復古自書。

校勘記

〔一〕本文是爲《石屏續集》所作之序,底本無題,此題爲點校者所加。

東臯子詩跋〔一〕

右先人十詩。先人諱敏,字敏才,號東臯子。平生酷好吟,身後遺稿不存。徐直院淵子竹隱先生常誦其《小園》一篇,及「日落秭歸啼處山」一聯,續加搜訪,共得此十篇。復古孤幼無知,使先人篇章零落,名亦不顯,不孝之罪,不可贖也。謹録於石屏詩稿之前,庶幾使人獲見一斑。復古忍泣敬書。

校勘記

[一] 本文底本無題，此題爲點校者所加。

詩集鈔補

近古體

鄒震父梅屋

鄒郎愛梅結梅屋，一區掩映湄湘曲。風月門庭雲霧窗，眼前處處皆冰玉。花之白者凡幾種，酴醾窈窕瓊花俗。唯梅韻勝格更高，傲雪淩霜天下獨。鄒郎家與梅共居，羨爾幽棲有清福。白玉爲堂不可住，黄金作塢禍相逐。何如梅屋之下無榮亦無辱。東山老仙心似鐵，爲君作記妙鋪説，一讀使人三擊節。我疑此君胸中自有千樹梅，不假造化花長開。有時化作文章吐出乎筆下，不然安得言言句句能瀟灑，梅屋得之亦增價。

録自明影印《詩淵》第五册第三二四四頁引《石屏集》

題何季皋南村山人隱居

山人昔從慈湖遊，平生所學知源流。山人之廬雖不廣，三間可作萬間想。西山作記東山序，更有鶴山題扁榜。名章妙畫，金石班班。山人之重，一湖三山。非隱非吏，恬乎南村。書畫滿室，花竹盈門。方巾大袖，頭角嶙峋。議論風生，文質彬彬。身混於俗，不同其塵。調度如此，乃稱山人。吾所不解，恐非其真。相顧一笑，青山白雲。

録自明影印《詩淵》第五册第三三三九頁引《石屏集》

古 意

郎舍妾去時，只作半年期。一去不肯歸，遂成長别離。後園青梅樹，手經三度摘。樓頭西望郎，千山萬山隔。安得削平天下山，千里一目見長安。使我有時乘彩鸞，往與夫婿相周旋。

録自明影印《詩淵》第六册第三三八七頁引《石屏集》

漁父詞

漁父醒，荻花洲。三千六百釣魚鉤，從頭下復休。漁父笑，笑何人。古來豪傑盡成塵，江山秋復春。

録自《錦繡萬花谷别集》卷十八

五言律

思家

湖海三年客，妻孥四壁居。饑寒應不免，疾病又何如。日夜思歸切，平生作計疏。愁來仍酒醒，不忍讀家書。

録自《宋詩鈔》

白鶴觀

荒徑行如錯，蟠松看轉奇。鳥聲人静處，山色雨晴時。賖得溪翁酒，閒尋道士棋。個中有佳趣，莫怪下山遲。

録自《南宋群賢小集》

紀遊

巨靈擘山腹，巖壁倚虛空。環列萬丈高，六月生寒風。客來訪古跡，中有靈泉宫。金精飛上天，此女其猶龍。

録自《贛州府志・藝文・詩》

寄蘄州郡齋邵長源

暫借官船泊，買魚開酒缸。寒燈明板屋，疏雨灑篷窗。天地老行客，古今流大江。無窮磨有盡，白首壯心降。

録自明影印《詩淵》第一册第七三四頁引《石屏集》

南劍溪上

長舟不用柂，江上木爲篙。溪路灣環轉，灘聲日夜號。居人不覺險，行客始知勞。四望無平地，山田級級高。

録自明影印《詩淵》第三册第二一七一頁引《石屏集》

獄市勝業寺禹柏

三千年老柏，怪怪復奇奇。剖破一枯腹，離爲九折枝。蟠極半生死，閲世幾興衰。神禹所栽植，山靈常護持。

録自明影印《詩淵》第四册第二三六九頁引《石屏集》

趙壽卿西嶼山亭

景物從人賞，登臨著句難。海山供遠眺，巖石聳奇觀。兩寺鐘聲合，一亭松影寒。徘徊戀清景，欲去更憑欄。

錄自明影印《詩淵》第五册第三一一八頁引《石屏集》

南康曹侍郎湖莊

卜築三湖上，考槃吟澗阿。人賢增地勝，花少種松多。廬阜横千疊，星江共一波。白雲來往處，想像見嗚珂。

錄自明影印《詩淵》第五册第三一七一頁引《石屏集》

雪後暖

先臘梅花謝，不冰溪水流。早嘗春菜餅，暖卸木綿裘。去歲三冬雪，今年百穀秋。此冬無此瑞，又爲老農憂。

錄自舊題宋劉克莊《後村千家詩》

別嚴滄浪

三生漢嚴助，筆陣抵千兵。雅志從南隱，吟詩到《北征》。結交疑泛愛，惜別見真情。來歲春花發，相期在上京。

錄自《南宋群賢小集·中興群公吟稿戊集》

山村

野老幽居處，成吾一首詩。桑枝礙行路，瓜蔓網疏籬。牧去牛將犢，人來犬護兒。生涯雖樸略，氣象自熙熙。

録自《兩宋名賢小集》卷二七五

山村

野水開冰出，山雲帶雨行。白鷗乘曉泛，黄犢試春耕。地僻民風古，年豐米價平。村居自瀟灑，況有讀書聲。

録自《中興群公吟稿戊集》卷二

題城南書隱

南郭浮沉過，西山臥起看。雲深開徑晚，日落閉門寒。食菊收叢束，除庭抱蔓蟠。海圖龍彷佛，山鼎翠巑岏。十載孤茅尾，三秋一蔽冠。舊遊迷去路，衰價失回鸞。愁絶纇銷玉，吟成月墮盤。清尊留客易，白髮向人難。未厭過從樂，時時共一簞。

録自明影印《詩淵》引《石屏集》

溪上二仙亭

雨後好風日，出門逢二仙。行吟蒼石上，醉臥白雲邊。山色堪圖畫，溪聲當管弦。梅花動詩興，猶記杏花篇。

舊題宋劉克莊《後村千家詩》卷一五

七言律

羅漢寺

半空紫翠隔微茫，隱隱鐘聲落下方。名勝直同天地老，青山不管古今忙。散分瀑布煙霞潤，點檢蒼松歲月長。絶頂好雲如戀客，盡教怡閲到斜陽。

録自明正德《南康府志》卷十

遊九鎖

天柱峰頭一振衣，雲開巖路雨晴時。登臨欲訪神仙事，紀述都無漢晉碑。拍手數聲龍井躍，篝燈一鑒洞天奇。林間安得棲身處，欲煉金丹餌玉芝。

録自《宋詩鈔》

家中作

四海飄零似落花，十年秋鬢帶霜華。歸無駟馬空題柱，敝盡貂裘忙到家。觸目半成愁境界，安心旋辨老生涯。可憐持蟹持杯手，小圃攜鋤學種瓜。

録自《南宋群賢小集》

讀鄒震父詩集[一]

鄒郎雅意耽詩句，多似參禪有悟無。吟到草堂師杜甫，號爲梅屋學林逋。潤滋草木山含玉，光動波瀾水有珠。學力到時言語別，更從騷雅著工夫。

録自《南宋六十家小集・梅屋吟》卷後

校勘記

[一] 詩後原有短跋，今已作爲佚文另編入佚文鈔補中。

蠶婦[一]

荷君問訊蠶家事，此是婦人辛苦媒。典盡衣裳酬葉價，忙無心緒向妝臺。繰聲未斷機聲續，私債未還官債催。織未成縑分剪盡，妾身争得一絲來。

録自舊題宋劉克莊《後村千家詩》

校勘記

[一] 蠶婦：四部本作「聞機上婦説蠶事之辛勤，織未成縑，往往取償債家」。

壽留守

恰則炎威到一旬，當年神岳降生申。文章韓柳堪爲輩，政事龔黄可比倫。暫屈北門司鎖鑰，即歸西掖掌絲綸。長生自有神仙訣，何必區區頌大椿。

録自明影印《詩淵》第六册第四五六〇頁引《石屏集》

中秋不見月[一]

誰上青冥掃晦霾，桂華遼望獨徘徊。停杯試問杳無所，對景欲歌終不來。肅氣乍浮三五夜，騷人枉費幾多才。明年會有清暉在，猶此遲疑遍繞苔。

録自宋蒲積中《歲時雜詠》卷三二

校勘記

[一] 四庫本《歲時雜詠》題爲戴復古作。又有北大圖書館藏之抄本署爲「戴朝議」，而《歲時雜詠》成書於紹興十七年（一一四七），時戴復古尚未出生，疑非復古所作，録以待考。

秋　夜[一]

十分秋色滿軒窗，景物凄清夜氣涼。篩月簾櫳金瑣碎，搗霜砧杵玉丁當。井梧葉脱無多影，巖桂花稠不斷香。坐到更深吟興動，硯池滴露寫詩狂。

録自清張玉書等《御定佩文齋詠物詩選》卷二八

校勘記

[一]《月屋漫稿》卷三有此詩，疑爲黄庚之作。

五　絶

懷家三首

白髮出門來，三見梅花謝。客路有歲年，歸心無晝夜。

强言不思家，對人作意氣。惟有布被頭，見我思家淚。

三年寄百書，幾書到我屋。昨夜夢中歸，及見老妻哭。

録自《南宋群賢小集》

萍鄉縣圃月月紅

客鬢年年白，庭花月月紅。此花如解笑，應是笑衰翁。

録自明影印《詩淵》第五册第二三二一頁引《石屏集》

湖　景[一]

亭亭緑荷葉，密密罩清波。爲見湖光少，却嫌荷葉多。

録自舊題宋劉克莊《後村千家詩》，又見《永樂大典》卷二二六一第七五一頁引《石屏集》。

校勘記

[一] 此詩《永樂大典》題爲《豫章東湖》。

寺

借問開山祖，都栽幾萬松。松多不見寺，人世但聞鐘。

録自舊題宋劉克莊《後村千家詩》卷一六

七　絶

樓上見山

九陌黄塵没馬頭，人來人去幾時休。誰家有酒身無事，長對青山不下樓。

林下得月，以木陰遮蔽爲恨

夏日思栽千樹林，月明恨不掃繁陰。眼前物物皆如此，世事何能兩遂心。

越上青店候别楊休文

千載江湖共此心，老來相見怕分襟。手搔白髮望君至，車馬不來溪水深。

衡陽舟中

蕭蕭風雨送行舟，小泊垂楊古渡頭。不忍緩行江上路，落梅片片是詩愁。

溪上二首

山腰有路穿修竹，水面無橋涉淺沙。夾岸人家小園圃，秋風吹老木棉花[一]。

小樓瀟灑面晴川，嫋嫋西風掃暮煙[二]。碧水明霞兩相照，秋光全在夕陽天。

校勘記

[一] 園圃：南宋群賢小集本缺「小園」二字，據《詩淵》補。

〔三〕第二首録自明影印《詩淵》第四册二四二一頁引《石屏集》。

題尹惟曉《芙蓉翠羽圖》

何人妙筆起秋風，吹破枝頭爛漫紅。翠羽飛來又飛去，一心只在蓼花叢。

廬山馬上

青松路徑白雲關，有客來尋半日閒。十載灞橋驢子上，争如騎馬看廬山。

寶覺僧房

溪近泉聲在枕邊，月移梅影到窗前。水沉煙冷燈花落，半夜酒醒人不眠。

以上各首録自《南宋群賢小集·石屏續集》

泉、廣載銅錢入外國

人望南風賈舶歸，利通中國海南夷。珠珍犀象來無限，但恐青錢有盡時。

録自明影印《詩淵》第一册第七九頁引《石屏集》

贈月蓬相士

五湖明月棹孤篷，笑隱搜賢未見功。莫入煙波深處去，英雄多在草廬中。

録自明影印《詩淵》第一册第四四八頁引《石屏集》

寄福建漕陳魯叟還朝

威鳳南飛已失群，幸成平寇小功勳。難求事事如人意，歸傍柯山看白雲。

録自明影印《詩淵》第一册第六〇四頁引《石屏集》

寄賀趙用甫提舉

手持龍節出龍岡，回首休思白玉堂。千里人民失父母，幾多遺澤在清漳。

録自明影印《詩淵》第一册第六〇四頁引《石屏集》

寄董叔宏僉判

山園話别又經年，試把封書寄雁邊。問訊溪莊松與竹，起居堂上紫荷仙。

録自明影印《詩淵》第一册第六一九頁引《石屏集》

道州界上

林巒深秀水潺湲，一路經行溪洞間。拔地數峰如笋立，平生纔識道州山。

録自明影印《詩淵》第三册第二〇〇五頁引《石屏集》

以狀元紅、白疊羅各一朵送趙虚庵

狀元紅最得春多，雪白新開疊疊羅。丈室久無天女至，送將濃豔惱維摩。

録自明影印《詩淵》第三册第二一七〇頁引《石屏集》

送荔支黄叔粲

莫嫌荔子寄求慳，走送筠籠道路艱。紅緑堆盤供大嚼，年年六月憶三山。

録自明影印《詩淵》第四册第二五六五頁引《石屏集》

送青柑與秋房

百果之中無此香，青青不待滿林霜。明年歸侍傳柑宴，認取仙鄉御愛黄。

録自明影印《詩淵》第四册第二五六九頁引《石屏集》，又見於宋于濟、蔡正孫《唐宋千家聯珠詩格》卷一四

倅廳書院

去年相識又今年，客裏逢君若遇仙。借問青原溪上水，如何流得到樵川。

録自明影印《詩淵》第五册第三六一〇頁引《石屏集》

領客遊鶴林寺竹院

竹院雖存竹已荒，數聲啼鳥話凄涼。春風馬上客重到，前日柳絲今更長。

録自明影印《詩淵》第五册第三八〇四頁引《石屏集》

登鼓山、九仙等詩語（四首）

飄然意氣壯哉詩，筆力能探造化機。寫出鼓山山上景，天風浩蕩海濤飛。

九仙烏石兩争雄，盡在騷人詩句中。驚得白雲飛不起，吟聲摇撼古松風。

文山風月日湖園，一處請君題一篇。我老不能攀逸駕，三杯以後事高眠。

周郎年少更風流，白髮逢君老可羞。聞道扁舟有行色，如何不爲荔支留。

録自明影印《詩淵》第六册第四二五一頁引《石屏集》

山　村[一]

雨過山村六月涼，田田流水稻花香。松邊一石平如榻，坐聽風蟬送夕陽。

録自《永樂大典》卷三五七九所録《江湖集》石屏詩

校勘記

[一] 山村：《詩淵》作「江村」。

新　歲

新年試筆欲題詩，年去才衰得句遲。春事未容桃李覺，梅花開到北邊枝。

録自舊題宋劉克莊《後村千家詩》

畫　山

幾簇雲煙幾段山，畫成煙雨渺茫間。扁舟三兩溪橋上，一路更無人往還。

海　棠

十月園林不雨霜，朝曦赫赫似秋陽。夜來聽得遊人語，不見梅花見海棠。

録自宋陳景沂《全芳備祖》第三一一頁

村景

簫鼓迎神賽社筵，藤杖摇曳打秋千。座中翁媪鬢如雪，也把山花插滿顛。

録自《永樂大典》卷三五八一所録《江湖集》石屏詩

嘲史石君送蟹不送酒

坐對秋山酒興濃，送來霜蟹滿筠籠。無端却被盧君笑，左手持螯右手空。

録自舊題宋劉克莊《後村千家詩》後集卷一〇，又見於宋于濟、蔡正孫《唐宋千家聯珠詩格》卷四

上邑宰

老農鼓腹山田熟，夜犬不驚霜月明。聞説晝簾無一事，邑人長聽讀書聲。

録自宋于濟、蔡正孫《唐宋千家聯珠詩格》卷一〇

句

梅花

槎牙老樹得春早，摘索好枝和雪攀。

録自《全芳備祖》前集卷一第三九頁

梅　花

每遇花時人競取，秪愁斫盡春風枝。

録自《全芳備祖》前集卷一第三九頁

芙蓉花

就中一種芙蓉别，只恐鵝黄學道妝。

録自《全芳備祖》前集卷二四第六九〇頁

詞集鈔補

沁園春

自　述

一曲狂歌，有百餘言，説盡一生。費十年燈火，讀書讀史，四方奔走，求利求名。蹭蹬歸來，閉門獨坐，贏得窮吟詩句清。夫詩者，皆吾儂平日，愁歎之聲。　空餘豪氣峥嶸。安得良田二頃耕。向臨邛滌器，可憐司馬，成都賣卜，誰識君平。分則宜然，吾何敢怨，螻蟻逍遥戴粒行。開懷抱，有青梅薦酒，緑樹啼鶯。

滿江紅

赤壁懷古

赤壁磯頭，一番過、一番懷古。想當時、周郎年少，氣吞區宇。萬騎臨江貔虎噪，千艘烈炬魚龍怒[一]。卷長波、一鼓困曹瞞，今如許。江上渡，江邊路。形勝地，興亡處。覽遺蹤，勝讀四書言語[二]。幾度東風吹世换，千年往事隨潮去。問道傍、楊柳爲誰春，摇金縷。

校勘記

[一] 烈：全宋詞本作「列」。

[二] 四書：六十家集本作「史書」。

賀新郎

豐真州建江淮偉觀樓

百尺連雲起，試登臨江山人物，一時俱偉。旁挹金陵龍虎勢，京峴諸峰對峙。隱隱接揚州歌吹。雪浪舞從三峽下，乍逢迎、海若談秋水。形勝地，有如此。使君一世經綸志，把風斤月斧來此，等閒遊戲。見説樓成無多日，大手一何容易。笑天下紛紛血指。醞釀春風與和氣，舉長江、變作香醪美。人共樂，醉桃李。

又

寄豐宅之[一]

憶把金罍酒。歎別來光陰荏苒，江湖宿舊[二]。世事不堪頻著眼，贏得兩眉長皺。但東望故人翹首。木落山空天遠大，送飛鴻北去傷情久[三]。天下事，公知否。　錢塘風月西湖柳。渡江來百年機會，從前未有。喚起東山丘壑夢，莫惜風霜老手。要整頓封疆如舊。早晚樞庭開幕府，是英雄盡爲公奔走。看金印，大如斗。

校勘記

[一] 豐宅之：全宋詞本作「豐真州」。
[二] 舊：全宋詞本作「留」。
[三] 情：全宋詞本作「懷」。

又

兄弟争塗田而訟，歌此詞主和議

蝸角争多少。是英雄割據乾坤，到頭休了。一片泥塗荒草地，儘是魚龍故道。新堤上風濤難保。

滄海桑田何時變，怕桑田未變人先老。休爲此，生煩惱。訟庭不許頻頻到。這官坊、翻來覆去，有何分曉。無諍人中爲第一，長訟元非吉兆。但有恨平章不早。尊酒喚回和氣在，看從來兄弟依然好。把前事，付一笑。

水調歌頭

題李季允侍郎鄂州吞雲樓

輪奐半天上，勝概壓南樓。籌邊獨坐，豈欲登覽快雙眸[一]。浪説胸吞雲夢，直把氣吞殘敵[二]，西北望神州。百載好機會[三]，人事恨悠悠。騎黄鶴，賦鸚鵡，謾風流。岳王祠畔，楊柳煙鎖古今愁。整頓乾坤手段，指授英雄方略，雅志若爲酬。杯酒不在手，雙鬢恐驚秋。

校勘記

[一] 快：全宋詞本作「怯」。
[二] 殘敵：全宋詞本作「殘虜」。
[三] 好：全宋詞本作「一」。

滿庭芳

楚州上巳萬柳池應監丞飲客[一]

三月春光，群賢勝餞[二]，山陰何似山陽。鵝池墨妙，曲水記流觴。自許風流丘壑，何人共、擊楫長江。新亭上，山河有異，舉目恨堂堂。使君，經世志，十年邊上，兩鬢風霜。問池邊楊柳，因甚淒涼。萬樹重新種了，株株在、桃李花傍。仍須待，剩栽蘭芷，爲國洗河湟。

校勘記

〔二〕飲客：全宋詞本作「領客」。

〔三〕餞：全宋詞本作「踐」。

又

元夕上邵武王守子文

草木生春，樓臺不夜，團團月上雲霄，太平官府，民物共逍遥。指點江梅一笑，幾番負、雨秀風嬌。今年好，花邊把酒，歌舞醉元宵。風流賢太守，青雲志氣，玉樹豐標。是神仙班裏，舊日王喬。出奉板輿行樂，金蓮照十里笙簫。收燈後，看看丹詔，催入聖明朝。

以上録自四庫本《石屏詞》

沁園春

請賦林堂，林堂未成，吾何賦哉。想胸中丘壑，山中風月，亭臺幾所，花木千栽。應接光陰，品題勝概，須待堂成我再來。聽分付，是經行去處，莫放蒼苔。吾曹不墮塵埃，要胸次長隨笑口開。任江湖浪跡，鷗盟雁序，功名到手，鳳閣鸞臺。它日相尋，有踰此約，酌水浮君三百杯。聞斯語，有冠山突兀，袍嶺崔嵬。

水調歌頭

送竹隱知郢州

雕鶚上雲漢，虎豹守天關。一官遊戲，笑向古郢試朱轓。天下封疆幾郡，盡得公爲太守，奉詔仰天寬。萬物一吐氣，千里賀平安。雪樓高，三百尺，玉欄干。政成無事，時復把酒對江山。問訊莫愁安在，見説風流宋玉，猶有屋三間。請和陽春曲，留與世人看。

賀新郎

爲真玉堂壽

説與黄花道，九秋深，三光五嶽，氣鍾英表。金馬玉堂真學士，藴藉詩書奥妙。一一是經綸才調。斟酌古今來活國，算忠言讜論知多少。又入奏，金門曉。朝回問寢披萱草。對高堂長説，一片君恩難報。更待癡兒千載遇，膝下十分榮耀。趁緑鬢、朱顔不老。整頓乾坤濟時了，奉板輿、拜國夫人號。可謂忠，可謂孝。

滿庭芳

赤壁磯頭，臨皋亭下，扁舟兩度經過。江山如畫，風月奈愁何。三國英雄安在，而今但、一目煙波。風流處，竹樓無恙，相對有東坡。　登臨還自笑，狂遊四海，一向忘家。算天寒路遠，早早歸呵。明日片帆東下，滄洲上、千里蘆花。真堪愛，買魚沽酒，到處聽吴歌。

洞仙歌

賣花簷上，菊蕊金初破。説著重陽怎虚過。看畫城簇簇，酒肆歌樓，奈没個巧處，安排著我。　家鄉煞遠哩，抵死思量，枉把眉頭萬千鎖。一笑且開懷，小閣團欒，旋簇著、幾般蔬果。把三杯兩盞記時光，問有甚曲兒，好唱一個。

西江月

宿酒才醒又醉，春霄欲雨還晴。柳邊花底聽鶯聲。白髮莫教臨鏡。　過隙光陰易去，浮雲富貴難憑。但將一笑對公卿。我是尋常百姓[一]。

校勘記

[一] 尋常：全宋詞本作「無名」。

又

三過武昌臺下，却逢三度重陽。菊花只作舊時黄。白雪堆人頭上[一]。　昨日將軍亭館，今朝陶令壺觴。醉來東望海茫茫。家近蓬萊方丈。

校勘記

〔二〕雪：六十家集作「髮」。

滿江紅

廬陵厲元范史君，夢中得「柳眉抹翠」一聯，僕爲續作此詞歌之

太守風流，何人似、金華仙伯。試看取、珠篇玉句，銀鉤鐵畫。葉葉柳眉齊抹翠，梢梢花臉爭勻白。比池塘、春草夢來詩，尤奇絶。　胸中有，蛾眉月。筆頭帶，蓬□雪〔二〕。笑歸來萬里，不登金闕。鹿瑞堂前冬日暖，螺山江上春波闊。但傷時、一念不能休，添華髮。

以上録自《南宋六十家集》

校勘記

〔一〕原本缺一字，應是「萊」字。

沁園春〔一〕

送姚雪篷之貶所

訪衡山之頂，雪鴻渺渺，湘江之上，梅竹娟娟。寄語波臣，傳言鷗鷺，穩護渠儂書畫船。

校勘記

[一] 此詞各本均缺，唯《全宋詞》據《詩人玉屑》輯補，亦僅此殘句。

漁父詞四首。袁蒙齋元取前二首，黄魯庵俾録之，以見其全[一]

漁父飲，不須錢。柳枝斜貫錦鱗鮮，换酒却歸船。

漁父醉，釣竿閒。柳下呼兒牢系船，高眠風月天。

漁父醒，荻花洲。三千六百釣魚鉤，從頭下復收。

漁父笑，笑何人。古來豪傑盡成塵，江山秋復春。

校勘記

[一] 詩作者及其原編者均將此作列爲古風，其一其二已收入卷一末篇。其三其四今已列入本卷詩補鈔中。《全宋詞》將其列爲詞作，因而於此處重録四首以互見。

佚文鈔補

跋丁梅巖集

梅巖少時不碌碌，勇於爲義，不吝千金。閭長、邑胥勢横，莫能誰何，君白於牧，去之如拉朽，識者壯之，謂其有古烈士風。既而折節問學，與一世宏碩相師友，而僅博一第，抱負終不大試於天下，豈造物固嗇於梅巖耶？君没逾四紀，其季子策始刻其遺稿以傳。豐城劍氣，發越自今，梅巖其不死矣。嘉熙庚子重九後三日，石屏野客書。

録自《嘉慶太平縣志·卷十六》

鄒震父梅屋詩跋

讀鄒震父《梅屋》詩卷，如行春風巷陌間，見時花遊女，動人心目處多矣。使其加以苦心進進不已，野夫它日當避三舍。因題五十六字以歸之。端平丙申良月望日石屏戴復古書。

録自《南宋六十家小集·梅屋吟》卷後

宋故淑婦太孺人毛氏墓誌銘

余族侄丁，字華父。之妃曰毛氏，名仁静，家黄巖之丹崖。其父廷佐，以儒學望於里，故孺人習聞其訓，陶染與性成。既歸，克盡婦道，以賢淑稱。儀止山立，節操玉潔，是非不涉於言，喜怒不形於色，動循禮法，闇合《女誡》。贏衣羨錙，祇以振貧，一毫不費於釋氏，非介然有守者莫能。華父自少與余爲忘年交，相見必傾倒。嘗爲余言：婦人之所難克者，妒爲大。山妻賦性不妒，比之傳記所載謝安、王導、任瑰、裴談之徒之妻，制勒其夫如束濕者，殆天壤。叔處吾族，曾聞其有指尖妒悍聲出房闥呼？豁是人益多之。烏呼！其他可能也，其不妒爲難能也。能爲其難，豈非賢婦也哉！年八十七，逢國錫類，恩封孺人。生於紹興甲戌九月壬子，卒於嘉熙庚子十二月甲午。子男四：楷、木、栝、栩。栩先孺人六年卒。女三，嫁其侄從政郎前紹興府嵊縣主簿仁厚，進士曾建大、王脩。孫男八：宜老、雙老、大老、翀老、君錫、敕賜童科免解進士顏老、宗憑、偉老，大、錫、顏、偉俱蚤夭。女十，鄭蕃、陳觀光、鄭居禮、陳應夢其婿也，餘在室。曾孫女三。以淳祐六年十一月壬申祔葬於戴奧華父兆。前事楷等款門乞銘，余雖不任載筆，誼不得辭，況又平時所樂道者。銘曰：自《小星》之詩絶響，爲婦者類以妒相師，甚至專房擅寵，禍移彼姝，寧滅祀而不悔。聞孺人之風，可以愧死矣！

族叔祖石屏樵隱戴復古撰

玉山林瓊夫刻

注：該墓誌銘於一九七一年下半年在戴復古的故里浙江省温嶺市長嶼丁嶴出土，丁嶴是宋代戴氏墓地。當時村裏大規模拆墳平整土地時發現墓誌銘，但一直被村民作普通石料使用。一九九六年市人民政府將戴復古墓列爲市級文物保護單位，使村民們懂得了一些文物的概念，在查找戴墓遺物時，纔重新發現了此銘石。該銘石長七十五釐米，高五十四釐米，厚七釐米。石質細膩、光滑，非當地所產，下沿已磨光，應有底座。銘文直行，共二十七行，每行十九字，總計四五四字，字爲二分硬幣般大，左下角另有「玉山林瓊夫刻」一行小字，記載了刻者的名字。銘文楷書，筆力遒勁、秀麗，有鍾、王貼意。刻者刀法嫻熟，保留了原來的筆法神韻，實爲難得的書法精品，很有可能爲戴復古親筆手書。

附録一 東皋子及族人詩詞

黄巖（今隸太平）戴敏敏才著

東皋子詩

小園

小園無事日徘徊，頻報家人送酒來。惜樹不磨修月斧，愛花須築避風臺。引些渠水添池滿，移箇柴門傍竹開。多謝有情雙白鷺，暫時飛去又飛回。

屏上晚眺

不能騎馬趁朝班，自跨黄牛扣竹關。無德可稱徒富貴，有錢難買是清閒。人行躑躅紅邊路，日落秭歸啼處山。遥望蓬萊在何許，扶桑東畔白雲間。

約黄董二親與桂堂諸侄避暑

世間無處避炎蒸，欲叫西風叫不應。恨乏白檀除熱惱，心思赤脚踏層冰。醉遊河朔誰同往，表借明光愧不能。聞有山林最深處，清涼境界着高僧。

樓　上

終朝役役晚來閒，識破浮生一夢間。挈榼去沽深巷酒，倚樓貪看夕陽山。月臨江館人横笛，風摺蘆花雁度關。堪羨漁翁無檢束，扁舟占斷白雲灣。

西溪陳居士家

來訪西巖老，家居水竹村。紫鱗游鏡曲，黄犢卧雲根。自惜好賓客，相傳到子孫[一]。不行亭下路，護筍别開門。

校勘記

[一] 惜：四部本和宋詩鈔本均作「昔」。

後浦園廬

卜築成佳致，幽棲樂聖時。何如謝公墅，略似習家池。地暖梅開早，天寒酒熟遲。催租人去後，續得夜來詩。

鄭公家

門牆多古意，耕釣作生涯。菰米散魚子，蓮根拔虎牙[一]。弄孫時擲果，留客旋煎茶。頗動詩人興，滿園蕎麥花。

校勘記

[一] 菰：四部本作「菰」。

海　上

萬頃鯨波朝日赤，滄洲四望無窮極。海山何處是蓬萊，遍問漁翁都不識。

觀　梅

三杯暖寒酒，一榻竹亭前。爲愛梅花月，終宵不肯眠。

趙十朋夫人挽章[一]

縫掖先生遊汗漫，夫人高節獨青青。臨行抖擻空書笥，分付諸郎各一經。

校勘記

[二] 原注： 此詩有五絶，吟稿零落。十朋先生黄巖前輩，行誼甚高。嘗有詩云：「數枚豚犬粗知書，二頃良田樂有餘。杜酒三杯棋一局，客來渾不問親疏。」梅溪先生尊敬之，有「杜酒三杯棋一局，王十朋如趙十朋」之句。按： 此注當是戴復古所注。

又按： 石屏搜求先人之詩僅得十首，無《初夏遊張園》一詩，《宋詩鈔・東皋集補鈔》却收入該首，應是誤收。各本均入《石屏詩集》，當是戴復古所作，見本書卷第七。

石屏戴叟以詩行四方，名人鉅公，皆樂與之遊者，有忠益而無諂求，有謙和而無誕傲，所至，怡怡如也。歲紹定之己丑，叟來閩中，攜其先人遺稿，僅一篇一聯耳，俾余題其後，予已竊敬其事。後十三年，叟以書來，則又得十餘首，與叟近詩合爲卷矣。嗟呼！叟於其先人之片言隻字，訪求甚苦，老而益切，惟恐失墜，其心將見之何哉！唐杜氏世爲詩，至子美，一飯不忘君，可謂忠矣。若叟之一語不敢忘其父，可謂孝矣。是皆出於天性，且不負其所學。予故表之以爲知本者勸，讀其詩者當有取於斯。淳祐四年甲辰歲九月癸卯，永嘉陳昉書於都官郎舍。

物以忘爲適。腰適於帶，足適於屨，忘故也。東皋子一生嗜詩，工造妙境，而吟稿不存，膾炙而傳者僅十首，是真能忘於詩而適其所適者也。則其人之蕭散灑落，可想像見，豈比夫世之刻削嚼齧於一聯半句間，沾沾自喜，期以衒能誇富者哉！石屏以篇章零落不顯爲恨，人子之情然耳，似非東皋子志也。淳祐甲辰中夏望日，東平趙以夫跋。

詩和則歡適，雄則偉麗，新則清拔，遠則閒暇。東皋子詩云：「小園無事日徘徊，頻報家人送酒來。」歡適也；「惜樹不磨修月斧，愛花須築避風臺。」偉麗也；「引些渠水添池滿，移個柴門傍竹開。」清拔也；「多謝有情雙白鷺，暫時飛去又飛回。」閒暇也。備是四體，一篇足矣，況鶴鳴子和，清唳徹九皋耶！寶慶丁亥長至前二日，吴興倪祖義書。

戴復古妻詞

祝英臺近[一]

惜多才，憐薄命，無計可留汝。揉碎花箋，忍寫斷腸句。道傍楊柳依依，千絲萬縷，抵不住、一分愁緒。如何訴。便教緣盡今生，此身已輕許[二]。捉月盟言，不是夢中語。後回君若重來，不相忘處，把杯酒、澆奴墳土。

校勘記

[一] 此詞最早見於元末里人陶宗儀《南村輟耕録》：「戴石屏先生復古未遇時，流寓江右，武寧有富家翁愛其才，以女妻之。居二三年，忽欲作歸計，妻問其故，告以曾娶。妻白之父，父怒，妻婉曲解釋，盡以奩具贈夫，仍餞以詞云：……夫既別，遂赴水死，可謂賢烈也矣。」《全宋詞》題作戴復古妻作。《嘉靖太平縣志》、《三台詞録》作金伯華。

[二] 此十四字各本皆脱，惟《古今詞選》卷四有，未必可信。

戴東野詩

東野諱昺，字景明，宋嘉定己卯應舉登第，授贛州法曹參軍。有《東野農歌集》行世。

莫悲秋

傷春非貞女，悲秋非烈士。時運自循環，我心如止水。剥固復之機，榮乃瘁之始。未識天地妙，胡爲浪悲喜。鷃蓬或數仞，鵬海或萬里[一]。大小何必齊，蒙莊未窮理。

校勘記

[一] 鵬海：底本缺「海」字，據四部本補。

次黄叔粲茶隱倡酬之什

美人隱於茶，性與茶不異。苦澀知餘甘，淡薄見真嗜。肯隨世俱昏，寧墮衆所棄。靈雨滋山腴，迅雷起龍睡。草野未敢花，春芽早呈瑞。鬥水須占一，焙火不落二[二]。趣深同誰參，雋永時自試。葱姜勿容溷，瓜蘆定非類[三]。標名寓玄思，微吟寫清致。成我君子交，從彼俗客意。嚼芳憩泉石，包貢免郵置。遼遼玉川翁，千載共風味。

校勘記

[二] 鬥水：底本缺「鬥」字，據四部本補。

[三] 溷：底本缺「溷」字，據四部本補。

雜　言

衆芳以春榮，萬葉以秋肅。造物持其權，兒戲恣反覆。亭亭山上松，蕭蕭澗邊竹。超然榮肅中，正色閲寒燠。

提壺勸我飲，布穀催我耕。我酒瓶已罄，我田草正生。荷鋤理荒穢，及時新雨晴。秋來刈吾秫，庶得兩遂情。

逸翮淩丹霄，潛鱗縱深壑。天分安所適，翔泳同一樂。短吟五七字，薄酒三四酌。浩氣與春風，相從滿寥廓。

侍屏翁遊屏山，分得「水」字

攜琴入空山，修竹翠相倚。一曲千古心，泠泠寄流水。拂雲臥白石，冥搜契玄理。有時采薪人，歌聲隔林起。

秋日過屏山庵

淒切抱葉蟬，間關棲樹禽。入山本避喧，復愛聆此音。微飈動夕爽，薄雲散秋陰。衆籟闃以静，片月生東林。

山泉清且甘，漱之冷侵骨。拂苔坐石上，松風更蕭瑟。悠悠行空雲，何心自出没。六鑿忽玲瓏，吾計良未失[一]。

校勘記

[一] 底本缺「鑿」字，據四部本補。

夏肯甫曉山亭

開櫺納晨光，隱几挹寒翠。以我胸中真，會彼景外意。孰因夜息存，孰使晝梏累？念慮方清明，體認貴切至。峨峨成九仞，進進基一簣。勖哉亭中人，涵養玉其粹。卷書意何如？顔回坐忘地。

春日偕兄弟侍屏翁遊晉原，分得「外」字，因集句而成

春雨晴亦佳杜甫，適與賞心會高適。初日照高林常建，幽泥化輕壒韓愈。步屧隨春風杜甫，始覺天宇大劉禹錫。牽懷到空山韓愈，逍遥白雲外孟浩然。青松夾路生陶潛，童童狀車蓋杜甫。清川帶華薄劉禎，陰壑生虛籟杜甫。性達形跡忘韋應物，傲然脱冠帶司馬退之。薄暮方來歸范彦龍，月光摇淺瀨柳宗元。

唐李涉有《山中五無可奈何》詩，戲用其體，作秋日四章

無奈秋風何，怒號震林木。著我井上桐，一夜失寒緑。莫作摇落悲，妙理在觀復。

無奈秋月何，煉魄金氣精。炯炯一輪滿，天地冰壺清。照我方寸景，表裏同光明。

無奈秋山何，萬疊淺深碧。起來樓上看，朝爽浮几席。棱棱政自高，更養静壽德。

無奈秋水何，悠悠蕩輕槳。上下天一碧，顛倒涵萬象。願從雙白鷗，生涯寄浩蕩。

孤桐行

孤桐結根倚崖石，俯瞰清溪照虚碧。枝葉扶疏朱夏寒，上有翔鸞舊棲跡。風霜冉冉歲月深，老柯半朽蒼皮蝕。其中素抱金玉聲，以暗投人人不識。人不識，多苦心，樵夫斤斧莫相尋！寧教枯死倒澗壑，不從爨下求知音。

逐瘧鬼

咄哉瘧鬼何冥愚，沉魄猶滯江流居。孰云胄出高陽氏，而乃不肖如此歟！爲妖常闖秋令動，作威又竊炎官餘。今年恣睢逞暴虐，十户九室聞嗟籲。人生一歲一寒暑，自有大瘧纏其軀。翻手爲凉覆手暖，笑爾禍福纔須臾。癡兒騃女或汝怖，那能嚇我烈丈夫！汝不記少陵詩句有神語，子璋髑髏血模糊。昌黎譴逐更多術，灌毒炷艾揮靈符。今來古往共憎疾，奈何長惡終不渝！胡不學鮫人細織冰綃制雲裾？胡不從湘君緩移桂櫂搴芙蕖？乃甘卑渫賈衆怨，厭禳唾罵無時無。爾來經旬瞰吾室，再三謝遣猶踟躕。吾詩吾酒既不廢，汝窮汝技將何如？大江秋色正瀟灑，明月皎皎風疏疏。便須悟悔速歸去，嘯儔呼侶相嬉娱。夜闌吟徹欲就睡，燈花照眼團如珠。夢回病思砉然散，颯颯風籟生庭梧。

書初考

得考雖多幸，無功只自嫌。但求官速滿，不道老同添。卑拙翺蓬鷃，艱辛上竹鯰[一]。黄花寒更好，三嗅憶陶潛。

校勘記

[一] 翺：四部本作「翔」。

辛亥九日被檄視澇，遂爽同官飲菊之約，夜宿荒驛，風雨達曙

孤負重陽菊，愁懷不肯寬。郵亭一夜雨，客枕五更寒。脚健從渠老，心低到處安。獨行誰可語，時把古詩看。

納涼即事

炎蒸欣傍晚，掃地坐寬涼。入竹風逾冷，生荷水亦香。蟻行緣食几，螢照落書床。聽得農人語，今年稻穗長。

侍屏翁領客遊雪山，分得「生」字

雪峰峰頂寺，來此定詩盟。山瀑分雲影，松風亂雨聲。眼明春樹緑，心惺曉鐘清。未好言歸去，

塵中事又生。

偕兄侍屏翁探梅屏山，分得「空」字

踏破登山屐，來尋傍水叢。眼明千樹底，春在數花中。格瘦詩難寫，香寒酒易空。狂歌歸秉燭，驚怪走兒童。

豈潛弟《平遠圖》

卜築占寬閒，修篁老樹間。八窗開宇宙，一室貯雲山。野曠行人少，天遥去鳥還。悠然會心處，妙語徹玄關。

謝趙山臺見訪

寂寞海東頭，殷勤貴客舟。如何經歲約，只作數宵留。清玩分行篋，高吟壓小樓。更須謀再會，同醉菊花秋。

臘前見蘭花

蘭叢纔一幹，獨向臘前開。托陰偏宜竹，先春不讓梅。韻從幽處見，香自静中來。便欲紉芳佩，靈均喚不回。

安居

安居元自好，春晝更遲遲。雪湧煎茶鼎，雲生浴硯池。栽荷填廢沼，移竹補疏籬。猶有閒光景，欹眠續舊詩。

次韻屏翁《詠梅》

芳信基花事，東君思亦奇。横枝疏蓓蕾，半樹老丰姿。心共寒霜苦，香惟夜月知。最憐清夢覺，疏影竹窗時。

次韻屏翁《觀梅》

曉寒籬落外，一見一番新。唤覺群芳夢，先鍾萬古春。冷香宜醉寢，真色任煙鄰。更喜連朝雪，飛花爲辟塵。

項宜父涉趣園

四面山回合，中間百畝畦。入門惟見竹，繞屋半栽梅。果熟霜前樹，魚肥雨後溪。秋來饒景物，斟酌費詩材。

小酌會芳，分得「陰」字

暇日頻相顧，清風舊竹林。功名春後夢，吟咏老來心。世事隨流水，年芳付緑陰。悠然千古意，閒理斷紋琴。

玉峰登眺，得「初」字

玉峰奇絶處，短策步崎嶇。海近潮聲壯，山空樹影疏。吟情危眺外，飲興薄寒初。數點新來雁，高飛不羨渠。

小樓扁「山海圖」，鄭安道酒邊有詩，因次韻

等閒成小集，危眺豁幽情。四面畫圖出，一襟天地清。晚雲山晻靄，夜月海空明。自有兹樓景，輸君第一評。

次韻屏翁《新秋》

檢點新秋事，天公賜已豐。秋床梧葉雨，曉袂竹林風。閲世心先老，傷時酒易中。誰將和戰議，細與問元戎。

己亥十月晦大雷雨

舛令頻年見，憂時百慮灰。入冬常苦雨，昨夜又轟雷。土爛麥難種，蟲傷菜失栽。兒童不解事，喜報海棠開。

次韻屏翁《冬日》

曉起沖寒出，霜明日未晞。麥豐來歲本，梅漏早春機。水涸魚深隱，蜜成蜂倦飛。静中參物理，一一見精微。

自武林還家，道由剡中

一筇雙不借，役役又東還。野渡淺深水，夕陽高下山。光陰虚我老，造物靳人閒。高躅思吾祖，鳴琴獨閉關。

次韻屏翁《新元聚拜》

履端來聚拜，和氣洽昌辰。蕃衍如今日，栽培豈一人。詩書延澤潤，忠厚續長春。相祝無多語，年新德又新。

次韻君玉弟《春事》

海棠紅未了，又近牡丹時。送日多忙事，酬春欠好詩。暖風催麥早，晴晷轉花遲。不盡清遊興，重爲上巳期。

次韻《晚春》二首

一襟塵欲滿，刮眼得新詩。風絮遺春恨，煙花隔歲期。筍抽蟲半蝕，櫻熟鳥先窺。光景渾如此，心閒即好時。

田園深有趣，已分隱柴扃。老去情多感，春來夢少靈。遊絲捲晴日，飛絮入空庭。預識今年好，啼鵑枕上聽。

春晚即事

春郊農務急，野岸水痕高。蒲渚鳴姑惡，桑林囀百勞。整欄扶芍藥，搴網護櫻桃。不改窮居樂，何妨見二毛。

次韻屏翁《初夏會芳小集》

一觴還一詠，竟日醉難成。坐石驚雲濕，臨池愛水平。密林宜午蔭，啼鳥尚春聲。更有櫻桃約，明朝且願晴。

夏初郊行

晴雨天難測，寒暄氣未齊。連村多緑樹。終日囀黄鸝。田水沖塍斷，山雲著地低。偶隨農叟語，不覺過橋西。

僻　居

地僻塵囂遠，身閒趣味深。清池涵竹色，老樹帶藤陰。引鶴隨閒步，招蟬伴醉吟。有時燃古鼎，隱几自觀心。

亦龍弟覆簣累石，作亭其陰，屏翁名曰「野亭」，索詩，漫賦二首

幽棲得真趣，隙地巧經營。花竹有和氣，林園無俗情。帶經休樹影，抱甕俯池清。我亦甘肥遯，相從樂此生。

高懷抗塵外，林杪著三間。緑繞村邊樹，青浮海上山。目窮天變化，心静地寬閒。鷗鳥知人樂，忘機亦往還。

秋　晚

西風澄曉氣，凝觀愜幽情。草潤蛩聲滑，松涼鶴夢清。吟懷依水静，病思得秋輕。忽憶登高近，循籬看菊英。

屏翁領諸孫小集亦龍弟野亭，君玉即席有詩，次韻

結屋新亭好，登臨雅興長。心融八窗白，塵隔九衢黄。泛菊金英碎，嘗粳玉顆香。更期梅著蕊，來賞小春光。

鄭安道終歲相聚，臨别以詩見貽，次韻爲謝

解把詩言别，那無計可留。梅花兩心事，寒雁五更愁。我亦高懸榻，君須獨臥樓。後回相憶處，莫返雪中舟。

夏曼卿作新樓，扁曰「瀟湘片景」，來求拙畫，且索詩

有此一樓足，悠然萬慮忘。拓開風月地，壓斷水雲鄉。四野留春色，千峰明夕陽。眼前無限景，

何處認瀟湘？

金陵懷古

尚聞深巷語烏衣，無復高臺彩鳳儀。棟宇半欹元帝廟，香煙争奉誌公祠。六朝興廢千年夢，獨客登臨萬感悲。莫上鍾山望淮北，西風禾黍更離離。

幽棲

幽棲頗喜隔囂寰，無客柴門盡日關[一]。汲水灌花私雨露，臨池疊石幻溪山。四時有景常能好，一世無人放得閒。清坐小亭觀衆妙，數聲黄鳥緑陰間。

校勘記

[一] 寰：四部本作「喧」。

此生

此生畢竟已蹉跎，有酒何妨醉且歌。人世盡緣愁得老，春花偏被雨相磨。草欺蘭瘦能香否？杏笑梅殘奈俗何！[一]試上東樓看春景，海山無數列青螺[二]。

校勘記

〔一〕草欺：底本缺「草」字，據四部本補。

〔二〕看春景：底本缺「看春」二字，據四部本補。

自況

多貲徒作守錢奴，伏臘無憂便有餘。世路本夷休自險，人情太密反成疏。非圖報施方爲善，豈爲功名始讀書。門外良田堪種秫，自牽黄犢試犁鉏。

書房

書房清曉焚香坐，轉覺幽棲趣味真。怪石一根雲態度，早梅半樹雪精神。池魚自樂誰知我，林鳥相忘不避人。得喪由來天自定，莫將閒慮惱閒身。

移古梅植於貯清之側，已有生意，喜而賦之

剥盡皮毛真實在，幾年孤立小溪潯。人來人去誰青眼，花落花開自苦心。不是野夫同臭味，難教君子出山林。巡簷日日窺生意，一朵先春值萬金。

再得古梅，小而益怪，首蒙屏翁品題，因次韻

愛渠怪怪復奇奇，冒雪遥憑健步移。竹外池邊栽恰好，山巔水際夢多時。百年死質餘生意，一片

孤槎帶好枝。寄語花神勤守護，品題莫負老仙詩。

初遊方巖山

圖志舊嘗看紀載，杖藜今得遍經行。漁翁化石幾年釣，仙客有田何世耕？千尺枯崖蛻龍骨，一簾飛瀑撼雷聲。相傳逸少曾來此，惜不鐫巖記姓名。

觀敗棋者戲作

看人出著笑人低，及至當枰却自迷。角子僅全輸了腹，東邊纔活喪於西。欲裝劫去多難補，待算征來恰又提。天下未應無妙手，勸君莫愛墨狻猊。

牡丹

萬巧千奇費剪裁，瓊瑶錦繡簇成堆。世間妖女輪回魄，天上仙姬降謫胎。笑臉倚風嬌欲語，醉顔酣日困難抬。東君若使先春放，羞殺群花不敢開。

喜有秋

去年已作填溝計，誰料今年見有秋。天意乘除元自定，人生伏臘謾多憂。滿盆淅玉休論價，成斛量金不計籌。最是野夫歡喜處，春風百甕繞床頭。

次君玉弟《聞新雁》

霜風颯颯荻花洲，避北趨南巧自謀。倦翮飛殘千里月，寒聲催老一天秋。乍教騷客驚詩夢，莫爲征夫寄別愁。汝度塞垣應未久，新來煙燧已沉不？

次韻東渠兄《觀梅》

詩眼非梅不可遮，三葩五蕊更堪嘉。瘦如飯顆逢工部，老似磻溪臥子牙。水影月香參衆妙，弟酬兄倡自成家。快篘新醞同清賞，莫待枝頭爛漫花。

閒居幽事

閒居幽事屬田園，何必山林始避喧。足水早禾分母子，多年修竹見翁孫。欣然勝敗無心弈，兀爾醉醒隨意樽。昨夜一番雷雨過，緑波微漲曲池痕。

甘　窮

自甘窮處更何疑，坎止流行信所之。不學昌黎驅五鬼，肯隨子厚罵三屍！堂堂白髮欺人出，耿耿青燈獨己知。細嚼黄花香滿齒，清風千古一東籬。

送彭希聖姊夫赴三山民曹

槐笏緑衫初作吏，更須立脚自廉勤。閭閻疾苦宜加意，廠嶠奇贏莫與聞。少啖荔枝防美疢，多栽茉莉挹清芬。公餘覽遍佳山水，倘有詩篇寄海雲。

己亥九日屏翁約諸孫登高西嶼，阻風，舟行不前，遂會於吾家「山海圖」之上，酒邊屏翁有詩留題，因次韻

良辰樂事兩相關，喜我樓臺便往還。不用移舟過西嶼，只消把酒對南山。風於破帽如先約，菊爲新欲笑顔。留作千年佳話處，詩翁醉墨照楣間。

秋日獨倚東樓

重陽過了秋逾爽，自豁樓窗眺晚西。野外倒涵天影動，海雲平壓雁行低。興來頻放深杯飲，吟到須還大字題。近喜書房添一寶，陶泓買得古端溪。

次韻屏翁《壬寅九日再題小樓》

佳節相過共舉觴，爲萸菊醉亦何妨。須知我輩襟懷事，不是時人酒肉狂。落雁影邊寒水碧，歸鴉啼處夕陽黃。詩翁樽俎風流在，老氣横吞年少場[二]。

校勘記

〔二〕年少場：四部本作「少年場」。

初冬梅花偷放頗多

清樽纔了黄花債，又被梅花惱殺人。碎點南枝無數雪，探回東帝幾分春〔一〕。精神全向疏中足，標格端於瘦處真。徹夜苦吟無好語，夢隨雙月步溪湣。

校勘記

〔一〕回：四部本作「支」。

《石屏後集》鋟梓，敬呈屏翁〔一〕

新刊後稿又千首，近日江湖誰有之！妙似豫章前集語，老於夔府後來詩。梅深歲月枝逾古，菊飽風霜色轉奇。要洗晚唐還大雅，願揚宗旨破群癡。

校勘記

〔一〕底本缺「敬呈」二字，據四部本補。

四月即景

茶歌纔了又田歌，節物真成一鳥過。蒼竹招風涼意足，碧梧留雨夜聲多。瓜緣茅屋抽長蔓，藕過疏畦出矮荷。最喜白鷗相狎久，對人自在浴清波。

次韻鄭安道，懷君玉弟遊東嘉

好山好水東嘉郡，兩月清遊樂可知。遠想池塘頻夢汝，還當風雨對眠誰？别時菊蕊方宜酒，幾日梅花已索詩。雁影參差霜正冷，寄言歸計莫遲遲。

贈日者張異手[一]

漫浪江湖等泛萍，破囊惟有《百中經》。一吭辯處長三寸，兩手生來應七星。笑汝道途多坎壈，説人禍福太分明。我今已決爲農計，不解從君較五行。

校勘記

[一] 原注：張兩手合七指，因以爲號。

代簡寄謝友人

經年未復寄來書，索我形骸莫太疏。鮑叔相知應似舊，嵇康習懶苦難除。白頭閲世梅花老，青眼看人柳色舒。春月正圓春水滑，何須雪夜扣吾廬。

春事

春事關心常早起，愛看景物試憑欄。戲魚池面微添緑，啼鳥枝頭尚帶寒。斬棘重樊新插柳，斢泉頻灌自栽蘭。年來賸有園林興，每恨廬邊地不寬。

如京至西興阻風雨

月將圓夜出鄉關，纔到西興月又殘。老去問名先已懶，近來行路覺尤難。雲煙漠漠吴山暗，風雨蕭蕭浙水寒。識破人生真逆旅，此身何處不堪安！

賞茶

自汲香泉帶落花，漫燒石鼎試新茶。緑陰天氣閒庭院，臥聽黄蜂報晚衙。

夜過鑒湖

推篷四望水連空，一片蒲帆正飽風。山際白雲雲際月，子規聲在白雲中。

喜小兒學步

對周尚有六十日，舉足已能三五移。世路只今巇險甚，須教步步著平夷。

效宫詞體

楊柳萬絲堆怨緒，丁香百結鎖愁腸。小桃先得東皇寵，莫妒東風過海棠。

讀陳元龍傳

九州四海沸如湯，問舍求田策最良。豪氣到頭成底事，未容欺客臥高床[一]。

校勘記

[一] 欺客：底本缺「欺」字，據四部本補。

嚴子陵

赤伏君王訪舊遊，富春男子只羊裘。一竿本爲逃名去，何意虚名上釣鉤。

竹林避暑

自抱桃笙過竹林，濃陰一片值千金。清眠盡晚無人喚，時有風鳴石上琴。

夏晝小雨

小床蕲簟展琉璃，窗外新篁一尺圍。正午雲橋疏雨過，冬青花上蜜蜂歸。

里中小漁舟被差防江，有感而賦

著身平地更多憂，一棹思爲泛宅謀。昨夜雨風邊報急，防江也要釣魚舟[一]。

校勘記

[一] 雨風：四部本作「西風」。

天台道上早行

篼輿軋軋過清溪，溪上梅花壓水低。月影漸收天半曉，兩山相對竹雞啼。

五禽言

提葫蘆，沽美酒，人世光陰春電走。一日得醉一日閒，緑鬢幾曾俱白首。沽酒沽酒有酒沽，生前不飲真愚夫。

不如歸去，不如歸去，千山萬水家鄉路。今年又負故園花，來歲花開定歸否？歸去歸去須早歸，近日江湖非舊時。

泥滑滑，泥滑滑，客路迢迢雨不歇。我僕十步九步蹶，我馬蹦跼如跛鱉。泥滑泥滑君莫愁，秧爛麥損尤堪憂。

脱却破褲，脱却破褲，蠶熟繰成霜雪縷。小姑織絹未落機，縣家火急催官賦[一]。輸了官賦無零落，破褲破褲還更著。

麥熟鍛磨，麥熟鍛磨，村南村北聲相和。大男小女總欣欣，煮餅蒸糜任渠做。鍛磨鍛磨莫等閒，去年糠粃無得餐。

校勘記

[一] 絹：底本缺「絹」字，據四部本補。

青陽梅仙舒伯虞爲其尊人索静閒軒詩

人心元至虚，天下本無事。舉世役於形，擾擾誰暫置！先生自超俗，涵養老逾粹。妙契無名翁，深造静閒味。壺中貯日月，胸次納天地。婆娑閲四序，物物見春意。林花高下紅，庭草淺深翠。一笑扶瘦筇，行吟散微醉。

壬子立夏日同郡博士黄次夔遊江祖太白釣臺，因成古詩，併呈偕行諸丈

翰林天酒星，謫墮人間世。豪氣渺乾坤，浪跡寄湖海。峨峨江祖山，片石峙西澨。醉狂禦風來，踞坐高傲睨。一絲聊戲垂，意得在魚外。青山畫屏句，妙越無塵界。至今五百年，春虹絢晴彩。我來訪遺蹤，躡屐捫薜荔。錦苔剥冰霜，仿佛題字在。屬時春夏交，微雨弄輕霽。同遊俱嘉朋，笑語洽傾蓋。雲木團晝陰，松風奏天籟。勝踐心已愜，酣歌意彌快。欲招臺上魂，舉爵酹清泚。今昔自殊時，欣感諒一契。詩成寫蒼壁，存否非所計。長嘯下歸舟，驚湍送飛棟[一]。

校勘記

[一] 原注：太白《秋浦》詩：「江祖一片石，青交掃畫屏。題詩留萬古，緑字錦苔生。」即其地也。

梳頭自歎

短髮如冬霜，一朝白一朝。又如深秋柳，槁葉迎風凋。白者不再黑，白者不復牢。羲娥疾馳驥，

乾坤虛懸瓢。人生寄其間，泛泛波上舠[二]。百歲一大夢，倏忽已隔宵。胡不適所適，而乃隨滔滔！富貴撇眼電，榮華過耳飆。木散故得壽，龜靈徒取焦[三]。甘拙自安吉，役智滋勞忉。所以柴桑人，不肯折此腰。

校勘記

[二] 舠：四部本作「薸」。
[三] 龜：四部本作「黽」。

上立齋先生十首，以「有官居鼎鼐，無宅起樓臺」爲韻

形弱能使強，脈病能使壽。醫和肘後方，袖手若無有。緑野歸晉公，洛社閒迂叟。此意誰得知，可以久則久。

羸牛指爲驥，鳴梟認爲鸞。彼欲欺一世，自亂耳目官。吾直不能枉，吾方竟誰刓。何妨寄楚澤，餐菊紉秋蘭。

蔚蔚空明山，古號仙人居。神秀髮虹氣，瑞孕真璠璵。潔白外難染，堅剛中不枯。勿逐鼠璞價，韞匵姑藏諸。

支廈資寸莛，涉江寄孤艇。弗顧勝弗勝，乃諉幸不幸。舜華朝暮期，蒼松歲年迴。從渠寶康瓠，我自有岑鼎。

君子如真金，真金剛不改。小人如浮雲，瞬目多變態。隨世良獨難，殉道乃無悔。近日崔菊坡，堅臥辭鼎鼐。

薰蕕不同性，涇渭不同趨。由來區以别，那使强合汙。老聃守道德，韓非事刑誅。二人共一傳，能信千古無？

多金建華屋，一堂容百客。立齋有廳事，不覺旋馬窄。僻於蕭相居，隘甚晏子宅。鬼神瞰高明，吉祥止虚白。

靈巖一片雲，曾爲作雨起。風吹還故山，松筠淡相倚。秋高霜露寒，酒熟鱸魚美。少寬憂世懷，微醉有妙理。

否泰關世運，進退非人謀。尼父雖皇皇，不爲無禮留。用則巨川楫，舍則野渡舟。行藏兩付之，獨倚百尺樓。

小草有遠志，埋没同蒿萊。風霜坐相欺，冉冉成枯荄。我公下白屋，意重黄金臺。倘借伯樂顧，未信終駑駘。

江濱晚霽

十里平沙路，人行晚霽間。水光涵遠樹，雲影度空山。吹浪江豚怒，摩霄野鶴閒。漁翁醉吹笛，小艇泊前灣。

十日取野菊泛酒

野徑菊仍好，村壚酒亦嘉。未應今日蕊，便是昔時花[一]。心在家千里，身猶客九華。官程難久駐，風雨暮山斜。

校勘記

［一］昔：四部本作「背」。

山家小憩即景，效藥名體

柴門通草徑，茅屋桂枝間。修竹連翹木，高松續斷山。仰空清蔭密，掃石緑花斑。傍澗牽牛飲，白頭翁自閒。

從板橋買舟上青陽

卸馬板橋西，扁舟逆上溪。水鏤巖骨斷，煙截樹頭齊。野鴨驚人起，村雞上樹啼。老農頭雪白，猶自把鉏犁。

池州

一城方九里，宛在水中坻。額揭顏公字，碑傳杜牧詩。昔年稱上郡，今日逼邊陲。莫望長江北，天寒風正悲。

有永嘉薛君自號雲屋，來池陽以詩見貽，用韻答之

清晨聞剝啄，喜得薛能詩。風月一囊錦，江湖兩鬢絲。寒城吹角夜，孤館擁衾時。誰會吟心苦？梅花是舊知。

有方叔材用余和薛雲屋歌見貽，次韻奉酬

江湖前輩盡，何敢易言詩。鼠璞原非玉，蛛羅不是絲。池塘生草處，風雪跨驢時。此是真吟境，從來幾個知！

立春前五日得雪

雪作春前瑞，銀城擁萬家。太婆頭欲白，九子頂先華。壓麥嘉培本，封梅惜損花。家童解人意，燒鼎問烹茶。

七夕感興二首

家家歡笑迓星期，我輩相邀只酒卮。矯俗何須標犢鼻，甘愚不解候蛛絲。新秋光彩月來處，半夜清涼風起時。一曲玉簫塵外意，此音除是鶴仙知。

相傳牛女起何時，無奈人間事轉癡。青鳥蟠桃方士信，金釵鈿合逆胡基。一杯記節圖成醉，萬感因秋却易悲。遺恨古今流不盡，銀潢耿耿接天池。

抵池陽未入關，泊於齊山數日，因窮巖壑之勝[一]

瘦策相扶上翠微，眼驚奇怪足忘疲。三十六洞猶昔者，四百餘年無牧之。漲水淼彌春雨後，遠山重疊夕陽時。幾多江北江南恨，問著沙鷗總不知。

校勘記

[一] 原注：山有翠微亭，杜牧之登高處。

次劉叔子總幹《夜坐感秋》韻

秋風遠客歎飄零，滿鏡吳霜故故明。酒盞論心疏舊約，詩筒到眼快新評。短檠伴我夜深静，長笛何人月下横？步繞空庭吟未竟，隔林鸜鵒又傳更。

代簡約諸同官探梅

信是摶沙放手開，渴心空想細論杯。等閒不見便逾月，如此相從能幾回！舊雨已孤重九菊，新詩宜探小春梅。騎驢索句真顏面，要向清溪洗出來。

燒燈夕宋明府自置酒見招，席上復賦詩，因次韻定詩盟，併致別意

苦用吟心續祖燈，得君印證愈分明。一聆此日雞窗話，盡洗前時蚓竅聲。颺柳輕風寒忽暖，催花小雨濕還晴。眼前總是詩光景，可惜明朝又遠行。

秋暮出關即事

俗塵汩汩負清遊，重出城來已暮秋。水洗柳根欹斷岸，霜摧蘆葉擁荒洲。鄉音不到愁來雁，野性無拘羨去鷗。可惜一堤明月好，隔關難作夜深留。

有妄論宋唐詩體者

不用雕鎪嘔肺肝，辭能達意即篇章。性情元自無今古，格律何須辯宋唐。人道鳳筒諧律吕，誰知牛鐸有宫商。少陵甘作村夫子，不害文光萬丈長。

趙倅賦《喜雪》詩爲黄堂賀，黄堂和韻傳示僚屬，衆因續貂

風滚瑶花撲面寒，沾泥點點鹿紋斑。要呈臘瑞鬥梅好，肯讓春容傍柳還。萬户鬧添沽酒市，兩山窮聳索詩肩。使君寬得憂民念，麥隴青青一望間。

次韻黄次夔《思家》

世態從渠炎更涼，蕙蘭元不爲人香。時憑酒挹聖賢味，閒借茶搜文字腸。靴笏豈能拘野性，蓴鱸終是憶家鄉。小需歸作天台隱，長嘯松風卧石梁。

送陳竹屋提幹東歸

生長由來接社枌，台山越水偶中分。一朝傾蓋便知我，千里攜家得傍君。風厚大鵬培怒翼，天寒征雁拆同群。折梅相送齊山路，愁絶江東日暮雲。

歸途過麻姑山

山行十里少人家，客子貪程怕日斜。倦坐松根需足力，輕風滿面落藤花。

方巖山有仙人田，項宜父家其下，於屋之西偏築亭疏沼，雜莳花木，爲娱奉壽母之地，即以名之。自著《懷仙雜詠》百有一首，名勝留題亦多，未免皆泥乎神仙之説。來征余吟，余謂神仙之事，深言之則似誕，諸賢所賦，無復餘藴，使余更下注脚，不愈誕乎？且人生一世，苟能超然達觀，惟適之安，斯人中之仙已，豈必十洲三島間之謂哉！因即此意賦十章

築亭疏沼隔塵埃，白白朱朱次第栽。人面春風俱不老，板輿日日看花來。

緑蘿翳翳結高林，煙吐霞吞一徑深。半夜松涼鶴先睡，滿山明月自横琴。

一澗寒泉九節菖，釀泉爲酒冽仍香。玉巵捧處慈顔喜，眉壽方巖共久長。

有時山洞拾荊薪，應遇真仙對弈春。多少胸中高著處，盡教饒盡世間人。

秋池清曉濯玄雲，鸜眼輝涵紫玉文。細字《黄庭》應寫就，莫將容易博鵝群。

桑竹森森繞屋邊，美池清泚浸良田。桃源只在桃溪上，不信壺中别有天。

晚菘早韭各隨時，霜薤青青間露葵。甘脆日堪供小摘，不須他覓養神芝。

紫錦囊緘五嶽形，白書黑紙秘《黄庭》。何如琴几焚香坐，細讀包犧一卷經。

自傍青牛種早秔，炊來玉雪滿盆香。休論服日餐霞事，只此延年第一方。

阡陌縱横尚宛然，知他耕耨是何年。果然絶粒輕能舉，底事仙人亦有田？

五松山太白祠堂[一]

艤舟來訪寶雲寺，快上山頭尋五松。捉月仙人呼不醒，一間老屋戰西風。

校勘記

[一] 原注：太白讀書之地。詩有「要回長舞袖，盡拂五松山」。即此山也。

歸途過銅官山

山徑崎嶇落葉黄，青松疏處漏斜陽。鳴琴無數聲相應，一陣微風野菊香[一]。

校勘記

[一] 原注：余效官秋浦，公餘弗暇他問，獨未能忘情於吟。凡得諸山川之登覽、景物之感觸、賓友之應酬，率於五七寄之。雖草根

嚶嚶，柳梢嘒嘒，視鳴高岡、唳九皋，聲韻邈乎不侔，而發乎情則一也。抖擻破囊，凡百篇輒忘其醜，録以備或者「楓落吴江」之誚。寶祐改元癸丑修禊日，東野子戴昺自敍。按：五七，四部本爲「五七字」。原第九卷卷末底本校注：臨海宋興洲校字。

戴漁村詩

漁村諱木，字子榮，水心葉公高弟，神童之父，所著有《漁村集》。

賀杜清獻入相二首

玉陛傳呼宰相來，歡騰海内翕如雷。律身清介祁公操，佐主謀謨如晦才。夢弼已知符衆望，生賢益信應三台。從容宰席調天紀，協氣從頭遍九垓。

相公出處系安危，當務何先諒熟思。令守近民須選擇，憸壬蠹國亟芟夷。精蒐邊面三軍帥，早建皇儲萬世基。納誨進賢尤素志，佇看經濟大猷爲。

林曉庵先生云：「清獻大拜時，戴漁村先生賀以兩詩，與世之獻諛者異，惜公不久於位，而此詩遂爲空談。國家無福也哉！」又嘗跋公《類事蒙求》後云：「昉少聞葛元誠兄弟、谷口鄭柬子、漁村戴子榮皆師事水心葉公，學有根據。稍長，見葛、鄭詩文爲多，戴文特未之見，獨見其悼子顔老神童之作，並將終自挽之章。又聞其彙聚古今奇詞偉論，成《蒙求》一編，絶出唐宋類書之右。中年，與其族子匠監丈希尹、少府君方大遊訪尋是書，咸謂毀於德祐丙子之兵，莫有藏者，私竊惜之。辛亥冬末，偶遇彦綸父於高洋田舍，酒邊出所謂漁村《類事蒙求》者三十卷，於是大慰夙心。閲之通夕，信有古人所未到者。作而歎曰：先生以此惠後學博矣！抑堅甲利兵，林立郊野，將而用之，存乎其人。楩楠山積而不能構一室，非匠之良者也。然則先生之志要有寄於書之外者，豈獨區區於此自衒其所學之富也哉！半山後學林昉百拜敬書。」

戴秋泉詩

秋泉諱騋孫，字萊夫，元人。

自歎

母病因無藥，兒啼爲絶糧。壯心雙劍在，逸興一琴横。

行住坐臥

一片雲單百念清，點塵飛不到疏櫺。世間俗眼從教白，天外好山無限青。不是道人偏好睡，只緣世事不宜醒。無榮即是長生藥，何必松根長茯苓。

都下送盧白雲歸黄巖

萬里鶯花送客船，自嗤孤鶴尚留燕。多應别後相思處，只在清風明月邊。

江北江南浪漫遊，眉頭不著古今愁。錢塘三月春如昨，第五橋邊好賃舟。

長笑相逢又一年，五雲琴劍忽飄然。若逢委羽山人問，道我疏狂只似先。

我笑白雲忒自由，白雲笑我太無憂。他年相約結庵處，只在天台山頂頭。

戴充庵詩

充庵諱養吾，字浩然，洪武間，任湖廣武昌教諭。

題任昇仲悟非軒卷

悟非軒中悟非子，青年意氣誰人似？驥子墮地毛骨奇，一日應須一千里。散蹄仍騁康莊步，暫蹶俄投嶔巇里。金鞍斷缺青韂垂，顧影猶矜舊鬃尾。悟非子，窮通否泰迴圈理，迷途未遠已知復，此去平平有如砥。茫茫天地生物多，人寓中間一塵耳！乘流遇坎無不安，奚用區區計遐邇？悟非子，扁舟東來泝江水，竹林癡叔江夏師，長日低頭課經史。是夕中秋月正圓，尋我庾亮南樓前。孤懷哽塞不自已，頻揮兩淚猶漣漣。青燈相對如夢寐，身外萬事無庸言。十年兩度得見爾，重爲後會知何年！悟非子，爾行匆匆！系船鄂渚望南極，掛席洞庭須北風。悟非軒内圖書府，悟非軒外松柏叢。歸到南寧百無恙，早寄書來慰老翁。

送汪憲副歸江西

爲君沽黄鶴樓前酒，爲君折武昌營外柳。君持酒杯插柳枝，聽我長歌爲君壽。古人重惜生別離，臨歧每進酸苦詞。此日送行談且笑，舟子籲怪沙鷗疑。江湖歲月驅人老，百慮無如歸去好。我今歸計雖已成，尚復多君乞身早。好風南來川斂霧，寧向征夫問前路。柏府諸郎上馬回，口縱不言心竊慕。山中老屋苔蒼蒼，浄掃東軒置竹床。客來問訊寒温外，惟呼茗碗傾詩囊。君往江西我浙東，暮年出處偶相同。投林倦鳥各斂翅，天地迴闊何由逢？南浦雲，西山雨，變態陰晴翻覆屢。飽乘一味北窗涼，此樂無庸向人語。

題錢舜舉所畫梅花卷

千古懷人費夢思，殷勤卷贈歲寒枝。錢塘江上花如雪，不耐東風畫角吹。

戴樗巢詩

樗巢諱瑜安，字文信，洪武間，登制科進士，任監察御史，升四川按察司僉事。

别侄元明司馬

十年湖海歎飄蓬，邂逅相逢若夢中。羡汝歸田今有擬，慚予竊禄本無功。竄身倖免投狼虎，分手愁看逐燕鴻。他日夜郎傳放赦，竹林還復舊時同。

戴介軒詩

介軒諱奎，字文祥，洪武間任齊河縣主簿。

舍侄元明書來，致當道薦拔意，詩以答之

郡國衣冠逐日新，老懷深念竹林人。客邊風雨十年夢，醉後乾坤萬里春。雲路尚淹麟閣遠，秋天空薦鶚書頻。不癡濟叔勞持論，今向煙波理釣緡[一]。

校勘記

[一] 底本校注：論，一作諭。

還逐甫還，次韻答舍弟文信

萬里輿圖新入貢，一時故老復還官。祇緣舊國輕周鼎，徒使仙人泣漢盤。斤斧未容遺樸樕，階庭誰見長芝蘭！野夫獨幸歸耕早，只恐鄉關路轉難。

舊事紛紜成昔夢，餘生竄逐誤微官。一年道路危三峽，幾度歌吟繼五盤。甄别有恩垂藻鑒，芬芳無德播椒蘭。逢人但説生還喜，莫問從前事急難。

南冠暫掛終還國，野服重裁豈厭官[一]。漫有圖書連夜榻，可無魚蟹薦朝盤。歸時涼月侵衣葛，别去秋風颯佩蘭。今又相望冬夜雪，撥灰思共竹爐難。

校勘記

〔一〕底本校注：掛，一作戴。

題錢舜舉所畫梅花卷

霅溪畫師名早傳，畫梅不作鐵綫圈。湖山入夢既瀟灑，粉繪落紙尤清妍。巴西故人玉堂老，别去幾年音問少。溪雲山月不堪持，一枝寫寄春風早。想當盤礴欲寫時，寓情筆底誰能知。心期不負歲寒意，貞潔要如冰雪姿。到今令人歎奇絶，我亦見之慚蹇拙。從誰交誼重金蘭，空慕廣平心似鐵。

别弟文益往蜀省按察僉事文信

我家遷居自閩土，傳世於今十有五。源源始從五季來，子姓咸知立門户。儒賢術業每升堂，雲路登躋亦聯武。石屏先生曾叔祖，錦繡輪囷作肝腑。平生蹤跡半江湖，只把文章傲珪組。汝昔嚴君雲錦裳，金臺之上長翱翔。雄篇大字照玉署，詩名政譽流錢塘。邇來書聲雖比屋，愧我弟兄俱碌碌。未看庭砌長芝蘭，只見蒼藤翳喬木。唯君伯氏振文風，雲夢八九吞其胸。春秋奧義□剖劂，五傳同異資磨礱。射策丹墀始擢桂，拜官烏府俄乘驄。去年乘恩入西蜀，黄麻紫誥相追逐。豈惟持斧懾凶邪，要使褰帷問民俗。汝今爲弟能念兄，萬里行色何煢煢！瞿塘無復向時險，劍閣試覽前賢銘。成都魚肥酒正美，一奏塤篪萬里喜。世間之樂此最真，白璧黄金何足擬。當時勝跡紛在目，想見追遊日不足。浣花杜老或同吟，市肆君平時就卜。武侯勳業誰可續？古柏森森見祠屋。地偏莫展王佐才，感舊寧無淚盈掬！汝兄汝兄我同行，我久衰殘爾何壯！泝流不得往相從，寄語聊能問無恙。囊衣自昔可全名，薏苡由來足貽謗。保兹清白早歸來，鶴髮慈親倚門望。

又送文益兼懷文信、文善

天寒冀北野，草黄騏驥空。風吹鴻雁斷，相失雲萬重。人生篤天倫，所願出處同。一朝異南北，悵望俄成翁。嗟哉爾兄與我弟，從别邱園今幾載！雖知官事正紛如，想見此身能健在。池塘無夢夜如年，棣萼逢春愁似海。君不見楊家椿津義讓敦，千古共稱賢弟昆。又不見淮南俗夫良可鄙，尺布之謡汗人耳。爾今爲弟孝友聞，眼中清白賢愚分。思兄不憚萬里遠，世間骨肉徒紛紛。陳爾肴，酌爾醴，取樂何妨艤船待。到時二子即問予，臥病祇今茅屋底。羸軀不解事耕鋤，弱子那知習詩禮。唯能力疾上高邱，北望長淮淚如雨。

與趙思晏賦來青樓，雖作而不與

存耕道人過我遊，不減雪中乘興舟。浮雲世事口不掛，語語索賦來青樓。樓中之人何舉舉，肯使餘生在泥滓。春風石上鼓瑶琴，夜雨燈前列圖史。有時憑高一撚髭，汀煙沙鳥皆吾詩。簾鉤曉掛扶桑影，釣絲晴罥珊瑚枝。方壺蓬島誰解識，霧散雲收翠如織。山勢疑將度海來，嵐光屢見排簷入。問誰於此賦詠頻，哦松大筆尤清新。石門老翁攀桂手，湖山處士吟梅人。嗟予臥痾筆硯廢，欲作歌詩動經歲。神遊意想一語無，幾回虛作憑欄勢。吾聞仙人好樓居，時能禦風遊六虛。爾今凡骨倘未換，大藥好乞刀圭餘。不然買魚仍釀秫，樓頭日與賓朋集。坐令青眼客長來，不獨來青在山色。

賦雲浦

君不見南浦朝飛畫棟雲，滕王勝跡今徒聞。又不見洞庭之南瀟湘浦，雲冥冥兮別離苦。何如陳君結屋浦上頭，臥看雲氣空中浮。百年無夢到朝市，九夏不暑疑清秋。我惜於君面未睹，即遣狂言問雲浦。既不慕傅説作甘霖，又不學西湖載歌舞。胡爲寂寞在窮荒，閱世悠悠任今古！應君知爾乃最先，褒奇頌美詩滿編。南湖暇日持示我，索賦長句俄經年。昨者州司催上道，念此逋負增惓惓。尚冀餘生逼衰病，乞身定許仍歸田。葺茅亦向浦頭住，濯足還共雲間眠。期言他日倘可踐，長與爾兮相周旋。

陳楚賓邀登南閣，出示諸公所賦詩十又四首，索予繼賦

憶別高堂凡五載，今日重邀鬢毛改。長老驚爲倒屣迎，林園却似留春待。那知憂患餘，復見風流在。松間舊榻下陳蕃，席上清樽傾北海。是日雲銷天宇澄，大開南閣邀余登。鉤簾晚山萬樹出，俯檻晴塢千花明。於以勘古易，寫道經，逌然已足怡吾情。少長須臾亦星聚，歌吟間作如韶鳴。乃知世間此地即仙隱，樓船萬里何必求蓬瀛。主人愛客情益至，欲起索歸挽復住。呼兒床頭出錦囊，示我以詩十有四。作者往往皆故人，清新首得中郎句。君家二叔尤老成，相隨地下修文去。秖今善餘遺十餘，喪亂饑饉還何如[二]？留題已愧我獨後，感念存歿增嗟籲。何當歲時稔，早使貢賦輸。釀爾秫，饌爾魚，奉親之餘課子書。功名不慕麒麟畫，校讎豈羨天禄居。鹿門老翁且自適，顔巷是子何妨愚！更須閣上芸編益置三萬軸，我亦有時與子同卷舒。

校勘記

〔二〕善餘：四部本作「善鳴」。

發澄江述事言懷

憶昔歸隱東海頭，矢心不逐群兒遊。結屋空山臥深雪，篝燈永夜吟清秋。如此棲遲逾半紀，自甘蔬糲餘無求。長竿或從嚴瀨釣，短筆肯效班生投？海國紛紛擅豪右，五花驄馬千金裘。一朝城邑化焦土，肉食竟爲何人謀！榮悴由來易反手，諸君尚喜能包羞。州司惜無涇渭辨，遷逐乃欲窮巖幽。謇予貧病亦在遣，矯首上訴嗟何由！陶令徒知解印早，鍾儀奈作南冠囚。呼天呼人兩無及，反躬祇益思愆尤。唐君新作吾州守，温詞直欲紓人憂。爲言今日百政舉，詔書每爲征賢優。築臺行從郭隗始，借箸欲藉張良籌。楩楠匠石安肯棄，參苓藥籠終俱收。浮梁側畔艤船待，奮志好去無夷猶。聞言錯愕惟掉首，智愚今古寧同流！吞聲不發出城去，澄江萬頃寒悠悠。緇塵上衣日黤黮，飛雨灑面風颼飀〔二〕。回頭却語二三子，故林爲愛藏書樓。趨朝乞身幸見許，便擬散髮歸丹邱。

校勘記

〔二〕颼飀：四部本作「颼颼」。

留別胡叔輝先生

千山起伏如海濤，中有萬八千丈天台高。故人結屋隱其下，老氣直與山色爭摩霄。平生不慕青紫拾，放浪每逐真仙遨。歌詩有時落城府，鏘然遺響如鳴韶。嗟予遠道廿載久，羊腸九曲躋攀勞。石櫟回望不可躡，思君幾度心摇摇。前年歸耕計始遂，石田荼堇甘耘耨。望君道里尚三百，聚首未得相招邀。海隅詔令一朝布，憧憧去躡三吴路。趨召初聞只貴豪，竄逐旋知及寒素。人言珪組累，我歎儒冠誤。親知日去眼，何期與君遇！皓髮同驚亂後看，青眼還如向時顧。長須長須君一呼，倒囊贈我千青蚨。金陵春色幾萬斛，到時莫惜頻頻沽。感兹厚意心轉恧，但願君今事耕劚。後來孫子知讀書，勿慕前賢學干禄。

聞有汴京之行，留别壽幕吴仲素

長淮南北知幾州，壽陽還在淮西頭。昔年此郡屢反復，只憐淮水唯東流。版圖一朝歸上國，亟爲遺民救顛踣。掄材誰復歎賢勞，入幕況聞優贊畫。延陵季子千載名，今君秀拔真雲礽。平生操行果何似？朱絲弦直冰壺清。江南遷客多如雨，老幼扶攜適兹土。間關來就衽席安，勞來使忘行役苦。就中竄逐誰最貧？石屏孫子林泉人。袖有文章賤如土，眼看甑釜空生塵。秋風一夜振林薄，毛骨蕭森已非昨。千里雖殊驥尾蠅，此身却愧雞群鶴。扁舟汴水行復泝，肝膽峥嶸向君露。人生離合不可期，青眼何時重相顧！

賦西村耕隱

斯人好文仍好奇，酒酣索賦西村詩。解衣爲君揮翰日，束書正我朝京時。嗟籲二人本同里，冪冪餘陰接桑梓。幾乘蠟屐踏春泥，亦棹蘭舟泛秋水。君家實住小嶼西，山田日日催耕犂。草廬年來臥不住，致身却向黄金臺。當時青紫能拾取，清夢只今成栩栩。故國遥遮天姥雲，謫居同聽長淮雨。鳳詔新從天上傳，君應早晚能歸田。種柳重尋元亮宅，説稼好誦坡翁篇。錦囊多詩總如玉，更有遺金買黄犢。扣角無爲長夜歌，掛書莫向旁人讀。予生有計不自謀，硯田禾黍無時收。何得西村一相遇，爛醉白酒黄雞秋。

應朋來臨别索題《存耕舊隱圖》

憶昔百丈巖前遊，泊船去登湖上樓。天清野曠一凝望，銀屏森列當前頭。中見蒼崖拔地起，絶憐嘉木連雲稠。窈窕回溪出僧宇，參差危壑生懸流。人言此地倘歸隱，布衣便欲輕公侯。茅屋春深薜荔長，石欄路繞叢篁幽。長鑱茯苓静可劚，空林柹葉寒仍收。回頭世事忽如蜎，廿年誤向紅塵住。不知何日繼追尋，每憶此山勞夢寐。君謂松根即故廬，一榻左右俱圖書。應君示我新畫圖，開卷中堂起煙霧。摩挲濃墨思舊經，却似登樓看山處。君謂松根即故廬，一榻左右俱圖書。應君示我新畫圖，開卷中堂起煙霧。沙田水足牛力壯，歸耕試論今何如。先王井田法已墜，阡陌鉤連屬豪貴。前年東家强索租，今年租入西家去[一]。白雲蒼狗在須臾，能事只耕方寸地。父老同知稼穡難，兒孫共獲菑畬利。秋風歸帆我獨遲，石田草莽耕何時！君行已得圖中意，臨分爲寫存耕詩。

謝玉成、翁大中、潘士湜諸公邀僕與宗性之城西樓，登眺久之，乃復宴餞南城下，因賦詩留别

頻年種菊花繞籬，床頭釀秫復如池。看花把酒雖足樂，風雨每迫登高時。今年客居向淮右，吟對

校勘記

[一] 今年租：底本缺三字，據四部本補。

晴輝數回首。短髮空吹落帽風，濁醪尚負持螯手。諸君文采孰可儔？皎皎玉樹臨素秋。相逢欲作開口笑，攜我共上城西樓。平原草深湖水闊，此地幾經人戰伐。沙頭白骨疑亂槎，天際青山猶一髮。樓前候雁無數飛，引領未得同南歸。悲秋豈無宋玉賦，灑淚恐濕牛山衣。沉吟復沉吟，相看鬢成雪。況微經濟才，奚事承明謁！此日華筵爲我張，西風遠道憐人別。堆盤鱠鯉鮮可嘗，照眼幽花瘦堪折。雙瓶欲盡笑語嘩，接籬倒處舞傞傞。但拚酩酊醉於昨，莫因蹭蹬愁如麻。八公下，淝水涯，平明束書上船去，別君又似初辭家。朝廷製作尚有待，君須秣馬膏其車，我亦遲君握手談京華。

賦竹坡

旁鄰異花多繞屋，曼紫妖紅眩人目。如澠美酒花下傾，歌舞朝朝看不足。君家美竹緣坡生。蕭森却似篔簹谷。騷人墨客争款門，好事日題詩一束。山陰高致世豈知，旁鄰舉手休揶揄。顛風惡雨一夕至，芳菲狼藉成嗟籲。此君節操只自如，雪霜縱遇那能欺。幅巾藜杖久可傍，筆床茶灶長相隨。我記扁舟適相過，醉向沙頭竹根臥。君時宦遊閩海間，竟日孤吟復誰和？今同遠客心欲摧，舊徑蕪没何時開！春雨遥知子孫長，秋風不報平安來。山堂忽聞詔許歸，滿飲竹葉歌《竹枝》。到家截取一二管，請君持送伶倫吹，九苞彩鳳當來儀。

贈別鄉友陳繼善、王宗儒及表兄王友諒同赴京議禮

蟄雷初動連月陰，臨安客舍春草深。披衣起踞木榻坐，竟日倒掩柴門吟。誰能載酒問奇字，也擬乘興來山陰。諸君扣門忽剥啄，何異空谷跫然音。嗟予托交舊不薄，異縣相看客懷惡。羈留雖幸一

身存，問答不知雙淚落。世間幾度卜非熊，兵後何人憐屈蠖？耕鉏有夢空涉春，獎勉多君尚如昨。窮簷牢落風雨俱，君來復別將焉如？龍飛九五萬物睹，紫泥屢下征賢書。三千禮樂須製作，奮衣徑謁承明廬。我記論文昔分席，人品當時似能識。陳君學術窺天人，王子文章振金石。吾兄抱才尤絕奇，如椽大筆千鈞力。今同薦剡入雲衢，總有天官在胸臆。人生窮達那自知，君能論列須及時。漢室仍傳賈董出，虞廷再睹夔龍趨。書成志得未白首，錦袍相輝印懸肘。此時題字倘相投，我已滄浪一漁叟。

贈別柯伯庸歸省親，柯自龍虎來臨安，邀予三茅山中，出示方壺所作《東柯谷圖》及翰苑諸名公詩一帙，且曰：「吾垂白之母在堂，將歸省焉，請與子別。」因賦此贈[二]

天台萬八千丈高插天，勢與雁蕩、天姥諸峰連。芒鞋竹杖昔尋訪，層巒絕壁窮攀緣。是時憑高一縱目，異境復來東柯谷。幾灣流水聯玦環，數點晴峰刻瑶玉。回頭十載昔未遊，黃塵撲面雙鬢秋。柯君一見與我談舊隱，剪燭共醉吳山樓。示我東柯之圖纔數尺，元氣溶溶霧煙濕。玉堂諸老亦神仙，錯落文章列圭璧。君言束髮居龍虎，學仙期與松喬伍。生平雖只戀還丹，歲久寧無念鄉土！嗟籲故林歸獨遲，相逢異縣兼喜悲。細觀詩畫久不厭，躊躇如在登臨時。錢塘五月熟梅雨，此日憐君一帆舉。縮地應無跋涉勞，升堂要睹慈顔喜。紫霓裳，丹霞酒，拜奉親前爲親壽。喜懼雖因鶴髮前，蹁躚復似斑衣舊。西風一日秋滿山，群仙有約須君還。路經茅君壇下幸相報，我亦從之放跡蓬瀛間。

校勘記

〔一〕原注：東柯谷者，蓋其家居地也。

送別陳嘉惠〔一〕

我記昔云章貢臺，臺前二水相盤迴〔二〕。登臨適與形勝會，放傲却使群公猜。唯君傾蓋即相厚，結交便擬如陳雷。江上時同夜月棹，花前幾共春風杯。移船一向豫章泊，風物蕭疏歎非昨。絡緯愁連孺子亭，梧桐秋滿滕王閣。同遊豈無三數公，總爲異鄉憐寂寞。君時唱和詩最多，錯落驪珠千百索。江城十月霜葉飛，君先别我趨庭闈。臨歧贈言曾未幾，束書我亦東吳歸。邇來喪亂十五載，旋睹海岱清皇威。每見才賢拔茹起，只懷故舊音信稀。音書不至望欲倦，來遠樓頭忽相見。兵後雖驚兩鬢霜，老來尚記當時面。握手那知悲喜兼，解囊復校詩文遍。西湖境勝蓮欲紅，强似留君日酣宴。君言貳邑居永豐，斯須敢忘勤與公。百里何心厭棲棘，三年報政仍哦松。揚舲明日泝流上，復與子别情何窮。此行實有簡書畏，雖欲放浪將何從！〔三〕嗟予屏居猶是客，客路聞言轉悽惻。瑶琴古調且須彈，官柳長條折何益。我老長同曳尾龜，君行會展沖霄翮。後來雲樹各天涯，寄書好慰深相憶。

校勘記

〔一〕原注：歲丁酉，僕以事至贛，見嘉惠陳君，知其非庸衆人也。與之盤旋月餘，乃復同舟下豫章，相從嬉遊歌詠者又數月。既而君以母老還侍，僕亦歸吳中。邇來音問不聞，惟日往來於懷也。今年仲夏之晦，於武林適邂逅見焉，且驚且喜，即相告以出處事。君因愀然曰：「吾貳邑於永豐三年矣，以吾能不負於丞，俾仍舊職。今趣行有期，不得久盤礴湖山間也，宜亟歌詩爲别。」僕以會見之難，而索去之易，期能已於言哉！因賦長句以寫感歎之意云。

〔二〕云：四部本作「遊」。

〔三〕何從：底本缺二字，據四部本補。

美巡檢秦君禱雨有感

我昔歸舟泊西浙，屢上吳山望東越。炎曦赫赫塵暗天，可憐不雨逾三月。吾鄉岸海地勢高，連塍想見禾苗焦。豐穰願望苟一失，溝壑困辱將焉逃！況聞征賦日夜急，孰念遺氓久顛踣？歸來父老一笑迎，啟口却誦秦君德。秦君世居淮海東，壯年脚蹋江湖空。浩氣不摧萬猛士，一官猶佩雙㻇弓。深知警邏職匪小，遇旱憂心日如擣。同來剽竊迫饑寒，竭虔亟向龍祠禱。奔走亦率民庶稠，坎坎伐鼓羅㒰羞。丹誠已信齋祓久，一念遂達神靈幽。桑林剪爪歎已古，魯公焚尫笑何補。今看蜥蜴水際浮，隨覺商羊眼中舞。龍蟠忽起牙角呀，箥尾陰軸驅雷車。四山雲氣暗於墨，半天雨脚紛如麻。槁禾既蘇偃伏起，民食有期方饘餌。輸官豈望甔石餘，爲生庶緩須臾死。嗟予聞言喜更驚，識君不早徒心傾。便欲排雲上霄漢，大叫閶闔揚君名。吾知聖明渴賢久，征君要展爲霖手。幸令九土樂豐年，我獨餓殍何辭骨先朽！嗚呼，我獨餓殍何辭骨先朽！

題潘氏《禱雨有感》詩卷

連歲浮淮去爲客，客裏無禾亦無麥。盤飧豈欲待豐登，雨暘猶知望時若。今年故鄉旱暵多，我歸無麥還無禾。潘君禱龍雨輒應，我聞兩脚醉拍船舷歌。嗟哉老夫本漁叟，緑蓑飽臥煙波久。中間出處亦偶然，豐歉於身果何有！於今世途蜀道難，觸眼倉廩連雲端。倘得年豐租賦足官府，我雖愚者身能安。潘君潘君借爾力，稼有秋兮農有食。衆因頌爾能感神，我亦重君無德色。曉來目送南征鴻，因之欲寄雙詩筒。姓名到眼不相識，隔鄰好問松溪翁。

臨安道中别弟文美

拂袖歸來我最先，相期耕釣在餘年。無端遇著東風惡，吹上長淮逐客船。

三淮浪急大江迴，幾處鷩如灩澦堆。我正思家行欲到，汝今那更别家來？

酒盡沙頭淚滿裾，臨當别去更躊躇[一]。都忘我爲儒冠誤，猶囑還家課子書。

校勘記

［一］裾：四部本作「袪」。

天旱歲凶到家紀事

歸葺茅茨江上村，家窮唯有舊書存。解囊欲試癡兒誦，又報催租吏打門。

高陽窺園有感

橘柚連雲手自栽，别來誰復爲封培。棘籬缺處秋偏早，時有鄰童摘實來。

幾畦蔬甲一長鑱，記得年前草自芟。今見滿林荊棘長，令人千里望歸帆。

夜宿水館

驚雁相呼秋滿江，小軒臨水似艕艭[一]。夜闌不寐思兄弟，風葉蕭蕭正打窗。

校勘記

[一] 艕：四部本作「艕」。艕，吴地之船。《集韻》：「艕艭，船也。」當以「艕」爲是。

立秋夜涇川館中雜興，兼懷舍弟

薄暮西風生樹頭，坐看涼氣近人浮。一年今日纔過半，梧葉蕭蕭已厭秋。

山房高與鶴巢鄰，幾地青燈坐夜分。强與兒童説今古，解通鄉語未通文。

厭見啼螿近客窗，愁城難借酒來降。島夷又説能深入，一夜無眠聽吠尨。

嘗稻有懷舍弟

曉起西風忽到門，剩炊香雪滿瓷盆。懷人獨向嘗新處，含哺移時不忍吞。

幾欲因書寄土宜，溪雲山靄不堪持。力田未足輸官府，念爾徒搔兩鬢絲。

秋夜述懷

霜氣横秋萬木凋，月櫨風牖夜蕭蕭。在家無限悲秋思，況爾别家千里遥。
欲憑詩句寄西風，吟到更分語未工。月色如銀庭樹冷，一絲和露墮青蟲。

寄衣無便

秋風昨夜振庭柯，欲寄衣裘無便過。料汝羈愁如落葉，蕭騷偏逐晚風多。

一秋無舍弟手書

老懷多藉得書寬，幾度挑燈入夜看。想爲眵昏憐病目，一秋無字報平安。

過青楓嶺王貞女廟

廿載江湖鬢已絲，勝遊何地不開眉。筍輿今日低頭過，羞看青楓嶺上祠。

經天姥嶺

天姥嶺頭花亂開，行人何日看花回。山堂舊有歸田賦，莫羡黄金正築臺。

夜經吴江

長橋跨水影模糊，橋上春醪輟棹酤。明月相看情似密，伴人終夜下姑蘇。

過維揚

英雄已逐風塵老，城郭猶存草樹稀。月下更無騎鶴過，觀中空憶看花歸。

次荊山

三獻無階泣卞和，相傳遺跡在林阿。我來不爲荊山璞，底事潸然淚轉多？

元日試筆

回看客路三千里，笑飲春風第一杯。今日故園猿與鶴，定應延頸望歸來。

壬子春雜賦

吴山簇簇越山重，幾欲相尋去未通。衹有夢魂忘路遠，時時飛繞大江東。

中立歸自京，得舍弟首春書[一]

石樓進士錦衣新，攜取舊書歸養親。吾弟白雲長在望，何由同涉故園春。

校勘記

[一] 首春：底本作「首卷」，不通，依四部本改。

移寓後述懷

門掩朝暉睡起遲，楮衾莞席暖相宜。異鄉兄弟夢中見，如在故園耕釣時。

越中有述

越客笑人輕別離，朋簪纔盍又何之？揚舲欲架胥濤上，杖策先從禹穴窺。拂石舊題看歷歷，迎風塵袂又披披。憐今不作金臺夢，定擬重來訪墨池。

歸田雜詠

西江潮落暮還生，兩岸雲連緑樹平。載月小舟風浪穩，歸林飛鳥羽毛輕。儒冠漫整烏紗舊，野服新裁白苧明。絶愛方塘鷗鷺狎，向人如訴别離情。

次台城南郊寄示故園

城南墟裏舊盤旋，此日相看倍黯然。茅店酒醪深夜語，竹床風雨小窗眠。新愁爲隔姜肱被，舊物空懷子敬氈。寄語門前五楊柳，好留春色待歸田。

京城有述

屏跡邱園今六載，何期世事與心違。祇緣白屋鄰滄海，却使緇塵染素衣。客路鳳凰臺畔過，家山蝴蝶夢中歸。相逢不作新亭泣，幾度高歌送落暉。

淮安贈葉敬先

揚子江心鼓棹過，買船今復上淮河。探囊祇惜青錢少，把鏡俄驚素髮多。阮籍途窮唯有淚，馮諼彈鋏豈無歌。多君青眼能相顧，握手其如感歎何！

舟中述事

推篷今日又何鄉，一度歌吟一感傷。漂母墓前淮水直，霸王城北楚雲長。倚灘舴艋樵蘇集，隔岸庩蔴草樹荒。經處不將風土記，每因遺俗問漁郎。

投贈州守夏侯君

淮水西頭古壽春，遠煩賢守牧遺民。公庭日見文書静，里社人懷德化淳。接物久知心似水，憂時先覺鬢如銀。昨聞黄霸終爲相，莫學淹留詠白蘋。

雨窗述事

閭井徒勞念别離，賜環何日見歸期。江淮長路一身遠，風雨孤城萬慮滋。往事已同槐國夢，新居孰寄草堂貲。極知經術今無補，猶擁遺編不倦披。

寄示故人

頻年荷鍤事山田，遷逐胡爲路幾千！故宅已荒三徑菊，愁心空憶五湖船。兒孫好爲青氈惜，書札終期白雁傳。鄉邑但敦忠信在，莫嫌歸計尚茫然。

戴竹巖詩

諱汝白，字君玉，宋人，有《竹巖詩稿》行世。

題曹娥廟

哭得江頭雲氣昏，淚痕多化作潮痕。波心萬古團團月，疑似曹娥一片魂。

戴魯齋詩

諱泰，字見大，宋咸淳間，任常州府府學教授[一]。

戲友不識硯

古今天下多奇石，甲品從來只數端。千丈留雲潭影濕，一泓貯水月光寒[二]。青瞳要辨生鴝眼，紫色須求死馬肝。鼠璞易投荊璞價，請君試買硯箋看。

校勘記

[一] 底本缺「教授」二字，據四部本補。

[二] 留雲：四部本作「割雲」。

戴修齋詩

諱震伯，字君省，宋當塗主簿。

送趙侯之任

趙侯東南彥，遠作西南征。驪駒向前路，高秋不留行。送以奉林鶴，仍吹子晉笙。淵淵洞庭湖，古月今猶明。流輝千萬里，何但光連城。懸知有佳惠，終始心和平。

戴雨耕詩

送趙侯之任

送君遠作羊荊州，送君西上黄鶴樓。漢晉諸公舊遊處，斷磯黄葉風雨秋。只今麾纛□南斗，整暇坐列皆公侯。江湖浩蕩青天流，清風千古吹棹謳。專城分符得召杜，見此文彩珊瑚鉤。請因諫議思嶽陽，遂歌羽人仍丹丘。杜蘅吹香結衣珮，思與老子同遨遊。

戴雲庵詩

諱驤孫，字子雲，號雲庵，宋人，精地理。

題五九菊

不向東籬吐正葩，芳名空竊楚人家。操難耐冷秋藏色，怪易趍炎夏著花。輕蹙絳紗籠畏日，薄裁紅縠趁殘霞。樽前未識淵明面，醉後時還岸幘紗。

戴竹洲詩

諱龜朋，字叔獻，號竹洲，宋人。

次屏翁韻

走遍江湖早得名，歸來哦句向幃屏。故人今雨時相過，好酒新春肯獨醒？未用阮生三語掾，但遵迂叟四言銘。高明已悟閒居福，當見於門發舊馨。

戴菊軒詩

諱溥，字泊遠，號菊軒。

次屏翁韻

端居養病喜疏櫺，晚興相宜有翠屏[一]。對客焚香無可説，孕和唯酒少曾醒。嚮來雁塔失題字，何日燕然可勒銘。但學蘭蓀自孤植，肯緣巖隱變幽馨。

校勘記

[一] 底本缺此詩，今據四部本補。

戴南隱詩

諱燁，字明遠，號南隱，宋迪功郎[一]。

次屏翁韻

幾番樽酒過書櫺，談笑清風起座屏[二]。一世倡狂渾似醉，此心明白固長醒。英雄自昔難虚老，鐘鼎他年要刻銘[三]。若見傍人問消息，爲言桂子待秋馨。

校勘記

[一] 底本缺戴南隱及其簡介，今據四部本補。其詩誤題作戴菊軒，今據四部本改。

[二] 過書櫺：四部本作「遇書櫺」。

[三] 昔：四部本作「惜」。

戴桂庭詩

諱成祖，字與正，號桂庭。

送留雲上人住翠屏澄照寺

雲出於山復戀山，至今留住翠屏間[二]。片雲既被山留住，雲自留山我自還。

校勘記

〔一〕閒：四部本作「隱」，不合韻。

戴宓齋詩

諱飛，字子翬，號宓齋，宋紹定間任廬江縣尉。

寓杭次族人《催歸詩》韻

休把詩來只管催，也曾對菊賦歸來。閒雲自笑出山去，未雨如何便得回？

戴浦雲詩

諱公孫，字文溥，號浦雲，元末隱居不仕。

客武林送林貴章還家

西風挾雨生早寒，遊子袂薄行當還。堂堂别我向何所？驅車直下天台山。天台山高高插天，子今别去誠可憐。青雲失路歲月晚，黄金散盡今淒然。此行不獨子雲往，我亦爲賦歸來篇。

戴本庵詩　諱需，字君涉，號本庵，元延祐間，任温州路天府北監管勾。

題飛鳴宿食蘆雁

飛鳴宿食態争奇，一片瀟湘筆底移。有翼不傳千里信，無聲難訴九秋悲。孤眠蘆葦喚不醒，遠覓稻粱常苦饑[一]。野壁黄昏遥望處，傷弓幾度誤胡兒。

校勘記

[一] 遠覓：底本作「繞覓」，據四部本改。

戴架閣詩　諱子璋，字文珪，元至正間任中書省架閣。

題錢舜舉畫梅

故人相憶對南枝，寫寄無煩驛使持。此日披圖空想象，猶疑月落酒醒時。

戴海門詩

諱應儀，字文則，至正間任海門巡檢。

雨窗寄友

拭目時吟望，其如景物何！過江山色遠，入竹雨聲多。徑草微通路，渠流細入河。故人家咫尺，乘興肯相過？

戴碧泉詩

諱孟韶，字原成，號碧泉，介軒長子。

至後偶成

寒日初添一綫長，可憐遊子未還鄉。梅花偏有留人意，爲送黄昏一樹香。

戴怡泉詩

諱孟甡，字原進，號怡泉，介軒次子。

送友

江皋多烈風，念子在行役。異鄉雖在邇，慈闈斷消息。草枯野空闊，鳥歸山欲夕。明發不可親，無間意增極[一]。

校勘記

[一] 無間：四部本作「無言」。

戴松石詩

諱宗涣，字原怡，號松石。

寄此山雲

水清風淡剡溪間，一任山雲自往還。怕有月明乘興客，柴門深夜未曾關。

春日懷東白

去年今日送君歸，已見春花兩度飛。别後豈無書可寄，嚮來因有事相違。笑談每憶春風坐，顔色常瞻落月輝。莫問名園並緑水，只今光景舊時非。

戴吏部詩

諱宗瓊，字懷玉，洪武間任吏部主事〔一〕。

送陳南賓赴京

漢廷曲逆有雲仍，喜逐征書謁帝扃〔二〕。謾向雲衢跨逸足，即看丹穴刷修翎。新豐美酒還須醉，内苑啼鶯正好聽。天上故人如有問，釣竿今已占楓汀。

校勘記

〔一〕瓊：四部本作「瑗」。

〔二〕逆：四部本作「直」。

題趙氏來青樓

倚樓孫子好樓居，門外青山畫不如。對面煙嵐侵几案，撲人空翠濕衣裾〔一〕。留情正在雲歸盡，覓句偏宜雨過初。何日登樓遂幽興，臨風笑挹玉芙蕖。

校勘記

〔一〕案：四部本作「格」，以「案」爲是。

題趙仲淵家藏巨然《山居舊隱圖》

趙君平生有畫癖，購畫千金無所惜。軒窗日夕耿晴虹，雁蕩雲煙動秋碧。山居之圖妙無敵，巨然乃肯留真跡。雄峰峨峨狀廬阜，春風喬林翠如織。柴門路入花竹深，仿佛茅茨浣花宅。漁舟漵浦煙浪中，白石離離弄江色[一]。山人構思固不易，造化神機出毫墨。摩挲兩眼看不厭，趙君珍藏信奇特。愧我無詩如杜陵，此畫還君三太息。

校勘記

[一] 漁舟：四部本作「輕舟」。漵浦：四部本作「漵漁」，以「漵浦」爲是。

戴閒懶詩

諱子英，字文瓚[一]，號閒懶，仕至江浙行樞。

遊澄照寺

籃輿春日暖，石蹬轉縈回。山鳥沖煙去，溪雲帶雨來。笑談忘對弈，酩酊醉深杯。爲想竹林興，襟懷好一開。

校勘記

[一] 底本及四部本均作文瓉，貢師泰所作《重刊石屏先生詩序》中作文瓚，以文瓚爲是，據貢序改。

戴松澗詩

諱璿，字文璣，號松澗，博覽群籍，尤精於醫。所著有《喬雲樵唱集》藏於家。

題畫菜

鼎肉紛紛飫腯肥，丹青摹此意何微。年來滿地多蟲蠹，行盡春畦見亦稀。

自述松澗

處世無能祇自憐，攜書投跡市東偏。旋開草徑蒼松下，更結茅齋碧澗邊。宿雨初收鳴雜佩，和風微度響疏弦。餘生果遂棲遲願，蔬食簞瓢亦晏然。

西澗松聲爲李梅塢賦

美人絶塵想，結屋青山陬。蒼松傍西閣，四時風颼颼。美人愛敬客，延我居上頭。初聞怒濤撼，旋覺虚籟浮。宫商一以徹，餘韻還悠悠[一]。涓涓泉出罅，混混川漲流。秋風吼龍虎，落月啼猿猴。倏來自有處，忽去何所留？[二]拄頰坐清曉，聽之情獨幽。怡然援緑綺，一鼓天地秋。

校勘記

[一] 徹：四部本作「輟」。

〔三〕忽：四部本作「倏」。

戴恬隱詩

名璉，字尚重，號怡隱，所著有《草蟲集》，藏於家。

避喧庵自詠

結庵龍鳴村，地僻遠市喧。四山列圖畫，兩溪流淵源。紅塵隔綺陌，緑樹依柴關。飛花點石徑，幽鳥鳴松軒。予生性多癖，習懶愛清閒。蓑笠煙雨中，琴樽風月間。詩成自刊竹，興至時登山。芳沼戲群鱗，空庭舞雙鶴。林下見人稀，對此成獨樂。引泉灌園蔬，擕筐采山藥〔一〕。此外復何心，所貴全天爵。擾擾利名場，誰能免羈縛。焚香讀古書，晴雲鎖窗白。

校勘記

〔一〕山藥：四部本作「仙藥」。

憶子會試無家書

白頭望爾上青雲，數月泥金信未聞〔一〕。自卜情多夢難准，曉來喜聽鵲聲頻。

校勘記

〔一〕頭：四部本作「雲」，以底本爲是。

戴潛勉詩

名通，字允儒，號潛勉，成化丙午鄉貢進士，弘治間，任安州知州。所著有《秋蛩稿》，藏於家。

次韻謝世懋見寄二絶

禾黍擬登場，已洗新飯甕。有田無力耕，長作豐年夢。

舉目望青天，欲破醯雞甕。惜乎獨思君，夜夜迷途夢。

採蓮婦

採蓮復採蓮，花雨濕衣裳。明朝復出門，憑誰定行藏？採蓮復採蓮，秋風生老態[二]。花心有時衰，妾心未憔悴。採蓮復採蓮，紅漾水中天[三]。含情向蓮語，顏色知誰妍！

校勘記

[二] 四部本將第三首作第二首。

[三] 紅：四部本作「舡」。

織婦詞

蟋蟀動秋吟，燈花夜向深。辛勤機上織，未作妾衣襟。

送崔冢宰致仕還鄉

出處堪爲世重輕，東山曾足慰蒼生[一]。兩京臺相推先後，萬國鈞衡屬老成。野渡横舟春浩蕩，金陵見月夜分明。始終全德今歸去，老圃寒花晚自馨。

校勘記

[一] 足：底本作「是」，據四部本改。

悲　歌

莫對鏡，莫對鏡，須白髮蒼容色病。莫食肉，莫食肉，齒漏牙疏不可觸。借問我生年幾何？來日不如去日多[一]。悠悠身世成悲歌。

校勘記

[一] 來日句：底本作「不去日少去日多」，據四部本改。

次陳石齋《留别》韻

采蕨當年未説高，盛名今日竟難逃。争看彩色來虞鳳，獨聽希音變楚騷。魚筍有情君欲往，雲霞無意我初交。桃花寂寞天台洞，盡日東瞻海上勞[一]。

校勘記

［一］原第十卷卷末底本校注：臨海宋興洲校字。

附録二　傳記　序跋　題詠　酬唱　詩評

傳記

戴復古傳[一]

戴復古，字式之，號石屏，黄巖人，今隸太平。父敏，字敏才，號東皋子，以詩自適，不肯作舉子業，與徐似道齊名。工書，得鍾王意。嘗賦《小園》詩，吴興倪祖義稱其一篇之中，歡適、偉麗、清拔、閒暇四體俱備。又有「人行躑躅紅邊路，日落鶻鵃啼處山」句，爲魏慶之所稱許。歿時，語親友曰：「吾病革矣，子甚幼，詩遂無傳乎！」語不及他。復古既長，或告以遺言，收拾殘編，僅存一二，心切痛之，遂篤意學詩。從林憲、徐似道遊，又登陸遊之門，詩益進。生平遊蹤，自東吴、浙西、襄漢、北淮、南越，凡喬嶽巨浸、雲洞珍苑，空迴絶特之觀，荒怪古僻之蹤，周遭數千萬里。遊歷既廣，聞見益多，學益高深而奥密。然復古自謂幼孤失學，胸中無千百字書，如商賈乏資，不能致奇。又言作詩不可計遲速，每一得句，或經年而成篇。嘗見夕照映山，得句云：「夕陽山外山」，自以爲奇，欲以「塵世夢中夢」對之而不愜意。後行村中，春雨方霽，行潦縱横，得「春水渡旁渡」，始相稱，其苦心搜索如此。慶元、嘉定以來，詩人多奔走閫臺郡縣爲謁客，又好雌黄士大夫，口吻可畏。復古雖以詩遊諸公間，然廣坐中，口不談當世事，縉紳多之。真德秀嘗欲疏薦，復古力辭而止。紹定中，爲邵武軍學教授，與郡人嚴粲、嚴羽相善，敦友誼。剡溪姚鏞以忤陳子華謫衡陽，復古由閩度嶺訪之，贈詩云：「一官不幸有奇禍，萬事但求無愧心。」鏞謝之云：「萬里尋遷客，三年見此人。」前後在江湖幾五十年，子琦自鎮江迎還，年已八旬矣。終日坐一樓，焚香觀化，或攜從孫昺、槃、服輩探梅觀鶴，爲詩酒之樂，又數年而後歿。詩以淡雅自然爲宗，昔人謂其句法不減孟浩然，又謂天然不費斧鑿痕，大似高適輩。詞亦音韻天成，時出新意。有《石屏集》及《石屏新語》行於世。

校勘記

〔一〕底本無此篇，録自民國刻本《光緒台州府志・傳十七》。

序跋

按：底本序跋次序較亂，今先序後跋，按其所作前後重新排列。

〔宋〕樓鑰序〔二〕

唐人以詩名家者衆，近時文士多而詩人少。文猶可以發身，詩雖甚工，反成屠龍之技，苟非深得其趣，誰能好之？黄巖戴君敏才獨能以詩自適，號東臯子，不肯作舉子業，終窮而不悔。且死，一子方襁褓中，語親友曰：「吾之病革矣，而子甚幼，詩遂無傳乎！」爲之太息，語不及他，與世異好乃如此！子既長，名曰復古，字式之，或告以遺言，收拾殘編，僅存一二，深切痛之，遂篤意古律。雪巢林監廟景思、竹隱徐直院淵子，皆丹丘名士，俱從之遊，講明句法。又登三山陸放翁之門，而詩益進。一日攜大編訪予，且言：「吾以此傳父業，然亦以此而窮，求一語以書其志。」余答之曰：「夫詩能窮人哉[二]，謂惟窮然後工[三]。笠澤之論李長吉、玉溪生，言甚悲也[四]，子惟能固窮，則詩愈昌矣。余之言固何足爲軒輊邪？」嘗聞戴安道善琴，二子勃、顒並受琴於父。父没，所傳之聲不忍復奏，乃各造新弄，《廣陵止息》之流，皆與世異。其孝固可稱，然似稍過。果爾，則琴亦當廢矣！式之豈其苗裔邪？而能以詩承先志，殆異於此，東皋子其不死矣。嘉定三年歲未盡三日，四明樓鑰書於攻媿齋。

校勘記

[一] 此序又見於《攻媿集·拾遺》（武英殿聚珍版《攻媿集》附）。

[二] 《攻媿集拾遺》無「哉」字。

[三] 謂：《攻媿集拾遺》作「或謂」。

[四] 底本缺「生」、「言」二字，《攻媿集拾遺》本亦缺，據四部本補。

[宋]趙汝騰《石屏詩序》[一]

戴石屏之詩有樓攻媿先生之序文、諸名公鉅賢之品題，不患不傳遠也。趙懶庵爲選其尤者别爲小集，乃命僕爲此序，無乃以非人爲贅耶！懶庵於詩少許可，韋、陶之外，雖輞川、柳州集，猶有所擇，今於石屏詩，取至百三十首，非其機有契合者乎？夫詩之傳，非以能多也，以能精也。精者不可多，唐詩數百家，精者纔十數人；就十數人中選其精者，纔數十篇而已。惟少陵、謫仙能多而能精，故爲唐詩人巨擘也。蓋藝之難精者，文也；文之難精者，詩也。運奇於斧鑿者，少從容之態；受成於材具者，希汲取之功；豪逸者欠雋永，慘澹者乏膾炙；取妍耳目者興未必高遠，寄吟性情者詞多至流宕。凡是者，皆詩之瑜而瑕者也。石屏之詩，平而尚理，工不求異，雕鎪而氣全，英拔而味遠。玩之流麗而情不肆，即之冲淡而語多警。懶庵之選，其旨深矣。雖然，石屏自謂幼孤失學，胸中無千百字書，强課吟筆，如爲商賈者乏資本，終不能致奇貨也。又言作詩不可計遲速，每一得句，或經年而成篇。僕曩在贛州[二]，見懶庵論作詩亦然，二公契合之機，豈不□□乎！石屏，其所居山也，即之爲號。其名復古，字式之，天台人。其姓字不待人拈出也。紹定二年三月浚儀趙汝騰序。

校勘記

[一] 此序又見於《光緒黄巖縣志》卷二八。
[二] 贛：底本缺「州」字，據四部本補。

[宋]包恢序[一]

石屏以詩鳴東南半天下，其格律風韻之高處，見諸當世名公之所品題者，不可以有加矣，況予他日未嘗學詩，又安能措一詞！第嘗私竊評之，古詩主乎理，而石屏自理中得；古詩尚乎志，而石屏自志中來；古詩貴乎真，而石屏自真中發。此三者皆其源流之深遠，有非他人之所及者。理備於經，經明則理明。嘗聞有語石屏以本朝詩不及唐者，石屏謂不然，本朝詩出於經，此人所未識，而石屏獨心知之。故其爲詩正大醇雅，多與理契。志之所至，詩亦至焉。石屏痛念其先君子平生不肯作舉子業，而顓以詩自適，臨終，以子在襁褓，而慮詩或遂無傳。石屏長而有聞，深切疚心，求以傳父業，顯父名，是其志也，實繼父志也。故其爲詩，感慨激發，多與志應。陶靖節言：「此中有真意，欲辨已忘言。」故讀書不求甚解。黄太史稱杜詩無一字無來處，然杜無意用事，直意至而事自至耳。黄有意用事，未免少與杜異，不知四詩三百篇用何古人事若語哉！石屏自謂少孤失學，胸中無千百字書。予謂其非無書也[二]，殆不滯於書與不多用故事耳，有靖節之意焉。果無古書，則有真詩，故其爲詩，自胸中流出，多與真會。三者備矣，其源流不甚深遠矣乎！故詩有近體，有古體，以他人則近易工而不及古，在石屏則古尤工而過於近。以此視彼，其有效晚唐體如刻楮剪繒，妝點粘綴，僅得一葉一花之近似，而自耀以爲奇者，予懼其猶黄鍾之於瓦釜也。此予所私竊自評者，亦未始爲石屏道，今敢以是質之，請石屏自剖決，予也奚敢妄爲若是決！淳祐壬寅孟夏四日，盱江包恢書於赤城皇華館。恢以卧疾，未能自書，不免令朋友代札，伏乞尊照。恢皇恐申稟。

校勘記

[一] 此序又見於《皕宋樓藏書志》卷八七、《民國台州府志》卷七五。

[二] 《皕宋樓藏書志》本無「書」字。

[宋]吴子良《石屏詩後集序》[一]

石屏戴式之，以詩鳴海内餘四十年，所搜獵點勘，自周漢至今，大編短什，詭刻秘文，遺事廋説，凡可資以爲詩者，何啻數百千家。所遊歷登覽，東吴、浙西、襄漢、北淮、南越，凡喬嶽巨浸、靈洞珍苑，空迴絶特之觀，荒怪古僻之蹤，可以拓詩之景、助詩之奇者，周遭何啻數千萬里。所酬唱諗訂，或道義之師，或文詞之宗，或勳庸之傑，或表著郡邑之英，或山林井巷之秀，或耕釣酒俠之遺，凡以詩爲師友者，何啻數十百人。是故其詩清苦而不困於瘦，豐融而不豢於俗，豪健而不役於麄，閒放而不流於漫，古澹而不死於枯，工巧而不露於斫，聞而争傳，讀而亟賞者，何啻數百千篇。蓋嘗論詩之意義貴雅正，氣象貴和平，標韻貴高逸，趣味貴深遠，才力貴雄渾，音節貴婉暢。若石屏者，庶乎兼之矣。豈非其搜攬於古今者博耶？豈非其陶寫於山水者奇耶？豈非其磨礱於師友者熟耶？雖然，此舊日石屏也，今則不類。行年七十七矣，焚香觀化，付斷簡於埃塵；隱几閉關，等一樓於宇宙；離群絶侶，對獨形爲賓朋。而時發於詩，曠達而益工，不勞思而彌中的。然則詩固自性情發，石屏所造詣有在言語之外者，非世俗所能測也。淳祐三年六月日，荊溪吴子良序。

校勘記

〔二〕此序又見於清嘉慶刻本《赤城集》卷一七、《嘉慶太平縣志》卷一五下。

〔元〕貢師泰《重刊石屏先生詩序》

詩不讀三百篇，不足以言詩，然多雜出於里巷男女歌謡之辭，未必皆詩人作也。詩不盡作於詩人，而天下後世舍三百篇則無以爲法者，宜必有其故哉！詩一降而爲楚、爲漢，再降而爲魏、爲晉宋，下至陳隋，則氣象萎薾，詞語靡麗，風雅之變，於是乎極矣。至唐杜子美，獨能會衆作，以上繼三百篇之遺意，自是以來，雖有作者，不能過焉。宋三百年，以詩名家者豈無其人，然果有能入少陵之室者乎？當宋季世，有戴石屏先生者，慨遺音之不作，惡蠅聲之蠱聽，乃力學以追古人，而成一家之言。先生生於黄巖之南塘，負奇尚氣，慷慨不羈。南遊甌閩，北窺吴越，上會稽，絶重江，浮彭蠡，泛洞庭，望匡廬、五老、九疑諸峰，然後放於淮泗，以歸老於委羽之下。顧其遊歷既廣，聞見益多，而其爲學益高深而奥密。故其爲詩，如逝波之魚，走壙之獸，摶風之鵬，其機括妙運，殆不可以言喻者矣。然其大要悉本於杜，而未嘗有一辭蹈襲之者。嗚呼！此其所以爲善學者乎！至於音韻格律之升降，則與時爲盛衰，有非人力之所能爲者矣。今其詩傳世已久，而又有八君子爲之論著，予生也晚，於先生復何言哉！先生之諸孫文璝知所好尚，校舊本以圖新刻，益廣其傳，垂之永久，可謂能世其家者。予過天台，文璝間以序來謁，遂不敢以後學辭，而書之首簡。先生諱復古，字式之，石屏其自號云。至正戊戌孟冬既望，宣城貢師泰序。

[明]謝鐸《重刊石屏詩集序》[一]

宋之南渡，吾台文獻實稱東南上郡，而詩人亦多有聲江湖間，若石屏先生戴公式之，其一也。然當其時，台之人以科第發身致顯融者何限，而石屏獨工於詩以窮，豈詩固能窮人哉！蓋天之於富貴，往往在所不惜，而於斯文之權，恒若有所靳，而不易以予人，何也？斯文，天地精英之氣，必間世而後得；富貴倘來之物，趙孟之所能賤者也。故一代之興起，而爲將相者比肩接踵，而文章之士或不能以一二數，幸而得之，必困折其身，拂鬱其志，俾之窮極而後已。若漢之蘇李，唐之李杜，宋之蘇黄，其於詩也，皆出於顛沛放逐之餘，而後得以享大名於後世，夫豈易而予之哉！雖然，其視富貴之極而泯泯無聞者，則不啻天壤矣。是以古之君子，寧爲麟踣，無爲鴟鳴；寧爲玉碎，無爲瓦全，實亦有見乎天之意，其所重者固在此而不在彼也[二]。於乎！亦豈獨石屏一詩人然哉[三]！三代以降，以道致窮，雖上聖大賢如孔孟者，亦所不免[四]，則夫石屏之以詩窮[五]，亦何足怪哉！石屏之詩，當宋紹定中，樓攻媿鑰、吴荊溪子良諸公嘗序之以行於世矣[六]。弘治初，其裔孫廣東參政豪將重刊之[七]，未就而卒。今廬之六安學正鏞，參政從父也，將畢參政之志而未能，以告於其守貳宋君克明、馬君汝礪[八]。二君素重斯文而樂於義舉者[九]，乃不閲月而功以告成焉。於乎！石屏之没，幾三百年，而詩又大行於世，石屏於是乎不窮矣。彼之營營以富貴爲達者，誠惡足以知之！弘治十年丁巳夏四月十有九日，賜進士朝列大夫南京國子祭酒前翰林侍講兼修國史經筵官致仕邑人謝鐸序[一〇]。

校勘記

[一] 此序又見於《謝鐸集》卷五〇（中華書局二〇〇二年十月版），下簡稱「謝本」。

[二] 謝本無「重」字。

[三] 謝本無「亦」字。
[四] 謝本作「亦有所不免」。
[五] 則夫： 謝本作「然則」。
[六] 謝本無「諸公」二字。 樓序作於嘉定三年，吴序作於淳祐三年，均不在紹定中，謝序記述有誤。
[七] 謝本作「其裔孫廣東參政豪慨念散逸，將重刻之」。
[八] 謝本作「以告於克明」。
[九] 二君： 謝本作「克明」。
[一〇] 謝本無日期和署名。

[清]宋世犖《重刊石屏集序》[一]

吾郡戴石屏以詩鳴於南宋之末。江湖派衍，魏闕戀深，不無悲感之詞，惟以忠孝爲主。想其一身飄泊，千里漫遊，冰雪滌其胸襟，江山助其氣勢。詩是吾家之事，長撚吟髭；身無人國之謀，但知蒿目。殘山剩水，中原之收復何時？戛石鏗金，處士之吟聲益壯。蓋瓣香於杜老，親炙於放翁，用能成一家之言，垂千秋之業。以視流連風月、掇拾珠琲、祭獺求工、刻鳧矜肖者，相去未可以道里計也。而或訾其風格，疑其急微，抑亦過刻之談矣。集爲明弘治間石屏裔孫學正鏞所刻，余於鄞天一閣見其本，匆促未及借鈔。丙子秋仲，長塘鮑生正字以鈔本見寄，遂付梓人。惜三豕之尚訛，艱一鴟之别借。亦曰訂台山之詩派，此爲大宗；廣藝苑之流傳，聊存變雅云爾。時嘉慶丁丑秋七月，文林郎知陝西鳳翔府扶風縣事臨海宋世犖撰。

校勘記

[一] 底本以此篇爲首篇。

[宋]鞏豐題跋[一]

乾道間，東皋子以詩鳴。式之幼孤，壯乃能承其家。余頃於都中，嘗見江西胡都司、楊監丞皆甚稱其詩，蓋二公導誠齋宗派，不輕許與。别去逾三年矣，一日忽見過於武川村舍，袖出近作一編，款論終日，余爲之廢睡，挑燈熟讀，仍爲摘句，猶未能盡。大抵唐律尤工，務新奇而就帖妥，道路江湖間，尤多語意之合，讀之使人不厭。余益老矣，不復能進矣，倘未委土壤，尚及見君淩厲斯世，捫參曆井，横翔而傑出也。東坡云：「詩非甚習不能工。」余謂如登羊腸之坂，中間無地駐足，不進即退，雖有過人之才，可不勉哉！　嘉定七年正月甲戌，栗齋鞏豐。

校勘記

[一] 本文底本無題，此題爲點校者所加，以下諸跋同。

[宋]真德秀題跋[一]

戴君詩句高處不減孟浩然，予叨金鑾夜直，顧不能邀入殿廬中，使一見天子，予之愧多矣。　嘉定甲戌月日，建安真德秀書。

校勘記

[一] 此跋又見於《皕宋樓藏書志》卷八七。

[宋]楊汝明題跋[一]

陶元亮責子不好紙筆，杜子美喜其子新知句律，詩人惓惓於傳業如此。式之再世昌其詩，東皋子可無憾矣。甲戌冬孟，眉山楊汝明書於道山堂。

校勘記

[一] 此跋又見於《宋代蜀文輯存》卷七九。

[宋]趙蕃題跋[二]

學詩者莫不以杜爲師[三]，然能如師者鮮矣。句或有似之，而篇之全似者絶難得。陳後山《寄外舅郭大夫》：「巴蜀通歸使，妻孥且定居。深知報消息，不忍問何如。身健何妨遠，情親未肯疏。功名欺老病，淚盡數行書。」此陳之全篇似杜者也。戴式之亦有《思家用陳韻》云：「湖海三年客，妻孥四壁居。饑寒應不免，疾病又何如？日夜思歸切，平生作計疏。愁來仍酒醒，不忍讀家書。」此式之全篇似陳者也。蹈中所選，乃不在數，何耶？趙蕃。

校勘記

[二] 此跋又見於清光緒刻本《章泉稿》拾遺。

[三] 《章泉稿》無「爲」字。

[宋]倪祖義題跋

作詩難,選詩尤難,多愛則泛,過遴則遺逸。懶庵爲石屏戴式之摘取百餘篇,兼備衆體,精矣。章泉所拈出,則其尤精而汰者也。然染指知鼋美,窺管識豹斑,愛式之詩者,讀此足矣。式之方盡屏世學,坐進此道,發其英華,見於章什,必當方駕李杜,深入陶柳,得天之趣,侔神之工,回視舊編,遂成組繡。余未老,尚及見之。壽峰倪祖義書於江西談笑堂。

[宋]趙汝談題跋[一]

式之與蹈中弟齊年,而又俱喜爲詩。式之謂蹈中有高鑒,盡出其平生所作,使之擇焉,得百餘首,此編是也。余讀之竟,見式之才果清放,弟識亦盡精到,皆非杇拙所能逮者。然式之老益窮,奔走衣食四方,猶未得歸休於家,而蹈中則下世踰年矣。自古文士往往困躓,其稍幸稱遂者,天輒不假之年,蓋存殁俱可哀也,余暇復論詩哉!姑命録藏,而歸其本式之,且題其後,以致余歎息云。甲申歲夏浚儀趙汝談。

校勘記

[一]此跋是爲《石屏小集》所作,又見於《皕宋樓藏書志》卷八七。

[宋]姚鏞題跋[一]

詩盛於唐,極盛於開元、天寶間,昭、僖以後,則氣索矣,世變使然,可與識者道也。式之詩天然不費斧鑿處，大似高三十五輩。使生遇少陵，亦將有「佳句法如何」之問。晚唐諸子當讓一頭。紹定六年三月廿四日，剡姚鏞。

校勘記

〔一〕此跋又見於清嘉慶刻本《雪篷稿》。

〔宋〕王埜題跋

近世以詩鳴者多學晚唐，致思婉巧，起人耳目，然終乏實用。所謂言之者無罪，聞之者足以戒，要不專在風雲月露間也。式之獨知之，長篇短章，隱然有江湖廊廟之憂，雖詆時忌、忤達官，弗顧也。猶每以不讀書爲恨。予曰：「平生不識字，把筆學吟詩」，非韋蘇州之言乎？蘇州興寄沖逸，遠追陶、謝，顧不識字邪？蘇州且不識字，式之亦何必讀書哉！端平甲午良月初吉，潛齋王埜子文。

〔宋〕趙以夫題跋

戴石屏詩備衆體，采本朝前輩理致，而守唐人格律，其用功深矣，是豈一旦崛起而能哉！集首東皋子二詩，雖斑駁不完，而思致風骨概可想見，此其源流也。少陵之詩，是固天授神助，而發源實自於審言，審言之詩至少陵而工，石屏本之東皋，又祖少陵，雖欲不傳，不得而不傳。少陵所謂「詩是吾家事，人傳世上名」者是也。石屏與遊，皆當世鴻儒鉅公，精筆妙墨，極力摹寫，曾不盡其妙，又假僕輩以爲置郵，何邪？若僕輩，正有托於石屏者也。端平甲午十月既望，東平趙以夫書。

校勘記

〔二〕此跋又見於《皕宋樓藏書志》卷八七。

〔宋〕姚鏞題跋

式之以詩鳴江湖間垂五十年，多識前輩，晚乃與余爲忘年友。余既流放，式之由閩嶠度梅嶺，涉西江，吊余於衡嶽之陽，此意古矣。觀近作一編，其於朋友故舊之情，每惓惓不能忘，至於傷時憂國，耿耿寸心，甚矣其似少陵也。忠義根於天資，學問培於諸老，故其發見，非直爲言句而已。式之復俾銓次，不敢辭，得六十篇，爲第四稿下，且效李友山摘奇左方。端平三年，歲在丙申五月丁卯，剡人姚鏞。

〔宋〕李賈題跋

石屏南歸，過僕於湓江尉舍，出示雪篷姚公所選四稿下卷，僕永歌不足，併入梓以全其璧。端平丙申九月十日，月洲李賈友山敬識。

〔明〕馬金《書石屏詩集後》

天台布衣戴屏翁以詩鳴宋季，類多閔時憂國之作。同時趙蹈中選爲《石屏小集》，袁廣微選爲《續集》，蕭學易選爲第三稿，李友山、姚希聲選爲第四稿上下卷，鞏仲至仍爲摘句。又有欲以其詩進御而刊置郡齋者。雖其向上功夫未暇深論，其詩已爲世重。而見於板行者，又皆諸名賢選摘，序跋具存，可考也。今觀陳昉氏跋語，謂其有忠益而無諂求，有謙和而無誕傲。希聲謂其忠義根於天資，學問培於諸老。方萬里謂自慶元以來，詩人爲謁客者相率成風，干求一二要路之書，副以詩篇，動獲千萬緡，往往雌黄士大夫，口吻可畏，至於望門倒屣。石屏爲人則否，廣坐中不談世事，縉紳多之。則翁之取重於世，豈直篇什之工哉！成化中，家君入翰林，始得翁詩寫本，命金手録，每病其訛舛，未有以正也。後十有五年，金以郎吏倅廬，罪戾之餘，時誦翁「一官不幸有奇禍，萬事但求無愧心」之句以自厲。適六安學正鏞出示家藏板本，並詩鈔一帙，板本較前寫本頗詳，然脱簡尚多，字或漫滅不可讀。考之晦庵先生答仲至書，有云：「黄巖老過訪，惠詩一篇，甚佳。亦見刊行《小集》，冠以誠齋之詩。」黄巖老，蓋指翁也[二]。《小集》，疑即蹈中所選者。夫以投贈大儒之詩，得經題品，而集中不載，非獨散軼爲可恨，而竊重有感焉。蓋自爲童子時，僅見翁詩一二於他本。逮今壯歲，宦遊中外，旁搜博訪，猶未獲其全集，幸而存者又訛缺如是，嗚呼！亦難矣！乃於政暇，據二本之同異，親自校讎，重加編次。東皋子十詩仍録集首，詩抄乃東野、漁村、秋泉、充庵、樗巢、介軒諸君所作，附載於後。東皋，翁之父；東野以下至學正君，皆其裔孫也。學正君拳拳於先世文獻，有足尚者。又四年編成，凡十卷。爰謀諸太守宋侯，刻而傳之，以成其志，因系予所感如此。侯嗣有所得，續附焉。且以見台郡人物之盛，戴氏詩派之遠。而讀其詩者，又當論其人及其世云。弘治戊午孟夏初吉，賜進士奉議大夫直隸廬州府同知、前刑部員外郎西充馬金汝礪父，書於郡之班政亭。

校勘記

[二] 黄巖老：名黄景説，字巖老，號白石，福建人。晦庵先生所指是黄景説，非指戴復古，馬金有誤。

序跋補輯

[宋]高斯得《東皋子詩序》[一]

黄巖戴復古式之持其先人《東皋子》詩一編，過余而言曰：「余先人平生嗜詩，没時余幼，稿無一存，少長乃得一首一聯于竹所先生徐淵子，其後盡力得九篇，餘皆散佚，無可復訪。夫逸者固已無可奈何，其僅存者非有所托，是又將逸矣。盍置一談於篇端與吾先人以不朽乎？」余謝不敢當，請益力，受而讀之，見其詩風度雅遠，旨趣和平，發言成章，不假雕琢，蓋庶幾乎所謂落落穆穆者。然玩繹移晷不能去手，又以知文於天地間未有無其緒而傳者，式之之昌其詩，殆出於此乎？雖然，式之之顯其親，不托於其可托非也。昔吴武陵奉其先人文集，屬序于柳柳州，既亟稱之，且謂古之太史必求民風陳詩以獻於法官，近世未能盡用古道，故吴君之行不昭而其辭不薦。余謂吴君之詩雖不得獻於法官，有柳州以題其首簡，其爲昭且薦也多矣。今世雖無柳州，要必有執斯文牛耳者，式之其往謁焉，余言未足托也，姑識於篇末云。

校勘記

[一] 録自武英殿聚珍版《恥堂存稿》卷四。

[清]吴之振《宋詩鈔·石屏詩鈔序》[一]

戴復古字式之，天台黄巖人，居南塘石屏山，因自號焉。負奇尚氣，慷慨不羈。少孤，痛父東皋子遺言，收拾殘稿，遂篤志於詩。從雪巢林景思，竹隱徐淵子講明句法，復登放翁之門，而詩益進。南遊甌閩，北窺吳越，逾梅嶺，窮桂林，上會稽，絶重江，浮彭蠡，泛洞庭，望匡廬、五老、九疑諸峰，然後放於淮泗，歸老委羽之下。遊歷既廣，聞見益多，爲學益高深而奥密，以詩鳴江湖間五十年。或語復古：「宋詩不及唐。」曰：「不然，本朝詩出於經。」此人所未識，而復古獨心知之。故其詩正大醇雅，多與理契，機括妙用，殆非言傳。然猶自謂胸中無千百字書，如商賈乏資本，不能致奇貨。蓋謙言也。吳荊溪稱其「搜獵點勘，自周漢至今，大編秘文，遺事廋説，何啻數百千家」。包盱江亦謂「正不滯於書」。乃楊升庵直議其「無百字成誦」，此癡人説夢耳！又傳其遊江西，富家以女妻之，三年思歸，乃言曾娶婦，翁怒，女曲解之，臨行贈詞曰：「惜多才，憐薄命，無計可留汝。揉碎花箋，忍寫斷腸句？道旁楊柳依依，千絲萬縷，抵不住一分愁緒。捉月盟言，不是夢中語。後回君若重來，不相忘處，把杯酒澆奴墳上土。」遂自投江死。今考集中略無蹤跡，後人因詩餘《木蘭花慢》一闋，有「重來故人不見，但依然楊柳小樓東」之句，乃強實之。讀陳昉跋云：「有忠益而無諂求，有謙和而無誕傲。」姚鏞云：「忠義根於天資，學問培於諸老。」朱子亦以詩相贈酬。使無行至此，其得爲大儒君子所稱許，至升庵乃發覆耶？平生著作甚富，趙懶庵選百三十首爲《小集》，觀者謂趙於古少許可，而此編特博。袁蒙齋又選爲《續集》，蕭學易選爲第三稿，李友山、姚希聲選爲第四稿，鞏仲至又爲摘句。復古自云：「詩不可計遲速，每一得句，或經年而成篇。」其鍛煉之苦，師友琢削之精，故所選得十九焉。方萬里曰：「慶元以來，詩人爲謁客成風，干求要路，動獲千萬，石屏鄙之不爲也。」嗟乎！安得斯人一愧世之幅巾朱門，望塵獻詩者哉！

校勘記

[一] 録自清康熙刻本《宋詩鈔》。

〔宋〕劉克莊《跋二戴詩卷》〔一〕

余爲儀真郡掾，始識戴石屏式之，後佐金陵閫幕，再見之。及歸田里，式之來入閩，又見之。皆辱贈詩。式之名爲大詩人，然平生不得一字力，皇皇然行路萬里，悲歡感觸，一發於詩。其侄孫頤橐其遺稿示余，追念曩交式之，余年甫三十一，同時社友如趙紫芝、仲白、翁靈舒、孫季蕃、高九萬，皆與式之化爲飛仙。余雖後死，然無與共談舊事者矣。頤詩亦有石屏風骨，諸公多稱之。昔《禮記》有二戴，余謂詩亦有之，敬尊石屏曰「大戴」，頤曰「小戴」。

校勘記

〔一〕録自四部叢刊初編本《後村先生大全集》卷一〇九。

〔明〕戴鏞題跋〔一〕

凡物之成毁有數，而斯文之顯晦有時，數與時遇，而所以成而顯之，則又有賴乎其人焉耳。昔昌黎韓子極力於文詞，卒棄爲頹壁間物，至宋，得歐陽子表而出之，始克盛行。而柳柳州之文，亦必待東坡稱之，而後人知其與韓頡頏。夫以二公之文猶爾，而況其他乎！先世《石屏詩全集》，宋紹定間已板行，歲久湮滅，而家藏本亦散逸。天順初，家君恬隱先生重録《小集》並《續集》爲一帙，家兄安州守潛勉先生檢故篋，復得刻本後集第四稿下卷並第五稿上下二卷，鏞亦於藏書家得律詩數十篇。成化己亥，悉付侄進士豪攜至京，求完本。豪復取《南塘遺翰》所載東野諸先世古律絶詩若干篇附《石屏集》後，將刻以傳。繼而豪奉命參廣東政，未幾卒於官，而是志竟弗果矣。鏞往典六校時，每一展誦，欲付諸梓，而力未能也。適今郡侯西充馬公由憲部郎出倅於廬，行部按六，公暇評古今詩，鏞因取以進，且告之故。公亟讀，三歎曰：「是可以無傳乎！其責在我矣。」乃攜歸郡齋，手自類次，仍正其訛缺，而復序諸其後。因與前郡侯宋公謀而刻之。嗚呼！是集之傳，豈偶然哉！顯於始，晦於中，而復流布於終。是雖時數之使然，抑亦公好古右文之所致也。雖然，公不獨於斯文然爾，爲政恒先理冤滯，植善類，恤窮獨，皆是心也。他日推是心以舉遺逸，以修廢墜，以壽國家命脈，其勳業文章，將與歐、蘇二公埒。而先世之詩，或因公以垂永久，與韓、柳二集相終始，豈非幸哉！豈非幸哉！弘治甲子歲中秋日，迪功郎南京國子監監丞十世孫鏞謹識。

校勘記

〔一〕據四部本補。

又〔一〕

鏞往典廬之六學，承郡侯宋、馬二公重刻先世《石屏詩集》於郡齋，繼而宋公改慶陽，鏞亦承乏國學，今馬公又擢參貴藩去。鏞懼板摹累費廬民，久將就淪棄也，乃進咨掌監事少宰黄先生，移檄廬郡，取而歸之國學東書樓而庋焉。昔李公擇藏書於白石僧舍，將以供後人無窮之求。鏞今藏於是者，要亦以爲天下之公器，而匪敢私於祖宗也。凡同是心者，幸相與永其傳焉。正德二年春二月清明日鏞識。

校勘記

〔一〕據四部本補。

題詠

題式之詩卷後

鸞江江上路，尚記昔年遊。久客誰青眼，苦吟君白頭。塵沙投馬箠，風雪敝貂裘。百首詩精揀，親逢趙倚樓。

南豐曾極景建

矯首天地間，淒其望終古。前輩久零落，斯文日榛莽。戴君天台秀，忽向南方來。老氣横九州，胸次何崔嵬。藻□晚更奇，崩騰豁高趣。疑是赤城霞，飄摇墮章句。白首一孤劍，誰人薦子虚。有時杯酒間，高論傾淮湖。既有四海名，何慚萬鍾樂。君看榮與賤，千載俱冥漠。

月洲李賈友山

老氣棱棱未易攀，誼襟凛凛可廉頑。瘦筇只在江湖上，詩卷旁行天地間。社雨風花春正好，酒壚山屐夢相關。夔州以後花繩削，今度編成不要删[一]。

豫章李義山

校勘記

[一] 花：底本缺字，據四部本補。

曩從懶庵遊，輒道手擇戴式之詩百篇。懶庵仙去今四年，式之忽持所擇詩來過。時余臥疾，輾轉蘇醒，果知懶庵筆削不輕，而式之負名不虚也。因賦鄙語一章以贈

怕得公卿知姓名，扁舟棹月過湖城。臥聽蘆葉頭添白，吟到梅花語更清。拋却石田甘遠客，愛看山色每分程。如何亦肯敲寒屋，松火煎茶共短檠。

萬里趙希邁

少年曾讀石屏詩，老去江湖幸見之。百倍尋常真足惜，十存八九實堪悲。蛙鳴蟬噪人争羡，天巧神功彼自知。我欲流傳天下去，爲求完本補亡誰。

同邑無逸林璧

書式之詩卷[一]

七十行年戴石屏，同時諸老各凋零。扁舟歸去自漁舍，冷骨秋來更鶴形。天地無情頭盡白，江山有分眼終青。剡溪定有人乘興，月下柴門不用扃。

右詩見方嶽《秋崖小稿》，嘉慶七年知不足齋補録

校勘記

[一] 原注：石屏遊諸老間，得詩名又早，諸老凋謝，獨石屏巋然魯靈光耳！余生後三十二年，纔此一識，秋風别去，因書數語集中。詩又見於清抄本《秋崖先生小稿》卷一四。

酬唱

按：以下爲新搜集的諸家酬唱詩詞和詩評，底本所無。

和天台戴復古韻

半生胸次著嵯峨，到得廬山鬢欲皤。列岫但蒙排闥入，一壺未許扣舷歌。清風六月猶嫌剩，明月三秋不厭多。擬向清朝新白鹿，結茅深處傍松坡。

録自清抄本《復齋先生龍圖陳公文集》卷五，陳宓

戴式之來訪惠《石屏小集》

詩翁香價滿江湖，肯訪西郊隱者居。瘦似杜陵常戴笠，狂如賈島少騎驢。但存一路征行稾，安用諸公介紹書。篇易百金寧不售，全編遺我定交初。

録自清嘉慶刻本《梅屋吟》，鄒登龍

和戴石屏見寄韻二首

海邦太守常時有，海上詩翁間世奇。自賦歸來石屏去，不煩繩削草堂知。高情豈爲時情改，浩氣難隨血氣移。句老律精何酷似，昔題蜀相孔明祠。

草茅恨我非時樣，五馬駑材無寸奇。千里赤城皆欲殺，一雙青眼獨蒙知。每懷設榻迎徐意，尚擬扁舟訪戴時。炯炯此心常唔對，思公輒復誦公詩。

録自民國刻本《敝帚稿略》，包恢

和戴石屏二首

赤地我民苦，寸心天我知。元元争救死，凜凜強扶危。備具先三日，憂端彼一時。倏然返生意，人力豈能爲。

叫得神明力，挽回天地心。連朝被甘澤，既雨積重陰。水滿田高下，涼生秋淺深。老癃幸無死，一飽慶從今。

贈戴石屏

詩老相過鬢已星，吟魂未減昔年清。揮毫不著塵埃語，盡把梅花巧琢成。

以上録自清嘉慶刻本宋韋居安《梅磵詩話》卷中，王伯大

送戴復古謁陳延平

倉部當今第一流，艱難有詔起分憂。城危如卵支群盜，膽大於身蔽上遊。應是孔明親治事，豈無子美可參謀。君行必上轅門謁，爲説披簑弄釣舟。

録自《後村居士詩》卷九，劉克莊

遇周子俊自行在還言石屏消息

不見石屏老，相逢問客船。長沙聞近別，行在定虚傳。兵革來書斷，江湖望眼穿。他時同話此，把臂喜應顛。

逢戴式之往南方

此老相逢日，中原正用兵。黄塵空北望，白首更南征。今古悲秋意，江湖惜別情。幾時羣盜滅，匹馬會神京。

以上録自《滄浪嚴先生吟卷》卷二，嚴羽

送戴式之歸天台歌

吾聞天台華頂連石橋，石橋巉絶横煙霄。下有滄溟萬折之波濤，上有赤城千丈之霞標。峰懸磴斷杳莫測，中有石屏古仙客。吟窺混沌愁天公，醉飲扶桑泣龍伯。適來何事遊人間，飄飖八極尋名山。三花樹下一相見，笑我蕭颯風沙顔。手持玉杯酌我酒，付我新詩五百首。共結天邊汗漫遊，重論方外雲霞友。海内詩名今數誰，羣賢翕還争相推。胸襟浩蕩氣蕭爽，豁如洞庭笠澤月。寒空萬里雲開時，人生聚散何超忽，愁折瑶華贈君別。君騎白鹿歸仙山，我亦扁舟向吴越。明日憑高一望君，江花滿眼愁氛氲。天長地闊不可見，空有相思寄海雲。

録自《滄浪嚴先生吟卷》卷三，嚴羽

送戴式之

自小尋詩出，江湖今白頭。應嫌少陵讀，不似子長遊。風雨夜愁枕，鶯花春醉樓。吟邊消息好，懷古問沙鷗。

李賈攜詩卷見訪，賈與嚴滄浪遊

石屏新卷里，曾得見君詩。大册煩來教，平生慰夢思。高標去塵遠，古調少人知。汝與吾宗好，風騷更屬誰。

以上録自清嘉慶刻本《中興群公吟稿》戊集卷七，嚴粲

戴式之垂訪村居

故人手持一緘書，扁舟清晨造我廬。爲問舟從何方來，欲應未應先長籲。長安平旦朱門開，曳裾靸履喧春雷。獨有詩人貨難售，朔雪寒風常滿袖。孤館青燈不自聊，短帽鶉衣競相就。獬豸峨冠豈無事，不觸姦邪觸詩士。雖當聖世尚寬容，滔滔寧免言爲諱。軒瑟齊竽本難遇，長編巨軸添憂慮。松菊荒蕪歸計遲，欲向何門誦佳句。君不見古者防川不禁口，里諺村謡無不有。美刺箴規三百篇，删取皆經聖人手。漢魏著述充層雲，采擷花草香紛紛。其間國政最親切，世許少陵能愛君。交衢謗木求胥誨，盛若勛華猶不改。風雅遺音儻尚存，篇篇遒鐸皆應採。小人幾度邪侵正，何嘗斷隔無歌詠。風雨蕭蕭雞自鳴，誰顧寒莎響蛙黽。但恐君詩未工耳，工則奚愁強疵毁。益藉譏評達九重，送起聲名赤

霄裏。况於時事無交涉，仿郊寒山題木葉。千齡得失寸心知，笑爾隨群走干謁。請君頭上巾，爲君抖却歧路塵。解君身上衣，爲君拂去京洛緇，三濯三洗清冷池。一日失機械，二日忘是非，三日天籟呼吸吹。勇將漫刺付流水，開口盡作歡喜辭。天台石橋春已知，别有野鶴相追隨，苟欲避世不可遲。請君歸，君勿疑。

録自清嘉慶刻本《汶陽端平詩雋》卷一，周弼

次韻酬戴式之

山房秋蘚滑，吾亦爲詩來。家遠雁初到，邊寒菊未開。貧知心事古，老覺鬢毛催。能共清談否，呼童急洗杯。

再用韻約式之

已掃秋庭月，蹇驢來未來。一官連我俗，雙眼向誰開。書癖工爲祟，詩窮不受催。是中惟酒可，到手莫停杯。

以上録自《秋崖先生小稿》卷一一，方嶽

熙春臺用戴式之韻

山城無處著鼇頭，與客相攜汗漫遊。六月亦寒空翠合，一溪不盡夕陽流。有蔬筍氣詩逾好，無綺羅人山更幽。白雪翻匙秋已近，洗吾老瓦起相酬。

録自《秋崖先生小稿》卷二〇，方嶽

次韻戴石屏見寄

霞嶠詩人窟，夫君獨擅場。太羹無厚味，嘉稷有真香。投老安蓬户，平生似草堂。遥知道機熟，尊酒百憂忘。

次韻戴石屏見簡二首

採玉探珠遍九圍，先容分不到離奇。委心自信天行止，用世定慙道覺知。且可謾持東海釣，終期不負北山移。杜陵雖老心猶壯，盍與同尋蜀相祠。

入東頗亦交名勝，安道聞孫更崛奇。明月清風能我共，高山流水只君知。遥憐把酒懷人處，正是登樓望遠時。安得抽簪投海岸，相從朗誦快心詩。自注：戴有《快心詩》數十章。

以上録自清同治刻本《恥堂存稿》卷八，高斯得

同戴石屏十人重遊，分韻得「鑿」字，即席賦

綫逕盤邅回，老壁出參錯。洞深路欲無，且進還悸愕。太虚墮滓液，有此奇偉作。芮也勞斧斤，此語失之鑿。鬬崖濕生雲，泉雜雲影落。殿頭何時仙，怡然騎木鶴。

録自影印清抄本元陳世隆《宋詩拾遺》卷二一，曾原一

贈戴石屏

又是六年別，渾無一字書。性寬難得老，交久只如初。白髮添詩集，黄金散酒爐。行程遍江海，何處是吾廬。

錄自影印《詩淵》第一册五〇七頁，宋自遜

悼戴式之

四海詩人説石屏，一時知己盡公卿。家傳衣鉢生無愧，氣挾江湖老更清。重感慨時多比興，最瑰奇處是歌行。九原不作空遺稿，三竺吟魂淚爲傾。

錄自清嘉慶刻本《適安藏拙餘稿》乙卷，武衍

送戴石屏歸天台

天台四萬八千丈，一根直下寒銀浪。青蓮老子夜不眠，往往飛魂到其上。詩情不減流白雲，千載重見戴叔倫。蓮花峰下赤城洞，芒鞵翻笑山中人。秋風孤篁八九尺，老面百摺赬銅色。田文席上摩吟髭，鶻立蒼苔煙雨黑。我家竹屋棲龍岡，夜擣孤月餐寒霜。醉騎白鹿軍峰下，一見贈我青瑶璫。南山臺前春正好，萬壑千涯清夢曉。蒼苔石磴撫闌干，往事飛鴻天亦笑。君今東首回牙檣，我亦西去淩蒼蒼。截江橋南春水急，酒酣不記攀垂楊。軍峰江南最高處，我上峰頭望君去。歸時定入天台山，舉首雲間一相顧。

錄自《江西詩徵》卷二〇，陳宗道

送戴式之自越遊江西

石屏峰下孤吟客，吟到頭童更苦吟。四海江山多識面，百年人物半知心。詩於唐宋偶先後，較以杜韋無古今。容易相逢容易别，不堪回首白雲深。

録自清光緒刻本《詩苑衆芳·華陽張氏》，張槩

寄戴石屏

子入天台我入閩，歸來又見六番春。雁書乏便通安道，鶴頸長延望叔倫。吃藥未逢醫國手，聽琴誰見賞音人。年來屢作江湖夢，細嚼君詩當問津。

泛湖晚歸，式之有詩見寄，因次其韻

晚趁歸舟醉復醒，一湖煙水淡冥冥。自憐吟鬢新添白，强學遊人去踏青。足跡未經龍井寺，夢魂常繞冷泉亭。何時攜手同登覽，花滿烏紗酒滿缾。

自注：諸友有龍井之約，故云。

以上録自《葦航漫遊稿》卷三，胡仲弓

寄戴石屏

曾到元郎吟處吟，雪篷煙艇欠相尋。鳳鳴道國空詩句，雁到衡峯只信音。拾橡祠邊寒聽雨，紉蘭

院裏夜分衾。蹇驢倘遂黄花約，鴉觜敲煙共掘參。

録自清嘉慶刻本南宋群賢小集《雪磯叢稿》卷二，樂雷發

詩評

[明]瞿佑《歸田詩話》[一]

戴式之嘗見夕照映山，峰巒重疊，得句云：「夕陽山外山」，自以爲奇，欲以「塵世夢中夢」對之而不愜意。後行村中，春雨方霽，行潦縱横，得「春水渡旁渡」之句以對，上下始稱。然須實歷此境，方見其妙。

校勘記

[一] 又見清乾隆刻本瞿佑《歸田詩話》。

[明]朱奠培《松石軒詩評》[一]

復古之作，如曲沼方塘，鴳鶕鸂鶒，徊翔出没，亦足賞者。

校勘記

[一] 又見周維德集校《全明詩話》齊魯書社二〇〇五年六月版，第四五九頁：朱奠培《松石軒詩評》。

詩評補輯

[宋]趙與虤《娱書堂詩話》[一]

嚴子陵釣臺題詠尚矣[二]，天台戴式之復古一絶云：「萬事無心一釣竿，三公不换此江山。平生誤識劉文叔，惹起虚名滿世間。」亦新奇可喜[三]。

校勘記

[一] 摘自清嘉慶刻本《娱書堂詩話》卷下。

[二] 釣臺：浙江古籍本《戴復古詩集》，釣臺下有「詩」字。

[三] 奇：浙江古籍本《戴復古詩集》作「意」。

[宋]羅大經《鶴林玉露》[一]

余三十年前於釣臺壁間塵埃漫漶中得一詩云：「生涯千頃水雲闊，舒卷乾坤一釣竿。夢裏偶然伸只脚，渠知天子是何官！」不知何人作也，句意頗佳。近時戴式之詩云：「萬事無心一釣竿，三公不换此江山。平生誤識劉文叔[二]，惹起虚名滿世間。」句雖甚爽，意實未然。今考史籍，光武，儒者也，素號謹厚，觀諸母之言可見矣。子陵意氣豪邁，實人中龍，故有狂奴之稱。方其相友於隱約之中[三]，傷王室之陵夷，歎海宇之横潰，知光武爲帝胄之英，名義甚正，所以激發其志氣，而導之以除凶翦逆，吹火德於既灰者，當必有成謀矣。異時披圖興歎，岸幘迎笑，雄姿英發，視向時謹敕之文叔如二人焉，子陵實有功於其間。天下既定，從容訪帝，共榻之臥，足加帝腹，情義如此，子陵豈以匹夫自嫌[四]，而帝亦豈以萬乘自居哉！當是之時，而欲使之俯首爲三公，宜其不屑就矣[五]。史臣不察，乃以之與周黨同稱。夫周黨特一隱士耳！豈若子陵友真主於潛龍之日，而琢磨講貫，隱然有功於中興之業者哉！余嘗題釣臺云：「平生謹敕劉文叔，却與狂奴意氣投。激發潛龍雲雨志，了知功跨鄧元侯。」「講磨潛佐漢中興，豈是空標處士名。堪笑史臣無卓識，却將周黨與同稱。」

校勘記

[一] 摘自明萬曆刻本《鶴林玉露》卷一〇。
[二] 平生：萬曆本《鶴林玉露》作「當初」，與原作不合。
[三] 約：浙江古籍本《戴復古詩集》作「豹」。
[四] 嫌：浙江古籍本《戴復古詩集》本作「謙」。
[五] 矣：浙江古籍本《戴復古詩集》作「也」。

[元]方回《瀛奎律髓》[一]

戴復古《歲暮呈真翰林》

石屏此詩，前六句儘佳[二]，尾句不稱，乃止於訴窮乞憐而已。求尺書，干錢物，謁客聲氣，江湖間人皆學此等哀意思，所以令人厭之。

戴復古《寄尋梅》

輕快可喜。石屏戴復古，字式之[三]，天台人。早年不甚讀書，中年以詩遊諸公間，頗有聲，壽至八十餘，以詩爲生涯而成家[四]。蓋江湖遊士，多以星命相卜，挾中朝尺書，奔走閫臺郡縣糊口耳。慶元、嘉定以來，乃有詩人爲謁客者。龍洲劉過改之之徒不一人，石屏亦其一也。相率成風，至不務舉子業，干求一二要路之書爲介，謂之闊扁，副以詩篇，動獲數千緡以至萬緡。如壺山宋謙父自遜一謁賈似道，獲楮幣二十萬緡[五]，以造華居是也。錢塘湖山，此曹什伯爲群，阮梅峰秀實、林可山洪、孫花翁季蕃、高菊磵九萬，往往雌黄士大夫，口吻可畏，至於望門倒屣。石屏爲人則否，每於廣座中[六]，口不談世事，縉紳以此多之[七]。然其詩苦於輕俗，高處頗亦清健，不至如高九萬之純乎俗。

戴復古《梅》

皆前人已曾道之句，而律熟句輕，頗亦自然，亦不可棄也。《石屏小集》詩百餘首，趙懶庵汝讜字蹈中所選也。蹈中詩至中年不爲律體，獨喜爲選體，有三謝、韋、柳之風，其所取石屏詩殆亦庶矣。蹈中兄曰南塘汝談[八]，字履常，詩文俱高，尤精四六，跋語頗亦不滿於石屏之詩。一言以蔽之，曰「輕俗而已」，蓋根本淺也。今續集有《詠梅投所知》中四句云[九]：「獨開殘臘與時背，奄勝衆芳其格高。欲啟月宫休種桂，如何仙苑只栽桃。」所謂「其格高」者，殊爲衰颯。「欲啟」、「如何」一聯尤覺俳陋，非深於詩者，不能察也。

校勘記

[一] 以上分别摘自清康熙刻本《瀛奎律髓》卷十四、卷二〇。

[二] 儘：浙江古籍本《戴復古詩集》作「盡」。

〔三〕石屏：浙江古籍本《戴復古詩集》無「石屏」二字。
〔四〕生涯：浙江古籍本《戴復古詩集》無「涯」字。
〔五〕楮幣：浙江古籍本《戴復古詩集》無「幣」字。
〔六〕每於：浙江古籍本《戴復古詩集》無「於」字。
〔七〕多之：浙江古籍本《戴復古詩集》作「重之」。
〔八〕兄曰：浙江古籍本《戴復古詩集》無「曰」字。
〔九〕四句：浙江古籍本《戴復古詩集》無「四」字。

〔元〕韋居安《梅磵詩話》〔一〕

山谷《别楊明叔》詩云：「皮毛剥落盡，惟有真實在。」用藥山答石頭禪師語，但易「膚」爲「毛」耳。戴式之《小樓登覽》詩云：「皮毛剥落一真在，年紀侵尋百事非。」上句亦用藥山語。

校勘記

〔一〕摘自清嘉慶刻本韋居安《梅磵詩話》卷上。

〔明〕楊慎《升庵詩話》

黄鄮山評翁靈舒、戴式之詩云：「近世有江湖詩者，曲心苦思，既與造化相迴隔，朝推暮敲，又未有以溉其根本，而詩於是乎始卑。」然予以爲其卑非自江湖始，宋初九僧已爲許洞所困，又上泝於唐，則大曆而下，如許渾輩，皆空吟不學，平生鏤心嘔血，不過五七言短律而已，其自狀云：「吟安一個字，撚斷數莖須。」不知李杜長篇數千首，安得許多髭鬚撏扯也，苦哉！

校勘記

[一] 摘自嘉慶十四年刻本楊慎《升庵詩話》卷十一。

[明]謝榛《四溟詩話》[一]

詩有天機，待時而發，觸物而成，雖幽尋苦索，不易得也。如戴石屏：「春水渡旁渡，夕陽山外山。」屬對精確，工非一朝，所謂「盡日覓不得，有時還自來」。

校勘記

[一] 摘自清乾隆刻本《四溟詩話》卷二。

[明]瞿佑《歸田詩話》[一]

杏花二聯，陳簡齋詩云：「客子光陰詩卷裏，杏花消息雨聲中」。陸放翁詩云：「小樓一夜聽春雨，深巷明朝賣杏花」。皆佳句也，惜全篇不稱。葉靖逸詩：「春色滿園關不住，一枝紅杏出牆來」。戴石屏詩：「一冬天氣如春暖，昨日街頭賣杏花」。句意亦佳，可追及之。

校勘記

[一] 摘自清乾隆刻本瞿佑《歸田詩話》卷中。

［明］胡應麟《詩藪》

林和靖、趙天樂、徐照、翁卷、戴石屏、劉克莊諸人，亦自有近者，總之不離宋人面目。大抵南宋古體當推朱元晦，近體無出陳去非。此外略有三等：尤楊四子，元和體也；徐趙四靈，大中體也；劉戴諸人，自爲晚宋。

校勘記

［一］摘自胡應麟《詩藪·雜編》卷五第三一六—三一七頁。上海古籍出版社一九七九年版。

［清］紀昀等《四庫全書提要·石屏詩集》［一］

臣等謹案：《石屏集》六卷，宋戴復古撰。復古字式之，天台人，嘗登陸遊之門，以詩鳴江湖間，所居有石屏山，因以爲號，遂以名其集。卷端載其父敏東皋子詩十首。蓋復古幼孤，勉承家學，因搜訪其先人遺稿，以冠己集，亦不忘本之意也。復古詩筆俊爽，極爲當代所推許。姚鏞稱其「天然不費斧鑿處，大似高三十五輩，晚唐諸子當讓一面」。方回亦稱其「清健輕快，自成一家」。雖皆不免稍過其實，而其研刻處，要自能獨辟町畦。瞿佑《歸田詩話》稱［二］：「復古嘗見夕照映山，得句云『夕陽山外山』，自以爲奇，欲以『塵世夢中夢』對之而不愜意。後行村中，春雨方霽，行潦縱橫，得『春水渡旁渡』句以對，上下始稱。」是其苦心烹煉，即此可見其概。至集中《嚴子陵釣臺》詩所云「平生誤識劉文叔，惹起虛名滿世間」者，趙與虤《娱書堂詩話》極賞其新意可喜，而羅大經《鶴林玉露》又深以其議論爲不然，蓋是詩意取翻新，轉致失之輕矯，在集中原非上乘，與虤所云，固未足爲定評矣。乾隆四十二年三月恭校上。

校勘記

[一] 摘自《影印文淵閣四庫全書》一一六五册五五〇頁《石屏詩集》。

[二] 浙江古籍本《戴復古詩集》無「稱」字。

[清]紀昀等《四庫全書提要·石屏詞》[一]

臣等謹案：《石屏詞》一卷，宋戴復古撰。復古有《石屏集》已著録，此詞一卷，乃毛晉所刻别行本也。復古爲陸遊門人，以詩鳴江湖間。方回《瀛奎律髓》稱其：「清新健快[二]，自成一家」。今觀其詞亦音韻天成，不費斧鑿。其《望江南·自嘲》第一首云：「賈島形模原自瘦，杜陵言語不妨村，誰解學西崑。」復古論詩之宗旨於此具見，宜其以詩爲詞，時出新意，無一語蹈襲也。集内《大江西上曲》即《念奴嬌》，本因蘇軾詞起句，故稱大江東去，復古乃以己詞首句，又改名《大江西上曲》，未免效顰。至於《赤壁懷古·滿江紅》一闋，則豪情壯采，實不減於軾，楊慎《詞品》最賞之，宜矣。此本卷後載樓鑰所記一則，即系《石屏集》中跋語；陶宗儀所記一則，見《輟耕録》。其江右女子一詞，不著調名，以各調證之，當爲《祝英臺近》，但前闋三十七字俱完，後闋則逸去起處三句十四字，當系流傳殘闕。既未經辨及，後之作圖譜者，因詞中第四語有「揉碎花箋」四字，遂另造一調名，殊爲杜撰。至於《木蘭花慢》懷舊詞，前闋有「重來故人不見」云云，與江右女子詞「君若重來，不相忘處」語意若相酬答，疑即爲其妻而作，然不可考矣。

校勘記

〔一〕摘自《影印文淵閣四庫全書》一四八八册六一三頁《石屏詞》。

〔二〕清新健快：浙江古籍本《戴復古詩集》作「豪健清快」。

〔清〕王史鑒《宋詩類選自序》

四靈苦學唐人，多工五言，較其才致，天樂爲優。石屏擅江湖之詠，後村爲淡泊之篇，雖有可觀，而氣格卑弱矣。

校勘記

〔一〕摘自清康熙五十一年刻本王史鑒《宋詩類選》。

〔清〕翁方綱《石洲詩話》

戴石屏《白苧歌》，托寄清高，與樂府《白苧詞》之旨不同。

石屏有論詩十絶，其論宋詩曰：「本朝詩出於經。」此人所未識，而復古獨心知之。又謂胸中無千百卷書，如商賈乏資本，不能致奇貨。此皆務本之言。而其詩純任自然，則阮亭所謂直率者也。

校勘記

〔一〕摘自清咸豐刻本翁方綱《石洲詩話》卷四。

[清]戚學標《三台詩話》

石屏《題侄孫豈潛平遠圖》云：「海天龍上下，秋日鶴翱翔」。不但句有氣勢，並畫出海天空闊，煙雲變幻景象，非身至其境，不知詩之妙也。後來惟明董良史「過橋雲磬天台寺，泊岸風帆日本船」二語，足爲吾郡寫狀。

石屏舟過黄州赤壁，題《滿江紅》詞云：「赤壁磯頭，一番過，一番懷古，想當時周郎年少，氣吞區宇。萬騎臨江貔虎噪，千艘烈炬魚龍怒，卷長波，一鼓困曹瞞，今如許。江上渡，江邊路，形勝地，興亡處。覽遺蹤，勝讀史書言語。幾度東風吹世換，千年往事隨潮去。問道旁，楊柳爲誰春，摇金縷。」語意豪宕，陳復齋深激賞之，每飲中自按拍歌此詞，並爲作大字刻於廬山之羅漢寺。石屏寄陳詩：「坐擁紅裙磨寶硯，醉歌赤壁寫銀鉤」云云，蓋生平得意事也。廣州有西南道税場，李約作漕時，請文士遊藥湖，出新寵佐尊，一意顧盼，神殊不在客。石屏時在座，高吟云：「手拍錦囊空得句，眼看檀板遇知音。」李以諷己羞怒，謂舟中有麻油不投税拘留之。石屏因詩自戲曰：「已過西南道，適遭東北風。扁舟載明月，枉作賣油翁。」有陳寺丞之豪雅，不可無李漕之庸劣，爲天然作一反襯也。

石屏平日篤於友情。姚鏞希聲，紹定間，以忤陳子華遠謫衡陽，舊客皆散，音問並絶，石屏獨以詩慰之曰：「一官不幸有奇禍，萬事但求無愧心。」且親自闖度嶺，間關過訪。姚感其意，有「萬里尋遷客，三年獨此人」之句，握手相見，至於泣下。

沿海村落，有兄弟争塗田致訟者，石屏爲《賀新郎》詞解之，兄弟皆感悟。詞曰：「蝸角争多少，是英雄割據乾坤，到頭來休了。一片泥塗荒草地，盡是魚龍故道。新堤上風濤難保。滄海桑田何日變，怕桑田未變人先老。休爲此，生煩惱。訟庭不許頻頻到，這官坊，翻來覆去，有何分曉。無諍人中爲第一，長訟元非吉兆，但有恨，平章不早。樽酒唤回和氣在，看從來兄弟依然好。把前事，付一笑。」石屏名重一時，其詩多爲人採録。如逢翁卷作，見《柳溪詩話》，題釣臺作，見《娱書堂詩話》。江湖正續集所載，選家多不及收。又同時張瑞義、劉後村及近日王漁洋皆有摘句。彙附於此：五言：「詩談天下事，愁到酒尊前」、「鶯啼花雨歇，燕立柳風微」、「詩骨梅花瘦，歸心江水流」、「客愁茅店雨，詩思柳橋春」、「春水渡旁渡，夕陽山外山」、「黄花一杯酒，白髮幾重陽」。七言：「忽聞啼鳥不知處，細看好山無厭時」、「一百五日客懷惡，三十六峰春雨愁」、「梅邊竹外三杯酒，歲尾年頭幾局棋」。

校勘記

〔一〕摘自清嘉慶元年刻本戚學標《三台詩話》卷上第三八頁。

〔清〕戚學標《台州外書》

戴復古，字式之，號石屏，黄巖人。世家南塘。幼孤育於祖母，稍長，念其父以詩窮而無傳，遂鋭志於學。就林景思、徐竹隱，講求詩法，又嘗登陸放翁之門。平生遊歷，自東吴、西浙、襄漢、閩粤、淮上，以及荒遠邃僻之地，靡所不到。閲歷既廣，交與多聞人，詩亦日進。慶元嘉定以來，詩人多奔走臺閫郡縣爲謁客，又好雌黄士大夫，口吻可畏。復古雖往來薦紳家，能淡然無所求，廣坐不輕發言，以故遠近重之，同時阮梅峰、林可山輩不及也。尤敦友誼，紹定間，剡溪姚鏞以忤陳子華，謫衡陽，朋好俱散，復古獨間關由閩度嶺，訪之姚，有「萬里尋遷客，三年獨此人」之句。前後在江湖幾五十年。子琦自鎮江迎還，時已八旬矣。終日坐一樓，焚香觀化，或攜姪豈潛、景明輩探梅觀鶴，爲詩酒之樂。又數年而後殁，詩以雅淡自然爲宗，昔人謂其句法不減孟浩然，又謂天然不費斧鑿痕，大似高三十五輩。

真西山嘗欲疏薦，復古力辭而止，以山人終。有《石屏集》及《石屏新語》行於世。

校勘記

[一] 摘自清嘉慶四年刻本戚學標《台州外書》卷四《人物》。

附録三　校點者戴復古論文選録

戴復古家世考

戴復古(一一六七—?),字式之,號石屏,南宋詩人,其出生地是在今浙江省温嶺市塘下鎮。他曾向陸遊學詩,詩風豪放,是「江湖詩派」裏的名家。他的詩被同時代的真德秀《石屏詩跋》評爲「高處不減孟浩然」,詩篇在當時就被選入《千家詩》中。他的詞《四庫全書提要》稱爲「豪情壯采,不減蘇軾」。直至現在,每個宋詩宋詞選本裏都少不了他的作品。不過,遺憾的是選本上的作者介紹總是很少幾句話,而對於他的卒年,總還是帶着問號。

筆者與戴復古爲同一鄉里。戴氏是一個大族,我在童年就曾唱着:「塘下戴,好種菜,菜開花,好種茶……」的歌謡(此歌已被清梁紹壬收入《兩般秋雨庵隨筆》),長大後才知道這歌謡還連帶着一個戴氏的悲慘的故事。此後又零星地讀了他的幾首詩,喜其豪邁,平時也就注意收集了一點資料,但每恨不能找到系統討論其人的文章。後查《全國報刊資料索引》、《詞學研究一九四九—一九七九年論文索引》,裏面竟全無論戴之文,甚至跟他沾邊的也没有,倒是地方雜誌上還有一二篇通俗讀物,也僅是泛泛之談,因此這裏幾乎是一片處女地,很需要人去做理殘補缺的工作。而要論其詩,就更須先知其人,爲此,我不揣固陋,整理出一部分資料,先寫成家世考一文,以公諸同好,聊爲論世知人之助,並就正於諸方家。

一、籍　貫

戴復古的祖籍不是在浙江而是在福建。戴氏的明代後裔戴豪在《贅言録》中説：「始祖鎰，五季時避閩亂，徙台黄巖，擇地，得南塘焉，久之，益蕃以大。」戴氏的家世只能追溯到戴良鎰，更遠的已不可考。據史籍記載：唐朝末年，由於節度使擁兵自重，邊疆各府州軍閥混戰，在後梁開平元年到後晉開運二年（九〇九—九四五），相當於在福建省的區域出現了一個叫「閩」的割據政權，王審知自稱閩王，是五代十國之一。這個政權生存三十七年却换了六個主人，真可謂「天子，兵強馬壯者爲之」。（《新五代史》卷九八《安重榮》傳）由於戰亂頻仍，生産力遭到了嚴重破壞，很多地區田無禾麥，邑無煙火，百姓只能餓死或被迫流亡。大約就在災害較嚴重的九四三年左右，這個戴氏祖先戴良鎰也背井離鄉，流落到了東海邊上，在一個叫南塘的小地方住下來。戴氏的籍貫於是也就變成了南塘。

另據《嘉靖太平縣志・人物》記載，還有一個叫黄緒的人，他的祖先也是閩人，還曾做過邵武鎮都監，後晉時避王審知兄弟亂，也遷至這裏的洞山。可見當時由閩逃來的人並非一家，由此也可證明《贅言録》所記是可信的。

對戴復古的籍貫各家説法不一：商務印書館版的《中國人名大辭典》和《中國文學家辭典》、唐圭璋編的《全宋詞》都作「天台人」，錢鍾書的《宋詩選注》和新版《辭海》作「黄巖人」，新版《辭源》第二册作「天台黄巖人」，湖南師範學院中文系編的《中國歷代作家小傳》作「天台黄巖人（今浙江黄巖）」，而華東師大編的《千家詩評注》却直接注作「今浙江黄巖人」。

查宋陳耆卿（臨海人）的《嘉定赤城志》裏邊載有：「屏山，在黄巖縣東南八十里，其東西二石聳立爲屏，故云。東屏挺立無倚，有古藤纏絡之，冬寒不凋。西屏因風雨，仆爲二矣。」又明代《嘉靖太平縣志・古跡》：「南塘戴氏故居在石屏山之陽，俗名塘下，地東南並海，舊有海塘，故名。」又清《嘉慶太平縣志・正祀》：「戴相公廟在七都屏山，石屏既死，有神靈，鄉人祀之。」又清黄濬（號壺舟，太平鳳山人，道光進士）的《梅初録》有云：「石屏，南塘其故居，今太邑之塘下。」這裏太邑指的是太平縣。

考戴氏遺址在今温嶺縣塘下。那裏有座山叫屏山，山脚一村叫屏上。屏上南谷口還有一塊屏石，高約五米，寬約二米，狀如屏風，石上長滿了藤蔓、苔蘚。當時詩人常在這石下徘徊、吟詩，其《登樓絶句》云：「勞生百計不如閒，合把人間比夢間。天與老夫供享用，一樓風月兩屏山。」詩人因自號石屏。屏石至今還聳立着，距屏石約三百步，有一座戴祠，是後人祭祀詩人的地方，俗稱戴相公廟，現已改作小學校舍。從以上的記載和現實的遺址對照是相合的。但南塘所在的地名説法有點不同，有説黄巖縣，有的説太平縣，而筆者則説温嶺縣。其實這些並不矛盾，這就要説到歷史地理的沿革了：原來黄巖和温嶺在唐初合在一起，叫永寧縣；並以臨海縣置台州，下管永寧。武后時改永寧爲黄巖，屬台州。宋因唐制，仍稱黄巖縣。元改成台州路黄巖州。明初稱台州府黄巖縣。到明成化五年（一四六九）分出黄巖的太平鄉、繁昌鄉、方巖鄉設立太平縣。南塘原屬太平鄉七都，所以也劃作太平了。後又劃樂清的山門鄉、玉環鄉至太平，於是太平有五鄉，管都二十七。到民國三年（一九一四）因全國有數地均稱太平，諸多不便，於是又改太平爲温嶺縣，直至現在。

至此我們可以清楚：南塘，現在屬於温嶺縣，宋時屬黄巖縣。那麼戴復古籍貫正確的説法是：宋黄巖南塘（今浙江温嶺塘下）人。下面我們再對各書的説法澄清一下：《中國人名大辭典》、《中國文學家辭典》、《全宋詞》作「天台人」是不對的。台州以天台山著稱，歷史上曾有人以天台代稱台州。黄巖屬台州，而不是天台。新版《辭海》、《宋詩選注》作南宋「黄巖人」是正確的，不過容易引起誤解。新版《辭海》作「天台黄巖人」有點不倫不類，黄巖從未歸屬過天台。而湖南師範學院的《中國歷代作家小傳》和華東師大的《千家詩評注》直接作「今浙江黄巖人」，那是不明歷史沿革而錯了。

二、銅馬、獵神辨

戴氏祖先來到南塘後生活是較困難的，没有比從外地逃亡過來的人更貧窮的了。他們默默無聞地過了一代又一代。直到北宋後期，由一個偶然的事件纔發了家。《嘉靖太平縣志・外志》上記述了這樣一個故事：

南塘戴氏祖初甚貧窶，操小舡取蠣灰海上。夜半泊浦激門，見有鼓樂舡自海上來。比近岸，聞哭聲，燈燭熒煌，就視之，乃空舟也。戴怪之，束火入舟中檢視，金銀貨物以巨萬計，中有香火祀銅馬神，蓋劫海賊舡爲敵兵剿殺，墮水死，獨遺其舟在爾。戴取之，立族南塘，子孫富盛，世世祀銅馬神，俗呼爲銅馬神戴云。

「操小舡取蠣灰海上」這個職業現在還有，土語叫做「踩殼」（撈取海邊礪殼），是非常辛苦的生涯，戴氏幹這種活，足見其貧窮。但到後來子孫却出了一代代的讀書人，這是要有點經濟基礎的，這一則所記的發家事件，於情理較合。況且《嘉靖太平縣志》修於明代嘉靖十九年（一五四〇），這時戴氏正出一個個大官，像戴豪就曾任廣東參政，對於他們祖先的傳説當不會向壁虚造的。

在宋時太平鄉姓戴的非止銅馬戴一家，同時較有名的還有一家叫獵神戴，這裏也有一個故事：

故老相傳：泉溪戴氏祖，由獵至泉溪。有李姓，亦大家，死亡殆盡，獨孀婦丁氏在室。屍棺暴露，戴氏祖爲之營葬，遂贅居焉。後子孫富盛，歲歲祀獵神及李廿一郎，俗呼爲獵神戴云。

（《嘉靖太平縣志》卷八）

這裏戴氏將李氏取而代之也成爲大家，但不知道是從哪裏來打獵的。獵神戴後來出了一個文學家叫戴良齊。良齊字彦肅，宋嘉熙二年（一二三八）進士，累官至秘書少監，以古文鳴，尤精性理之學，有《中説辨妄》、《通鑒前紀》、《曾子遺書》、《論語外書》、《孫子年譜》等著作。他在咸淳元年（一二六五）編了《戴氏宗譜》，並在序中説了祖先來源：「竊惟我先祖分派，自平陽金洲遷居泉溪，今三百餘歲，繼緒蕭索，意未有能大此族者，而世次亦幾於無傳，是以譜而列之。」這個譜當然是獵神戴的族譜，從來源看獵神戴和銅馬戴毫不相干，而後人往往以其居黄巖混而同之。其實，泉溪在今温嶺城關鎮，與南塘相距二十多公里，風馬牛不相及的，所以不可不辨。屬獵神戴的還有戴巖肖，是良齊之父，咸淳四年（一二六八）贈朝儀大夫。到了明朝還有戴岳及弟戴友南等。

三、先　輩

銅馬戴發家之後，家境富裕，家族「益蕃以大」，但由於資料缺乏，復古之前輩有姓名可考的僅有七人：戴洵曦、戴舜文、戴舜欽、戴敏、戴秉中、戴秉器、戴秉智。

這幾個人之間的關係，可從宋葉適寫的《戴佛墓誌銘》、《竹洲戴君墓誌銘》（見《葉適集》第四九九頁和第四六一頁，中華書局一九六一年版）及《嘉靖太平縣志》中看出：

嘉定中，黄巖戴木以詩集句見，愛其意正，留與宋居，目不流盼，足不窘步，斂身降首，惟書之徇。以父丁年七十二矣，有上氣疾，歸。疾已，復至。俄又疾作，芒屩夜發，及門而丁没，十四年（一二二一）四月丁巳也。

木之先高祖洵曦，曾祖舜文，及祖秉器，闤市調直，銖龠必平，不平寧棄與。里人同辭贊重曰：佛。嘻者，佛也。先人繼之，無改其度，亦曰：嘻，此佛也。佛者，里人尊敬之極稱也。（均見《戴佛墓誌銘》）

以上是戴舜文、戴秉器、戴丁、戴木一線。

君戴姓，名龜朋，字叔憲，台州黄巖人。祖舜欽，宣和中進士，上書危言，天子不怒，賜同進士出身，南康軍司户。父秉中亦有材氣，補進義校尉，不仕。嘗自贊其像，爲時所稱。君生六十二，開禧三年（一二〇七）五月某日卒。

自君父、祖皆知名，而君及叔秉器，尤爲邑里所敬，有巨人長者之德。（均見《竹洲戴君墓誌銘》）

以上是戴舜欽、戴秉中、戴龜朋一線。

戴敏，字敏才，舜欽從子。博學強記，以詩自適，號東皋子。

戴式之，名復古，字式之，以字行，别號石屏，東皋敏才之子。（均見《嘉靖太平縣志》）

以上是戴敏、戴復古一線。

以上所引葉適兩文中均提及秉器。秉器爲戴木之祖父，又是戴龜朋的從叔。從叔就是父親的同祖兄弟，也就是説龜朋之父秉中與秉器是同祖兄弟，既然是同祖，那麼其各自的父親舜欽和舜文一定是親兄弟。

又戴敏又是舜欽的從子（即侄兒），那麼戴敏的父親也一定是舜欽、舜文的親兄弟，只不知其名罷了。由此可見戴洵曦當然也是戴敏的祖父，戴復古的曾祖父了（這些關係見下面戴氏世系表當直觀些）。

再從年代看，戴秉中生戴龜朋是紹興十六年（一一四六），戴秉器生戴丁是紹興二十年（一一五〇）（由葉適兩篇墓誌銘可推出）。戴敏生戴復古是乾道三年（一一六七）（復古詩：「生自前丁亥」），三個堂兄弟得子時間相近（只有戴敏得子遲一點，也許其父是小兄弟），也可從旁説明其相互關係，證明以上推論是合理的。

從以上看戴良鎰既是戴氏遠祖，那麼戴洵曦就是戴氏的近祖了。這兩個人中間相隔約一百三十

年，大約傳了四代。這可以從戴奎的詩「我家遷居自閩土，傳世於今十有五」推出。（詳見下面戴氏世系表）

現在我們就可以按戴復古身份給其前輩七人以適當的稱呼了：曾祖父戴洵曦，從祖父戴舜欽、戴舜文，從伯父戴秉中、戴秉器，父戴敏，還有戴秉智，只知其紹興元年（一一三一）曾授從義郎（武階官名，系三班小使臣），見《嘉靖太平縣志・人物》，觀其名字與年代，當也是秉中的兄弟了。

以上幾人幾乎都没有什麽事跡留下，只知戴舜欽做過官，官至南康軍司户。南康是府名，在今贛州市附近。司户也叫司户參軍，是州府裏掌户籍、賦税的官。查明代《正德南康府志》歷代官員中没有戴舜欽的名字，可見他的名氣不大，官位不高。

戴敏是戴復古的父親，他一生做過些什麽也已没法知道，他的志行事狀被樓鑰撮其要者寫進了《石屏詩集・序》裏：

> 黄巖戴君敏才，獨能以詩自適，號東皋子，不肯作舉子業，終窮而不悔。且死，一子方襁褓中，語親友曰：「吾之病革矣，而子甚幼，詩遂無傳乎！」爲之太息，語不及他，與世異好乃如此。子既長，名曰復古，字式之。或告以遺言，收拾殘編，僅存一、二，深切痛之，遂篤意古律……且言：「吾以此傳父業，然亦以此而窮。」

戴敏的生年無可考，其卒年從上文看：「一子方襁褓中」，戴復古是一一六七年生，那麽戴敏當在一一六八年左右卒。再從上文還可以看出戴敏的遺言給戴復古一生生活道路的影響。

戴敏的詩經戴復古多方搜索僅得十首，被復古編於自己的《石屏詩集》卷首，流傳了下來。後人也有把這十首詩另成一卷的，稱《東皋集》或《東皋詩抄》。現查浙江圖書館古籍目録卡及《中國叢書綜録》子目中，這個一卷本已被收入《宋詩抄》、《宋詩抄補》中，其中《宋詩抄》中《東皋詩抄》已抄全十首，而《宋詩抄補》中《東皋集補抄》僅一首一聯而已。戴敏還善書法，有鍾王筆意，「書名入御定書譜中」，惜當時已散失，無從考見了。（見《光緒黄巖縣志·古跡》）

又據戚學標（號鶴泉，太平澤國人，乾隆進士）的《嘉慶太平縣志》載，戴復古還有個老祖母，知書能詩，他的依據是《石屏詩集》中的一首七律（已失其題），但依我看這詩裏説的應是他的妻子而不是祖母，不能算作先輩，詳説見下節。

四、戴復古及其妻子

戴復古的卒年到現在還是一個問號。他的生年在吴子良作於淳祐三年（一二四三）的《石屏詩集·序》裏倒可以推算出來：

……雖然，此舊日石屏也，今則不類，行年七十七矣，焚香觀化，付斷簡於埃塵，隱几閉關，等一樓於宇宙。

戴復古在自己的詩裏也説得很清楚：

聖朝開寶曆，淳祐四年春。生自前丁亥，今逢兩甲辰。黄粱一夢覺，青鏡二毛新。七十八歲叟，乾坤有幾人。（《新年自唱自和》）

衰年百病身，淳祐五年春，塵世自多事，風光又一新。……七十九歲叟，時吟感寓詩。年高胡不死，身健欲何爲。（《新歲書懷》）

丁亥是一一六七年，淳祐三年是一二四三年，正是七十七歲，淳祐四年（一二四四），是七十八歲；淳祐五年（一二四五），是七十九歲。戴復古生於一一六七年是無疑的了。

卒年還不能準確推出，但可見其大概。

他晚年居家，每年在歲旦或歲暮總要做幾首詩紀念：

《辛丑歲暮三首》作於一二四一年，年當七十五歲。

《壬寅歲旦景明子淵君玉攜酒與詩爲壽次韻》、《壬寅除夜》作於一二四二年，年當七十六歲。

《癸卯歲旦》作於一二四三年，年當七十七歲。

《新年自唱自和》作於一二四四年（有「淳祐四年春」句），年當七十八歲。

《新歲書懷》作於一二四五年有（有「淳祐五年春」句），年當七十九歲。

此後過年再未見有詩，只有《和鄭潤甫提舉見寄》詩中有兩聯：「長身如病鶴，吟苦如蟋蟀。顧此憔悴姿，癡生年八秩。」又在《懶不作書，急口令寄朝士》中有兩聯：「我已八十翁，此身寧久絆。諸君才傑出，玉石自有辨。」只有在這裏可看出已到八十歲。再以後的已找不出證據了。一般來説，一貫勤於寫作的詩人在斷氣之前是不會中斷吟筆的。也許這幾首就是絶筆詩了。

又查武衍《適安藏拙乙稿》中有一首七律《悼戴式之》，但看不出年代，故無補於考。

迄今再没有發現戴復古八十歲以後尚活着的證據。

綜上所述，戴復古的卒年，依我的推算，以淳祐六年（一二四六）卒，年八十爲是。

戴復古自己是詩人，他有二個妻子也會作詩。

一個是原配結髮之妻，她臨終曾題詩二句於壁。但對她的題詩是有争議的。還是先看看各家的説法。明刻《石屏詩集》卷六裏詩與題是這樣的：

石屏久遊湖海，祖妣遂題二句於壁云：「機番白苧和愁織，門掩黄花帶恨吟。」後石屏歸，祖妣已亡矣，續成一律。

伊昔天邊望藁砧，天邊魚雁幾浮沉。機番白苧和愁織，門掩黄花帶恨吟。自古詩人皆浪跡，誰知賢婦有關心。歸來却抱雙雛哭，碑刻雖深恨更深。

可是《嘉靖太平縣志・人物》的説法不同：「比石屏歸而前妻已亡，臨終題二句於壁曰：『機番白苧和愁織，門掩黄花帶恨吟。』石屏大哭，爲續成一律云。」《石屏詩集》所載的詩題點出了祖妣題詩。據此應該是其祖母作。所以到了清代，戚學標修《嘉慶太平縣志》時就説：「戴石屏祖母失其姓，知書史，能詩。」還特爲辨誤云：「『機番白苧』二語祖母題壁，本集小敘甚明，而以祖母詩爲亡室詩，尤不經之甚也。」這又是一種説法。

後來黄濬在《梅初録》裏就詩意對戚説加以反駁，其説有三：

（一）此詩明云：「望藁砧」，藁砧者，夫也。又云「詩人浪跡」，「賢婦關心」，其爲客歸婦没，石屏所續無疑。證以《題亡室真像》詩云：「夢景詩成」。即指婦題壁兩句也。云「鼓盆歌」，即指自續六句也。云「乳臭諸兒」，即詩中言雙雛也。

（二）是詩大約不在集中，故亦無題，抄詩者遂妄爲補題。

（三）石屏寄家書詩云：「欲歸歸未得，妻子定何如？」安有祖妣尚存，不一置念，但顧慮妻子何如者？

黄濬此説是較有説服力的。藁砧在古詩文中歷來是作爲丈夫代稱的。再「誰知賢婦有關心」分明是指妻子而言的，當然不能稱祖母爲賢婦。其《題亡室真像》詩全篇是這樣的：「求名求利兩茫茫，千里歸來賦悼亡，夢景詩成增悵恨，鼓盆歌罷轉淒涼。情鍾我輩能容忍，乳臭諸兒最可傷。拂試丹青呼不醒，世間誰有返魂香。」這首與上一首可以看成是姐妹篇，所以黄濬懷疑到那個長長的「補題」了。

到王棻（字子莊，黄巖人，同治舉人）修《光緒太平續志》，對黄説有了補充，他認爲「蓋此詩本不在集中，乃其孫編詩時所增入，題即其孫所加，故稱石屏妻爲祖妣，而不稱石屏爲祖父者，蓋此集本其祖父所著，子思作中庸以明祖德，直稱其祖爲仲尼，無足怪也。」這個説法如果成立，那麼這個詩題問題當算圓滿解決，但他没有提出有力的證據來。

對這個問題，我同意黄濬和王菉的觀點，並提出三條證明來作爲補充。

第一，《嘉靖太平縣志》修於明嘉靖十九年（一五四〇）冬，《石屏詩集》是石屏十世孫戴鏞重新編定於明正德二年（一五〇七），兩者相差不久，僅據新編的《詩集》來否定《縣志》是無力的，所以戚學標之説欠加考核，不足爲據。

第二，這個長題不是真正的詩題，而是編者戴鏞後加的説明、補注。《石屏詩集》是按體裁編排的，卷一爲五言古詩，卷六爲七言律詩，卷七爲絶句。此詩是卷六七律的最後一篇，這樣就可能是戴鏞臨時搜到加在卷後的。而此詩無題目，他就作了個説明在上面。這種外加的説明在集中並非僅見：在卷二的一首《建昌道上》題邊就注有：「此篇誤寫在高九萬集中」，如果詩人自己在詩旁注出誤入别家集中，豈非笑話！再有卷一中間有一篇《毗陵太平寺畫水呈王君保使君》。題旁注有「畫龍篇在後」。查卷一五言古詩，末篇果有《毗陵天慶觀畫龍詩呈王君保寺丞使君》。因這兩篇是姐妹篇，當編者在搜集到《畫龍篇》並加到卷一末尾後，有必要先在卷中《畫水篇》上説明另有姐妹篇在。因此這旁注不是詩人寫的，這《畫龍篇》也是編者加的。這篇五古和七律末篇上的説明就是後人加詩的痕跡，由此，王菉的假説得到了證明。

所以這聯詩的作者决不是石屏祖母，而應是亡妻，這續詩也就爲亡室而續。

由於這兩句詩較有名，至今許多老人還會背誦，而大家所見到的又都是明編本《石屏詩集》，以致大多數人還以爲這兩句詩是其祖母所作，所以在此特加辨明，免得再以訛傳訛。

戴復古另有一個妻子是浪跡江湖時所配，元末陶宗儀在《南村輟耕録》卷四中就記載着這樣一則事情：

戴石屏先生復古未遇時，流寓江右，武寧有富家翁愛其才，以女妻之。居二三年，忽欲作歸計，妻問其故，告以曾娶。妻白之父，父怒，妻婉曲解釋，盡以奩具贈夫，仍餞以詞云：「惜多才，憐薄命，無計可留汝。揉碎花箋，忍寫斷腸句。道傍楊柳依依，千絲萬縷，抵不住一分愁緒。如何訴，便教緣盡今生，此身已輕許。捉月盟言，不是夢中語。後回君若重來，不相忘處，把杯酒澆奴墳土。」夫既別，遂赴水死，可謂賢烈也已。

陶宗儀的《南村輟耕録》三十卷素稱嚴謹，史學文學研究者常以爲據。他又是黄巖人，所記當不罔也。再説這也不是陶宗儀的獨家新聞，《嘉靖太平縣志·人物》中也有這麽一段，並且還説出此女名叫金伯華。這則事情和詞作後來又被清張宗橚收入《詞林記事》、《丹鉛録》、《續文獻通考》也都收載此事，可見大家是承認其事的。但也有人怕石屏背上始亂終棄的罪名而不予承認，像清戚學標在《台州外書》中就以爲石屏常有詩給髪妻，兩情深厚，且和朱熹交往，有德行，必不會停妻再娶的。這樣的辯解是無力的，在一夫多妻制的社會裏，這樣再娶一個妻子是算不上於德行有虧的，何況這類事是文人經常發生的，所以我們也不必爲詩人諱。

戴復古曾數度浪跡江湖，看上面引過的無題詩：「歸來却抱雙雛哭」，及《題亡室真像》：「乳臭諸兒最可傷」，可見二子尚幼，復古也還年輕；但在《鎮江别總領吴道夫侍郎，時愚子琦來迎侍，朝夕催歸甚切》詩中有：「落魄江湖四十年，白頭方辦買山錢。老妻懸望占烏鵲，愚子催歸若杜鵑。」這時石屏年過七十，兒子也已四十多歲了，而這裏又説到「老妻懸望」，可見這個「老妻」當是在前妻亡故後所娶的續弦。

五、平輩、晚輩及明代傳人

戴復古的平輩有事跡可考的四人：戴龜朋、戴丁、戴澮、戴溥。

戴龜朋（一一四六—一二〇七），字叔憲，號竹洲，葉適寫的墓誌銘中稱他「少好學，性介特」。兩個兒子早死，收戴温的兒子大本過繼來爲兒子。他和復古有詩唱和。

戴丁(一一五〇—一二二一),字華父,疏才好義,里人尊稱爲佛。弟戴澮,一歲即死。戴溥,字伯遠,號菊軒,與戴復古常唱和。

戴復古有子二人,一個叫奇(也寫作琦),一個叫湉,而僅此二子。戴復古在阿奇周歲的日子寫過一首十六韻的五言古風《阿奇晬日》:「胸蟠三萬卷,手握五色筆。策勳文字場,致君以儒術」。「爲國取中原,辟地玄冥北。他年汝成就,料我頭已白」。這時他還年輕,初生貴子,尚未出遊,這些詩句寄託了詩人的理想和希望,從中可見他並不反對「學而優則仕」,作爲愛國詩人,他也未忘記「爲國取中原」。阿奇在父親年老倦遊的時候到了鎮江去接他回家。

另一個兒子湉,生平也不可考,只在《石屏詩集》中有一首《湉以秋蘭一盆爲供》:「吾兒來侍側,供我一秋蘭。蕭然出塵姿,能禁風露寒。移根自巖壑,歸我几案間。養之以水石,副之以小山。儼如對益友,朝夕共盤桓。清香可呼吸,薰我老肺肝。不過十數根,當作九畹看。」

他的孫兒也不知有幾個,五律《出門有感》前有小序説:「吾之一派,衰落殆盡,諸孫一兩人而已,其勢不絶如線。」

復古子侄輩較有出息的要算戴丁之子戴木。

戴木字子榮,號漁村,是葉適的朋友、學生,雖没有什麼功名,也可算得上是個學者,著有《漁村集》、《事類蒙求》,常被後人所稱道。他還有個好兒子:神童顔老。

戴顔老,《嘉靖太平縣志》説他是「生而秀骨奇姿」。滿周歲的時候,其父按習俗讓他「抓周」,他在滿席玩具、果肴之中,獨抓起一本《禮記》翻着,好像在誦讀,這時就似乎顯示出與衆不同之處。稍長,能每天記住數千百言,七歲就能暗誦「五經」,舉止應對,儼然像個大人。十歲就能寫文章,王懋卿試着給他幾個題目,他拿起筆一揮而就。嘉熙元年(一二三七),「參政危公嘉其俊異,舉神童第一,後省中敕,賜免解進士,朝廷以其能文永免。年十三卒」。可惜他如此短命,不然前途未可限量。當時的宰相杜范(黄巖人)還爲他的文稿寫了跋。戴復古也寫了三首律詩來悼念他,題爲《族侄孫,子榮之子神童顔老,不幸短命而死,哭之不足,三詩以悼之》。

由於戴復古的長期出遊,就食四方至老方歸,族中並輩的人大多死去,所以與之有往來的不多。倒是他的侄孫輩剛長成,尚未出仕,有幾個還較親近,只是他們是屬哪一房的子孫已無法考明了。

戴昺,字景明,號東野,嘉定乙卯(一二一九)發解於州,終贛州法曹參軍。有《東野農歌》正續二集傳世。其中有和復古詩十六首。

其他還有幾個侄孫也都會作詩,如戴槃,字子淵; 戴服,字豈潛; 戴汝白,字君玉; 戴昺弟亦龍、仲晦等。這幾個人和復古經常會聚在一起喝酒作詩,也算極一時之盛。至此,戴氏由復古一個詩人發展而爲詩的家族了。

復古的曾侄孫輩也都是詩壇老手,而以戴奎最爲著名。

戴奎,字文祥,號介軒,元末爲錢塘録事,明初徙濠上(也就是謫遷安徽鳳陽),薦起爲齊河主簿。《石屏詩集》裏附録了他的詩五十四首,他在《别弟文益》一詩中曾自報家門,姑摘篇首數聯:「我家遷居自閩土,傳世於今十有五。淵源始從五季來,子姓咸知立門户。儒賢術業每升堂,雲路登躋亦聯武。石屏先生曾叔祖,錦繡輪囷作肝腑。平生蹤跡半江湖,只把文章傲圭組。」這裏也爲我們提供了一點有關戴氏家世的内容。應該指出這裏戴奎稱石屏爲曾叔祖,並不是説他與石屏實差三代,這裏的「曾祖」只是統稱,正像曾孫是孫以下的統稱一樣(見《辭源》「曾孫」條),這裏的「曾祖」是祖父以上的統稱。這可從年代關係上看出: 石屏的侄孫輩與石屏有詩唱和,其時當在一二四二年左右,而戴奎一代生活在元末明初的一三七〇年左右,兩者相距約一二〇年,所以中間不可能只差三代而應該差六代,這可以從戴鏞自稱石屏十世孫中排出。因此戴奎應是石屏的七世孫。他有兩個兒子: 碧泉,字孟韶; 怡泉,字孟甡。兩人都有詩附録在《石屏詩集》中。

的子孫了。

戴奎又有兩個弟弟：文信、文益。其中文信曾任監察御史、四川按察司僉事，也是爲戴氏争氣的子孫了。

還有一個戴子英，字文瓚，號閒懶，他在元至正戊戌（一三五八）將《石屏詩集》重新刊印，並請宣城人貢師泰寫了序文。但其生平已不可稽核，《石屏詩集》中附有他的一首詩《遊澄照寺》。只知道他官至江浙行樞，不知道屬哪一房的子孫。

南塘戴氏大族傳到明代忽然受到了滅族之禍。

這一事件的來龍去脈還無法考清，戴氏後人著作中没有人敢記載此事，只有復古的六代孫戴宗渙在《洪武壬戌春吾族顛沛，避地方還，見景傷懷》一詩中透露了一些消息：

無人到此不心灰，况我親情更可哀。悄悄悲風生網櫬，悠悠恨水繞樓臺。垣牆積雨生青草，石壁逢春上緑苔。滿眼凄凉禁不得，惟望天道有陽回。

題中有「避地方還」，可見他是個虎口餘生的倖存者了。壬戌年是一三八二年。這裏只寫了事後的荒凉景象，而未交代禍事的由來。

清戚學標在《台州外書》中推測説：

時太祖用法嚴峻，有司阿旨誅求。邑内江氏，及白山蔡氏皆無故被抄。泉溪豐城令王瑜家幾亦不免。况戴氏系國珍之姻，富盛累葉，固日處危地。

過後幾年，戚學標大約又收集了一些資料，編成了《三台詩録》，收録了戴宗渙的詩，並作小跋於下：

壬戌爲洪武十五年，時太祖政尚嚴峻，士民家動被抄没。南塘自宋元來名人輩出，富盛累世，未免侈汰逾制，然非有不法事，爲客胡應巾、葉得中等乘機告訐，姻戚瞿某證成之，遂至戴氏一門無遺。相傳未抄時童謡云：「老鴉叫，相公到，到何方，到南塘，塘下戴，好種菜。」蓋亦有數存，怨夫，寗氏九世之卿族，一朝而盡也。

綜合以上材料，可以看出戴氏之罪不過驕奢淫逸，侈汰逾制，照理也不致滅族。依我看戚學標「況戴氏系國珍之姻」的説法倒值得注意。方國珍，黄巖縣方家境人（距南塘僅二十五里），方戴結親《嘉靖太平縣志·外志》裏曾有記載：

元至正戊子年，楊嶼方國珍兵起。先是童謡云：「楊嶼青，出賊精。」已而國珍生……一日侵晨，詣南塘戴氏借大桅木造舡，將入海貨魚鹽。戴世宦，屋有廳事。時主人尚臥未起，夢廳事廊柱有黑龍蟠繞，屋爲震撼，驚寤視之，乃國珍，遂以女妻其子。

元至正戊子年即一三四八年，文中「黑龍蟠繞」云云，有點玄乎，除去這點，戴方結親當可信。再考方國珍史實：國珍在元至正戊子年起事，與朱元璋同爲草莽英雄。後二十年中朱元璋强大，方氏在元王朝與朱明王朝間依違不定，常同時得到雙方的封官。直到大勢已定，朱元璋建號洪武元年（一三六八），方國珍纔被迫朝於明。洪武七年（一三七四），方國珍死。「洪武戊午，國珍已没，明謙受剥膚之刑，舉族受禍。」（見袁珙《古今識鑒》）洪武戊午是一三七八年。明謙爲方國珍子。方氏受禍在一三七八年至一三八二年，戴氏以奢靡被人告發，方氏案還在目前，所以「方氏姻親」的罪名倒很容易攀上，再加上洪武帝正行嚴刑峻法，戴氏也就倒了黴了。

戴氏這一下是搞得夠慘的，僅一、二人得以倖免，南塘戴從此一蹶不振了。幸在滅族之前已遷出一支在温嶺（今稱温嶺街，爲一小集鎮），纔使戴氏綿延未絶。而到了明朝中葉，竟又興盛起來。

戴豪在《先祖慎齋府君行狀》裏有這樣一段記載：

公諱圭，字尚恒，以字行。別號慎齋……公曾祖伯善仕元，累官至浙江行省經歷。洪武初，以元之故官例謫鳳陽爲民，更赦還鄉里，再徙温嶺，今分隸太平，遂爲太平人。

據文可知這遷居之户主叫戴伯善。他的孫子叫温五，曾孫叫圭（一四一一—一四八六），也就是戴豪的祖父。這中間幾代也唯讀讀書，無甚出名，至戴豪的父親戴通纔得個舉人，從父鏞等也稍有成就，直到出了戴豪，纔算光大了温嶺戴氏的門楣。

戴豪（一四五八—一四九四）字師文，明成化十年（一四七四）領鄉薦時只有十七歲。中了成化十四年進士，時年僅二十一歲。這年秋天請假回家娶婦鍾氏，不久回京授兵部武庫司主事，又遷員外郎，擢職方郎中，真是少年得志。不久又升廣東右參政，他在廣東更加「殫志慮思，有以救弊拯困」。可是没多久就得病而亡，年僅三十七歲，所著有《贅言録》行世。（據謝鐸《戴師文墓誌銘》和《贅言録序》）。

戴豪有一從父戴鏞，字允大，授六安州學正，不久由御史薦升南京國子助教，又升爲監丞。戴鏞最大的功績在於整理重印了《石屏詩集》，使我們現在還能較完整地讀到戴復古的詩。

戴豪有一個從弟叫戴特，字師唐，弘治十一年（一四九八）中進士，授鶴慶推官，調武昌府致仕，所著有《萃同集》。

另外還有一個從弟叫戴顒，字師觀，中浙江鄉試第一，登進士第，入翰林爲庶吉士，拜吏科給事中，直聲聞於朝，不久卒於官，所著有《倦歌集》、《筠溪雜稿》。

温嶺戴氏到了明代中葉又達到了無比繁盛的時代，鄉里謡又有「積穀鍾、金、趙，詩書戴、李、林。」戴氏又成爲詩書禮樂之家，蔚爲大族矣。那裏温嶺滿街都是牌坊，而這牌坊又都屬於戴家。計有：桂香坊，爲舉人戴通立；進士坊，爲戴駿立；解元坊，爲戴顒立；内翰坊，爲翰林庶吉士戴顒立；攀桂坊，爲舉人戴鏞立；巍科坊，爲進士戴豪立。那麽多的舉人、進士，那麽多的牌坊，也算極一時之盛了。

六、戴氏世系表

據《葉適集》、《嘉靖太平縣志》、《嘉慶太平縣志》、《贅言録》、《光緒太平續志》及《温嶠戴氏宗譜》，現將戴氏世系列表如下：

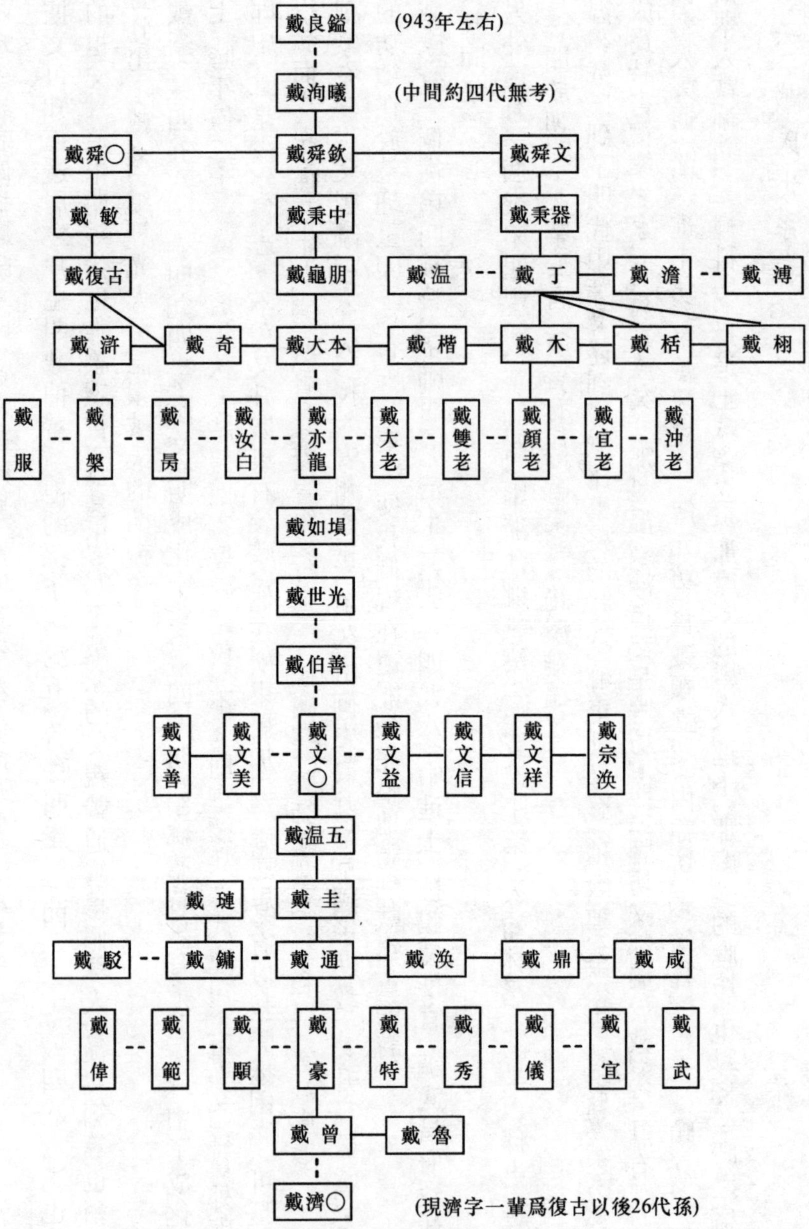
戴良鎰
(943年左右)
戴洵曦
(中間約四代無考)
戴舜〇
戴舜欽
戴舜文
戴敏
戴秉中
戴秉器
戴復古
戴龜朋
戴温
戴丁
戴澮
戴溥
戴湝
戴奇
戴大本
戴楷
戴木
戴栝
戴栩
戴服
戴槼
戴昺
戴汝白
戴亦龍
戴大老
戴雙老
戴顏老
戴宜老
戴沖老
戴如塤
戴世光
戴伯善
戴文善
戴文美
戴文〇
戴文益
戴文信
戴文祥
戴宗涣
戴温五
戴璉
戴圭
戴駁
戴鏞
戴通
戴涣
戴鼎
戴咸
戴偉
戴範
戴顒
戴豪
戴特
戴秀
戴儀
戴宜
戴武
戴曾
戴魯
戴濟〇
(現濟字一輩爲復古以後26代孫)

説明：

①表中横線表示親兄弟關係，直線表示父子關係，虚線表示同宗關係。

②此外尚有較多戴姓子孫因輩分不明而不能列出。

③據戴文祥詩「傳世於今十有五」，戴鎰至戴文祥當有十五代。戴鏞於石屏自稱十世孫，兩者當差十代。

原載《成都大學學報》一九八七年第四期

戴復古之原籍是否在江西

南宋江湖派詩人戴復古（號石屏）的原籍，史書上均記載爲黄巖，也有作天台的，也有作太平的。這是因爲歷史地理的原因，在宋時只有黄巖縣，至明朝方分出太平縣，至民國改爲温嶺縣，一九九四年改作温嶺市。黄巖屬台州，台州以天台山著稱，歷史上往往以天台山代稱台州。所以戴復古之原籍的準確説法是：今浙江省温嶺市塘下。這個説法已經基本得到學術界的公認。其籍貫之考證詳見拙作《戴復古家世考》（原載《成都大學學報》一九八七年第四期）。

然而，在江西省修水縣的人們，却又有自己的看法。該縣志辦主任梅中生和上杭鄉的中學教師戴作模通過考證，撰文認爲戴復古之原籍應爲江西修水。爲此，筆者於今年十一月專程至江西修水縣考察，發現修水的戴氏後裔（今尚有萬餘人）百年來無不認爲其祖先戴復古石屏就是修水人，其故里是修水縣水源鄉。水源鄉及附近鄉村仍是戴氏後裔聚居地，且在水源鄉的鵝嘴山腰有戴石屏之墓（筆者也親到墓前），至今每到清明節，戴氏子孫仍年年要來祭拜祖墓。於是，江西有了戴復古原籍在修水的一種説法，使戴復古原籍在今温嶺市之説受到嚴重質疑。爲此，我不揣固陋，作此文探討，以就正於諸方家。

據《修水報》一九九八年十月載戴作模、梅中生所作《戴復古籍里考》考證，戴復古爲修水人氏，其理由有四：

①戴復古世居修水

據民國癸丑（一九一三）《重修戴氏宗譜》記載：戴復古（十九世）以上直系十三世戴朝宗，早在宋天禧四年（一〇二〇）就領全家由小流（今修水新灣鄉境内）遷居分寧仁鄉水源，即今修水水源鄉。從此，戴朝宗以下十四至十八世均居此地。戴朝宗長孫戴廷貴（十五世）曾爲官流寓浙江台州，後卒於官署。至十八世，即戴復古之父戴元邦，於宋熙寧二年（一〇六九）攜家包括復古，由浙江台州返回分寧仁鄉水源梓裏居住。同時，將祖父祖母及父母四柩，自台州運回分寧，葬於金窖山。歸里時，戴復古年僅五歲。上述資料可以證明三個問題：第一，戴元邦的侍祖戴廷貴是世居台州；第二，戴元邦不是遷居他鄉異地，而是回歸梓里；第三，戴復古生於台州，五歲起隨父戴元邦遷回祖籍分寧（今修水縣），在仁鄉水源長大成人。

②復古的子孫繁衍在修水

戴復古共有四個兒子，均出生於水源鄉，未曾離開修水，他直系以下的第四代、第五代開始，從水源遷居修水各地，至今仍有不少後裔。遷居白嶺的延明支竟達二千多丁，遷居馬坳的省公支有一千人，遷居復源雅洋的庚公支不下三百人，三都、山口、程坊、上奉等地仍有不少戴復古的後嗣。

③戴復古上下輩及本人均殁葬在修水

戴復古的太侍祖朝宗夫婦，殁葬在水源街口。侍祖元傑夫婦和祖父祖母殁葬在金窖山，父母殁葬在面岸山，戴復古殁葬水源鵝嘴山腰，道光十三年（一八三三）重修墓碑，上書：宋兵部尚書戴公石屏之墓。其夫人鄧氏殁葬在古藤源，續娶王氏殁葬在花園。胞弟玉屏夫婦殁葬在黄沙源，長子天逸夫婦殁葬在黎嶺下，二子天銘夫婦殁葬戚洞冷水塘，三子天錫夫婦殁葬彭源洞梅樹壟，四子天爵夫婦歿葬尖山嶺陳源錦堂。

④戴復古有許多遺址、遺跡在修水

新編《修水縣志》和《重修戴氏宗譜》載，戴復古在水源建有東西枇杷園、乳鴨塘、九曲流觴池、夏嶺石刻、尚書碑等。《歷代名人名勝録》記載，戴家大屋（現叫朱家大屋）前有乳鴨塘，西側有東西枇杷園。九曲流觴池已被九曲池水所淹。又載石屏墓除墓前柱牌已倒，其餘均保存完整。還有建在上杭西源鳳嘴上的「尚書祠」遺址。戴復古在水源留有「乳鴨池塘水淺深，熟梅時節半晴陰。東園載酒西園醉，摘盡枇杷一樹金」這樣的名篇佳句。

觀戴、梅兩位先生的論證，有文獻，有實物，似可以言之成理。

根據上述材料，則有兩種可能：一是如上文所述，戴復古世居修水，高祖宦遊台州，復古幼年回歸梓里，在修水長大，後官至兵部尚書。二是修水的戴石屏另有其人，因其年代、字號相近而被戴氏後人混淆。還有第三種可能，就是：戴復古「未遇時，流寓江右武寧，有富家翁愛其才，以女妻之。居二三年，忽欲作歸計，妻問其故，告以曾娶。……夫既别，遂赴水死，可謂賢烈也已」。（陶宗儀《輟耕録》）修水宋時稱分寧縣，系武寧之鄰縣，或許戴復古武寧之妻，已留有後嗣，富翁喪女後，心有不甘，後杜撰來歷和官爵，誤導後人，而戴氏後人在武寧、分寧逐漸繁育，蔚爲大族，也未可知。

上述根據江西修水縣發現的文獻和墓葬，提出了三種假設，可以把它概括成：一爲原籍修水説；二爲烈女修水留後嗣説；三爲修水、温嶺兩石屏説。這三種説法應該是何者符合原貌呢？筆者認爲當時應該有兩個石屏，自成體系，因僅僅差百餘年而被後人混爲一談了。現在不妨先對三種説法進行探討。

一、原籍修水説的探討

持此説者爲江西戴氏後裔的學者及當地的戴姓群衆，所依據的是《戴氏宗譜》、當地傳説、墓葬和遺址，其論點已在上文詳述。持此説者大都未見過戴復古的《石屏詩集》，應該説要知人論世，最重要的資料應是他自己的作品和同代人的著作，讀這些作品能發現有大量的證據可以否定掉修水説。

①生卒年份不合

戴復古生於一一六七年，這可從其所作《新年自唱自和》詩中看出：「生自前丁亥，今逢兩甲辰。」丁亥年正是一一六七年，這是無疑的了。卒年雖然還不十分準確，但能推出大致年限，其作於一二四五年的《新年書懷》中有「淳祐五年春」之句，時年七十九歲，那麼，他卒於一二四六年或稍後，这也是學術界基本公認的。

現在看修水戴石屏，據《戴氏宗譜》記載是：生於北宋英宗治平元年，殁於南宋高宗紹興三十年，即一〇六四年至一一六〇年，享年九十六歲，比温嶺的戴石屏早生了一〇三年。

②史事與生活年代不合

細讀《石屏詩集》中所反映的歷史事件，無論從《聞李將軍至建康》中「來依漢日月，思復晉山河」記録了一二一八年紅襖軍李全附宋；在《題處士黄公山居》中「邊頭又報真消息，韃使來朝乞講和」，記録了一二三三年金乞和於宋的史實；在《嘉熙己亥大旱荒》中「瀕海數千里，饑民幾萬家」，記録了詩人回到家鄉後，一二三九年發生的浙東大災荒，這些史事都是發生在南宋嘉定之後，而決無紹興年間及以前之事。而修水的石屏却生活於北宋末至南宋初南渡變亂時期。

③親朋好友均不合

先考其家事：温嶺市的塘下戴氏，五代時避閩王之亂從福建遷來，在温嶺發家，傳至第六代，即戴復古的祖父輩，纔出了個戴舜欽，中了進士，官至南康軍司户，也就是在今贛州作個州府裏掌户口、賦税的官。復古之父戴敏，喜歡寫詩，不考功名，死時復古還是襁褓中的嬰兒，長大後，多方搜尋父親之詩，僅存十首，編於自己的《石屏詩集》卷首，可見一直是詩書傳家。復古無兄弟，僅兩子，名戴渮、戴琦。自云：「吾之一派，衰落殆盡，諸孫一兩人而已，其勢不絶如線。」可見孫兒也不多。而他的同輩有戴龜朋、戴溥，侄兒輩有戴木、戴昺等都是詩人，與復古有詩唱和，有的還有詩集傳世。

修水戴石屏（十九世），世居修水，十五世戴廷貴爲官流寓浙江台州，後卒於官署，至十八世，即石屏之父戴元邦在一〇六九年攜家返回修水。石屏還有四個兒子，八個孫子，這些均與《石屏詩集》所載大相徑庭。

復古青少年時學詩於里人林景思、徐似道，還曾到紹興鵝湖「親炙於放翁」，決不如修水《戴氏宗譜》所説的五歲即由台州返回修水，且在年齡上大於陸遊六十一歲！《石屏詩集》中，其他詩友如真德秀、魏了翁、喬行簡、樓鑰、趙汝騰、王子文、姚鏞、劉克莊、嚴羽、翁卷、孫季蕃等有姓名可考的就有三百多人，他們或前或後，總生活在南宋孝宗至理宗一段時期，而不至於早到北宋時期的。

④墓葬與遺址不合

戴復古於一二三七年，終於厭倦了四十餘年的江湖生涯，辭别故人，踏上了回鄉之路，《鎮江别總領吴道夫侍郎，時愚子琦來迎侍，朝夕催歸甚切》及《久客還鄉》，記録了七十歲時兒子迎候回鄉的喜悦心情。此後他過起了飲酒賦詩安樂富足的隱士生活，從《挽温嶺丁竹坡》、《屏上懷黄伯高》諸詩中的温嶺一些小地名，可以看出他晚年均在温嶺活動，特别是《諸侄孫登白峰觀海上一景》詩，寫到離家鄉十餘里的白峰山觀海，恐怕江西是無海可觀的。又查《石屏詩集》中没有一句寫分寧的詩，詩人要是修水人，却在詩集中隻字不提分寧，這也是無論如何説不過去的。詩人在一二四六年前後停了詩筆，死後葬於附近的屏山，後人還建了戴相公廟紀念他，該廟至今尚在，歷代的《太平縣志》均有記載，戴復古墓於一九九五年被列爲温嶺市級文物保護單位。

因爲到明朝戴氏曾遭滅族之禍，所以戴復古的遺跡留下的不多，除墓、廟外，還有詩人常在其下徘徊吟詩，並引以爲號的石屏石，此石高五米、寬二米，壁立如屏障，至今聳立在屏山南谷口。

戴復古寫有《初夏遊張園》詩：「乳鴨池塘水淺深，熟梅天氣半晴陰。東園載酒西園醉，摘盡枇杷一樹金。」但與戴復古同時的謝枋得題作戴復古之父戴敏的詩而收入《千家詩》中。究竟是誰所作，至今尚無定論。而張園之所在，據浙江的《嘉興府志》載：「宋張子修監石門（今浙江青田縣）酒税，因家焉，與邑人張汝昌並擅園林之勝，内有流杯亭、遂初亭、乳鴨池，所云東西張氏園也。」那麽，東園西園應該在浙江青田，而戴復古也確實到過青田。詩中的詩人只是在張氏的東西園裏醉酒，並摘了一樹枇杷，而根本没有説戴氏也有枇杷園，所以要是把東西園作爲戴復古的遺跡已是大錯了。再看修水爲何也有乳鴨池和東西枇杷園？這個問題比較簡單，戴復古成爲名人後，後人因人造景，附庸風雅的也很多。即便不是後人附會，乳鴨池、枇杷園也不是稀罕物，達官貴人要造一個也不難。不過清朝修水有個詩人叫朱之麟的，也誤以爲此詩是戴復古寫修水的東西園，於是他也作了一首《東西園》：「川原瞭曆滿蒼煙，爲溯芳型思渺然。半畝清池留古跡，兩園勝事到今傳。花茵鳥語呈歡會，雲影山光入錦筵。載酒高歌人已往，不堪愁絶夕陽前。」詩中景仰之情躍然紙上，然而却弄錯了物件，所以不可不辨。

綜上所述，修水《戴氏宗譜》所載的戴石屏，與《石屏詩集》中的戴復古相差太大。《石屏詩集》歷代相傳，世所公認爲戴復古撰。而宗譜乃一家之言，張冠李戴，牽強附會的不少，以宗譜作孤證不足爲憑。詩人以詩名天下，當以詩集爲准。

二、烈女修水留後嗣説的探討

陶宗儀生活於元末，元末離南宋不遠，他又是黄巖人，《輟耕録》三十卷素稱嚴謹，所記戴復古武寧娶妻一事當不罔也。又《嘉靖太平縣志・人物》中也有記載，還説此女名金伯華。當地的《豫章書》、《嘉靖武寧縣志》也記此事，可見兩地均認可了的。又《乾隆武寧縣志・山川》載：「節婦潭，縣南一里，相傳戴復古妻投水處。」這裏已成爲古跡，當地人都能言之鑿鑿，上世紀七十年代這裏修成一個大水庫，將此古跡淹没於水下了。至於她結婚三年，是否留下子嗣，則史書未載。論理，如有子嗣，小兒在家嗷嗷待哺，則不會拋子別夫而投水，可見子嗣是不大會有的了。

再看修水的《戴氏宗譜》中還保留宋紹興二十一年（一一五一）辛未九月望日石屏寫的《宋譜舊序》，内云：「及我盛朝，國運誕興，人文蔚起，凡世家舊譜，莫不重新。予嘗念切乎此，而此身膺簡命，自任太守，暦遊部職，事冗責重，日夜勤劬，瞬息少暇，故有志而未逮也。今以衰老歸寧，爰取家譜而重編之，時皇上紹興二十一年辛未春，三陽月興，秋九月，奉旨欽選秩備兵部尚書，適吾家譜已告成矣，仰沐聖恩，拜命田野……」奉旨欽選之事不可兒戲，從這裏可看出，這個石屏也決非向壁虚造的。

有人説，可能復古就未到過武寧，《輟耕録》所云「居二三年」，而《石屏詩集》中並無一句道及武寧的山川景物，令人生疑。又復古終老布衣，終生不仕，不存在未遇時。那麼，這個石屏是否會是修水石屏？筆者認爲《石屏詩集》只是作者的自選本，並非全集，無武寧詩，只可存疑，不能據此斷定就未到過武寧。「未遇」一詞，可作未遇伯樂，也可作未遇知音、詩名未著解。至於修水石屏，由武備將軍至於兵部尚書，均屬武職，恐怕作不出《木蘭花慢·懷舊》這樣的一流詩詞的。如果他的老家只在鄰縣修水，那麼石屏也不會一住三年不回家，富家翁也早會派人到其老家探明婚姻狀況，而不至出此悲劇了。

三、修水温嶺兩石屏説之探討

從以上可以看出，修水和温嶺兩個石屏通過比較，無論從生卒年、生活年代、詩文中反映的史事、親朋好友及墓葬均無重合之處，而且各人自成體系，除其祖、父曾流寓台州，與台州略有點瓜葛而待考外，應該是兩個完全不相干的人。

那麼修水石屏到底是何許人也，何以會出現與温嶺戴復古名號相同呢？

考察修水戴石屏的墓葬，氣魄較大，據説附近原有幾十個疑塚，還有仙鵝抱蛋等十八景，確有官家氣象。現存者系清道光十三年（一八三三）重修，墓碑爲：「宋兵部尚書戴公石屏之墓。」上面的戴公石屏應該是大名，墓前石碑不會以字號出現。胞弟大名玉屏，正好可以證明。問及當地戴氏後裔，但知戴石屏而不知戴復古，但知兵部尚書而不知江湖詩人，可見修水只有戴石屏，而没有戴復古。那麼綜合戴石屏的有關資料，就可以較清晰地瞭解戴石屏其人：

戴石屏（一〇六四—一一六〇），號麓公，江西分寧（今修水縣）人，四世祖戴廷貴曾爲官流寓浙江台州，後卒於官。父戴元邦，敕封千户，加武備將軍，於一〇六九年攜家返回修水，時石屏年僅五歲。石屏於一一三一年初任郡守，歷任部職，以衰老致仕歸寧。一一五一年，奉旨欽選，秩備兵部尚書。一一六〇年謝世，享年九十六。葬水源鄉鵝嘴山腰。夫人鄧氏歿葬古藤原，續娶王氏歿葬花園。有四子八孫，至今繁衍成上萬人的大族。遺址尚有東花園、西花園、九曲流杯池、乳鴨塘、夏吟石刻、尚書廟。附近的繡墩村曾爲其供繡品，馬家莊曾是養馬場，齊家塘原爲管家管理田產處。

按理説兵部尚書在歷史上應該留有記載，但查遍《宋史》裏的人物傳和本紀，没有找到此人。看來他僅是歷任部職，兵部尚書只是退休後的榮譽頭銜。

那麼怎麼會和温嶺戴復古搞混了呢？名號相近、年代相近是一個方面，但更主要的恐怕是清道光年間，修水戴氏書生開始把他們混淆起來的。

在明清的江西志書中，戴復古一直是作爲寓賢收入志中，可見那時從未把他作爲江西人。至清咸豐十一年（一八六一），裔孫賨三寫了一篇《石屏公墓記》，記載了一事：「道光二十七年，有水源生員盧水生與予偶談曰：吾鄉先賢戴石屏者，足下若何祖也？予曰：此吾十九世祖也。水生又曰：未知其墓在何地。予曰：墓在金窖山，奈祀缺年久，不敢妄爲尋獲。予聞此語，日偵諸里父老。道光三十年孟夏，有曰：予先人墓故在焉。其人遂同榨下灣爲貴等往水源，潛掘三晚，果然獲内碑大礦，燭之，載宋兵部尚書戴石屏公之墓。比掩之，次日插牌於塋上，回報予曰：墳已得矣，内碑大礦朗然。予即奔啟各支，訂五月十七日祭掃，届期合族雲集，並將内碑刷出，委系宋時人之字法。查州志，誤載我祖於寓賢中，因請州牧葉公枚生爲之墓表，予特以清塚之顛末略爲之記。」（見《戴氏宗譜》）

讀書人總喜歡找一個文化名人爲祖先，得墓碑後，又未慎重考證布衣詩人與兵部尚書是怎麽回事，以名號相同，立刻將不相干的兩位混在一起，於是重修了祖墓，重刻碑文，自我作古，並修入譜中。可見把兩者混爲一談的，戴寶三是始作俑者。從此之後，江西的戴氏後代無不認爲兩者爲同一人，以訛傳訛，流傳了幾百年，現在要是不予澄清，恐怕還要誤傳下去，所以不可不考證明白。

至此，我們可以較清楚地了斷「爲什麽布衣詩人會戴上尚書帽」這場公案了。

原載《台州師專學報》一九九九年第二期

石屏詩詞版本略述

戴復古一生作詩近二千首（《石屏小集》一三〇首，《續集》從四百首中選出百首，《三稿》亦當百數，《四稿》上下卷也有百餘首，《後集》千餘首，《五稿》上下卷不詳，也當百餘，其中可能有重復，具體見後），詞作四十六篇左右，文章未見。他的詩詞版本較多，現根據其編定先後，分述如下：

戴復古在慶元三年（一一九七）出遊之後，詩作漸多。嘉定三年（一二一〇）已結而成集，位居參知政事的樓鑰第一個爲之品題，這時集無定名，但稱大編。戴覔得父詩，僅一篇一聯，録於此大編之前。後來此編又經真德秀、鞏豐等多人品題，評價較高。

嘉定間（一二一五）左右，趙汝讜任湖南轉運使時，爲戴復古選出一三〇首詩，編成《石屏小集》，有嘉定十六年（一二二三）作者自序和紹定二年（一二二九）趙汝騰的序，刊於湖南，這是第一部編定出版的選集。

紹定五年（一二三二），戴復古收拾散稿，又有了四百多篇，袁甫就中摘取百首，附於《小集》之後，戴作了自序，這是《石屏續集》。後來蕭泰來又選了《石屏三稿》。

端平元年（一二三四）左右，戴復古在邵武，與當地的嚴羽、李賈結爲詩友。戴復古的《祝二嚴》有：「平生五百篇，無人爲之主。零落天地間，未必是塵土。再拜祝二嚴，爲我收拾取。」以散稿四百篇加《石屏小集》百餘篇，總計五百多篇，也是對應的。後李賈選其近作成《石屏四稿》上卷；端平三年（一二三六），姚鏞另選得六十首，成《石屏四稿》下卷。同年九月，戴復古歸家途中，路經江西，到渝江尉舍與李賈話别，李賈將上下卷一併入梓，以全其璧。

淳祐三年（一二四三），吴子良爲新編的《石屏後集》作序，戴復古的侄孫戴東野爲此作詩《石屏後集鋟梓敬呈屏翁》，中有「新刊後稿又千首，近日江湖誰有之」。可見此集有詩千首。

當時書商陳起等收江湖詩人之詩，隨收隨刻，總稱《江湖集》，内有石屏之詩，惜後散佚。僅有宋抄本《南宋群賢六十家小集》（當是《江湖集》中之一），六十家中有《石屏續集》四卷，收詩一一一首，詞四十篇。觀其内容，已與嚴羽訂交，當是嘉熙元年（一二三七）歸家前幾年所編。又《南宋群賢小集》中有《中興群公吟稿》戊集卷一至三，收戴詩一〇三題。篇目及編排次序與《六十家集》中的四卷不同，詩篇略有重復。

以上幾種爲宋編本。

明《永樂大典》所收江湖各集被《四庫全書》編者合併爲《江湖小集》和《江湖後集》，《江湖小集》收《石屏續集》四卷，《江湖後集》僅載《六十家集》未收的《求先人墨蹟呈表兄黄季文》等六首。

石屏詩稿傳至元代，其七世孫戴子英，字文瓚號閒懶者，校家藏舊本，以圖新刻，還請貢師泰在至正十八年（一三五八）作了一篇序文，書名爲《石屏集》。這個元刊本今已不見，大約收詩較全。明《詩淵》據此本録入大量戴詩，有些爲諸本未見。

明天順初（約一四五七），石屏九世孫戴恬隱重録《石屏小集》並《續集》爲一帙，從子潛勉檢故篋復得刻本《石屏後集》、《石屏四稿》下卷並《石屏五稿》上下卷（當是石屏歸家後作），潛勉之兄戴鏞也於藏書家抄得律詩數十篇。成化十五年（一四七九）侄戴豪攜京求完本。豪又取《南塘遺翰》所載戴東野諸人詩附後將刻以傳世，不久豪卒於官，而志未果。

弘治十七年（一五〇四），盧州通判馬金以其家所得抄本，與石屏十世孫六安學正戴鏞家藏版本校對異同，以選家眼光，選出詩九百篇，計近古體一卷九十八首，五言律四卷四五二首，七言律一卷二二〇首，絶句一卷一三〇首。重加編次，按體裁分爲七卷，詞二十五篇，另立一卷，戴敏詩十首仍録集首，又取鏞所藏戴東野詩一三三首爲一卷，其他戴氏諸孫詩九十七首，計二十七人，另立一卷，附載於後，合爲十卷，定名爲《石屏集》。六安州守宋鑒爲之刊校，謝鐸作序，馬金書後，成爲定本，通稱明弘治本。這個刊本是以後明清選刻本的祖本。

明代還流傳下不少抄本：山陰祁氏抄本八卷，大約用的是上面的弘治本。路小洲也有抄本。潘是仁編的《宋元名家詩集》内收石屏詩六卷。

清代《四庫全書》所收《石屏集》，根據的是浙江鮑士恭藏本。與弘治本比較，已將戴氏裔孫之作另立單行，石屏之詞也另立一部，删除了明代的序跋，並將七卷並爲六卷，其中詩篇也略漏一二。

清吴之振編的《宋詩抄·石屏詩抄》，計五〇六首，編次與弘治本同，而詩已少了許多。後《宋詩抄補》中《石屏集補録》又補了十六首並六聯。

《石屏集》較爲常見的本子當是嘉慶二十二年（一八一七）臨海宋世犖刊的《台州叢書甲集》本和

一九三四年商務印書館出版發行的《四部叢刊》本。二書都據弘治本，仍爲十卷，二書區别在於字詞略有不同，前者有宋世犖重刊序，後者保存了一五〇四年、一五〇七年十世孫戴鏞作的二篇跋文，還增加了蕘圃主人黄丕烈於一八〇二年書的跋，並將書名定爲《石屏詩集》。

一九九二年浙江古籍出版社重新印行了《戴復古詩集》，據的就是《四部叢刊》本。

戴復古不但是詩人，還有不少詞作。《石屏詞》早期大都作爲《石屏集》中的一卷，弘治本中的卷八即爲詞卷，收詞二十五首。接着的《台州叢書》和《四部叢刊》也都是依樣畫葫蘆。

《石屏詞》一卷單行的鈔本不少，有唐宋名賢百家詞鈔本，宋元明家詞鈔本，天一閣鈔本，明鈔宋五家詞本，汲古閣刊本，載《六十四家詞》中，又有毛斧季校本，書名爲《石屏長短句》一卷，武進董氏有刊本。《四庫全書》裏用的是安徽巡撫采進本，也就是毛本，毛本裏有《石屏集》中的二十五篇，又加《花庵詞選》所録八首彙集付梓。《中國文學珍本叢書》第一輯中的《宋六十名家詞》録《石屏詞》一卷。《四部備要》中的《宋六十名家詞》中也有此一卷。

今人唐圭璋所編之《全宋詞》，收戴詞四十六篇，其中最後的《沁園春・送姚雪篷之貶所》僅存半篇，這是目前最完備的本子。但他的四首古風《漁父詞》也作爲詞收入，還是不妥，查《中華詞律辭典》，無「漁父」之詞牌。

《石屏新語》二卷，舊題戴復古撰，《四庫全書總目提要》認爲：「是編以石屏新語爲名，則當爲復古所著，乃編中惟録張洵古《五代新説》、陳郁《藏一話腴》二種，而多所删節，當是後人依託其名，抄撮成帙了。」《石屏新語》不常見，《四庫》僅作存目，其論斷當不妄也。

戴復古的文章很少，只有《嘉慶太平縣志》載有戴的《跋丁梅巖集》一文，百餘字，作於嘉熙四年（一二四〇）重九後三日。丁氏名希亮（一一四六—一一九二），字少詹，温嶠人，有《梅巖集》傳世。這個跋當是爲丁氏後人付梓時所作。近幾年發現的《宋故淑婦太孺人毛氏墓誌銘》，是戴復古爲其族侄婦毛氏所作，未見典籍記載。戴文其餘也就是幾篇自序，沒有洋洋大文。

一九九二年作，收於《戴復古研究文集》，中國文史出版社，二〇〇四年八月。

戴復古與嚴羽

嚴羽字儀卿，一字丹邱，自號滄浪逋客，南宋福建邵武人。他是詩歌評論家兼詩人，精於論詩，主張與盛唐爲師，強調妙悟和興趣，批評了詩歌的散文化、議論化傾向，對明清兩代詩風的形成和發展有較大影響。

戴復古，字式之，號石屏，南宋詩人，江湖派裏的名家。他反對蹈襲古人，反對好奇尚硬，主張自出機杼和音韻天成，具有鮮明的特點，別創一股清新的詩風。

嚴羽和戴復古都是南宋後期的著名詩人和獨創一説的詩學宗師。

戴復古大約長嚴羽二十五歲。在紹定二年（一二二九）春，六十二歲的戴復古第三次出門遊歷，先到福建，再轉江西，端平元年（一二三四）第二次入福建，並在老友——時任邵武太守王子文的邀請下，做了一段時間的軍學教授（相當於地區教委主任一職），十月份王子文爲戴復古的《石屏詩集》作了序。

當時的嚴羽正值壯年。四十歲左右的嚴羽已逐漸形成了一套對詩歌和詩歌創作的理論，這時他的《滄浪詩話》初成，在福建頗有名氣，他和同族的嚴參、嚴仁並有才名，人稱「三嚴」。戴復古到了邵武即與嚴羽相逢訂交，一見如故。這時戴復古已是赫赫有名的詩人，並以學官的身份按臨邵武，但他對嚴羽很是推崇，這可從他的長詩《祝二嚴》裏看出：

僕本山野人，漁樵共居處。少年學父詩，用心亦良苦。搜索空虛腹，綴緝艱辛語。糊口走四方，白頭無伴侣。前年得嚴粲，今年得嚴羽。我自得二嚴，牛鐸諧鐘吕。粲也苦吟身，束之以簪組。遍參百家體，終乃師杜甫。羽也天姿高，不肯事科舉。風雅與騷些，歷歷在肺腑。持論傷太高，與世或齟齬。長歌激古風，自立一門户。二嚴我所敬，二嚴亦我與。我老歸故山，殘年能幾許？平生五百篇，無人爲之主，零落天地間，未必是塵土。再拜祝二嚴，爲我收拾取。

戴復古比嚴羽年長一輩，詩中戴復古以老前輩的口吻誇獎嚴羽，並且因爲自已殘年無幾，而把身後代爲收拾詩篇的事情託付給了嚴羽和嚴粲。詩中論嚴羽有「風雅與騷些，歷歷在肺腑。持論傷太高，與世或齟齬」的話，顯然是指《滄浪詩話》對「近代諸公」的嚴厲批評。這時大約戴復古已讀過了《滄浪詩話》。

嚴羽與戴復古的生活年代相近，嚴羽活了五十餘歲，與戴復古的卒年也相前後（也有人考證同爲一二四八左右），他們二人的生平經歷也很相似，同樣不肯事科舉，在戰亂之世流離，以詩爲業，布衣而終。他們對詩學的見解有相同的地方：反對江西派的以文字爲詩，無一字無來歷。但他們各自所推崇的又各不相同。

宋詩是在唐詩高度成熟的基礎上發展起來的，却又具有着十分鮮明的特色，歷來被認爲是我國古典詩歌發展中的重要階段。宋西崑體繼承了晚唐五代浮靡的文風，片面追求聲律和諧和詞采的華美。至北宋中期，被歐陽修等宣導的詩文革新運動所取代。後來宋文長於議論的特點也影響到了詩歌之中，黄庭堅、陳師道等變本加厲，形成了「以文字爲詩、以才學爲詩、以議論爲詩」的江西詩派，風靡一代，成爲時尚。黄庭堅、陳師道等長期在書齋裏生活，脱離了現實，他們只能走一條在書本知識上討生活，在寫作技巧上争勝負的創作之路，於是愈來愈走向形式主義的道路。

南宋中葉以後，「四靈」詩派和江湖詩派對江西詩派群起而攻之，他們選擇了晚唐賈島、姚合的道路，要求以清新刻露之詞寫野逸清瘦之趣，別樹一幟。

戴復古青年時學詩於真德秀、陸游，後又遊歷江湖，廣結詩友，「或道義之師，或文詞之宗，或勳庸之傑，或表著郡邑之英，或山林井巷之秀，或耕釣酒俠之遺，凡以詩爲師友何啻數十百人」。他是旁采百家，於是詩藝大進，像清朝的宋世犖所評的「瓣香於杜老，親炙於放翁。用能成一家之言，垂千秋之業」。

戴復古的詩，受「四靈」和晚唐詩的影響較多。他反對蹈襲古人，反對好奇尚硬，主張自出機杼和音韻天成，他的詩，意境開闊，風格豪放，不用典，藝術語言多彩多姿，具有鮮明的特色。

嚴羽一生著有《滄浪詩話》和《滄浪集》。《滄浪詩話》一書系統闡述了古今詩詞的藝術風格與詩歌的學習和創作等問題。他首創了以禪喻詩之説，强調「妙悟」與「興趣」。要求學詩像學禪一樣需妙悟，「以李、杜二集枕藉觀之，如今人之治經，然後博取盛唐名家，醖釀胸中，久之自然悟入」，也就是通過「熟參」和「醖釀」的辦法，去發現詩歌藝術的特殊規律。他批判了詩歌散文化、議論化的傾向，也批評了江湖派的卑瑣。他的理論初步接觸到了形象思維和邏輯思維的區别，但也有脱離現實的唯藝術傾向。他的詩論有自己的獨特見解，但只從印象出發，未能具體分析，同時又説得異常玄妙，使人感到神秘。

綜上所述，戴復古與嚴羽一生的詩歌實踐與詩歌理論既有相近的地方，又是各樹一幟的。

大約在端平元年（一二三四）冬天，王子文邀嚴羽和戴復古同登當地的名勝——望江樓飲酒作詩。望江樓在邵武城東的富屯溪畔，樓高十多米，簷牙三重，登之可望十里。這一天三人在樓上飲酒論詩，争論十分激烈。太守王子文也愛詩，傾向於江西派詩人的觀點。嚴羽極力反對，認爲以文字爲詩，味同嚼蠟，表示絶不當「琴棋詩酒客」，要直取江西詩派的心肝。王子文聽了很不高興，指斥嚴羽不是文人儒者。戴復古很欣賞嚴羽勇於探索的品格，又不同意把詩説得太空靈、太玄妙。事後戴復古總結自己的創作實踐，寫出了《論詩十絶》，系統地表達了自己對詩的見解，統一了一些基本觀點，調解了這場詩壇論戰，於是望江樓論詩就成歷代佳話，留傳至今。

到了清代，詩人周亮工以按察使的身份調到福建。他到邵武，特地尋訪了嚴羽的故居，並塑嚴羽等人的像供奉在望江樓上，爲了紀念這次詩壇盛事，就把望江樓改名爲詩話樓。該樓後代幾度重修，現在還矗立在邵武的富屯溪畔。清代的郡守周揆源有詩：「滄浪高躅杳難尋，但有危樓一水臨。溪挾灘催櫓聲急，鳥含秋意入林深。茫茫雲樹江天色，渺渺煙波楚客心，解識個中詩趣味，休教往古薄來今。」這首詩也頗有韻味。

原載《戴復古研究文集》，中國文史出版社，二〇〇四年八月。

戴復古詩中的慧力寺非指本地惠力寺辨

戴復古《石屏詩集》中有《慧力寺避暑》一律詩，太平（今温嶺）人常認爲是指本地小塘嶺（今大溪鎮塔嵒村）之惠力寺，清《嘉慶太平縣志》卷六記爲：「惠力禪寺，在小塘嶺。咸通三年建。宋戴復古《同劉興伯、黄希宗、蘇希亮惠力避暑》。」[三]於是歷代引以爲據，温嶺縣志辦也將其選入《温嶺歷代風光詩詞録》[三]中。其實非也，戴詩所指慧力寺在江西清江縣，特爲之辨：

一、與三位江西清江人同遊慧力寺，當在江西

查《石屏詩集》卷二原詩如下：

劉興伯、黄希宋、蘇希亮慧力寺避暑

何處避炎熱，相期過寶坊。萬松深處坐，六月午時凉。鐘磬出深屋，江山界短牆。醉來歸興懶，留宿贊公房。[一]

詩中劉興伯，名昌詩，清江（今江西樟樹西南）人，一二〇五年進士，曾爲六合縣令，著有《蘆浦筆記》。黄希宋，名祁，字希宋，清江人。早歲以能賦稱，郡博士延入學宫，累舉對策入高等，調高安主簿。有《德庵類稿》三十卷等，已佚。明隆慶《臨江府志》有傳。蘇希亮也是清江人，理宗（一二二四—一二六四）時以畫名。與三位清江人到慧力寺避暑，應當就在清江。古時交通不便，要是三人舟車跋涉同到浙江温嶺，那是比較少有的，各人當另有詩以記之，查《石屏詩集》及《蘆浦筆記》都没有記載。

二、慧力寺是江西名刹，由三位當地詩友陪同避暑較合情理

慧力是佛家語，謂智慧之力，能證明法性者也。也就是説佛的智慧有祛除煩惱的力量。慧力寺在江西清江，是一座歷史悠久的著名寺院，清趙汝明著的《慧力寺志》中有：「慧力寺故址在今江西省清江縣，初爲南唐梁武帝祠堂，名慧波禪寺，開山祖師爲紹珍禪師。後因寺僧治癒唐僖宗異瘡，遂敕賜慧力禪寺。歷經唐、宋、元、明，至清初尚存，咸豐年間毁於太平天國兵火。庚申年素雲上人開始重修。」[四]寺内有蘇東坡的寫經臺，曾藏有蘇東坡手書《金剛經》碑，此碑與供奉在慈化寺的血書《金剛經》，都是江西境内極負盛名的佛寺鎮寺之寶。宋鄒登龍有《上慧力寺》詩：「今代空王宅，前朝處士家。牛車回象藏，鹿苑發龍華。松密風生樹，江空月在沙。闍黎飯鐘後，邀我試新茶。」[四]宋康伯可有《題慧力寺招風亭》詩：「天涯芳草盡緑，路旁柳絮争飛。啼鳥一聲春晚，落花滿坐人歸。」[四]明奸相嚴嵩也有《慧力寺》詩，可見慧力寺在當時頗有名氣。而温嶺惠力禪寺全無名氣，只見於當地縣志。

三、從詩人行蹤來看，當在江西

《石屏詩集》經明代戴氏後人按詩體分類編排，雖未按寫作日期編排，但其中同一時段同一區域的詩往往還是有次序可循的。《慧力寺避暑》在《石屏詩集》卷二，其上幾首有：《訪楊伯子監丞自白

沙問路而去》、《臨江軍新歲呈王幼學監簿》、《江村何宏甫載酒過清江》，下有《題萍鄉何叔萬雲山》[一]。以上標題中的白沙在江西鄱陽縣西，臨江軍和清江均在今江西清江縣，萍鄉也在江西省，與清江縣同飲一條袁水，所以詩人當時應當在江西。戴復古幾次在江西長住，結交了不少當地的文人墨客。一二二九年春，他第三次出遊，先到福建，再到江西。一二三二年，他的老朋友王伯大在臨江軍作監簿，這一年的新年他是在臨江過的，並作了一首《臨江軍新歲呈王幼學監簿》，所以《慧力寺避暑》一詩當作於一二三三年前後，地點是在江西臨江軍的慧力寺。

四、清代太平縣志誤將本地惠力寺與江西慧力寺相混淆

查歷代太平縣志，太平只有惠力禪寺，而没有慧力寺。明《嘉靖太平縣志》卷八《寺院》：「惠力禪寺，在小塘嶺，唐咸通三年建。」[二]一點也没有提到戴復古的詩。到清《嘉慶太平縣志》卷六《寺院》記爲：「惠力禪寺，在小塘嶺。咸通三年建。宋戴復古《同劉興伯、黄希宗、蘇希亮惠力避暑》：何處避炎熱，相期過寶坊。萬松深處坐，六月午時涼。鐘磬出深屋，江山界短牆。醉來歸興懶，留宿贊公房。」[三]縣志編纂者戚學標將戴詩系於「惠力禪寺」條之下，表明該詩即寫本地小塘嶺之惠力禪寺。這裏需要指出的是：一是編纂者没有準確引用其標題，前加「同」字，後少「寺」字，中間將黄希宋誤作黄希宗。二是直接把慧力改作惠力。「慧」字與「惠」字，僅在「聰明」一義上是相通用的，但作爲名詞，一般是不能通用的。就像南北朝的詩人謝惠連不能寫成謝慧連，福建的惠安女不能寫作慧安女。可見戚氏未加深入考證，將兩者混爲一談，他是始作俑者。

綜上所述，戴復古避暑的慧力寺爲江西清江的慧力寺，與太平的惠力禪寺無關。特予澄清，以免誤傳。

參考文獻：

[一] 金芝山校：《戴復古詩集》，浙江古籍出版社，一九九二。
[二] 浙江省温嶺市地方志辦公室整理：《太平縣古志三種》，中華書局，一九九七。
[三] 吴小謙編：《温嶺歷代風光詩詞録》，温嶺地方志辦公室印，一九九四。
[四] 清趙汝明：《慧力寺志》，江蘇古籍出版社，一九九二。

原載《台州學院學報》二〇〇七年第一期

旅遊文學史上的兩座豐碑

——旅行家徐霞客與戴復古之比較

徐霞客（一五八七——一六四一）一生布衣，三十多年旅行考察祖國的山川地貌，足跡遍及大半個中國，撰寫出近六十萬字的《徐霞客遊記》，是我國公認的旅行家、文學家和愛國主義者。戴復古（一一六七——一二四六？）是南宋江湖詩人，比徐霞客早生四二〇年，布衣一生，奔走江湖，作詩詞二千餘首，現存《石屏詩集》，留詩詞一千餘首。他也是文學家和愛國主義者，但其旅行家的角色至今還未被人們所認識。

一、旅行家戴復古

戴復古字式之，號石屏，其出生地在今浙江省温嶺市塘下（宋時稱作南塘）。戴復古的父親戴敏（？——一一六八？），號東皋子，不肯應試，以作詩自娱，至死不悔。戴復古家鄉背山面海，風景秀麗，山名屏山，屏山南谷口有一塊屏石，拔地而起，後來他就因此自號石屏，這屏石至今還聳立着。戴復古從小就立志學詩，決意「傳父業，顯父名」[二]，放棄常人走的讀書、科舉、做官這條道路，另選了一條充滿艱辛的道路，決心把詩歌創作作爲自己畢生的事業。他年輕時爲了學詩，走出家門遍訪名師，「雪巢林監廟景思，竹隱徐院淵子（本縣温嶠鎮上珙人），皆丹邱名士，俱從之遊，講明句法，又登三山陸放翁之門，而詩益進。」[二]通過向林景思、徐淵子和退休賦閑在家的陸遊學詩，繼承了他們的愛國主義精神，從而形成了以後的現實主義創作風格。

戴復古一生浪跡江湖，也可以説他是一生都在旅行。據戴復古的《鎮江別總領吴道夫侍郎，時愚子琦來迎侍，朝夕催歸甚切》詩：「落魄江湖四十年，白頭方辦買山錢。」[二]從這裏可以看出他在江湖凡四十年。據我考證，這四十年中共三次出遊，第一次是青壯年時期，三十歲到四十歲之間。他在娶妻生子、學詩有成之後，開始滿懷信心地仗劍出遊，先後在京城杭州、抗金前線淮河到武漢一線奔走了十年餘。第二次遊歷大約是四十歲到六十歲，從温州、青田一帶過西經江山、玉山，到江西南昌，二十年後歸家。以豫章爲落脚點，他在江西長住了一段時間，並在贛江、袁江、撫河、信江之間走動，後來還到過杭州、福建、湖北、湖南、江蘇、安徽。最後一次是六十到七十歲間，他先到福建，再轉江西，又二入福建，南遊廣州、桂林，再折回衡陽，又經長沙，第三次到鄂州。在一二三六年後往東遊吴門、揚州，一二三七年被兒子從鎮江接回家中，年已古稀。[三]戴復古的遊歷過程，散見於其詩篇中，同時代的吴子良在一二四三年作的《石屏詩後集序》中有：「所遊歷登覽，東吴、浙西、襄漢、北淮、南越，凡喬嶽巨浸，靈洞珍苑，空迥絶特之觀，荒怪古僻之蹤，可以拓詩之景，助詩之奇者周遭何啻數千萬里」。[二]稍後的貢師泰在《重刻石屏先生詩序》中也記載着他粗略的行蹤：「南遊甌閩，北窺吴越，上會稽，絶重江，浮彭蠡，泛洞庭，望匡廬、五老、九嶷諸峰，然後放於淮泗，以歸老於委羽之下。」[二]從他的《石屏詩集》裏，我們可以瞭解其所到之處相當於現在的廣東、廣西、湖南、湖北、福建、浙江、江西、安徽、江蘇、河南、四川等省，曾遊覽過南嶽衡山、廣西桂林、紹興會稽山、杭州天竺山、南京鳳凰臺、雁蕩山、天台山、廬山、蘇州虎丘、南昌滕王閣、黄州赤壁、鎮江金山、岳陽樓諸名勝。他每到一地，尋幽訪勝，交友賦詩，至今存世的有詩一〇二二首和詞四十六首，其中遊覽景點寫下的旅遊詩不下一百首。他一生布衣，無緣宦遊，所以他是一位不折不扣的大旅行家。

二、徐、戴一生經歷之比較

①生當末世，家境相似

戴復古生於南宋乾道三年（一一六七年），這是一個偏安一隅積貧積弱的小朝廷統治下的末代之世，因爲北方長期的戰亂，社會矛盾突出，時世不再太平。幸而戴復古出生在南方未經兵亂之地的黄巖南塘（現在屬温嶺），一家都能温飽無憂。只是他喜愛作詩的父親很早就去世了，由母親教其知書識禮。稍長，他聽到了父親遺言，就放棄功名，以詩歌創作作爲自己畢生的事業，從此成爲一個著名的江湖詩人。徐霞客，明萬曆十四年歲末（公元一五八七年初）出生於一個書香門第，這時大明王朝也已經走到了窮途末路，亡國之世，政治的黑暗、朝廷的腐敗，使得一些正直的讀書人都從官場裏抽身而出，另找安身立命之處。也許是徐家藏書樓中，由他的祖父、父親從四處搜羅而來的許多古今史籍、堪輿地志、山海圖經等一些書刊，讓他開闊了眼界，使他看到了一個瑰山麗水的新天地。於是立志要像漢代的張騫那樣萬里遠行，去做一個長途跋涉的旅行家。徐家也有一個偉大的母親，她在丈夫去世之後，不僅挑起了一家人的生活重擔，免除霞客後顧之憂，而且親理行裝，送兒子踏上漫長的旅遊征程。

②經歷相同，目的不同

徐和戴兩位旅行家雖相隔四百多年，但他們都是讀書人，都是爲着「讀萬卷書行萬里路」、喜愛祖國大好河山、豐富人生閱歷而拋家別子，踏上遊歷之路的，也都是以一生奔走道路來换取其詩文的成就。徐霞客二十二歲開始出遊，二十七歲開始書寫遊記。戴復古也從小出門求學，其友人嚴粲説他「自小尋詩出」。[二]據張繼定先生考證，大約在十五歲到十八歲之間，他就曾到百里外的臨海，拜林憲（字景思）爲師以學詩，講明句法。[四]在二十四歲到二十九歲之間，「又登三山陸放翁之門」[二]，這時陸遊正在紹興故里賦閑，經過這段時間的親聆教誨，他傳承了放翁衣鉢，接過了陸遊高舉的愛國主義旗幟，逐步形成了他愛國主義詩詞的風骨。他在三十歲左右辭家出遊，「不能鬱鬱窟中藏，大笑出門游四方」。[二]從此浪跡江湖以詩爲業。可見徐和戴都是從小立志，青壯年出遊。然而兩人同爲出門遊歷，而其目的却各不相同。戴復古雖然放棄科舉，但還是希望求用於世，所以他遊歷江湖的目的一方面是豐富閲歷，訪尋詩友，一方面是求上進之道。只是在一次次的碰壁後才認識到世路的艱難，才漸漸冷淡了功名之念，讓他從「進則兼濟天下」，轉變到「退則獨善其身」上來，以作詩爲唯一的寄託，終於感到「詩成勝得官」。所以戴復古的着眼點一直在於人在於詩，他交友三百，互相唱酬，垂老後才寄情山水。而徐家由於祖輩有過「科場弊案」的汚點，「仕途無望」的陰雲一直籠罩着這個家族，於是徐霞客從小就斷了科場之念，他的遊歷目的，就是爲了探求山水之勝，因此他的着眼點一直在於山水本身。

③歷盡艱難，終成正果

戴復古壯年出遊，獨闖天下，可謂歷盡艱難。一個殷實之家，也供不起長年漂泊在外的浪子，所以他長期依賴的還是朋友之間的資助。但一個初出茅廬的年輕人誰會正眼相看呢，更何況江湖之上這類闖蕩江湖的「謁客者」已是「什百爲群」。所以他也幾次遇到「饔餐不繼」的地步，使他的心身都受盡折磨。不過這樣的磨難使他更多接觸了下層人民的艱苦生活，成就着他的現實主義和愛國主義的詩情。直到他第二次出遊時漸漸播開了詩名，同時他的一些老朋友都逐漸走上仕途後，他的處境才逐漸好起來，常常會有高官送米送錢。在他積累了四十年成就，成爲一位著名詩人後，他纔得到了幾筆較豐厚的饋贈，有了一筆安家之費，由他的兒子從鎮江接回家去，這時他年已七十。但終究還是没有出版詩集的資費，直到他的九世孫在二百年後纔得以把詩集整理刊印出來，不過也已散失了一半，當然精品之作是永遠不會被埋没的，現在的各種宋詩選本中總會有他的詩入選。

到明代徐霞客出遊時，出行的條件就已經好多了，不僅是徐家爲江陰富户，還因爲當時的社會已形成了一種遊歷的風氣，這種風氣已成爲當時知識階層的一種時尚，明代紀遊文學大盛即可資佐證。他的出行得到了當時許多親朋好友的認同與支持。有的爲他出謀劃策擬訂遊覽路線，有的與他一起結伴同行；有的爲他修書致函牽線搭橋，懇請遠方的友人爲徐霞客的遠遊提供各種幫助。而當時的驛站制度，更爲他提供了一些公費旅遊。在《粤西遊日記三》中，[三]他記載了崇禎十年（一六三七）秋，在廣西的遊歷，他本無權免費使用公家的驛傳系統，但有地方官贈送的馬牌（使用驛傳的證明信），他動用了七八個夫役，爲他和僕人抬轎趕路，還供他吃喝。這在宋代管得較嚴，戴復古就無緣享受。戴詩《買歸舟，篙子請占牌，戲成口號》：「詐稱官職不如休，白板無題又可羞。只寫江湖散人號，不然書作醉鄉侯。」[三]船家請他在船上掛上官牌，可免去路上的一些騷擾和盤查，但他還是實事求是地不打官牌。當然徐霞客用了驛站，路上少了一些艱難，但他因爲認真深入地考察邊遠、巖穴的地形地貌，所以在路上又多了一份艱險，他曾三次遇盜四次絶糧，也曾幾次絶路遇險，但都阻擋不了他對考察自然的熱情，幸而幾次遭險均遇難呈祥，直到五十六歲因疾病纏身，雙脚不能行走，被友人用官船送回了家鄉，於第二年年初辭世。不過他的著述當時也未能出版，不久他的手稿又經歷了一場災變，大部分被焚毁。五十年後，再由他的後人收集整理出來，至今留存六十萬字，成爲歷史地理學上的名著。

三、徐、戴遊歷範圍之比較

①以性靈遊，各有千秋

徐霞客一生獨遊三十年，縱横數萬里，可以分爲三個階段，第一階段，是二十二歲到二十七歲，他憑興趣就近流覽了太湖和泰山等地，但並未作記；第二階段從二十七歲到四十七歲，他徧遊浙江、福建、黄山、嵩山、華山等名山勝地，作記一卷；第三階段從五十歲到五十三歲，遊歷了江蘇、浙江、湖南、湖北、廣東、廣西、雲南、貴州等名山巨川，共作記九卷。三個階段共遊歷了十九個省市自治區。尤其可貴的是他爲了細緻地考察自然，僅在廣西、貴州、雲南三省區，他親自探查過的洞穴便有二七〇多個。還幾次深入到人跡罕到之處，見人所未見，發人所未發，取得了不少地理學上的成就。

戴復古的遊歷也可分爲三個階段，第一階段爲三十歲前的就近遊學，到過臨海和紹興；第二階段爲三十歲到七十歲間，三次出遊，浪跡江湖，大量的詩詞都在這一時期寫成；第三階段爲七十歲到八十歲之間，在故鄉與子侄輩就近遊覽作詩。

戴復古以其壽高體健，七十多歲了還能登高覽勝，其遊歷時間比徐霞客要長。但南宋是一個偏安江南的小朝廷，其勢力範圍只及淮河南岸，國運衰弱，使他無法涉足北方和西部，永以爲憾事，他在《南嶽》詩中有「五嶽惟今見南嶽，北望乾坤雙淚落」。[一]所以北部和西部的名山大川他無緣得見，半壁河山讓他的識見有所局限。當然他也没有刻意去流覽，只是行於其所當行，止於其所當止，因爲他還有更加重要的事情要做，那就是詩詞的創作。所以他的足跡所到之處，更注重人文古跡的考察，歷史與時事的對比，他雖然没有地理方面的新發現，但他以詩人的敏感去觸摸殘山剩水，以細膩的筆觸去記録歲月的留痕，在他的作品中融入了家國之恨，形成了滄桑之感，成爲山水詩中的絶唱。

②徐和戴都遊覽過雁蕩山、天台山和巾子山

戴復古一生在外遊歷，他常常自稱是天台人，曾在幾千里外的湖南碰到樂清的翁卷時，作詩稱「天台山與雁山鄰，中間只隔一片雲」。[二]作爲台州人，他的家鄉距雁蕩山最近，甚至比台州的天台山還近，所以他寫雁蕩的詩較多，至今留下了九首。詩中記載了羅漢寺、靈峰、靈巖、淨名、新月、大龍湫等景致。而寫天台山的只有兩首：《送蒙齋兄長遊天台二首》。[二]蒙齋即袁甫，字廣微，鄞縣人，一二三四年任建寧府知府兼福建路轉運判官，建寧即現在的建甌，離江西不遠，這時戴復古在江西，他們在江西碰面後，聽説袁要去天台，就作詩相送，並以主人身份向之介紹寒山、拾得、豐干、司馬承禎等天台僧道名人。天台離南塘僅六十公里，由此可見他曾去過天台，可能有些記遊的詩已經散失了。戴復古在浪跡江湖四十年後身心兩健，而遊興不減，在已過古稀之年後，仍常與子侄輩在家鄉附近的景點徘徊攬勝，他曾兩到臨海遊覽，第一次爲拜師學藝，没有作品留下，第二次寫了一首《巾子山翠微閣》。他還曾到括蒼山遊覽，作《括蒼石門瀑布》。爲故鄉的風景增添了文化積累，提高了文化品位。

徐霞客一生三次遊雁蕩，留下了兩篇約七千字的遊記。[三]他二十八歲時第一次進入雁蕩，五天内遊覽了靈峰、浄名、靈巖、大龍湫等景區，按遊程逐日記了日記。四十七歲時又兩次遊雁蕩，足跡幾乎遍及整座雁蕩山。他通過實地調查，訂正了古書中龍湫之水自雁湖來的錯誤説法。他還三上天台山，共十九天遊覽了赤城、桐柏、瓊台、明巖、石樑、華頂、桃源、高明諸景，寫出了兩篇共五四〇〇字的遊記。同時三次經過臨海，並在好友陳函輝處逗留數天，應遊覽過巾子山、廣文祠等臨海名勝，只是遊記缺載，可能是散佚了。

四、徐、戴詩文作品之比較

①旅遊文學史上的兩座豐碑

山水旅遊文學是我國民族文化遺産中最爲豐富的部分，朱光潛先生在《山水詩與自然美》一文中指出：「由唐宋一直到明清，幾乎没有一位重要的詩人没有寫過大量的山水詩。」以至有的學者甚至認爲「中國文學有一半是旅遊文學」。旅遊文學是以描繪山川名勝、自然風物爲主的寫景抒情之作，代表人物有謝靈運、柳宗元、王維、蘇軾、徐霞客等人。南宋時期的江湖詩派，歷史較長，影響亦大。

他們創作的江湖體詩，受「永嘉四靈」影響，上承山水田園詩派，崇尚自然，以在野之身，寫江湖之情景，別具一格，更應視作爲旅遊文學創作之旗幟。江湖派中最有資格的代表當首推戴復古，他布衣終身，而詩作繁富，在南宋詩壇上「負盛名五十年」。因而戴復古與徐霞客是我國旅遊文學史上的兩座豐碑，他們的作品均被編入《旅遊文學作品選》和各風景點編的當地歷代詩文選中。

②上下求索，各成經典

《徐霞客遊記》是中國最早的一部比較詳細記録所經地理環境的遊記，也是世界上最早記述巖溶地貌並詳細考證其成因的書籍，是地理學家和考古學家不可多得的研究材料。其寫作上的特點有：第一，寫景記事，都從真實中來，具有濃厚的生活氣息。第二，寫景狀物，力求精細，常運用動態描寫或擬人手法，遠較前人遊記細緻入微；在記遊的同時，還常常兼及當時各地的居民生活、風俗人情、少數民族的聚落分佈、土司之間的戰爭兼併等等情事，多爲正史所不載，具有一定歷史學、民族學價值。第三，辭彙豐富，語言平實，不因襲套語，不落前人窠臼。第四，寫景時注重抒情，寓情于景，情景交融，同時注意表現人的主觀感覺；使遊記表現出很高的藝術性，具有恆久的審美價值，所以被後人譽爲「世間真文字、大文字、奇文字」。

戴復古以詩記遊，藝術性更強，品位更高。他遊歷登覽了南半個中國，面對祖國壯麗河山，他總是熱情謳歌。像《江村晚眺二首》早已成爲經典之作，歷來膾炙人口：「數點歸鴉過別村，隔灘漁笛遠相聞。菰蒲斷岸潮痕濕，日落空江生白雲。」「江頭落日照平沙，潮退漁舠閣岸斜。白鳥一雙臨水立，見人驚起入蘆花。」[三]江村二首寫詩人家鄉近海江邊的風光，用白描手法，突出歸鴉、漁笛、落日、漁船、白鳥等傍晚景象，有聲有色，既寧謐又安閒，最後白鳥飛入白蘆花，逐漸淡出，動中有靜，別有妙趣。

戴復古用字精審，常爲同輩人所稱道。他自己就説：「作詩不可計遲速，每一得句或經年而成篇。」最有名的例子就是戴復古嘗見夕陽映山得句：「夕陽山外山」，自以爲奇，久未對上，於是提出與朋友探討，劉叔安以「塵世夢中夢」對，還不愜意，後至都中與李好謙、王深道、范鳴道談詩，鳴道以「春水渡傍渡」相對，當時未覺爲奇，後來行村中，春雨方霽，行潦縱横而無路，逐步打渡而行，見此實景，方悟此對之妙。一句五言，與衆朋友切磋，見了實景方才放心，其苦心求索的態度可見一斑，[二]所以他的詩中語言就特别多采多姿。「雨行山崦黄泥阪，夜扣田家白板扉。」[二]黄與白相對，特别醒目，全句白描。黄泥阪寫雨中行路之困頓，白板扉寫所寄宿田家的貧困，看似不經意，却正是精心描寫之處。作者提出要「玉經雕琢方成器，句要豐腴字要安」。這裏也反映出江湖詩派的創作特點，江湖派詩人身在江湖，觀察細緻，寫景抒情無不精雕細刻。

徐、戴二人遊過不少相同的地方，再試以雁蕩山的幾個景點爲例作一具體對比：

徐霞客遊記中寫靈峰：「由右麓逾謝公嶺，渡一澗，循澗西行，即靈峰道也。一轉山腋，兩壁峭立亙天，危峰亂疊，如削如攢，如駢筍，如挺芝，如筆之卓，如襆之欹。」[三]靈峰是雁蕩山的主景點，先寫出其方位，再用一系列的比喻，再現山峰的形態，既準確又形象。再寫大龍湫的瀑布是：「龍湫之瀑，轟然下搗潭中，巖勢開張峭削，水無所著，騰空飄蕩，頓令人心目眩怖。潭上有堂，相傳爲諸詎那觀泉之所。堂後層級直上，有亭翼然，面瀑踞坐久之。」[三]這裏寫出「轟然下搗潭中」實是神來之筆，其中有聲音有力度，一個「搗」字，不但寫出了水的重量、速度和氣勢，還寫出了靈氣，真是活龍活現；接着又以「水無所著」來反襯巖壁的陡峭，既傳神又準確，令人過目不忘。

戴復古寫雁蕩山又是另一派工夫，他以詩人的氣質，寫山水的神氣，像《靈峰靈巖有天柱石屏之勝，自昔號二靈》：「駭見二靈境，山林體勢豪。插空天柱壯，障日石屏高。覽勝苦不足，登危不憚勞。白雲飛動處，絶壁走猿猱。」[二]先虚寫，以一個「駭」字，來渲染靈峰之高之奇，通過寫人的反應來寫景，着墨就高，境界全出，這是妙筆。再實寫天柱插空障日，白雲繞絶壁走猿猱，再現其險境，寫出了氣勢。還來看看《大龍湫》的寫法：「百丈雲巖上，神龍噀水飛。四時作風雨，萬斛瀉珠璣。不可形容處，無窮造化機。非他瀑布比，對此欲忘歸。」[三]這裏抓住「龍」字下筆，以浪漫主義的手法把瀑布寫活，用「噀」、「作」、「瀉」幾個動詞，以擬人化來寫出動感和精神，一個「作」字描寫龍的不可捉摸，只求神似不求形似。忘歸者我也，一切景語皆情語，把「我」置身于景中，筆端就有了温度。最後以自己對大自然的感悟作結，深化了主題。

③亂世中的戴詩更具有人文情懷

對比徐、戴二人的作品，一長於深入觀察，科學記録，注重地形地貌的客觀描述；一長於詩意的挖掘，注重人文，以情動人，兩者各有千秋，要作比較，可就仁者見仁智者見智了。對處於末代王朝的亂世之中，似乎徐霞客的遊記過於冷静地沉醉於山川地貌的具體描述，而看不到社會變遷的即將到來。而戴復古却剛好相反，他的詩詞對純景物的描寫不多，而大多寄寓着家國之思，更見深沉，有着國之將亡的切膚之痛。如《南嶽》：「五嶽今惟見南嶽，北望乾坤雙淚落。」再如《題李季允侍郎鄂州吞雲樓》：「輪奐半天上，勝概壓南樓。籌邊獨坐，豈欲登覽快雙眸。浪説胸吞雲夢，直把氣吞殘虜，西北望神州。百載一機會，人事恨悠悠。」[三]由吞雲樓觸發，直要氣吞殘虜。他的登覽不僅是爲了一飽眼福，更是爲了西北望神州，但壯志未酬，令人感慨不已，在詩中真切地傾注着他的愛國感情。他在《盱眙北望》中寫道：「北望茫茫渺渺間，鳥飛不盡又飛還，難禁滿目中原淚，莫上都梁第一山。」[三]面對着「乾坤限南北」的局面，有山而怕上，詩人對朝廷以淮河自守，不圖恢復，感到無比痛心和憤慨。偏安一隅的恥辱，時時咀嚼着作者痛苦的心，目擊大好河山變成異族之地，故國之思更加强烈。《淮村兵後》有「小桃無主自開花，煙草茫茫帶曉鴉，幾處敗垣圍故井，向來一一是人家」。[三]無主小桃、茫茫煙草、曉鴉繞樹，敗垣故井，真實地記録下了一片淒涼的景象，構成了引起人們傷感的氛圍，使縷縷懷舊之意，升華爲憂國憂時之情，把應該是充滿生氣的桃花、井欄、矮牆等意象與當今滿目蕭瑟的具象

姓，諱忱，字棐之。生男三人，長曰應辰，早卒；曰勳，曰温；女二人，長適進士陳蒙，次適進士車似參，已嫁而卒。孫男：椿、櫂、崧、籀、棨，孫女四人尚幼。紹熙二年該遇聖天子奉觴前殿，錫類海内，得封孺人。先妣性純孝，逮事祖母，寒暑視温清之宜，飲食烹飪，必躬必親，侍疾嘗藥不解帶。既没，若不勝其哀，歲時霜露之感必涕泗交頤。敬事二伯父及母，周旋回護，惟恐有忤意，遂相先君始終於孝悌。先君性樂閒静，族里稱善人，先妣分憂家政，井井有條，潔蠲萍藻，肅給賓豆，嫁婚及時，助先君之志爲多。晚年一意佛書，爐熏宴坐，玉雪其躬，讀至圓覺，似有所解。遊天台雁蕩，樂於施捨，建橋以度涉，治路以便行旅，曾不憚費。至於周人之急，尤見慈祥。忽一歲得足疾，因自治棺槨衣衾，至疾革，語言脱灑，怡然而逝，實嘉泰壬戌八月二十八日。今卜以嘉泰甲子十二月壬寅安厝于太平鄉湖灣之原，附先君再卜之兆，亦先妣志也。嗚呼，先妣淑德世不多有，勳等蒙延置師友教督甚至，又俾從學遠方而不孝不肖，不能有所顯揚，故未敢求銘文於當世之賢，謹茹哀泣血，敬書此石，天地無窮，此痛罔極，勳等謹書。

原爲豎二十三行，行十九字。

戴勳墓誌銘

宋故府君戴氏幽堂記

公諱勳，字巽叔。上世自閩徙台，家於黄巖之南塘。曾祖暐，不仕。祖舜欽，宣和中以進士上書言事，補迪功郎，循修職郎，南康軍司户。父忱，不仕。母林氏，特封孺人。公生於乾道丙戌正月七日，卒於嘉定戊寅三月八日，享年五十有三。嘉定辛巳十月庚午，祔葬於太平鄉湖灣先塋之原。娶林氏，無子，命弟温之子樵爲後。女一人，許嫁進士鄭複孫。公資性静重，履行端謹，少好學，至壯，常如不及。聚書一室，翻閱無倦，時有會心處，曰：古人地位，直可超詣。由是忠信誠慤，有父祖風，事親孝，處兄弟宗族，無閑言。族有疑議弗能決，公從容一語，自能折衷，群疑釋然。晚歲優遊里閈，不妄交接，介然自守，以終其身，亦可謂有常德之士矣。樵尚幼，未能乞銘于世之君子，姑述其大概，以詔諸幽。從子椿謹書。許褱信男蕭孫刊。

原爲豎二十行，行十四字。

戴勳夫人林氏墓誌銘

先妣姓林氏，父諱瑛，台州黄巖人。乾道丁亥閏月九日生，年二十有三歸先君。戴姓，諱勳，字巽叔。遇壽明慶典封孺人，終於紹定壬辰之章日，以端平丙申臘月乙酉，安祔於太平鄉湖灣之原。男樵叟，女適進士鄭複，孫女二。嗚呼，先妣淑德懿範，樵叟何忍擬述，敬俟丐銘于立言君子。樵叟泣血謹志，婿鄭複填諱。林巨英刊。

原爲豎十二行，行十字，

戴温墓誌銘

宋故府君戴氏幽堂記

先君姓戴氏，諱温，字南叔。上世自閩徙台，家于黄巖南塘。曾大父舜欽，宣和中上書極言時政，天子直之，賜同進士出身，調南康軍户椽，循修職郎。大父忱，不仕。先君生於乾道丁亥十月丙午，卒於嘉定甲戌八月初十日，越五年，祔葬於太平鄉湖灣祖塋之右，實己卯閏三月辛卯。娶同邑車氏，男四人：焕、燾、大本、樵。大本爲從伯龜朋之後，樵爲伯氏勳之後，女一人，許嫁進士林謣孫。先君天性純孝，恨事父日淺，奉祖妣孺人，敬順彌篤，處二伯氏至死無閑言，撫二孤侄，均於己子。自少刻苦問學，從名師友，最爲孫先生元卿所知。祖妣即世，始厭場屋，潛心理學，不事表襮，故罕有知者。平居寡言，不喜聞人之故，延師教子，必嚴所擇。嗚呼，此先君行己大概實録也，忍死書以納諸壙，隱德顯行，尚圖披訴於立言之君子，煥弗敢侈。煥等泣血敬書。
侄椿填諱。許褎信刊。

原爲豎十八行，行十八字。

戴温夫人車氏墓誌銘

太孺人世家台之黄巖謳韶，迪功郎車公諱申之子，提刑鄭公諱槐之甥。年二十五，歸我先考東齋府君。戴氏諱温，字南叔，居邑之南塘。男煥、焘、大本、服，大本後伯父諱龜朋，服鄉貢進士，後伯父諱勳。女嫁進士林諤孫，孫男進，孫女四。紹定壬辰拜

東朝慶壽，恩封孺人。性端介，事姑以孝，稱用敬順，相先君用古人之學勉諸孤，壽止七十一。晚抱永疾，竟以不起，天乎痛哉！實嘉熙庚子三月二十九日也。明年十一月己酉，祗奉魂輿，祔堋於太平鄉湖灣山先府君之墓。嗚呼，枌櫝鬱然，體魄永安，痛隔泉壤，摧裂肺肝。孤哀子煥，泣血謹誌，婿林諤孫謹填諱。丹谷金寔刊。

原爲豎十六行，行十六字。

除以上六方墓誌外，在戴復古故里附近的晉嶴，一九五八年以後的大躍進期間還曾出土戴鍾墓誌銘和戴復古所撰戴丁夫人毛氏墓誌銘，近來也被重新發現，内容如下：

戴鍾墓誌銘

有宋校尉戴公幽堂記

先君諱鍾，字深之，世居台之黄巖。曾大父懷，大父曦，父舜文，進義校尉。先君生於紹興己

未十二月辛酉，卒於紹熙甲寅二月丁未，享年五十有六。以是歲十二月辛酉，葬於太平鄉晉山之原。紹興□輸粟助邊，補進武校尉。娶蔡氏，承奉郎蔡瑞女。男四人，瀚、渭、澮、湛。女七人，嫁进士楊萬鎰、任端仁、蔡□，一學浮屠，餘未行。先君性誠慤，處心謹畏，尤重然諾。少孤，事母孺人盡孝，事伯氏以敬，治家有執範，恥徇流俗，守分務本，不改先世之質素。聯宗族以和，處鄉黨以義，樂賙人之艱急，成人之善美。平時尚志自守，不苟阿附，榜其燕居之所曰「直節」。延師儒以教瀚等，治命之日，尤諄諄以力學勵行爲訓。瀚等不孝，遽罹酷罰而未能顯揚，蒼天罔極，謹志無窮之痛，刻於堅石。紹熙五年十二月初五日，嗣子瀚等泣血謹書。王之才刊。

原爲豎二十三行，行十三字。

戴丁夫人毛氏墓誌銘

宋故淑婦太孺人毛氏墓誌銘

余族侄丁，字華父。之妃曰毛氏，名仁静，家黄巖之丹崖。其父廷佐，以儒學望於里，故孺人習聞其訓，陶染與性成。既歸，克盡婦道，以賢淑稱。儀止山立，節操玉潔，是非不涉於言，喜怒不形於色，動循禮法，闇合《女誡》。贏衣羡鏹，祇以振貧，一毫不費於釋氏，非介然有守者莫能。華父自少與余爲忘年交，相見必傾倒。嘗爲余言：婦人之所難克者，妒爲大。山妻賦性不妒，比之傳記所載謝安、王導、任瑰、裴談之徒之妻，制勒其夫如束濕者，殆天壤。叔處吾族，曾聞其有指尖妒悍聲出房闥呼？緜是人益多之。烏呼！其他可能也，其不妒爲難能也。能爲其難，豈非賢婦也哉！年八十七，逢國錫類，恩封孺人。生於紹興甲戌九月壬子，卒於嘉熙庚子十二月甲午。子男四：楷、木、栝、栩。栩先孺人六年卒。女三，嫁其侄從政郎前紹興府嵊縣主簿仁厚，進士曾建大、王脩。孫男八：宜老、雙老、大老、翀老、君錫、敕賜童科免解進士顔老、宗憑、偉老，大、錫、顔、偉俱蚤夭。女十，鄭蕃、陳觀光、鄭居禮、陳應夢其婿也，餘在室。曾孫女三。以淳祐六年十一月壬申祔葬於戴奧華父兆。前事楷等款門乞銘，余雖不任載筆，誼不得辭，況又平時所樂道者。銘曰：自《小星》之詩絶響，爲婦者類以妒相師，甚至專房擅寵，禍移彼姝，寧滅祀而不悔。聞孺人之風，可以愧死矣！族叔祖石屏樵隱戴復古撰。玉山林瓊夫刻。

原爲豎行二十七行，行十九字。

二、墓誌銘的解讀

新出土和新發現的八方墓誌銘，均爲戴氏族親。而且該墓群都是夫妻合葬墓，入葬時間不相上下。戴氏墓誌的墓主有戴忱、戴勳、戴温、戴鍾。

戴忱（一一三七—一一八六年），享年五十，一一八九年十二月葬。字棐之，家南塘。曾祖懷、祖暐，均平民。父舜欽，妻林氏（一一三四—一二〇二年），享年六十九，一二〇四年十二月葬。有三子：應辰、漸、温。二女，嫁進士陳蒙、車似參。長孫名櫄。從其妻林氏銘文可知其妻大於夫三歲。而夫妻墓誌銘中稱呼不一者有次子或稱漸，或稱勳，且其孫之名亦不一致，乃是由於林氏過世晚了十六年。古人出生後，必先據家譜順序起一譜名，用統一的部首以爲標誌，戴漸爲譜名，用的都是水字旁，後改用大名勳。十六年中孫男已增至五人：椿、欋、崧、籒、栞，這些均是譜名。也許櫄已早死，並未列名。又因應辰曾撰戴忱墓誌，雖已早死，也有了幾個兒子。戴勳無子，那麽爲戴勳寫墓誌之從子戴椿，即是應辰之子，而櫄是長孫，也是應辰之子。而其餘欋、崧、籒、栞則都是戴温之子，

戴勳（一一六六—一二一八年），享年五十三，一二二一年十月葬。字巽叔，家於南塘。曾祖暐，未曾做官。祖父舜欽，宣和中以進士上書言事，曾爲迪功郎、修職郎等小官，一一二〇年左右爲南康軍司户。父忱，不仕，母林氏。勳妻林氏（一一六七—一二三二年），享年六十六，一二三六年十二月

葬。無子，命弟温之子樵爲後。女一人，許嫁進士鄭複孫。戴勳爲戴忱之次子，這裏敘述祖上名字，與戴忱墓相同，只因樵是戴温幼子，出生較遲，過繼給了勳，因而戴忱墓誌銘中未及。

戴温（一一六七—一二一四年），享年四十八，一二一九年閏三月葬。字南叔，家於南塘。祖父舜欽，父忱，不仕。温妻車氏（一一七〇—一二四〇年），享年七十一，一二四一年歸葬。男四人：焕、燾、大本、樵，大本過繼於從伯父龜朋，樵過繼于伯父勳。女一人，許嫁進士林謂孫。戴温爲戴忱三子，勳之弟。從戴忱墓誌看，他應有五個兒子，權、崧、籀、栞、樵，這些都是他們的譜名，這一輩是木字旁，只是他們如何對應到焕、燾、大本這些大名上去，還有待於今後考古的再發現。但車氏銘中只出現四人，可能有一位已早夭。車氏銘中稱樵爲服，服爲大名，字豈潛，與戴復古有詩唱和，被收録在《戴復古詩集》[一]中。

戴鍾（一一三九—一一九四年），享年五十六，當年十二月安葬。字深之，曾祖父懷，祖父曦，父舜文，進義校尉。鍾輸粟助邊，補進武校尉，娶蔡氏。子四人，瀚、渭、澮、湛，女七人，一學浮屠。學浮屠即是削髮爲尼。戴鍾死時尚未有孫。

將戴鍾與戴忱墓誌對讀，其述祖上名字，曾祖父同爲懷，故戴鍾祖父曦與戴忱祖父暐是親兄弟，因不知其生年，故不能確定其兄弟的次序。戴鍾父舜文與戴忱父舜欽是親叔伯兄弟，鍾與忱是同輩，是堂兄弟。

戴復古所撰墓誌銘的主人是戴丁之妻毛氏，這就要聯繫到戴丁的墓誌。戴丁墓誌爲葉適所撰，題爲《戴佛墓誌銘》，收入了《太平縣古志三種》中。[二]其中記載：

> 嘉定中，黄巖戴木以詩集句見，愛其意正，留與家居。目不流盼，足不窘步，斂身降首，惟書之徇。以父丁年七十二，有上氣疾，歸，疾已，復至，俄又疾作，芒屨夜發，及門而丁歿，十四年四月丁巳也。哭既卒，攝衰復至，明年猶未行。余累趣之，木曰：「二月壬寅，葬日也；繁昌鄉戴

塈，葬地也；　必得銘行矣。」又言：　「人未有不漁獵貧弱以求富強者，怨謗近而易感，故業不永，命不長。　雖暫永長，終不謂是也。　木之先高祖洵曦、曾祖舜文，及祖秉器，闤市調直，銖龠必平，不平，寧棄與。　里人同辭贊重曰：　『佛，嘻者，佛也。』先人繼之，無改其度，亦曰：　『嘻者佛也。』佛者，里人尊敬之極稱也」……娶毛氏。　子楷、木、栝、栩。　女嫁內舍毛仁厚、曾建大，幼未行。　孫宜老、雙老、大老、沖老。　孫女二……

從戴丁和其妻毛氏的墓誌銘可以看出：　戴丁（一一五○——一二二二年）享年七十二，一二二二年二月葬。　字華父，爲鄉里所敬，人呼爲戴佛。　曾祖洵曦、祖舜文，父秉器。　丁妻毛仁靜（一一五四——一二四○），子四：　楷、木、栝、栩，婿毛仁厚、曾建大、王修。　孫宜老、雙老、大老、沖老、君錫、顏老、宗憑、偉老等八人，大、錫、顏、偉均早死，孫女十。

這一世系同爲舜文一脈，可見戴洵曦即爲戴曦，戴鍾與戴秉器是親兄弟，戴丁與戴鍾之子戴瀚是同輩。　因未見戴鍾妻之墓誌，不知戴鍾是否就是戴秉器，如果是這樣，那麼戴丁就是戴渭，不過現在還難以確定。

《太平縣古志三種》還收入一篇《竹洲戴君墓誌銘》[三]，其中記載：

君戴姓，名龜朋，字叔憲，台州黃巖人。　祖舜欽，宣和中進士，上書危言，天子不怒，賜同進士出身，南康軍司户。　父秉中，亦有才氣，補進義校尉，不仕，嘗自贊其像，爲時所稱。　君生六十二，開禧三年五月某日卒。　娶蔡氏，子曰樅、曰周孫，皆先死，以從弟温之子大本爲子，一女嫁林珍。嘉定十三年二月某日，葬太平鄉黃仙山……

從戴龜朋的墓誌銘可以看出：　戴龜朋（一一四六——一二○七年），年六十二，一二二○年二月葬。　字叔獻，號竹洲，娶蔡氏。　兒子樅、周孫，均早死，過繼了温之子大本爲子，一女嫁林珍。　龜朋與

戴復古也有詩唱和，被收録在《戴復古詩集》中。[二]

戴龜朋是舜欽一脈，可見戴忱和戴秉中是親兄弟，龜朋與應辰、勳、温是親叔伯兄弟，其子早死後，温之子大本過繼進來，與戴服成了堂兄弟。

我們可以根據以上材料將其世系排列如下：

戴懷——戴暐——戴舜欽——戴秉中、戴忱——戴龜朋、戴應辰、戴勳、戴温——戴大本、戴標、戴椿、戴服、戴焕、戴燾。這是戴暐一線。

戴懷——戴曦——戴舜文——戴秉器、戴鍾——戴丁、戴瀚、戴渭、戴澮、戴湛——戴楷、戴木、戴栝、戴栩。這是戴曦一線。

三、對拙作《戴復古家世考》和其世系表的訂正

原刊登于《成都大學學報》一九八七年第四期的拙作《戴復古家世考》，[四]根據《戴佛墓志銘》和《竹洲戴君墓志銘》，理出了戴舜文、戴秉器、戴丁、戴木一線，和戴舜欽、戴秉中、戴龜朋一線，是準確的。再根據《嘉靖太平縣志》[三]理出戴敏、戴復古一線，並根據縣誌中「戴敏，字敏才，舜欽從子」這一句，判斷出「戴敏又是舜欽的從子，那麽，戴敏的父親也一定是舜欽、舜文的親兄弟，衹不知其名罷了。由此可見戴洵曦當然也是戴敏的祖父，戴復古的曾祖父了」。這個判斷有點過於相信古籍的記載。雖然《嘉靖太平縣志》歷來被學界認爲是一部成書較早的良志，可信可用，但畢竟明嘉靖十九年（一五四〇）距戴復古生活的南宋淳祐（一二四一）年間已有三百來年，且書中也未交代出處，而其實這是錯誤的。

據戴復古的《族侄孫子榮之子神童顏老，不幸短命而死，哭之不足，三詩以悼之》一詩，[三]看這個題目，可以有兩種解釋，一是子榮（即戴木）是詩人的族侄孫，二是族侄孫神童顏老（子榮之子），但由於過於相信縣志的記載，於是筆者作了後者的解釋，以爲此族侄孫是指顏老，而仍相信戴敏是舜欽的侄

兒。對照新發現的戴復古所撰寫的戴丁夫人《宋故淑婦太孺人毛氏墓誌銘》：「余族侄丁，字華父。之妃曰毛氏，名仁静，家黄巖之丹崖。」知戴丁是復古的族侄確鑿無疑。那麽，戴丁之子戴木，就是戴復古的族侄孫，而戴敏也不是舜欽的侄兒，而是與舜欽並輩。戴復古與戴秉中、戴忱、戴秉器、戴鍾並輩，而不是與戴丁、戴龜朋並輩，所以應該將戴復古在原來世系表中向上提高一輩。據此也可判定，戴敏的父親與戴舜欽也不是親兄弟關係，而只是同族關係。這方實物墓誌銘的發現，不僅糾正了訛傳四七〇餘年的《嘉靖太平縣志》的錯誤記載，而且也糾正了筆者以前對戴復古家世的判斷。根據以上分析，我們將戴氏世系重新梳理如下（曾孫以下從略）：

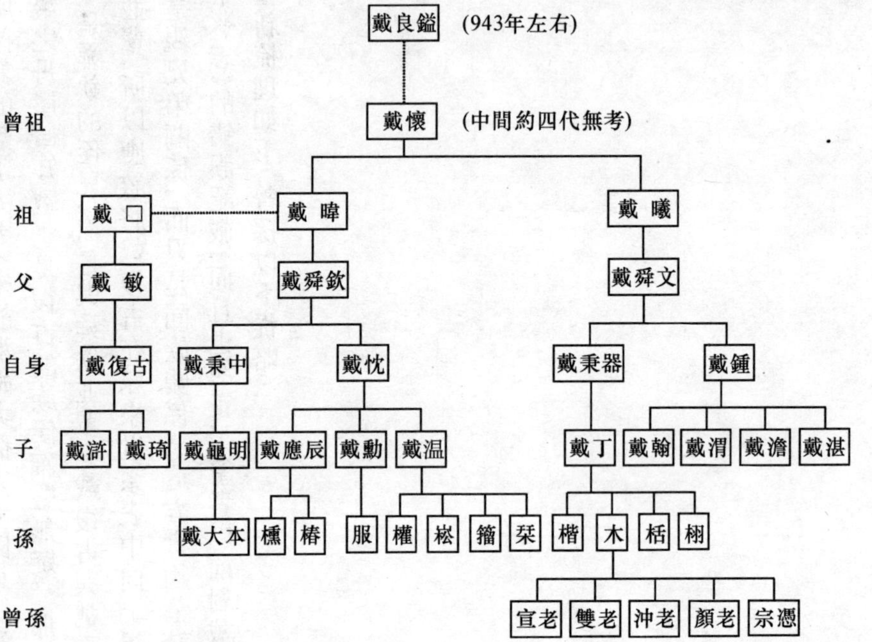
戴良鎰 (943年左右)
戴懷 (中間約四代無考)
曾祖
祖
父
自身
子
孫
曾孫
戴□
戴暐
戴曦
戴敏
戴舜欽
戴舜文
戴復古
戴秉中
戴忱
戴秉器
戴鍾
戴滸
戴琦
戴龜明
戴應辰
戴勳
戴温
戴丁
戴翰
戴渭
戴澮
戴湛
戴大本
櫄
椿
服
權
崧
籀
栞
楷
木
栝
栩
宣老
雙老
沖老
顏老
宗憑

綜上所述，新發現和出土的墓誌銘，爲我們研究戴復古的世系提供了一些新的認識：①修正了古代方志記載的一些錯誤。戴敏與舜欽不是親叔侄，應是並輩，戴復古這一綫來自哪一房，目前還不清楚。而戴復古與戴忱是族兄弟，與其他戴温、戴勳則是族叔侄。②據戴鍾和戴忱的墓誌銘，舜欽、舜文不是親兄弟，獨自成系，而戴曦與戴暐是親兄弟。③戴忱墓志銘中有其高祖戴懷，世系由此可以向上拓展一代。④搞清了十篇墓誌銘中四對夫婦六個家庭間之關係，豐富了家族成員，也清晰了其家族體系，這是這次戴氏墓葬群發現的最大收穫。

原載《台州學院學報》二〇一一年第二期

參考文獻：

[一] 金芝山校：《戴復古詩集》，浙江古籍出版社，一九九二。
[二] 浙江省温嶺市地方志辦公室整理：《太平縣古志三種》，中華書局，一九九七。
[三] 吴茂雲校注：《戴復古全集校注》，中國文史出版社，二〇〇八。
[四] 吴茂雲：《戴復古家世考》，《成都大學學報》一九八七年第四期。

温嶺戴氏來歷考

戴姓是中國的大姓，當前全國戴姓人口約四六八萬，名列前五十四位，占全國總人口的百分之零点三九。宋朝時期戴姓有十一萬餘人，百分之三十五的戴姓在浙江，浙江爲戴姓第一大省。明朝時期約有三十七萬，浙江仍占百分之二十八。目前主要集中於江蘇，占全國戴姓的百分之十七。

温嶺市二〇一〇年全國第六次人口普查資料：全市户籍人口一百一十九点一萬人，其中戴氏有六九二七人，總量也不少，占全市人口比例爲百分之零点五八，高於全國水準。

考温嶺戴氏的來歷，據《嘉靖太平縣志・雜志》[二]記載有兩大主要來源：

戴氏始基祖：吾邑在宋時有二戴氏，皆富盛，代有聞人。故老相傳，泉溪戴氏祖，初由獵至泉溪，有李姓亦大家，死亡殆盡，獨孀婦丁氏在室，屍棺暴露，戴氏祖爲之營葬，遂贅居焉，後子孫富盛，猶世世祀獵神及李廿一郎，俗呼爲獵神戴云。南塘戴氏祖初甚貧窶，操小舡取蠣灰海上，夜半泊浦漵門，見有鼓樂舡自海上來，比近岸，聞哭聲，燈燭熒煌，就視之，乃空舟也，戴怪之，束火入舟中檢視，金銀貨物以巨萬計，中有香火祀銅馬神，蓋劫海賊舡爲敵兵剿殺墮水死，獨遺其舡在爾。戴取之，立族南塘，子孫富盛過於泉溪，亦世世祀銅馬神，俗呼銅馬神戴云。

這裏記載了戴氏的兩個發家故事，泉溪即是現太平街道一帶，南塘是新河鎮塘下一帶。可見温嶺在宋時有兩個戴氏聚居地，一是太平（泉溪），一是塘下（南塘），但這裏没有交代是從哪裏遷來。

一、南塘的銅馬戴

銅馬戴世居南塘，其代表人物是南宋詩人戴復古。關於南塘的銅馬戴，《嘉靖太平縣志・宅墓》[三]有記載：

南塘戴氏故居，在石屏山之陽，俗名塘下。地東南並海，舊有海塘，故名。五季時戴鎰避閩亂徙黄巖，擇地得南塘家焉。曆宋及元，子孫益蕃以大，代有聞人。蔡滂曰：戴氏居南塘下，山易材，海易漁，田易稼，聚族數十，富樂累世。大參敬齋先生嘗言：戴氏在宋有曰舜欽者，上書危言，賜同進士出身；有曰逸卿，曰覺民，曰霆晨者，皆爲顯官。其時東皋子以詩鳴，至子石屏益著，同時子姓則有若竹洲，有若蘭谷，有若漁村，有若神童，更唱迭和，金石交奏，隱然聲震東南，遂爲詩禮望族云。

《嘉慶太平縣志》[二]還有：

銅馬，南塘戴氏物也。《赤城新志》稱：其先操舟取蠣，夜泊浦澂，隱隱聞鼓樂，船自海上來。比近岸，燈火熒煌，就視寂無人，入舟，金銀貨物以巨萬計，有香火祀一銅馬，遂取以歸，子孫富盛，世祀銅馬神，俗號爲銅馬神戴。《葉志》略同，以船爲盜劫所遺。漢末有銅馬賊，銅馬亦盜祀也。宋林逋《戴良鎰傳》則云：「良鎰遊海上，遇颶風，吹泊黄巖之盤馬。近岸窺有七異人，巾服策蹇，倏然不見，惟黑棺在焉。棺中十七銅人馬及玉上真爐、琴、緞帕，並兔雀二畫，余皆金寶，光怪陸離。夜復夢神示所居地，以此發族致富。」則其獲不止一銅馬。

戴良鎰，號晉泉。父文明，世居泉州蛙湖里。及晉泉，善詩文，耽遊。一日舟行海濱，遇颶風大作，泊邑之盤馬岸側，見異人，又夢神示所居地，遂舍於南塘。折節下士，時周人急。閩人黄子亢、郡人徐經臣、黄朝宗皆與論交。嘗入郡借書，有「騎驢到郡郭，冒雪渡溪橋」之句。郡守畢仁叟、通府夏子喬爲之繪圖。子鴻，監徽州酒税；蒙，丹徒令。惟孫上舍博、宣教郎夐隨侍。晚境益恬，咸謂得天之佑。林處士逋爲之傳。

以上三則都提到戴良鎰，可見南塘戴氏由戴良鎰於唐末五代時由福建遷來。盤馬現屬温嶺市箬横鎮，是沿海的一個小山，唐宋時當是小島。郡守畢仁叟，名士安（九三八—一〇〇五年），代州雲中人，宋乾德四年（九六七）舉進士，太平興國初爲大理寺丞，三年（九七八）吴越錢俶納土，選知台州，是宋代第一任台州知州，《嘉定赤城志·卷九》有其名。林逋的《戴良鎰傳》現在已無法找到，《全宋文》收其文八篇，無此篇。《全宋詩》收其詩三一八首，没有提及。而成書於嘉慶十六年（一八一一）的《嘉慶太平縣志》裏提到世居泉州，不知是何所本。據查，現在泉州没有蛙湖里的地名，泉州離温嶺頗遠，約五百公里，海上乘木船遠距離遊歷可能性不大，也許其父居泉州，到鎰一代已居赤岸（今霞浦）一帶，距温嶺約二百公里，這樣出來遊歷，遇風避入温嶺海岸，且與台州郡守交往都有可能。從上文看來戴家祖先並不富有，「操舟取蠣」，也就是撈取海中的蠣殼，是個辛苦生涯。後來一次偶然發了財，於是到戴良鎰一代就成讀書人家。戴氏的明代後裔戴豪位居廣東參政，他在《贅言録》中寫道：「始祖鎰，五季時避閩亂，徙台黄巖，擇地，得南塘焉，久之，益蕃以大。」民國丁丑（一九三七）重修之《温嶠戴氏宗譜》内有《序》：「温嶠戴氏其先世晉泉公，本閩人，五季之亂無地不兵，獨宦遊四方，可以避禍，因家於吾邑之南塘焉。迨十五世伯善公遷温嶠，是爲始遷祖，有舊譜可徵，系豪公父州守公手修。」這和上面幾則資料也是對應的。

温嶠戴氏是南塘的明代後裔，因在明初，南塘戴氏被人向官府告發有不法之事而被滅族，從此一蹶不振，幸而此前已有一支遷出至温嶺（今温嶠鎮），才使戴氏綿延未絶，此後這一支脈又興盛起來，還出了廣東參政戴豪等大官。至今鎮裏還有小地名：戴家，還有戴家祠堂，爲市文保單位。

二、泉溪的獵神戴

獵神戴世居泉溪，其代表人物是南宋理學家戴良齊。獵神戴除上面引到的發家傳説外，《嘉慶太平縣志・舊家》[二]、《仕進》、《藝文志》和《第宅》上還有幾則相關記載：

秘監良齊族，來自温州平陽，與南塘異派。相傳其祖由獵至泉溪，有李姓亦大家，死亡殆盡，獨孀婦丁氏在，遂贅居其家，爲營葬數喪。子孫世祀獵神及李念一郎，俗呼獵神戴，以别於銅馬神戴。其宗至秘監始顯。先未立城時，百千山下皆戴姓所居，南小泉村潘姓居，迤西鳳翔山近溪，則金氏聚族於此，里人有「南潘北戴泉溪金」之語。立城後，戴宗已微，轉以邱、林、金、高四姓爲盛。

戴良齊，字彦肅，泉溪人。嘉熙二年進士，累官秘書少監，賜爵臨海子。景定初，轉對，奏祈天永命四事：一曰懲奸，二曰勸賢，三曰保民，四曰理財。已，又進君臣交修之説，言詞剴直，帝嘉納之。以古文名，尤精性理之學，所著有《中説辨妄》、《通鑒前紀》、《曾子遺書》、《論語外書》、《孔子年譜》、《七十子説》。明林公輔《答徐始豊書》曰：「當今經書雖皆完具，而《禮經》獨爲殘缺，加以漢儒之記有不純者，鄉先哲戴少監嘗力爲之辨。元草廬吴文正公師之，得其説，於今未大行也。」觀此，則其學源委可見。今從祀鄉賢祠。從子應發、應雷，皆爲顯官。

宗譜敘：宋戴良齊我戴氏子姓，出於宋戴公之後。降及末世，支派分散，類居東南爲多。廣陵、剡溪，蓋嘗號爲江左之望族矣。亂離遷徙，譜系罔問。然而於台之南著籍者亦數四焉。所在相望，乃至於不相往來。每念到此，欲考其所自出而無從。然遂置之，不可也。竊惟我先祖分派，自平陽金鄉洲遷居泉溪，今三百有餘歲。繼緒蕭條，竟未有能大此族者，而世次亦幾於無傳。是以譜而列之。嗚呼！本根之遠，可不念與！枝幹之弱，可不畏與！《傳》曰：「夫氏姓之不振，豈緊無寵，皆炎黄之後也。」又曰：「積善之家，必有餘慶。」嗚呼！尚監茲哉。咸淳元年七月望後。

戴少監彦肅故居　在縣治南五百步。先世自平陽金鄉洲來遷，與南塘異派，稱「坊下戴」。所居有宅前街、走馬弄。

以上資料表明，戴良齊的祖先從平陽金鄉遷來，平陽離温嶺百餘公里，打獵過來也有可能，至宋已三百年，一直住泉溪的坊下街，此街至今尚存。咸淳元年是公元一二六五年，三百多年前也是殘唐五代，與銅馬戴遷居時間不相上下，也是爲避五季之亂而北遷。戴良齊自已中了進士，官至秘書少監。這一派也曾興旺過，也有中過功名，附近至今還有一些戴姓居住，但人丁比不過温嶠的戴氏。

三、戴姓源流

戴姓起源於河南省境内，主要在商丘、民權、蘭考一帶。《元和姓纂》[三]有：「宋戴公之後，以謚爲姓。」戴原爲商朝後裔，周克商，周公封紂王的庶兄微子啟於宋（河南商丘縣城東南），建立宋國以管理商之遺民。傳十代到宋惠公的孫子，史佚其名，周宣王賜謚曰戴公，史稱宋戴公（《戴氏聯譜》[三]記載爲宋撝，又名申），這是公元前七九九年的事情。他是宋國代國君，到公元前七六五年，戴公傳位給兒子宋武公，他的小兒子文爲宋國大夫，便以祖父的謚號「戴」爲氏，是爲戴氏始祖，後世遂以謚爲姓，在春秋時期就有宋大夫名叫戴惡。宋人鄧名世的《古今姓氏書辨證》：「戴姓出自子姓，宋戴公之後，以謚爲氏。」當時還有一個姬姓的戴國，在民權、蘭考一帶，由於處於鄭國和宋國兩強之間，常受欺淩，到隱公十年被鄭國所滅。亡國後的戴國公族就以原國名爲氏，稱爲戴氏，這樣又形成一支戴姓居民。宋人鄭樵的《通志・氏族略》也有記載：「戴氏，開封封丘縣戴城是其國，隱十年，鄭人伐取之。」

戴公後十八代傳至戴剔，被弟戴偃所攻，棄位奔田齊，由宋國遷居不遠處的譙縣，於是子孫定居譙縣（今安徽亳縣），以譙國爲郡望。（譙國是曹魏黃初元年公元二二〇年置，治所在譙縣，西晉時改譙郡。）兩晉時期，戴姓中的一支避亂南遷，渡江至廣陵，子孫居揚州者以廣陵爲郡望。另一支子孫居山東齊州者以濟陰爲郡望，居臨清者以清河爲郡望。譙國後裔、六十一世戴胄相唐太宗，居河南相州（今安陽），天寶「安史之亂」，胄之玄孫戴翔（六十五世）因避亂棄家南奔入閩，自河南安陽南遷到福建長溪（今霞浦縣），成爲福建戴氏一派。唐時入閩的戴氏非此一家，據《漳州府志》記載，唐高宗時（六六九年）陳政率府兵三六〇〇人入閩平定泉州的嘯亂，並落籍定居，其中就有戴姓。唐宣宗咸通間，七十世戴譋從福建泉州遷溫州永嘉縣。

四、温嶺戴姓源出福建戴天裕

查《福建省赤岸縣戴家山譙國戴氏宗譜》[五]，上有林洪坤作於大清康熙五年（一七一一）辛卯歲臘月的《原序》：

……傳至太益公，徙居楚之譙國地，則譙郡其始基也，又傳至希周公，生梁公，梁生讓公，復徙於沛縣碭山之下，號曰碭陽。……相傳至三十三世，有萬靈公授許真君秘傳，没後顯跡，護唐滅巢，敕封安撫昭應侯王，立祠享祀，葬於碭山之北，即今州城東隅，亦祀之。其弟萬碩公，仕唐，爲禮部尚書，萬壽公爲翰林學士，厥後避唐之亂，奔入浙江蒲門而居焉。而萬靈公之子澄清公，在梁爲翰林學士，賫詔入閩，見閩地之山川佳秀，至龍德二年（九二二），遂避亂而徙於閩，迨周開元二年（九五二），復避刀兵之擾而遷於赤岸江濱，與金、詹氏各擇地而居焉。……三十八世有慶公於宋祥符六年（一〇一三），抽選農民充户科吏役，後罷役歸。寶元二年（一〇三九）復遷於北峰之下，名曰利洋……四十三世以利洋土瘠田磽，非久居之地，乃與詹公登眺，遷創於倪洋，改其名曰沂洋，然以其地遭巢兵剽劫，卜居不吉，於紹興十年（一一四〇年）大郎公乃移創於戴峰。

《譙國戴氏世裔源流考》[五]：

第一世祖：　梁公。第二世祖：　讓公。……三十二世祖：　天裕公、天賜公。三十三世祖：　萬靈公、萬碩公、萬壽公。三十四世祖：　澄節公、澄清公……

赤岸是唐以及唐以前的地名，到元朝稱長溪，現在稱霞浦。這本譙國的宗譜，以遷到沛縣後出生的梁公爲一世祖。而從此算起則這個一世祖是得姓後的第三十七世，而三十二世的天裕公則應該是六十九世了。從上面兩則看出，是戴天裕生萬靈、萬碩、萬壽。萬靈之子澄清曾出官差到過福建，就避亂徙閩，後人遷到赤岸，南宋的戴大郎再遷戴家山，這一派就一直在福建發展。戴萬壽則在避唐末之亂遷居浙江蒲門（今蒼南馬站鎮，距蒼南金鄉二十多公里）。

再看瑞安《鮑田戴氏西祠宗譜》[六]中，始祖羅巘太公福建赤岸派上四代外支圖：

第二世：　萬碩，字謖，唐懿宗朝爲禮部尚書，遷碭陽譙郡，妣盧浦應氏，生子一，繼妣林氏，生子一，避黃巢作亂，同長子分散。改名荊華，隱居江南白沙歐廿五都珠明里河西西堡居焉。

第三世：承範，字翼明，生於咸通戊子（八六八年），妣龔氏。因巢亂，在叔處同父子分散，後於龍德二年（九二二）同堂弟承規入閩隱居興化莆田縣，纔知父弟消息，卒於長興年壬辰（九三二）。

第四世：緒繩，妣晁氏，於後唐同光二年（九二四）甲申避閩王之亂，徙居赤岸之濱。

第五世：鈺，字雲田，妣蔡氏，避閩王叛宋亂，遷黃峰泉溪。生於後晉天福二年（九三七），三十歲。鎰，字方鎮，妣盛氏，避閩王叛宋亂，遷台州黃巖。生於後晉天福四年（九三九）廿八歲。鑛，字羅巘，生於後晉開運元年（九四四），宋建隆二年（九六一）閩王叛宋屠城，避亂遷溫州百里街，乾德五年（九六七）卜遷瑞邑四都鮑田之境。時年廿三歲。

這一本宗譜承上啟下，把幾處的戴氏都聯接上了。戴萬靈的後代九二二年已遷閩，九五二年遷赤岸。戴萬碩、萬壽遷浙江蒲門（今蒼南縣馬站鎮），後萬碩在唐末從譙郡避黃巢亂與次子承可到江南白沙歐（今浙江蒼南金鄉戴家堡）。子承範因亂與父萬碩分散，於九二二年五十四歲與堂弟入閩莆田。孫緒繩避閩亂遷赤岸。曾孫有三，鈺在閩於九六七年三十歲避閩亂遷黃峰泉溪，這裏的黃峰應是浙江的黃巖泉溪，就是現在的溫嶺市區。鎰九六七年二十八歲遷台州黃巖，可見兄弟倆同一年遷到黃巖，一定居泉溪，一定居南塘。鑛九六七年遷瑞安鮑田。先是鑛九六一年十七歲避亂遷溫州，也許這時就與兄弟幾人先到溫州了，鈺與鎰再由溫州分別遷百餘里外的泉溪和南塘，這樣泉溪的後人就認爲遷自平陽金洲（今蒼南金鄉）。

還有平陽金鄉的《譙國郡戴氏宗譜》[七]，其世系圖紀：

第一世，荊華，字萬碩，唐僖宗時公自福建赤岸遷江南白沙歐西沙角，二人分派，南樓公移來廿二都珠明里河西西堡居焉（即原平陽金洲，今蒼南金鄉鎮）配蘆浦應氏，生子一，合葬金鎮南門外廿三都湖里楊府嶺東首土名田雞山脚。第二世，承可，配東門垟楊氏，生三子。第三世，逢順、逢顯、逢穎……

荊華是萬碩避亂江南而改的名字，他與次子承可遷平陽，遂爲平陽金洲始遷祖。

綜上所述，大致可以確定其世系和源流：在中原的六十九世戴天裕，生三子：萬靈、萬碩、萬壽，萬靈生澄清，遷福建，其後代在福建赤岸發展。萬壽遷浙江蒲門，也就是後來平陽（今蒼南馬站鎮）戴家堡一派。萬碩與次子承可遷浙江平陽金鄉（今蒼南金鄉），長子承範遷福建莆田。孫緒繩遷福建赤岸，七十三世的曾孫三人：鈺遷泉溪，即是温嶺戴良齊一族之始遷祖；鎰遷黄巖南塘，是温嶺塘下戴復古一族之始遷祖；鑛遷瑞安，是鮑田一族的始遷祖。

五、各地家譜的記載

永嘉《戴氏統譜》[九]世系表載戴敏才系出自温州九曲，由戴謳四傳至戴天休（七十四世）始遷至九曲。天休（一〇三一——一一一三年），字伯祥，北宋人。子戴臨有五子，戴述、戴迅、戴廷、戴適、戴通。戴通配蔣氏，遷黄巖，卒葬竹嶴山。有子二：戴啟、戴敏才。戴啟有子二：戴演之，分蘭溪派；戴泯之，爲直閣學士。戴敏才號東皋子，妣蔣氏，繼妣蔣氏，三妣任氏。有子二，戴皁之，分蘇州派；式之（七十八世），號復古，生子二，長子琦，次子玭。下無記載。這一世系給出了戴敏才、戴復古一派，不知是哪一本老譜裏抄下的，可惜再下一代没有記載。而對比《石屏集》之内容，戴復古與族人唱和頗多，而未有兄弟之記載，不然千首詩詞中總有幾首提及親兄弟。且復古之子爲澣與琦，未見有玭。這個體系還需考證，目前别無其他資料，先轉録於此，聊備一説。

又載[九]：

緒公之子鎰（七十四世），字方鎮，妣盛氏，後周朝顯德三世避王建屠城之亂，遷台州。子二，叨（七十五世）字元正，妣盛氏，生子一，爲人純謹聰敏，篤志詩書，毫無外慕，誠哉純良之君子也，與盛氏合葬宋溪。加，善丹青，生一子名通，遷居羅京子孫其昌。叨子弼（七十六世）字敬上，妣鮑氏，自幼懷奇負氣，七歲能詩，爲其舅父山明所生呂行仁作傳，亦與其列焉。子洵義（七十七世），字錫訓，妣駱氏，初甚貧寠，操小舡……子舜欽（七十八世），子秉智（七十九世），子戴温（八十世），子枝陰（八十一世），弟大本，遷居杭州。枝陰子戴稃（八十二世），字玄果，妣淩氏，從事杭都書吏遷居杭都。子冕（八十三世），字玄服，號冠魏，杭都太祖，原妣盛氏，側室陶氏，公率性明敏，篤好古典，從父官，遊浙中途受於羅淩先生門下，學博理精，官爲提舉清要。子普滕（八十四世），字行仲，遷居東嘉。弟普勝，字韞奇，生元朝順帝元統一年癸酉於洪武六年癸丑遷居上戴。

以上記載中緒公之子戴鎰遷台州與瑞安鮑田宗譜相合，其下鎰子叨與加，叨子弼，諸本没有，可作補充。但弼子即洵曦，不知何所本。據二〇一〇年七月底出土的戴忱等六塊和重新發現的戴鍾墓誌銘（見拙作《新出土戴氏家族墓誌與戴復古家世新考》）[六]，與以上記載有所不同，戴鍾生於紹興己未（一一三九年），曾祖父懷，祖父曦，父舜文，子四：翰、渭、澮、湛。曦之父應該是戴懷，現也無法證明懷即是弼。並且戴忱之曾祖父懷，祖父暐，父舜欽，忱子應辰、勳、温，這一線，也與上文的曦——舜欽——秉智——温——大本這一線不合，當以墓誌爲准。

附録：唐宋時期閩浙戴氏世系表

參考文獻：

[一] 浙江省温嶺市地方志辦公室：《太平縣古志三種》，中華書局，一九九七。
[二] 戴龐海：《戴姓的起源與播遷》，《尋根》，二〇〇四年第五期。
[三] 福建莆田戴氏源流研究會：《莆田戴氏聯譜》，莆田二〇〇〇。

[四]《温嶠戴氏宗譜》，温嶺，民國。
[五]《福建赤岸（霞浦）戴家山譜》，霞浦，清代。
[六]《鮑田戴氏西祠宗譜（里安）》，里安，清代。
[七]《譙國郡戴氏宗譜（蒼南縣金鄉戴家堡）》，温州，清代。
[八]吴茂雲：《新出土戴氏家族墓誌與戴復古家世新考》，《台州學院學報》，二〇一一年第二期。
[九]永嘉縣戴溪歷史徵集委員會：《永嘉戴氏統譜》，永嘉，一九九七。

唐宋時期閩浙戴氏世係表

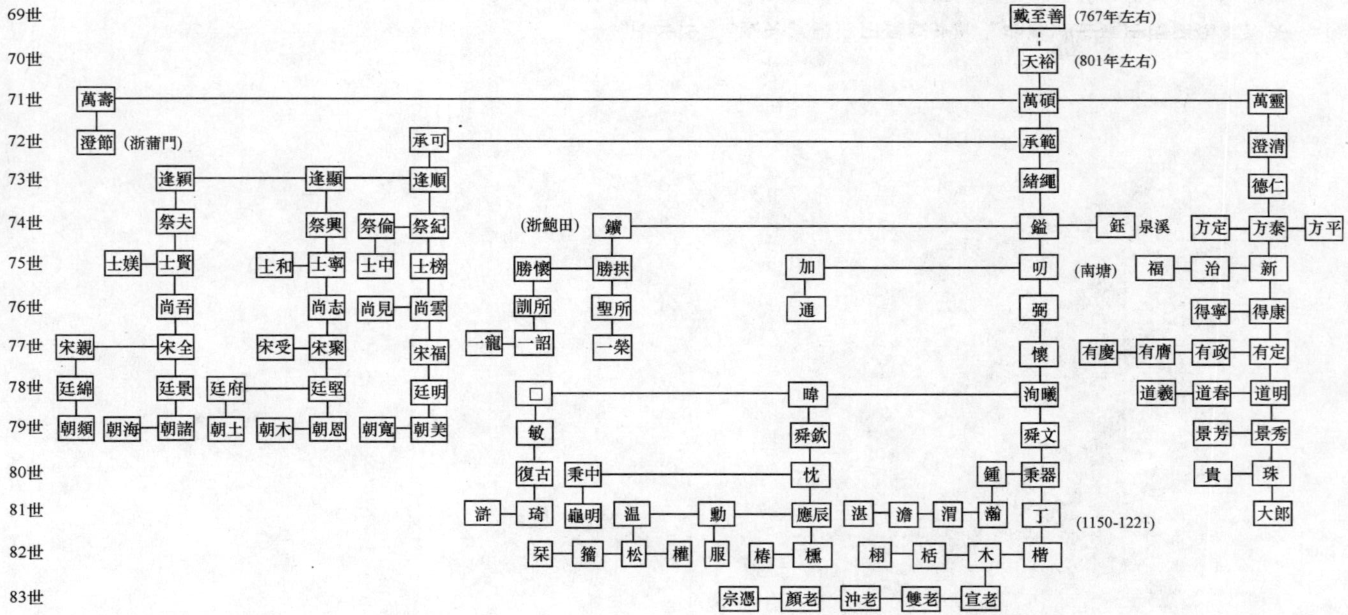

附録四　索　引

戴復古交遊人物索引

南宋詩人戴復古一生遊歷江湖，所交結的詩朋文友三百多人（約計三五一人），現將本書中出現的名字、稱呼對親朋加以索引，略作簡介，列表如下，並標出頁碼（戴姓一〇二人另列），另加浙江古籍出版社出版的《戴復古詩集》的頁碼作爲對照（標爲浙一），務使兩種版本有其一者即能利用本表，以求能論詩知人和循人索詩之便利。表按姓字筆劃多少排列，同姓按第二個字筆劃數多少排列，第二字相同筆劃的按第三字。其中一些有官名無名字而難以考證者也一一列出，以求教於方家：

二畫：丁——丁世昌　丁希亮　丁巖仲

丁世昌，字少明，號竹坡，黄巖人（今浙江温嶺温嶠鎮許宅），工詩。九三頁，浙八二。

丁希亮（一一四六—一一九二），字少詹，號梅巖，黄巖人（今浙江省温嶺市温嶠鎮許宅），少跌宕不羈，爲文亦好爲驚世語，從葉水心遊，始就平實進學益鋭。又就正於吕東萊、陳龍川。有《丁梅巖集》梓行，水心序，戴石屏跋。三〇二頁。

丁巖仲，居福州。二〇四頁，浙一八〇。

三畫：上官——上官涣酉　上官節推

上官涣酉，字元之，福建邵武人，嘉定元年（一二〇八）進士，歷知真州、池州，兼江東提舉，累遷大理卿，閒居十九年，晚爲起居舍人，寶祐二年（一二五四）以集英殿修撰致仕。一四四頁，浙一二九。

上官節推，疑爲上官偉長，福建邵武人，號閬風山人。二三四／二四四頁，浙二〇七／三一五。

四畫：王——王中甫　王元敬　王令君　王伯大　王佐　王汶　王君保　王使君　王和甫　王居安　王埜　王深父　王景大　王説　王隱居　王濬　王懋卿　王疇　王鑒

王中甫，漢陽使君，二一八頁，浙一九三。

王元敬，名伀，東陽人，曾在台州爲官，官至福建轉運副使，曾注《唐書》，著有《紫陽宗旨》二十四卷，入選《四庫全書》。嘉定十六年（一二二三）爲戴復古詩作選集。二七四頁，浙三二一。

王令君，一六七頁，浙一四八。

王伯大，字幼學，號留耕，福州長溪人。嘉定七年（一二一四）進士，紹定五年（一二三二）知臨江軍，歲饑，賑荒有法。累官至端明殿大學士、參知政事，《宋史》有傳。四九／一五七／二〇七／四〇〇頁，浙四四／一四〇／一八二。

王佐（一一二六—一一九一），越州山陰人，字宣子。紹興八年狀元，曆知永、吉、臨安等州府，政頗簡直，終權户部侍郎。二一三頁，浙一八九。

王汶，又名子文，字希道，號東谷，別號蒙齋，弟王濬、王澄、王浚，黄巖樓旗人（今浙江温嶺樓旗），師事葉適，與陳耆卿、吴子良遊。有《東谷集》傳世。九三頁，浙八二。

王君保，曾爲寺丞，三四頁，浙三一。

王使君，江西人，父王安中（一〇七六—一一三四）字履道，曲陽（今屬山西）人。從學於蘇軾。築室自榜曰「初寮」，《宋史》有傳。一八四頁，浙一六三。

王和甫，樂清人，主簿。八五／二二〇頁。浙七五／一九五。

王居安（約一一五一—一二三三），字簡卿，又字資道，方巖鄉人，因所居近方巖，自號方巖老圃。淳熙十四年（一一八七）進士，曾知福州，嘉定二年（一二〇九）助誅韓侂胄，官至工部侍郎，著有《方巖集》，今當地尚有侍郎街。一三／九二頁，浙一二／八一。

王埜，字子文，號潛齋，金華人，嘉定十二年（一二一九）進士，端平元年（一二三四）爲邵武太守，五月平建陽寇，淳祐中知鎮江府，後官至端明殿學士。《宋史》有傳。七三／一二九／一三二／一四一／一四九／二一六／二六二／二九七頁，浙六五／一一五／一一七／一二五／一三二／一九一／二三〇／二四六。

王深父，一三八頁，浙一二三。

王景大，一二二頁，浙一〇九。

王說，字應求，鄞人（今寧波），曾爲明州長史，師事楊適，建桃源書院，教授鄉里三十餘年，人稱桃源先生，遺稿已佚。《清光緒鄞縣志》有傳。一一六頁／二三三頁，浙一〇二／一九七。

王隱居，一七六頁，浙一五六。

王濬，字深道，號西澗，舉人，黃巖樓旗人（今浙江温嶺樓旗）人，兄王汶、王澄，時稱三王，不合於世，詩文奇絶。九二／一三四，浙八二／一一九。

王懋卿，字勉夫，江蘇平江人。一五五／二五〇頁，浙一三七／二一五。

王疇，字仲彝，王居安之次子，曾官瀏陽縣令，後官至知府。九二／二一九／二三七頁，浙八一／

一九四/二〇一。

王鑒，曾任殿前都虞侯。九一頁，浙八一。

月——月蓬道人

月蓬道人，曾爲相士。劉克莊有《送月蓬道人南遊寄呈陽巖侍讀直院侍郎六言三首》詩。二八八頁。

方——方孚若　方萬里　方嶽

方孚若（一一六八—一二二二），名信孺，號好庵，自號柴帽山人，興化軍人（今福建莆田），開禧中（一二〇七年），以朝奉郎使金不屈，官終淮東轉運判官，著有《好庵遊戲》，《宋史》有傳。一七八頁，浙一五七。

方萬里，字子萬，一作鵬飛，號蕙巖，嚴州（浙江建德）人，居於吴。嘉定四年（一二一一）進士，紹定五年（一二三二）知江陰軍。正德《姑蘇志》有傳。一〇六/一〇七頁，浙九四。

方嶽（一一九九—一二六二），字巨山，號秋崖，安徽祁門人，紹定五年（一二三二）進士，曾知南康軍、袁州，兩調邵武軍。有《秋崖集》。一〇六/三九八/四〇三頁，浙九三/九四/三三八。

孔——孔海翁

孔海翁，一一四頁，浙一一四。

尹——尹焕

尹焕，字惟曉，山陰人，嘉定十年（一二一七）進士，詞人善畫。二八七頁，浙二四二。

二/一三五/一四一/三八二/四〇〇頁,浙一〇/一一〇/一二〇/一二六/三一三。
包遜,字敏道,南城人,理學家。恢之叔父。六二頁,浙五五。

六畫:朱——朱子昂　朱仲實　朱渙　朱清之　朱淵

朱子昂,江西洪州司户參軍,一九二頁,浙一七〇。
朱仲實,縣尉,後爲州僉事,一三四/二一七/二三八頁,浙一三二/二〇〇/二〇二。
朱渙,字行甫(父),號約齋,廬陵人,嘉定十六年進士,曾知衡州,官至大理寺卿,文天祥之業師,年八十餘。一〇六/二三一頁,浙九三/九三/二〇四。
朱清之,二五三頁,浙二二三。
朱淵,淮東制置使,一九〇頁,浙一六八。

安——安子順

安子順,名世通,青城山隱士。一六三頁,浙一四四。

七畫:杜——杜耒　杜範　杜旃　杜運使

杜耒,字子野,號小山,盱江人,嘉熙間曾爲李全幕客,李福反,被殺。五〇/一二一/一八〇頁,浙四五/一〇八/一六〇。
杜範(一一八二—一二四五),字成之,號立齋,詩人同鄉,嘉定進士,累遷殿中侍御史。曾知寧國府,入爲權吏部侍郎兼侍講,上疏抨擊朝政無一事不弊,無一弊不極。淳祐四年(一二四四年)十二月爲右相,針對時弊,建言十二事,卒謚清獻。著有《清獻集》。一〇五/一三七頁,浙九三/一二二。

李——李丈　李玉澗　李司直　李仲詩　李全　李昉　李季允　李革夫　李約　李華　李基道　李深道　李賈　李義山　李擇之　李懷仁

李革夫，曾任湖南漕，二一三／二五三頁，浙一八八／二二三。

李約，紹定四年知廣州。九六頁，浙八五。

李華，字實夫，號敷文，福建崇安（今福建武夷山）人，嘉定四年（一二一一）進士，歷任安豐倅、廣東漕、運使、計使，湖南安撫使，端平元年（一二三四）爲提點江西刑獄，與詩人交往較多。事見《崇安縣志》。六七／九四／一三〇／一八一／一八三／二一六／二五〇／二五八／二六九頁，浙六〇／八三／一一六／一六〇／一六二／一九一／二二〇／二二七／二三六。

李基道，一六五頁，浙一四六。

李深道，一二八／一三五頁，浙一一四／一二〇八。

李賈，字友山，號月洲，邵武光澤人，曾爲渝川（今江西新餘市）縣尉。一〇八／一九五／二四八／二五九／二六二／三九一／三九七頁，浙九五／一七三／二一九／二二七／二三〇／三二七／三三七。

李義山，字伯高，號後林，嘉魚人。曾知吉州，提舉湖南，官至中正大夫。二三五／二五四／三九七頁，浙二〇七／二〇八／二二三／三三七。

李擇之，邵武人，父李丙，字南仲，與吕祖謙友善，著有《集古録》已佚。一六四／二六七頁，浙一四五／二三四。

李懷仁，蘇州道士，善畫，三四頁，浙三一。

吴——吴子才　吴子似　吴子良　吴伯成　吴提幹　吴道夫

吴運幹　吴勝之　吴熙仲　吴潛

吴子才，邵武人，二〇頁，浙一七。

吳子似，一一九七年左右曾爲鉛山縣尉。一二六／二三三頁，浙一一二／二〇五。

吳子良（一一九八—一二五七？），字明輔，號荊溪，浙江臨海人，幼從表兄陳耆卿、葉適學，官至湖南轉運使，大府少卿，一生反對對金妥協，著有《荊溪集》《林下偶談》。九三／二一二／二二九／二六一／三八三頁，浙八二／一八八／二〇二／二二九／三三二。

吳伯成，名汝式，字伯成，江西建昌人，即今江西南城，著有《雲臥詩集》。一一頁，浙一〇。

吳提幹，官湖北，一九二頁，浙一七〇。

吳道夫，名淵（一一九〇—一二五七），字道夫，號退庵，吳潛之兄，浙江德清人。嘉定七年舉進士，調建德縣主簿，後三次知鎮江總領，權工部侍郎、戶部侍郎、兵部侍郎，累官至兵部尚書、參知政事。著有《退庵文集》。一八七頁，浙一六五。

吳運幹，二二一頁，浙一九六。

吳勝之（一一五四—一二三四），名柔勝，字勝之，宣城人，淳熙八年進士，罷党禍閒居十餘年，後知隨州，嘉定九年（一二一七）前後知鄂州，《宋史》有傳。五／二六四頁，浙四／二三二。

吳熙仲，江夏宰，一九二／二四二頁，浙一七〇／二一四。

吳潛（一一九五—一二六二），字毅夫，興國（浙江德清）人。吳勝之之季子，兄吳淵。嘉定十年（一二一七）進士，嘉熙元年（一二三七）知平江府，淳祐中知紹興有惠政，累官至右相。《宋史》有傳。一八六頁，浙一六五。

何——何宏甫　何叔萬　何季皋　何道士

何宏甫，居江西新淦，四八／九九／一一二／一四三／一五八頁，浙四三／八七／九一／一〇四／一二七／一四〇。

何叔萬，萍鄉人，號雲山，五一頁，浙四六。

何季皋，居湖南益陽，曾任司理參軍，九五／一八三／一九九／二七五頁，浙八四／一六二／一七六。

何道士，住衡山，三二頁，浙二九。

余——余惠叔

余惠叔，居蘇州，一八九頁，浙一六七。

秀——秀癡翁

秀癡翁，廬山萬杉寺長老。一一六／二〇六／二三九頁，浙一〇三／一八二／二一一。

邵——邵長源

邵長源，居蘄州。二七八頁。

辛——辛棄疾

辛棄疾（一一四〇——一二〇七），南宋詞人，字幼安，號稼軒，山東濟南人。歷任湖南、福建、浙東等地安撫使。一生主張抗金，存詞六百多首，多抒發恢復統一祖國山河的強烈感情。詞風繼承蘇軾豪放風格，但更縱放自如，衝破音律限制，別立一宗。二七二頁，浙二三八。

汪——汪見可　汪給事

汪見可，曾爲江西南昌教授。二二〇／二三四頁，浙一八六／二〇七。

別編》、《赤城三志》，編有《赤城集》。八四／八九／二一二／二六一頁，浙七四／七九／一八八／二二九。

林唐傑，居福州。二〇四頁，浙一八〇。

林詠道（一一四〇—一二一四），名師蒧，字詠道，號竹村，又號四朝布衣。浙江臨海人。一五四頁，浙一三七。

林憲，字景思，號雪巢，吴興人，居天台，乾道間進士，監南嶽廟。三八〇頁，浙三二三。

茅——茅庵

茅庵道人，青城山道士。一六三頁，浙一四四。

范——范鳴道

范鳴道，都下相與談詩者。一二七頁，浙一一二。

明——明上座

明上座，天竺僧。一五一頁，浙一三五。

季——季明府

季明府，曾在黄巖爲縣令，後調太平州倅。一四二頁，浙一二六。

岳——岳總侍

岳總侍，居鎮江，一八〇頁，浙一五九。

金——金伯華

金伯華，戴復古江西之妻，三〇八頁。

周——周子益　周子俊　周仁甫　周嘉仲　周弼

周子益，曾八十歲赴殿。二五五頁，浙二二四。

周子俊，二六八/四〇一頁，浙二三五。

周仁甫，二三八頁，浙二一〇。

周嘉仲，曾爲官鄂渚，三三頁，浙三一。

周弼（一一九四—？），字伯弜，祖籍山東汶陽，嘉定間進士，嘉定十七年（一二二四）解官，漫遊各地，有《端平集》。四〇三頁。

孟——孟艮夫　孟樞

孟侍郎，名艮夫，在蘇州有藏春院静寄堂。四八/一二〇/一五一頁，浙四三/一〇六/一三四。

孟樞，曾官夔州路策應大使。九一頁，浙八一。

九畫：胡——胡公權　胡立方　胡仲弓　胡仲方

胡公權，一六二頁，浙一四四。

胡立方，名常，號思齋，黄巖人，曾彙編《朱子語録》。八八頁，浙七七。

胡仲弓，字希聖，號葦航，福建清源人，進士，官縣令未幾言事被黜，又爲紹興府椽、糧料院官，後

棄官漫遊。有《葦航漫遊稿》。四〇六頁。

胡仲方，名渠，廬陵人，兵部侍郎胡銓之孫，累官至工部侍郎。五一頁，浙四六。

段——段子克

段子克，曾爲安徽太湖縣知縣，五九頁，浙五二。

洪——洪子中

洪子中，居江蘇無錫，官至大卿。一四五頁，浙一二九。

姜——姜昌齡

姜昌齡，樂清主簿，八六頁，浙七五。

洞——洞霄道士

洞霄道士，居浙江臨安府洞霄宫，二二五頁，浙一九九。

孤——孤峰

孤峰，廬山東林寺長老。一二六頁，浙一一二。

姚——姚仲同　姚祥叔　姚楚州　姚鏞　姚顯叔

姚仲同，胡仲方詩友，五一頁，浙四六。

姚祥叔，字即南，黄巖人（今浙江温嶺大溪）。一五四頁，浙一三六。

姚楚州，名翀，曾爲楚州兼制置使，寶慶三年（一二二七）六月卒。六一頁，浙五四。

姚鏞，字希聲，號雪篷，又號敬庵，浙江剡人（嵊縣），嘉定十年（一二一七）進士，著有《雪篷集》。曾爲吉州判官、贛州守，後貶衡陽，紹定六年（一二三三）爲戴復古選詩，景定元年（一二六〇）前後爲黄巖主學。見《萬曆黄巖縣志》。一二一/一二六/二〇二/二三四/二五七/三〇〇/三八九頁，浙一一/一二一/一七八/二〇七/二二六/三二八。

姚顯叔，在福建閩侯有書院。二二八頁，浙二〇一。

十畫：真——真德秀

真德秀（一一七八—一二三五），字景元，後改景希，號西山，人稱西山先生，建州蒲城人，南宋理學名家，曾作潭州、泉州、福州知府，一二二六年前後真德秀罷官回家，端平元年（一二三四年）入爲翰林學士，次年拜參知政事，於時政多所建言。著有《朱文忠公集》，《宋史》有傳。二五/三九/五六/九九/一七一/一七四/二〇三/二七五/二九八/三八七頁，浙二二/三六/五〇/八七/一五二/一五四/一八〇/二四八/三二五。

袁——袁甫　袁燮

袁甫，字廣微，號蒙齋，浙江鄞縣人，袁燮之子，曾從楊簡學，嘉定七年（一二一四）進士第一，曾知徽州、衢州，紹定六年（一二三三）爲江南東路常平兼提點刑獄，端平元年（一二三四）知建寧府兼福建路轉運判官，終兵部尚書，卒年六十七歲，謚正肅，有文集，久佚。《宋史》有傳。一一/三五/一四五/一七六/二〇八/三〇一頁，浙一〇/三一/一二九/一五七/一八四。

袁燮（一一四四—一二二四），字叔和，號絜齋，袁甫之父，浙江鄞縣人。累官至寶文閣直學士。

燮師事陸九淵，傳其學，以反躬切己、忠信篤實爲本，學者稱爲絜齋先生，有《絜齋集》。《宋史》有傳。一四五頁，浙一二九。

夏——夏肯甫

夏肯甫，號曉山，詩人的同鄉。七四／二五四頁，浙六六／二二三。

恭——恭率翁

恭率翁，名釋慧恭，字敬可，號率翁，端平初住狼山寺，曾住持報恩寺。三二頁，浙三〇。

倪——倪祖義

倪祖義，吴興人，三〇七／三八九頁，浙二五二／三二六。

徐——徐子英　徐京伯　徐叔高　徐益夫

徐子英，一四三頁，浙一二七。

徐京伯，名似道，字淵子，一字京伯，號竹隱，黄巖人（今浙江温嶺焦灣），乾道二年進士，曾爲吴江尉，知太和縣，郢州，秘書少監，起居舍人，官終朝散大夫、江西提刑。有《竹隱集》已佚。《萬曆黄巖縣志》有傳。三二／四一／一七三／一九六／二〇三／二九八／二七四頁，浙二九／三七／一五三／一七三／一七九／二四六二五二。

徐叔高，六五頁，浙五七。

徐益夫，一一〇頁，浙九七。

翁——翁景山　翁際可　翁靈舒

翁景山，一二九頁，浙一一四。

翁際可，名逢龍，字際可，號石龜，四明人，嘉熙三年左右爲吴門通判。兄吴文英，弟翁元龍，字時可。一〇七／一九三／二二九頁，浙九四／一七一／二〇二。

翁靈舒，名卷，字續古，永嘉人，「永嘉四靈」之一，布衣終身。著有《西巖集》、《葦碧軒集》。二四二頁，浙二一四。

郭——郭子秀　郭子奇　郭伯秀　郭道人　郭聖與

郭子秀，仙居人，郭子奇之侄，事見《光緒仙居縣志》。二四一頁，浙二一三。

郭子奇，名磊卿（一一八六—一二三九年），號兑齋，浙江仙居人，官終起居舍人，是郭子秀之叔父。二四五頁，浙二一六。

郭伯秀，一二四頁，浙一一〇。

郭道人，四六頁，浙四二。

郭聖與，居桐廬，二四七頁，浙二一八。

高——高九萬　高斯得　高與權

高九萬（一一七〇—一二四一），名翥，字九萬，號菊磵，余姚人。幼習科舉，應試不第棄去，以教授爲業，因慕禽鳥信天緣習性，名其居處爲信天巢，與詩友唱酬爲樂，晚年居西湖。一七／一〇七／一二二頁，浙二四／九四／一〇八。

高斯得，字不妄，四川蒲江人，進士，曾任太常主簿，淳祐三年（一二四三）通判浙江台州。一〇／一四二／三九三／四〇四頁，浙九／一二六。

高與權，二〇二／二五八頁，浙一七八／二二七。

孫——孫維信

孫維信（一一七九—一二四三），字季蕃，號花翁，開封人，居婺州，以蔭入仕，後棄官隱居西湖，有《花翁集》。一五一／一五六／二三九頁，浙一三四／一三九／二〇二。

陸——陸遊

陸遊（一一二五—一二一〇），字務觀，號放翁，越州山陰（今浙江紹興）人。曾通判建康、隆興、夔州，官至禮部郎中，以寶章閣待制致仕，晚年隱居家鄉，有《渭南集》、《劍南詩稿》、《老學庵筆記》。石屏曾從陸遊學詩。一〇七／一九四頁，浙九四／一七一。

陳——陳幼度　陳西巖　陳延平　陳伯可　陳叔方　陳叔強　陳季申
陳宗道　陳孟參　陳明子　陳長老　陳垓　陳耆卿　陳益甫
陳景明　陳萬卿　陳嘉言　陳與機　陳複齋　陳毅甫　陳魯叟
陳儒衣

陳幼度，轉運使，一四七頁，浙一三一。

陳西巖，居黃巖西溪。三〇五頁，浙二五一。

陳延平，四〇〇頁。

陳伯可，五三頁，浙四八。

陳叔方，名昉，字叔方，號節齋，温州平陽人，以父蔭補官，官至吏部尚書，端明殿學士，與劉克莊等號爲端平八士，官至吏部尚書，謚清惠。有《潁川語小》傳世。《平陽縣志》有傳。七〇／七七／一四九／二一九／三〇七頁，浙七一／六八／一三二／一九三／二五三。

陳叔強，七七頁，浙六七。

陳季申，九六頁，浙八四。

陳宗道，字寧之，號九皋，江西南豐人，中壽而歿。四〇五頁。

陳孟參，一九一頁，浙一六九。

陳明子，一九一頁，浙一六九。

陳長老，福州人，曾爲湖南衡陽南台寺長老。五六頁，浙四九。

陳垓，字漫翁，福建福州人。寧宗開禧元年（一二〇五年）進士，理宗寶慶二年（一二二六年）知泰州兼權淮東提舉常平官（臨時負責某事務的專差），以幹練廉潔而深得民心，連曆四任，淳祐二年知浦江縣，後召爲太學博士。二六四頁，浙二三二。

陳耆卿（一一八〇—一二三七），字壽老，號篔窗，臨海城關人。南宋嘉定七年（一二一四）進士，寶慶二年（一二二六）起歷任秘書郎、著作郎兼國史館編修，除將作少監，終國子司業。他爲官剛直耿介，受到史彌遠的排擠。曾從永嘉葉適學習，得其賞識，盡傳所學，著有《論語紀蒙》十八卷、《孟子紀蒙》十四卷、《嘉定赤城志》四十卷及詩集數十卷。《赤城志》纂定於嘉定十六年（一二二三），是最早的台州總志，被稱爲名志之一。四二〇頁。

陳益甫，曾爲秘書省著作郎。五五／九八頁，浙四九／八六。

陳景明，二六〇頁，浙二二八。

陳萬卿，黄巖人（今浙江温嶺），儒者能醫。一一三頁，浙一〇〇。

陳嘉言，居福州台嶼，咸淳間（一二六五—一二七四年）人，曾任光州司户。後隱居台嶼，積書數萬卷，人稱書隱先生。二八〇頁。

陳與機，黄巖人（今浙江温嶺），曾爲湖南湘潭縣尉。六三頁，浙五六。

陳複齋（一一七一—一二三〇），名宓，字師複，號複齋，福建莆田人，以父蔭入仕，曾知南康軍改南劍州。《宋史》有傳。一二四／一七二頁，浙一一〇／一五二。

陳毅甫，三頁，浙三。

陳魯叟，衢州人，官廣西桂林、福建轉運使。六四／二一三／二二〇／二八八頁，浙五七／一八八／一九五。

陳儒衣，善畫，三〇頁，浙二八。

十一畫：黄——黄子魯　黄子邁　黄日巖　黄玉林　黄存之

黄仲文　黄伯厚　黄伯高　黄希宋　黄希聲　黄居士　黄明府

黄叔粲　黄季文　黄季玉　黄季道　黄南恩　黄桂堂　黄道士

黄魯庵　黄勉齋

黄子魯，居江西西昌。二五七頁，浙二二六。

黄子邁，名黄犖，江西修水人，以蔭補官，歷任大理卿。一六九頁，浙一五〇。

黄日巖，教授，二二一頁，浙一九六。

國子正，南劍州通判。三五／三〇〇頁，浙三一／二四八。

黃勉齋，名榦，字直卿，學者稱勉齋先生，閩縣人，朱熹女婿，曾監台州酒務、嘉興府石門酒庫，歷通判安豐軍、知安陽軍、安慶府等，後歸里講學以終，文存數百篇，質樸醇實，不事雕飾，詩存八十餘，有經解及勉齋集行世，《宋史》有傳。一二頁，浙一〇。

曹——曹侍郎

曹侍郎，字平川，曾官侍郎。二七九頁。

崔——崔與之

崔與之（一一五八—一二三九），字正子，一字正元，號菊坡，廣州增城人，紹熙四年（一一九三）進士，爲官有治績，端平初授廣東經略安撫使兼知廣州。三年（一二三六年）除右丞相兼樞密使，參知政事。《宋史》有傳。一〇四／一二八／一五四／一八二頁，浙九一／一一四／一三七／一六一。

許——許介之　許季如　許使君　許提幹

許介之，名玠，字介之，湖北襄邑人，南渡後徙家常寧，端平三年以薦補官，曾爲衡州户曹，有《東溪詩稿》。五一／六二頁，浙五三／五四。

許季如，九七／二四七頁，浙八六／二一八。

許使君，廣東韶關人，一八四頁，浙一六三。

許提幹，一五〇頁，浙一三三。

十二畫：　項——項子宜　項宜甫

項子宜，號苔洲居士，福建沙縣人，曾爲經略安撫司幹辦公事。八八／一五三頁，浙七七／一

傳。一〇三/四〇四頁,浙九一。

曾幼卿,曾宏父,字幼卿,廬陵(今江西吉安)人。紹定四年(一二三一年),於天華山下辦鳳山書院,集邑中俊秀於其中,並以部分自家田資助。自稱鳳墅逸客,見清同治《廬陵縣志》。一八五頁,浙一六四。

曾參政,一三一頁,浙一一六。

曾無疑,名三異,字無疑,號雲巢,臨江軍新淦人(今江西新幹)。三聘之弟,年七十授承務郎,差潭州南嶽廟,理宗端平元年(一二三四年)官至秘書省正字、太社令,奉祠歸,卒年九十。有《同話録》、《宋新舊官制通考》傳世。明隆慶《臨江府志》有傳。三〇/一四九/一六二/一八九/二一四頁,浙二七/一三三/四三/一六七/一八九。

曾景建,曾極,字景建,臨川(今江西南豐)布衣,史彌遠興江湖詩禍,《江湖集》遭劈版,曾極貶春陵(今湖南寧遠)。二六/六〇/二三一頁,浙二三/五三/二〇四。

曾魯叔,六四頁,浙五七。

曾憲,曾任江西提點刑獄。一〇〇頁,浙八八。

曾潁茂(一一六五—一二〇六),字仲實,南城(屬江西)人,曾官福建路提刑兼安撫使,終工部侍郎。父曾宏父,字幼卿,官至侍郎,曾創鳳山書院。二〇四頁,浙一八一。

曾槖卿,二〇五頁,浙一八二。

喬——喬行簡

喬行簡(一一五六—一二四一),宋東陽人,字壽朋。歷官知通州、嘉興府、鎮江府,權工部侍講,拜參知政事、端平二年(一二三五年)右丞相、左丞相,封魯國公告老。有《孔山文集》。端平元年(一二三四）朝廷欲乘金朝滅亡之機收復河南，他上書反對，以法度破壞，號令不行，財用不豐，糧草不繼，恐兵興之後引起農民起義。《宋史》有傳。四六／二〇七頁，浙四一。

葉——葉宗裔　葉適

葉宗裔，其叔有竹山堂，二一一頁，浙一八七。

葉適（一一五〇——一二二三），字正則，號水心，温州永嘉人，淳熙五年（一一七八）進士，官至兵部侍郎，學者稱水心先生。一一八／一四六頁，浙一〇五／一三〇。

鄒——鄒震甫

鄒震甫，名登龍，字震甫，臨江人，著有《梅屋吟》。一八五／二七五／二八二／三九九頁，浙一六三。

張——張子孟　張子修　張子明　張子善　張元德　張仁仲　張老　張伯聲　張季冶　張栻　張唐卿　張敏則　張渠　張統制　張誠子　張農師　張端義　張韓伯　張簽判

張子孟，六二頁，浙五四。

張子修，浙江桐鄉人，曾爲石門酒税監、施州刺史，築東園，有乳鴨池、枇杷園。二四七頁，浙二一八。

張子明，僧人。《嘉慶涉縣志》：「正（真）覺寺在符山，始建無考，有金泰和二年（一二〇二）碑記，張子明升仙於此。」八八頁，浙七七。

張子善，名慶之，號海峰野逸，黄巖人。從杜範學，曆袁州司理，知永新縣，直秘閣。一六七頁，浙一四八。

張元德，名洽（一一六一—一二三七），號主一，江西清江人，一九一頁，浙一六八。

張仁仲，名洵，字仁仲，浚儀人（今河南開封）。曾官廣南西路提點刑獄。一七九頁，浙一五九。

張老，湖北黄州麻城人，四五頁，浙四〇。

張伯聲，二四七頁，浙二一八。

張季冶，六六頁，浙五九。

張栻，字敬夫，號南軒，一二頁，浙一〇。

張唐卿，曾爲官鄂渚，三三頁，浙三〇。

張敏則，號静齋，一九六頁，浙一七四。

張渠，字方叔，號芸窗，南徐人（今江蘇鎮江），端平元年（一二三四）爲建康推官，淳祐五年（一二四五）知句容縣，有《芸窗詞》一卷，詩集已佚。四〇六頁。

張統制，曾守湖北蘄州。一五二頁，浙一三六。

張誠子，名自明，號丹霞，南城人（今屬江西），官衢州教授，江陵户曹。一二四七年知安吉。二二頁，浙二〇。

張農師，居福州。二〇四頁，浙一八〇。

張端義（一一七九—？），字正夫，自號荃翁，鄭州人，居姑蘇（今蘇州），曾官真州録事參軍，理宗端平中應詔上書，黜韶州安置。後又以言忤當道，謫化州而終。平生有詩名，著有《荃翁集》，已佚，今存《貴耳集》。《宋史翼》有傳。一〇五頁，浙九二。

張韓伯，二〇八頁，一八四。

張簽判，四八頁，浙四三。

十三畫：裘——裘司直

裘司直，名萬頃，字元量，新建人，淳熙十四年進士，官終大理司直。一九〇頁，浙一六八。

虞——虞使君

虞使君，居湖南岳陽。二二五頁，浙一九九。

楊——楊休文　楊汝明　楊長儒　楊嗣參　楊簡

楊休文，廣西合山道士。岳珂有《寄道士楊休文》。二八六頁，浙二四二。
楊汝明，三八八頁，浙三二八。
楊長儒，字伯子，號東山，吉水人，楊萬里誠齋之子。嘉定間曾爲湖州太守、江西監丞，後爲番禺帥，端平初以集英殿修撰致仕，年七十九卒，《宋史》有傳。三二／一一七／一七〇／一八〇／二七五頁，浙二九／一〇三／一五一／一六〇／二三九。
楊嗣參，字唯叔，浙江臨海人，嘉定進士，歷任余姚尉、知南雄州。一八九頁，浙一六七。
楊簡（一一四一——一二二五），字敬仲，慈溪縣城人，陸九淵弟子。因築室於德潤湖上，世稱慈湖先生，官至將作少監，出知温州，以寶謨閣學士致仕。有《慈湖遺書》。《宋史》有傳。二七五頁，浙二三九

賈——賈似道

賈似道（一二一三——一二七五），字師憲，號秋壑，浙江臨海人。理宗賈妃之弟。少時不務正業，

其姊受寵于理宗，他有恃無恐，累官至參知政事。後被貶，行至漳州，被監送人殺死。一三七頁，浙一二二。

十四畫：

蔣——蔣子高

蔣子高，居温州，二〇一頁，浙一七七。

榮——榮老

榮老，道號雲臥，姓樓，《詩淵》存其詩一首：《都下作》。一九頁。

趙——趙十朋　趙子野　趙元道　趙仁甫　趙升卿　趙世卿　趙以夫
趙次山　趙　丞　趙汝談　趙汝愚　趙安仁　趙伯成　趙克勤
趙季防　趙使君　趙明府　趙叔垕　趙知道　趙定庵　趙東野
趙東巖　趙茂實　趙南夫　趙俊卿　趙師夏　趙庶可　趙紫芝
趙　葵　趙尊道　趙敬賢　趙鼎仁　趙園令　趙葦江　趙壽卿
趙端行　趙　蕃　趙德行　趙節齋　趙縣丞　趙蹈中　趙體國

趙十朋，黄巖人，三〇六頁，浙二五二。

趙子野，趙汝淳，字子野，號静齋，江蘇昆山人，太宗八世孫，開禧元年（一二〇五）進士，歷知清江縣，通判臨安府。一二二頁，浙一〇八。

趙元道，一二三頁，浙一〇九

美九世孫。嘉定十三年（一二二〇）進士，歷任侯官尉、秘書郎、國史編修，知撫州、端州，改廣西提刑、提舉江西茶鹽司。著有《恥齋雜稿》，已佚。二〇五頁，浙一八二。

趙季防，字梅屋，自號十竹，極貧不肯爲官，好爲義舉，有急事相求，雖千金不吝，家爲之窮。六三/六六/一五二頁，浙五五/五九/一三五。

趙使君，一〇三頁，浙九〇。

趙明府，一四九/一七八頁，浙一三三/一五八。

趙叔垕，五三頁，浙四七。

趙知道，名師端，黄巖人。曾爲淮東轉運使。五二/五八頁，浙四七/五一。

趙定庵，趙蕃之弟，居江西玉山，兄弟二人皆高壽。一四/五八頁，浙一二/五一。

趙東野，名時習，台州人。一七七頁，浙一五七。

趙東巖，名彦侯，字簡叔，號東巖，居懷安（今四川金堂東南），曾任長沙運使，年七十一卒。一一三/一八九頁，浙一〇〇/一六七。

趙茂實，名汝騰，字茂實，號庸齋，晚年號紫霞翁，宋太宗八世孫，寶慶二年進士（一二二六年），曾知永嘉、婺州、紹興、泉州，淳祐九年（一二四九）居福州，後官至禮部尚書。景定二年（一二六一）卒，《宋史》有傳。六九/一一五/一六〇頁/三八一頁，浙六二/一〇二/一四一/三二一。

趙南夫，曾爲萍鄉縣縣令，五九頁，浙五二。

趙俊卿，一二二頁，浙一〇八。

趙師夏，江西南康府知州，取廬山五老峰的五老，再加他自己一老，改名爲六老堂，欲使自己與五老峰齊名而永存。二二六頁，浙二〇〇。

趙庶可，名汝績，號山台，浚儀（今河南開封）人，居紹興，太宗八世孫，江湖派詩人，曾官寺簿。著

有《賓退録》。二二二/二〇九頁,浙一〇九/一八五。

趙節齋,趙崇度,號節齋,趙汝愚之子,曾爲邵陽知府,《輿地紀勝》存其詩一首。五四頁,浙四九。

趙縣丞,一五三頁,浙一三六。

趙蹈中(一一六七—一二二三),名汝讜,號懶庵,汝談之弟。與戴復古同年,居余杭,宋太宗八世孫,以蔭補入官,嘉定元年(一二〇八)進士,知温州,遷司農丞。《宋史》有傳。二/四七頁,浙二/四二。

趙體國,安徽濠州州學教授,一四六頁,浙一三〇。

蔡——蔡中卿

蔡中卿,二六九頁。

厲——厲元範　厲寺丞　厲使君

厲元範,浙江金華人,曾爲廬陵太守,詞人,《全宋詞》僅收其一聯:「葉葉柳眉齊抹翠,梢梢花臉争匀白。」三〇〇頁,浙二四八。

厲寺丞,二二三頁,浙一九七。

厲使君,湖北蘄州太守,一二五頁,浙一一一。

管——管仲登

管仲登,曾爲市舶提舉,掌管海外貿易、徵税等事,相當於現代海關的職能。宋代在廣州、杭州、泉州、明州、温州等地設市舶司,長官稱提舉。二一頁,浙一八。

鄭——鄭子野　鄭子壽　鄭大惠　鄭景壽　鄭谷　鄭南夫
　鄭寧夫　鄭潤甫　鄭監丞

鄭子野，一七六頁，浙一五六。

鄭子壽，二五六／二五六頁，浙二三五／二三五。

鄭大惠，字柬之，號谷口，一號天遊，《黄巖志》載黄巖建山人，實澤國人（今浙江温嶺澤國鎮），隱居家鄉，爲文古奥，清苦善詩，有《飯牛集》。事見《嘉慶太平縣志》卷十二。二四九頁，浙二二〇。

鄭景壽，二〇五頁，浙一八二。

鄭谷，鄭柬之之父，字守愚，宜春人。光啟三年進士，官至都官郎中。有《雲台集》三卷。二四九頁，浙二二〇。

鄭南夫，名士元，字南夫，黄巖人（今浙江温嶺），能詩。自號雲林隱士，隱居於新河披雲山父母墓旁。一四八頁，浙一三二。

鄭寧夫，號玉軒，一〇頁，浙八。

鄭潤甫，名公玉，字潤甫，紹定五年進士，曾官提點刑獄司幹辦公事，終朝議郎，見《南宋館閣續録》。一一／一〇〇頁，浙九／八八。

鄭監丞，居三衢，家有梅園，六五頁，浙五八。

十五畫：　黎——黎自昭

黎自昭，字晉甫，西川人，嘉熙四年（一二四〇年）前後爲黄巖縣令，淳祐三年（一二四三）離開黄巖。九二／一五四／二一一頁，浙八二／一三七／一八二。

滕——滕仁伯　滕賢良　滕審言

滕仁伯，據《正德袁州府志》：名強恕，金華人，嘉定間歷任館職，後知袁州。四頁，浙四。
滕賢良，二五頁，浙二三。
滕審言，一七九／一九一頁，二〇一，浙一五八／一六九／一七五。

潘——潘仁叔　潘庭堅

潘仁叔，名複，字仁叔，浙江青田人，曾官江西永新宰。一七四頁。
潘庭堅，潘枋（一二〇四—一二四六），字庭堅，以字行，初名公筠，避理宗諱改。號紫巖，閩縣（今福州）人。歷浙西提舉常平司幹官，遷太學正，通判潭州。有《紫巖集》，已佚。《宋史》有傳。二〇四頁。

樂——樂雷發

樂雷發，字聲遠，湖南寧遠人，進士，授館職，病歸，居雪磯，自號雪磯先生。

鞏——鞏豐

鞏豐，字仲至，號栗齋，鄆州須城人，南渡後居婺州（今浙江武義），淳熙十一年（一一八四）進士，曾官知臨安縣，提轄左藏庫，教授漢陽軍，嘉定十年（一二一七）卒。一五／四二／三八七頁，浙一四／三八／二〇二／三二七。

樓——樓大卿　樓宗丞　樓鑰

樓大卿，字秋房，樓鑰之子，善書法，浙江鄞縣人，曾爲臨川太守。一一七/二一四/二八九頁。

樓宗丞，一八六頁，一八七。

樓鑰（一一三七—一二一三），字大防，號攻媿主人，鄞縣人，官至參知政事，《宋史》有傳。二九/一六九/二一四/三八〇頁。

劉——劉子及　劉子明　劉子寰　劉仙倫　劉克莊　劉克遜　劉昌詩
劉使君　劉倓　劉清老　劉隱居　劉鎮　劉鎔

劉子及，二六〇頁，浙二二八。

劉子明，居南京，二三二頁，浙二〇四。

劉子寰，字圻父，號嶸篁翁，福建建陽人，嘉定十年（一二一七）進士，曾官觀文殿學士，有《嶸篁詞》。二〇/六五頁，浙一七/五七。

劉仙倫，一名爊，字叔擬，號招山，廬陵（今江西吉安）人。工詞，南宋中期以詩名世，與劉過齊名，詩風相近，世稱「二劉」。雖爲布衣，未忘國事，對南宋苟安頗不滿，詩風「新警峭拔，自成高格，很少受江西詩派影響，詞存三十一首，爲人所稱道，著有《招山小集》。事見《宋詩紀事》卷六十三。二五三頁，浙二二三。

劉克莊（一一八三—一二六九），字潛夫，號後村，莆田人，蔭仕，宰建陽，有政聲，淳祐中（一二四六）賜同進士，官至工部尚書。一四六/二五五/三九五/四〇〇頁，浙一三〇/二二〇/二二四/三二二。

劉克遜（一一八九—一二四六），字無競，號西墅，福建莆田人。劉克莊之弟。以父蔭補承務郎。寧宗嘉定間知古田縣，累遷知邵武軍、潮州、泉州，終工部侍郎，五十八歲卒。有《花萼集》，事見《後村大全集》。一四六/一九四頁，浙一三〇/一七二。

劉昌詩，字興伯，清江（今江西樟樹）人，開禧元年（一二〇五）進士，曾爲六合縣令，著有《蘆浦筆記》。四九/五六頁，浙四四/五〇。

劉使君，九九頁，浙八七。

劉倓，字允叔，又字次皋，號閬風居士，浙江寧海人。嘉定元年（一二〇八）進士，官黄陂縣主簿。事見《嘉定赤城志》。二〇〇頁，浙一七七。

劉清老，南康人，四四頁，浙三九。

劉隱居，居江西南康縣。一一八頁，浙一〇五。

劉鎮，字叔安，南海人（今廣東廣州），嘉泰二年（一二〇二）進士，謫居三山二十餘年，自號隨如。有《隨如百詠》，已佚。事見明《廣州人物傳》。二〇三頁，浙一八〇。

劉鎔，字叔冶，南海人，歷永豐知縣、知欽州。三七/二六九頁，浙三三/二三六。

諸葛——諸葛如晦　諸葛興

諸葛如晦，名琰，號桂隱，南安（江西大餘）人，以父蔭光澤縣尉，僉判信州。詩人曾久寓泉南，諸葛爲借一園亭安住，有詩。八/二三三頁，浙七/二〇六。

諸葛興，字仁叟，紹興人，嘉定元年（一二〇八）進士，爲彭澤、奉化縣丞，有《梅軒集》。一九四頁，浙一七二。

十六畫：蕭——蕭小山　蕭元之　蕭仲有　蕭和伯　蕭飛卿
蕭宰　蕭體信

蕭小山，名泰來，字學易，一字則陽，號小山，臨江人，紹定二年（一二二九）進士，曾官撫州節推，知隆興府，官至禦史，有《小山集》。九七／一八三／二三四頁，浙八五／一六二／二〇七。

蕭元之，字體仁，號鶴皋，臨江人。二一一頁，浙九八。

蕭仲有，有遺經堂。一五九頁，浙一四一。

蕭和伯，一〇一／一一七頁，浙八九／一〇三。

蕭飛卿，曾任湖北幕府。一三七頁，浙一二二。

蕭宰，二二四頁，浙一九八。

蕭體信，體仁之兄。二一一頁，浙九八。

薛——薛野鶴

薛野鶴，名泳，字沂叔，號野鶴，又字叔似，天台人。二一五／二二九頁。

盧——盧祖皋

盧祖皋，字申之，又字次夔，號蒲江，永嘉人，樓鑰之甥，慶元進士，官終權直學士院，紹定五年（一二三二）卒，有《蒲江詞》傳世。《温州府志》有傳。二九／四〇／二四五頁，浙二六／三六／二一六。

十七畫：龍——龍子崇

龍子崇，一一〇頁，浙九六。

鍾——鍾子洪　鍾春伯

鍾子洪，廣東潮陽人，一八三/二七〇頁，浙一六二/二三六。

鍾春伯，名震，潭州善化縣人，官校書郎、著作佐郎、將作少監、吏部侍郎兼同修國史等。二一九頁，浙一九四。

應——應監丞

應監丞，居江蘇淮安，二九六頁，浙二四五。

戴——（見後另文）

魏——魏了翁　魏深甫

魏了翁（一一七八—一二三七），邛州蒲江（今屬四川）人。字華父，世稱鶴山先生。慶元進士。端平元年（一二三四）以資政殿學士知潭州（長沙）。官至端明殿學士。南宋理學大師，其一生著述宏富，講學授徒，弟子遍天下，其學被稱爲鶴山學派。著有《鶴山全集》。九九/一七六頁。

魏深甫，二六五頁，浙二三二。

謝——謝國正　謝景周　謝敬之

謝國正，字深道，居湖北黄崗，黄州太守。三一/二一八/二四五頁，浙二八/一九三/二一六。

謝景周，官江西吉州司理。一三二頁，浙二〇五。

謝敬之，名光中，字敬之，長沙人，與吕祖謙相善，曾題其詩集。四四頁，浙三九。

十八畫： 聶——聶子述

聶子述，字善之，號定齋，南城（今屬江西）人。紹熙元年（一一九○）進士，開禧中知瑞金縣，累官吏部侍郎。嘉定十二年（一二一九）爲四川制置使，著有《定齋集》，已佚。見清同治《南城縣志》。一八七頁，浙一六六。

豐——豐有俊

豐有俊，字宅之，鄞人（今浙江寧波）。紹熙二年（一一九一）間進士，曾任真州知州，官至吏部郎，嘉定十三年（一二二○年）卒。一二五/二四四/二九五頁，浙一二二/二四四/二一五。

韓——韓仲止 韓履善

韓仲止（一一六○—一二二四），名淲，字仲止，號澗泉，詞人韓元吉之子，居上饒，著有《澗泉集》，《宋詩紀事》有傳。四七/一二○頁，浙四二/一○六。

韓履善，名祥，字履善，江西玉山人，曾任右司之職，官終吏部侍郎。八三/二二九頁，浙七三/二○二。

十九畫： 蘇——蘇元龍 蘇希亮 蘇晉叔

蘇元龍，字野塘，善畫。一二頁，浙一二。

蘇希亮，理宗時以畫出名，清江人。四九/五六頁，浙四四/五○。

蘇晉叔，六三頁，浙五六。

羅——羅立之

羅立之，法曹參軍，一六三頁，浙一四四。

譚——譚俊明

譚俊明，六三頁，浙五六。

二十畫：嚴——嚴羽　嚴粲

嚴羽，字丹丘，一字儀卿，自號滄浪逋客，著名詩歌理論家，福建邵武人，一生不仕，著有《滄浪詩話》、《滄浪集》。詩中囑二嚴收集詩稿。二〇／一〇八／二五八／二六二／二七九／四〇二頁，浙一八／九五／二二七／二三〇。

嚴粲，字坦叔，一字名卿，人稱華谷先生，福建邵武人，官清湘令，精通《詩經》。一一／二〇／五二／一三三／一五九／一六六／二三〇／四〇二頁，浙一〇／一八／四六／一一八／一四一／一四七／二〇三。

饒——饒叔虎

饒叔虎，二五二頁，浙二二二。

二十六畫：驥——驥無稱

驥無稱，江蘇泰州光孝寺長老，黄庭堅之後人。一二三頁，浙一〇八。

戴氏名録索引

戴文明，世居泉州蛙湖裏。[一]三四七頁。

戴良鎰，號晉泉，善詩文，耽遊，一日舟行海濱，遇颶風大作，泊邑之盤馬岸側，夢神示所居地，遂舍於南塘。子二：鴻，監徽州酒税，蒙，丹徒令。孫夐。[一]三四七頁。

曾祖輩

戴懷，不仕，子暐、曦。[三]

祖輩

戴曦，懷子，子舜文。[三]

戴暐，懷子，不仕。子舜欽。[三]

父輩

戴敏，字敏才，號東皋子，乾道四年（一一六八）左右卒，工詩及書法，有《東皋集》，子復古。一一七/三〇四/四二四頁，浙一〇四/二五〇。

戴舜欽，暐子，字虞佐，宣和中賜同進士出身，上書危言，天子不怒，歷迪功郎、修職郎，南康軍司户。子戴忱、秉中。[三]

戴舜文，曦子。進義校尉。子秉器。四二三頁。

同　輩

戴復古(一一六七—一二四八?),戴敏子,字式之,號石屏,有《石屏集》。據説曾娶江西金伯華。子戴湝、戴奇。

戴忱(一一三七—一一八六),舜欽子,字棐之,不仕。娶林氏,生三男:應辰(早死)、漸、温,二女,適進士陳蒙、車似參。[三]

戴秉中,舜欽子,補進義校尉,不仕。四二三頁。

戴秉器,舜文子。四二三頁。

戴鍾(一一三九—一一九四),舜文子,字深之,享年五十六,輸粟助邊,補進武校尉,娶蔡氏。男四人,瀚、渭、澮、湛,女七人,適處士楊萬鎰、任端仁、蔡學浮,餘幼未行。[三]

戴秉志,或作秉智,紹興元年(一一三一年)征辟,曾授從義郎,四二三頁。

子侄輩

戴琦,一作奇,復古長子。女適陳仕道,十年而寡。一六/一八七/四三〇頁,浙一五/一六五。

戴湝,復古次子。一〇/四三〇頁,浙九。

戴龜朋(一一四六—一二〇七年),秉中子,字叔獻,號竹洲,開禧三年五月卒,年六十二,娶蔡氏,蔡鎬是其兄,蔡滂是其内侄。子樅、周孫,皆先死,以温之子大本爲子,一女嫁林珍。二〇一/三六六/四二三/四三〇頁,浙一七七/三〇九。

戴勲(一一六六—一二一八年),五十三歲,忱之子,譜名漸,字巽叔,娶林氏,無子,以温之子樵爲後,女適進士鄭複。[三]

戴温（一一六七—一二一四年），忱之子，字南叔，娶車氏（一一七〇—一二四〇），子四：焕、燾、大本、樵（一名服），女嫁林謂孫。[三]

戴丁（一一五〇—一二二二），秉器子，字華父，爲邑裏所敬，人呼爲戴佛。妻丹崖毛仁静（一一五四—一二四〇），子四：楷、木、栝、栩，女婿毛仁厚、曾建大、王修。孫宜老、雙老、大老、沖老、君錫、顔老、宗憑、偉老、大、錫、顔、偉俱早夭，孫女十。三〇二/四三〇頁。[三]

戴瀚，鍾之子。[三]

戴渭，鍾之子。[三]

戴澹，鍾之子。早死，子僅一歲。妻邱氏。[三]

戴湛，鍾之子。[三]

戴溥，字伯遠，號菊軒，三六六頁，浙三一〇。

戴瀛，字伯山。（據墓磚）

戴垕，無子，以栝爲子。[三]

孫　輩

戴楷，戴丁子，三〇三頁。

戴木，戴丁子，字子榮，號漁村。有《漁村集》、《事類蒙求》。一五五/三四二/四三一頁，浙一三七/二八五。

戴栝，戴丁子，過繼予族人垕。三〇三頁。

戴栩，戴丁子，三〇三頁。

戴槃，字子淵，七七/七八/八二/八九/一一九頁，浙六八/六九/七二/七八/一〇六。

戴樅，龜朋子，早卒。〔二〕四七三頁。

戴周孫，龜朋子，早卒。〔二〕四七三頁。

戴煥，溫之子。子進。〔三〕

戴燾，溫之子。〔三〕

戴大本，溫之子。過繼予龜朋。〔三〕

戴服，譜名樵，溫之子，字豈潛，過繼予勲。七一/七二/八九/二五一頁，浙六四/六四/七八/二二二。

戴逸卿，舜欽之後，紹定二年（一二二九）進士，歷東陽令、朝奉郎，遷武學博士，賜緋魚袋，終朝散大夫。〔二〕

戴曼卿，七一頁，浙六四。

戴飛，字子翬，號宓齋，紹定三年（一二三〇年）進士，廬江尉。三六八頁，浙三一一。

戴燁，字明遠，號南隱，宋迪功郎，二三六/三六七頁，浙二〇八/三一〇。

曾孫輩

戴顏老，木之子，七歲能誦五經，十歲善屬文，嘉熙元年（一二三七）舉神童科第一，賜免解進士，年十三卒。一五五/三〇三/四三一頁，浙一三七。

戴宜老，三〇三頁。

戴沖老，三〇三頁。

戴雙老，三〇三頁。

戴宗憑，三〇三頁。

戴昺，字景明，號東野，嘉定十二年（一二一九）發解於州，終贛州法曹參軍，有《東野農歌集》正續集。八三／三〇八／三四二／四三一頁，浙七二／二五四—二六五／二六七／二七〇／二七一。

戴仲晦，景明之弟。姊夫彭希聖。六九頁，浙六一。

戴亦龍，景明之弟，家築有「野亭」，詩人與侄孫輩常在此飲酒和詩。六九／一四〇頁，浙六一／一二四。

戴景文，戴復古侄孫，七九頁，浙七〇。

戴汝白，字君玉，號竹巖，有《竹巖詩稿》。七〇／七一／八二／八三／三六四頁，浙六二／六四／七二／七三／三〇七。

戴君度，七一頁，浙六四。

戴子固，八三頁，浙七三。

戴子直，八五頁，浙七四。

晚　輩

戴成祖，字與正，號桂庭。三六七頁，浙三一〇。

戴登賈，淳祐七年（一二四七）進士。[二]

戴覺民，字希尹，景定三年（一二六二）進士。授兩浙添差幹官，轉國史檢閱，浙西提舉，禮部郎，終軍器大監。[二]

戴恢，復古之後，集賢直學士。子君省，任主簿。[二]

戴震伯，字君省，號修齋，宋當塗主簿。三六五頁，浙三〇八。

戴震晨，咸淳十年（一二七四）進士，新昌尉。[二]

戴泰，字見大，號魯齋，宋咸淳間常州府府學教授。三六四頁，浙三〇八。

戴養吾，字浩然，號充庵，洪武間任湖廣武昌教諭。三四四頁，浙二八七。

戴璉，字尚重，號恬隱。有《草蟲集》。三七五頁，浙三一六。

戴璿，字文璣，號松澗。泰定元年（一三二四）進士，有《喬雲樵唱集》。三七四頁，浙三一五。

戴雨耕，三六五頁，浙三〇八。

戴驤孫，字子雲，號雲庵，宋人，精地理。三六五頁，浙三〇九。

戴騋孫，字萊夫，號秋泉。三四三頁，浙二八六。

戴騮孫，翰林院編修。[二]

戴公孫，字文溥，號浦雲，元末隱居不仕。三六八頁，浙三一一。

戴子璋，字文珪，元至正間任中書省架閣。三六九頁，浙三一二。

戴子英，字文璝，號閑懶。仕至江浙行樞。三七三頁，浙三一五。

戴應儀，字文則，至正間任海門巡檢。三七〇頁，浙三一二。

戴需，字君涉，號本庵，元延佑間任温州路天府北監管勾。三六九頁，浙三一一。

元天元五年（一三八二）滅族後的温嶠戴氏

戴遷，字伯殷，廣東行省都事。[二]

戴達，字伯善，仕元，由掾吏補江浙行省檢校，遷温嶺，明初，以故官謫鳳陽。[二]

戴奎，復古之後，字文祥，號介軒，元末錢塘録事，明初徙濠上，薦起爲齊河主簿。子碧泉、怡泉。三四六／三六三／四三二頁，浙二八九。

戴信，復古後，一名里安、瑜安，字文信，號樗巢，洪武三年（一三七〇）制科進士，官監察御史，四

三三。

戴駁，字允化，鏞從弟，辛未（一五一一年）進士，大理評事。[二]

戴豪，字師文，成化戊戌（一四七八年）進士，歷官兵部武庫主事，遷員外郎，擢職方郎中，遷廣東右參政，三十六歲卒。有《贅言録》。子曾、魯。四三四頁。[二]

戴特，字師唐，通從子，中弘治戊午科（一四九八年）舉人，授鶴慶推官，調武昌府，致仕。有《萃同集》。[二]

戴顒，字師觀，鄉試第一，正德六年（一五一一）進士，翰林庶起士，吏科給事中，有《倦歌集》、《筠溪雜稿》。[二]

戴瑱，字守温，孝子。[二]

戴孚，一名孟梧，字尚琴，舜欽之後，鹽城教諭，天順乙卯科（一四五九年）舉人。[二]

戴駕璋。[二]

參考文獻：

[一] 浙江省温嶺市地方志辦公室：《太平縣古志三種》，中華書局，一九九七。

[二] 吴茂雲：《出土戴氏家族墓誌與戴復古家世新考》，《台州學院學報》，二〇一一年第二期。

後記

二〇〇六年浙江省有關部門開始實施「浙江文化研究工程」，擬將古籍分批整理出版。省哲學社會科學發展規劃領導小組辦公室將「浙江文獻集成」課題向全社會招標，其中有《石屏詩集》整理一項，我們遂組成課題組開展申報。不久中標，作爲省社科課題立項。後經共同努力而成稿，又經三審三改而結題。當時因省財政的出版經費未跟上，於是耽擱了下來。但我們並未停止研究的步伐，繼續將該課題深化，花幾年時間將其詩詞全部作出注解，以利於當地文化名著的普及，遂形成簡體的普及本《戴復古全集校注》，並於二〇〇八年自費由中國文史出版社出版。當時考慮其讀者面不廣，僅印數百本，在温嶺當地發行，至今已無存書。今年六月，接省哲學社會科學發展規劃領導小組辦公室通知，省財政撥款已到位，原課題成果將陸續出版。於是將原稿再行審讀了一遍，仍按當時計畫的繁體本無注釋出版，而其收録内容與《戴復古全集校注》基本無異，其中增加了我們近來新輯得的佚詩四首《溪上二仙亭》、《寺》、《嘲史石君送蟹不送酒》、《上邑宰》，編入《詩集抄補》中，可以説這是到目前爲止收佚詩最多的一個版本。本書還新增了近幾年來在各學報上發表的三篇研究文章：《旅遊文學史上的兩座豐碑》、《新出土戴氏家族墓誌與戴復古家世新考》、《温嶺戴氏來歷考》，編入附録三中。並新編了《戴復古交遊人物索引》和《戴氏名録索引》作爲附録四，以方便讀者研究之用，書名仍按當時課題上報之名稱《戴復古集》出版，特此説明。

編　者

二〇一一年七月

圖書在版編目(CIP)數據

戴復古集 / 〔宋〕戴復古著；吴茂雲，鄭偉榮校點.
—杭州：浙江大學出版社，2012.7
ISBN 978-7-308-10251-3

Ⅰ.①戴… Ⅱ.①戴… ②吴… ③鄭… Ⅲ.①古典詩歌—詩集—中國—南宋 Ⅳ.①I222.744.2

中國版本圖書館 CIP 數據核字(2012)第 156299 號

戴復古集

〔宋〕戴復古　著

吴茂雲　鄭偉榮　校點

責任編輯	宋旭華
封面設計	俞亞彤
出版發行	浙江大學出版社 (杭州市天目山路 148 號　郵政編碼 310007) (網址：http://www.zjupress.com)
排　　版	浙江時代出版服務有限公司
印　　刷	浙江省郵電印刷股份有限公司
開　　本	710mm×1000mm　1/16
印　　張	40.25
插　　頁	8
字　　數	1082 千
版 印 次	2012 年 8 月第 1 版　2012 年 8 月第 1 次印刷
書　　號	ISBN 978-7-308-10251-3
定　　價	128.00 元

浙江大學出版社發行部郵購電話　(0571)88925591